王維——生命在寂靜裡躍動

林繼中　著

本成果受「開明慈善基金會」資助

第六輯
總序

　　庚子之歲，正值「露從今夜白」的秋季，福建師範大學文學院又邁出兩岸學術交流的堅執步伐，與臺北萬卷樓圖書公司繼續聯手，刊印了本院「百年學術論叢」第六輯。

　　學科隊伍的內外組合、旁通互聯，是高校學術發展的良好趨勢。我發現，本輯十部專書的十位作者，有八位屬於文學院的外聘博士生導師及特聘教授。他們或聘自本校其他學院，或來自省內外各高教、出版、科研部門，或是海峽彼岸遠孚眾望的學術名家。儘管他們履踐各殊，而齊心協力，切磋商量，共為本學院「百年學術」增光添彩的目標則無不一致。這種大學科團隊建設的新形態，充滿生機，令人欣悅。

　　泛觀本輯十種著作，其儻論之謹嚴，新見之卓犖，蓋與前五輯無異。茲就此十書，依次稱列如下：其一，劉登翰《中華文化與閩臺社會》，採用文化地理學和文化史學交叉的研究方法，提出閩臺文化是從內陸走向海洋的多元交匯的「海口型」文化重要觀點；其二，林玉山《漢語語法教程》，系統性地引證綜論漢語之語法學，以拓展語法研究者的學術窺探視野；其三，林繼中《王維——生命在寂靜裡躍動》，勾畫出唐代文藝天才王維的深廣藝術影響，揭示其詩藝風格之奧秘；其四，顏純鈞《中斷與連續——電影美學的一對基本範疇》，研討電影美學的核心理論問題，提出「中斷與連續」這一對新的美學範疇，稽論此新範疇與其他傳統範疇之間的關係；其五，林慶彰《圖書考辨與文獻整理》，辨析臺灣「戒嚴時期」出版大陸「違禁」著述的情實，兼涉經史研究、日本漢學、圖書文獻學之多方評識，用力廣

博周詳；其六，汪毅夫《閩臺區域社會研究》，從社會、文化和文學
三個部分，分析閩臺文化的同一性和差異性，並及中華文化由中心向
閩臺的潏動情狀；其七，謝必震《明清中琉交往中的中國傳統涉外制
度研究》，結合中琉交往中相關的中國涉外制度作多方梳理，揭明中
國封建王朝的對外思想、對外政策的本質特徵，以及對世界格局的影
響作用；其八，管寧《文藝創新與文化視域》，把脈世紀之交文學與
消費社會及大眾傳播之間的關係，分析獨具視角，識見精審；其九，
謝海林《清人宋詩選與清代文化論稿》，全面梳理有清一代宋詩選
本，對於深化宋詩研究乃至清代詩學研究有一定的參考價值；其十，
周雲龍《別處另有世界在──邁向開放的比較文學形象學》，在不同
類型的文本中擷取有關異域形象的素材，以跨文化、跨學科的視角，
對其中的話語構型進行解析，探究中西、歐亞在現代性話語中的遭
遇。從學科領域觀之，這十種著作已廣泛涉及文學、歷史、語言、區
域文化、電影美學等不同學科，其抒論角度、方法、觀點之新穎特
出，尤使人於心往神馳的學術享受中獲得諸多啟迪。

　　晚清黃遵憲詩云：「大千世界共此月，今夕只照人兩三」（《人境廬
詩草》卷一），句中透露著無奈的孤獨感。藉此比照今日兩岸學術文化
溝通交流的情景，我們無疑已經遠離了孤獨，迎來了眾所共享的光風
霽月。我校文學院「百年學術論叢」在臺灣印行到第六輯，持續受到
歡迎稱道，兩岸學者相與研磨，便是切實的印證。我感受到，在清朗
的月色下，海峽兩岸的學術合作之路，將散發出更加迷人的炫彩。

福建師範大學汪文頂

西元二○二○年歲在庚子仲夏序於福州

目次

第六輯總序 ……………………………………………… 1

目次 ……………………………………………………… 1

前言 …………………………………………………… 1

第一章　維摩詰 ……………………………………… 3

　一　奉佛之家 ………………………………………… 3

　二　不離世間覺 …………………………………… 12

　三　詩佛 …………………………………………… 21

第二章　少年心情 ………………………………… 31

　一　鬱輪袍的傳說 ………………………………… 31

　二　「布衣貴族」及其兩京之遊 ………………… 39

　三　夜上戍樓看太白 ……………………………… 50

　四　紅豆──多情的種子 ………………………… 61

第三章　憧憬與現實 ……………………………… 71

　一　舞黃獅子事件 ………………………………… 71

　二　濟州司倉參軍 ………………………………… 80

　三　從淇上到祕省 ………………………………… 90

　四　江山浪跡 ……………………………………… 97

第四章　權力漩渦的邊上……………………………………109

　　一　兩個張令公……………………………………………109

　　二　一鶻挾兩兔……………………………………………118

　　三　終身思舊恩……………………………………………125

第五章　詩家射鵰手……………………………………………135

　　一　首次出塞………………………………………………135

　　二　回看射鵰處……………………………………………143

　　三　浩然亭與〈青雀歌〉…………………………………151

　　四　從塞北到南陽…………………………………………162

　　五　陽關三疊………………………………………………169

第六章　亦官亦隱的日子………………………………………179

　　一　天寶時世………………………………………………179

　　二　願在鳥而為鷗…………………………………………185

　　三　終南萬疊間……………………………………………193

　　四　桃花源裡人家…………………………………………200

　　五　一封透露心思的信……………………………………209

第七章　靈境獨闢………………………………………………217

　　一　詩與禪的祕密通道……………………………………217

　　二　「拈花微笑」與「興象」……………………………228

　　三　搏虛成實的畫面化手段………………………………249

第八章　雪裡芭蕉………………………………………………261

　　一　凝碧池，傷心碧………………………………………261

二　大明宮唱和 ……………………………… 268

三　茶鐺、藥臼、經案、繩床 ………………… 274

四　白雲無盡時 ……………………………… 282

附錄　靈境獨闢──王維詩歌風格之形成 ………… 287

一　桃花源裡 ………………………………… 287

二　風格之二元 ……………………………… 300

三　一片境 …………………………………… 312

附錄　王維開元年間行蹤考略 ………………… 331

一　王維進士及第前的行蹤：干謁、隱居、漫遊京洛間 …… 331

二　開元八年春進士及第與開元八年十月後的被出濟州 …… 332

三　王維貶濟州後的隱居與出仕 ………………… 333

四　開元二十二年至二十九年的行蹤：擢右拾遺，二次
　　出塞及知南選 ………………………………… 335

後記 …………………………………………… 355

前言

　　羅丹讚美加利哀的畫說，在展覽會裡，大部分的畫不過是畫而已，而加利哀的畫卻「好像開向生命的窗子！」[1]讀王維的詩，我也有類似的感覺──哪怕只是寫景的五言絕句二十個字，也是一面「開向生命的窗子」！你看：

　　　　人閒桂花落，夜靜春山空。
　　　　月出驚山鳥，時鳴春澗中。

　　生命在寂靜裡躍動。萬物溶解在靜中是如此和諧。這是一種特殊的美，連李白、杜甫也未必能寫得出。對這樣一位詩人，怎能以「消極」一言蔽之？從他能詩善畫妙音律看，他對生活比誰都來得熱愛。可他又為何被稱為「詩佛」？須知佛家是講「四大皆空」的。我對這位詩人充滿好奇，於是欣然選定這位詩人作為撰寫對象。

　　剛一「操作」，便立即感到棘手。王維的平生事蹟只是一痕虛線，有些段落乾脆空白。王維的詩寫得太抒情太簡練了，根本就提供不出多少記述性的資料，難怪傾全力為其集子箋注的趙殿成要感嘆：「擬欲編年，苦無所本。」不過，依我的理解，詩人的生命軌跡不但在乎生平履歷，更在乎創作實踐。心理學家榮格認為，詩人是作品的工具，從屬於他自己的作品。所以他說了一句頗費解卻很有意味的話：

1　沈琪譯：《羅丹藝術論》〈遺囑〉（北京市：人民美術出版社，1978年），頁5。

不是歌德創作了《浮士德》，而是《浮士德》創造了歌德。

不是「餘事做詩人」的詩人，如李賀、孟郊，寫詩幾乎就是他們的一生事蹟，沒有詩便沒有他們的存在。王維在天寶年間，似乎也沉浸在這一「無差別」狀態之中。

歷史，雖然說不是「可以任意打扮的小姑娘」，卻是一位「女大十八變」的大姑娘。許多是是非非是有「保鮮期」的，事過景遷，回頭再看，往往可看出新的非非是是。我於詩人王維，有斯感焉。

一九九七年冬月於面壁齋稿
二〇一九年春月於我園改定

第一章
維摩詰

一　奉佛之家

　　──人的心靈是塊土地：心田。如果有人耕耘播種，興許就會按耕者的意願滋長某類東西。崔氏在兒子的心田上播種的是佛教。

　　老天爺是個粗心的農夫，當他播種天才時，老不均勻：有些地段，有些時代，一個天才也沒；有些地段，有些時代，卻天才人物摩肩並峙。七世紀、八世紀之交的西元六九八至七〇一年這三、四年間，就有兩位天才詩人──王維與李白，一先一後呱呱落地。說來也奇，兩人不只是生年靠得近，連去世也緊挨著：前者死於上元二年（西元761年），後者死於寶應元年（西元762年）。可令人百思不得其解的是，此二人者雖有過不少相處的機會，還有過許多共同的朋友，但在兩人的文集中卻沒留一痕交往的跡象。

　　人的心靈也是一塊土地，曰：心田。上面布滿各色各樣的種子。你如果任其自生自長，就興許什麼東西都會長出來；如有人著意去耕耘播種呢，那興許會按耕者的意願滋長某東西，只是長得啥樣還得看氣候、地力、管理等。王維的母親崔氏，在兒子幼小的心田上播些什麼種子呢？這還得從頭說起。

　　汾州司馬王處廉王老爺，是個慈眉善目的讀書人，祖籍太原祁（今山西祁縣）人，因當官的關係，搬來在這蒲州（今山西永濟）地面居住，已有些日子了。今年（西元698年），生了個娃娃，心裡甭提有多高興──要知道，古時在中國添個能傳宗接代的男孩是多麼重大

的事，何況還是長子——便和夫人崔氏商量著給兒子起個名。崔氏是個虔誠的佛家俗弟子，她認定這是佛爺賜的福，要用孩子的名字紀念紀念。於是夫妻倆商定，就起個單名維，字摩詰。

你看過《維摩詰所說經》吧？孩子的名和字合起來就是那位法力無邊的維摩詰居士。中國古人名和字往往相關，如司馬牛，字子耕；周瑜，字公瑾。如果故意拆開看，有時便可看出笑話。有位學者就故意將「維」與「摩詰」拆開來看，說：在梵文中「維」是「降伏」之意，「摩詰」是「惡魔」之意，所以王維便是名「王降伏」，字「王惡魔」。這是飽學之士的幽默，我輩常人自然是只看到維摩詰。

卻說那位維摩詰居士，並不出家，而精通佛理，連佛祖菩薩們都得讓他三分哩。對既信佛教，又捨不得孩子出家的崔夫人來說，這名字是恰到好處地表達她的意願了。此後，王家又接二連三添丁，一串五男，至少還有一女。從《新唐書》〈宰相世系表〉中可查明，弟弟依次名為：縉、繟、紘、紞。不過，沒等王維長大成人，乃父便撒手人寰。那年，王維還不到十二歲。崔氏含辛茹苦將孩子們拉扯大，所以在王家兄弟心目中，母親有極崇高的地位，她所作所為對孩子們都有深刻的影響。而最深刻的影響是崔氏篤信佛教。就在王維五十歲那年，母親去世，據史載，王維十分悲傷，「柴毀骨立，殆不勝喪」。為表達自己對母親的懷念，他將自己心愛的藍田莊施為佛寺——即藍田縣南輞谷（以後我們將一再提到這個地方）的清源寺，為母親祈福。在〈請施莊為寺表〉中，他不勝依戀地說到自己的母親：

> 臣亡母故博陵縣君崔氏，師事大照禪師三十餘歲。褐衣蔬食，持戒安禪，樂住山林，志求寂靜。臣遂於藍田縣營山居一所，草堂精舍，竹林果園，並是亡親宴坐之餘，經行之所。

看來，崔氏不但在王維幼小的心田上播上佛教的種子，而且以自

己長期持戒安禪的行動催發這顆種子，又適逢那是武則天興佛的年頭，小芽朵很快就舒開了根鬚，盤踞了這方心田。

　　說到武則天興佛，當年可是件石破天驚的大事。本來呢，因唐朝皇帝老子姓李，所以同道教奉為始祖的李耳──俗稱李老君──便有了瓜葛。據說，唐高祖武德三年（西元620年），晉州有個叫吉善的人，在羊角山遇見一位穿白衣袍的老者，那老人招呼他過去，並對他說：「你替我向唐天子傳個話，說我是太上李老君，是你唐天子的祖宗。就說，今年無盜賊，天下太平，讓他放心當皇帝好了。」我至今沒搞明白，為什麼法力無邊的神仙還要靠凡人傳話？但當時唐高祖是信的，很認真地在當地立了個老子廟，四時致祭。到唐高宗乾封元年（西元666年），皇帝還追尊老子為「玄元皇帝」。甫說，和皇帝聯了宗的道教有多神氣。問題出在高宗的第一夫人武則天身上。武則天不但從小信佛，而且以其老辣的政治家的眼光看準了佛教可以在輿論上為她奪取皇帝寶座助一臂之力。她首先是影響唐高宗，大造佛像、廣建佛寺，高宗顯慶二年（西元657年），建西明寺，樓臺廊廡四千區，規模之大超過南朝的同泰寺、北朝的永寧寺。高宗咸亨三年（西元672年）又在洛陽龍門鐫盧舍那大石佛，高八十五尺，至今屹立龍門，氣勢磅礴。這佛像據說是以武則天為模特兒造就的，武氏捐了兩萬貫脂粉錢。至武則天稱帝第二年的天授二年（西元691年），天下寺廟據統計已達五千三百多座，僧尼達十三萬之眾！武則天還非常重視佛經的翻譯，曾為義淨等人譯的《華嚴經》作序。當然，她更重視「造經」。載初元年（689），白馬寺懷義和尚和東魏寺和尚法明等人撰寫了《大雲經》，稱武則天是彌勒佛下生，「當代唐作閻浮提主」。就在香煙繚繞之中，武則天於次年登上了夢寐以求的皇帝寶座。當然，這是「有償勞動」，女皇隨即下詔曰：釋教在道教之上，僧尼處道士女冠之前。經魏晉至隋長期醞釀的佛教，終於在中土立定腳跟，蓬蓬然蔚成大國。這就是王維出世時的武則天時代的文化背景。

　　王維的母親崔氏，「師事大照禪師三十餘歲」（上引），而這位大
照禪師就是普寂，是北禪宗神秀的弟子。[1]神秀呢，據《宋高僧傳》
說，武則天曾召他到東都洛陽，「肩輿上殿，親加跪禮。」這一來，
神秀成了眾人膜拜的偶像，「時王公已下，京邑士庶競至禮謁，望塵
拜伏，日有萬計。」不過據《宋高僧傳》說，神秀雖然「得帝王重之
無以加者，而未嘗聚徒開法」，[2]直到普寂，才在都城傳教，那是神龍
二年（西元705年）神秀死後的事了。所謂「都城」，是指東都洛陽。
據說神秀死時都城「士庶傾城哭送，閭里為之空焉。」[3]崔氏大概也
是人流中哭送的一位。既然崔氏「師事大照禪師三十餘歲」，那麼從
大照死時的開元二十七年倒算上去，師大照該是在景龍年間（西元
707-709年）的事，那時王維已八、九歲了。由於母親的關係，王維
也就與北宗神秀一脈有了不解之緣。王維撰有〈為舜闍黎謝御大通大
照和尚塔額表〉，這大通就是神秀的謚號，大照則是普寂的謚號。我
們不知道王維與普寂的關係怎樣，但知道他的弟弟王縉「嘗官登封，
因學於大照。」[4]王維呢，至少是與普寂的幾個及門弟子有密切的交
往。如王維集中有〈謁璇上人〉詩，這位璇上人就是嵩山普寂四十六
位法嗣之一的「瓦棺寺璇禪師」。[5]詩中描寫這位禪師的生活是：

　　　頹然居一室，復載紛萬象。
　　　高柳早鶯啼，長廊春雨響。
　　　床下阮家屐，窗前筇竹杖。

1　〔宋〕贊寧：《宋高僧傳》〈普寂傳〉稱普寂謚「大慧」，而〔唐〕李邕撰普寂碑稱
　　〈大照禪師塔銘〉，當以李碑為正。又南宗神會有弟子大照，是後來另一人。

2　見〔宋〕贊寧：《宋高僧傳》卷9，〈唐京兆慈恩寺義福傳〉。

3　〔後晉〕劉昫等：《舊唐書》〈方伎傳〉。

4　見〔唐〕王縉：〈東京大敬愛寺大證禪師碑〉。

5　見〔宋〕道原：《景德傳燈錄》卷4。

　　阮家屐，據《晉書》說，晉時有個叫阮孚的，性好屐，有人去拜訪他，正碰上他親自在用蠟為木屐加工，並感嘆說：「一輩子裡又能夠穿幾雙木屐呢？」這位璇上人的雅致大概也像那位晉人阮孚吧？王維又將寺院清幽的環境渲染了一番：高柳早鶯，長廊春雨。北宗禪師是主張「凝心入定，住心看淨」的，所以他們往往樂住山林，遠離憒鬧，藉外部清靜的自然環境，用坐禪的方法平心靜氣，以達到忘懷得失從而超越現實的目的。是之謂：「外人內天，不定不亂。」這種無疑是頗為枯寂的雲水生活卻被王維詩化了，注入士大夫所稱賞的「魏晉風度」式的閒情逸致。而王維自己也一直喜歡在大自然中靜修獨處，晚年璇禪師的高足元崇曾造訪王維，《宋高僧傳》卷十七有記載說：

> 釋元崇……遂入終南，經衛藏，至白鹿，上藍田，於輞川得右丞王公維之別業。松生石上，水流松下，王公焚香靜室，與崇相遇，神交中斷。

　　「松生石上，水流松下」，便是王維詩中「明月松間照，清泉石上流」的境界。在自家莊園中，松間石下，焚香獨處，王維已經將禪師們的雲水生活改造為世俗士大夫亦官亦隱的日常生活。王維集中還有一首〈過福禪師蘭若〉詩[6]：

> 岩壑轉微逕，雲林隱法堂。
> 羽人飛奏樂，天女跪焚香。
> 竹外峰偏曙，藤陰水更涼。
> 欲知禪坐久，行路長春芳。

6　參看胡適校敦煌寫本《神會語錄第三殘卷》及其《神會和尚遺集》卷首〈神會傳〉。

　　蘭若、法堂，都指寺院。寺院藏在雲林之中，岩壑藤竹，禪師們就生活在這樣與世隔離的地方。這位「福禪師」是誰？神秀和尚除普寂外，還有一個「兩京法主，三帝門師」，地位顯赫的弟子義福。他死後由當時著名的官僚嚴挺之寫下〈大智禪師碑銘〉，說這位義福「神龍歲，自嵩山岳寺為群公所請，游於終南感化寺，棲置法堂，濱際林水，外示離俗，內得安神，宴居二十年所」，長期足不出戶，故有王維詩中的「欲知禪坐久，行路長春芳。」芳草因沒有人來往而長滿道路。而王維所嚮往的，不就是這種嵌入大自然中獨處的雲水生活嗎？所以在訪僧問道的詩中，他總是極力表現這種境界：

> 野花聚發好，谷鳥一聲幽。
> 夜坐空林寂，松風直似秋。
> 古木無人徑，深山何處鐘？
> 泉聲咽危石，日色冷青松。
> 洞房隱深竹，清夜聞遙泉。

　　摩詰畢竟是詩人，他從寂照中發現的首先是詩意。

　　王摩詰後期頗受南禪宗的影響。所謂南禪宗，是指「六祖」慧能所開創的真正中國化的佛教禪宗。慧能是個斗大的字識不到一升的和尚，卻留下一首膾炙人口的偈語：

> 菩提本無樹，明鏡亦非臺；
> 本來無一物，何處惹塵埃？

　　這也就是《壇經》「人性本淨」的意思，求解脫不必向外尋找原因。所以《壇經》又說：「菩提只向心覓，何勞向外求玄？」真所謂心生種種法生。有個傳說，慧能避難在廣州時，有一次到龍興寺，適

逢諸人在議論風幡。一個說:「幡是無情,因風而動。」一個則說:
「風幡二者都是無情,如何得動?」又有人說:「因緣和合故動。」
第四人說:「幡不動,風自動耳。」能禪師聽了大喝一聲:「不是風
動,也不是幡動,是你們自己心在動!」雖然未必真有過這麼一回
事,但這一故事倒是很生動地將心生種種法生的道理說了出來。所以
慧能創立的禪宗認為自心清淨便是淨土,要「回家」,要「安心」。慧
能一派用這等「直指人心」的明快方式表達佛教的精神,自然要比皓
首窮經、苦行禪定要更具吸引力,所以南宗很快便發展起來。不過不
少學者認定那首偈語甚至《壇經》都不是慧能的原作,研究慧能最可
靠的原始材料倒是慧能弟子神會拜託王摩詰寫的〈能禪師碑銘〉。可
見王摩詰與南宗關係之重要,也可推知王摩詰與神會的交往不一般。

　　大概在天寶初,王維與神會在南陽臨淄驛相遇了。於是王維便問
神會:「若為修道得解脫?」神會答道:「眾生本自心淨,何必修行?
若更欲起心有修,即是妄心,不可得解脫。」王維過去修習的是神秀
一路禪學,從未聽過這種「即心是佛」的言論,大為驚愕道:「大奇!
曾聞大德,皆未有作如此說。」便對寇太守和張別駕諸人說道:「此
南陽郡,有好大德,有佛法甚不可思議!」[7]不知這是實錄,還是編
寫《語錄》的人藉王維來吹捧南宗佛法的「不可思議」?但王維初次
接觸南宗的「直指人心」的禪法,肯定是會因耳目一新而為之驚異不
已的。他肯受神會之託精心撰寫〈慧能碑〉,並將這次聽神會講「定
惠等」的道理寫進碑文中去,便是明證。而他在碑文中及其他一些詩
文中表現出的對南宗禪理體會之深,更說明王摩詰對神會,又由神會
而及慧能,心儀之甚。在王維眾多的佛門朋友中,可確考為南宗僧人
的還有一位璦公。此公天寶十二載(西元753年)「始游於長安,手提

7　見〔日〕鈴木貞太郎等校:敦煌本《神會語錄》,轉引自中華書局《中國佛教思想
　　資料選編》第2卷第4冊。

瓶笠，至自萬里，宴居吐論，緇屬高之。」[8]看來也是一個雅和尚。

王摩詰平生結交的僧友很多，僅詩文中述及的就近二十人，其中大多數難考定是哪一個宗派。除南、北宗禪僧處，還有些其他宗派僧人，與王摩詰交往也很親密。譬如說道光和尚，王摩詰〈大薦福寺大德道光禪師塔銘〉就這樣說道：

> 禪師諱道光，本姓李，綿州巴西人。……誓苦行求佛道，入山林，割肉施鳥獸，煉指燒臂，入般舟道場百日，晝夜經行。遇五臺寶鑑禪師，曰：「吾周行天下，未有如爾可教。」遂密授頓教，得解脫知見。……維十年座下，俯伏受教，欲以毫末，度量虛空，無有是處，志其舍利所在而已。

道光死於開元二十七年（西元739年），則王維開元中長期於其座下「俯伏受教」，可知影響之深。據專家考訂，這道光當屬華嚴宗，其「頓教」並非南宗，而是指東晉慧觀「判教」分頓、漸兩大類，以《華嚴經》為頓教。[9]從塔銘中看，這位道光和尚原來還是個「割肉施鳥獸，煉指燒臂」的苦行僧。更有趣的是，這位苦行僧，同時還是個「詩僧」呢！從王維〈薦福寺光師房花藥詩序〉中得知，這位詩僧廣種奇花異卉，「群豔耀日，眾香同風」，時或「流芳忽起，雜英亂飛」，這叫：「以眾花為佛事」，很是新鮮。此文表露了王維對色空有無的看法深受道光的影響，其「道無不在，物何足忘」的認識與其詩歌創作有莫大的關係，我們下文另作詳談。

還有一個不可忽略的人物是淨覺。他是個出身顯貴的高僧，乃唐中宗韋皇后的兄弟，出玄頤之門，為弘忍再傳弟子，傾向北宗，居長

8　〔唐〕王維著，〔清〕趙殿成箋注：《王右丞集注》卷19〈送衡岳瑗公南歸詩序〉。

9　參看陳允吉：《唐音佛教辨思錄》〈王維與華嚴宗詩僧道光〉（上海市：上海古籍出版社，1988年）。

安大安國寺。王維〈淨師碑銘〉講到淨覺圓生前「外家公主，長跽獻衣；薦紳先生，卻行擁篲」，「不受人爵，廩食與封君相比」，高僧與貴戚的身分兼而有之。王維年輕時出入諸王與高僧之間，與維摩詰居士確有相似之處；而這位貴族出身的淨覺，恐怕就是王維來往於高僧與諸王間的一道橋呢！

從王維與佛門各派僧徒都有交往這一事實看，他是不主一家，並無嚴格的宗派觀念。其實中國士大夫於宗教往往持「六經注我」的態度，無論道家或佛家哪一派，都可以作為自我解脫的工具。

王維的弟妹大都奉佛。二弟王縉與王維關係最親密，信佛也最深。

王縉生於則天皇帝久視元年（西元700年），字夏卿。由於兄弟倆相差才兩歲，所以尤見親密。《舊唐書》說：

> 與弟縉，俱有俊才，博學多藝亦齊名，閨門友悌，多士推之。

兄弟倆「俱有俊才」，都「博學多藝」而「齊名」，唐時就有這樣的說法。如竇蒙注〈述書賦〉，稱王維「詩通大雅之作，山水之妙，勝於李思訓；弟太原少尹縉，文筆泉藪，善草隸書，功超薛稷。二公名望，首冠一時。時議論詩，則曰王維、崔顥；論筆，則曰王縉、李邕。祖詠、張說不得預焉。」一詩一文，一畫一書，真是旗鼓相當。《唐朝名畫錄》也說王維、王縉「兄弟並以科名文學冠絕當時，故時稱朝廷左相筆，天下右丞詩」。不過王維比弟弟要清高得多，後來的歷史證明了這一點。當初，兄弟倆攜手入京洛，出入諸王駙馬豪右權勢之門，無不指席相迎；但王維仕途不達，王縉則連應草澤及文辭清麗舉，步步高昇。安祿山之亂起，被選為太原少尹，與名將李光弼同守太原，因功加憲部侍郎。可見王縉在官場還是應付自如，也比乃兄有行政才能。王維安史亂中陷賊授偽職，王縉則請削官以贖兄罪，「兄弟友于」之情仍在。王維死後，王縉官當更大了，直當到宰相，

卻曲附時相元載，由奉佛走向佞佛。史載，王縉晚年信佛，不但將自己的房舍施為佛寺，度僧三十人住持，且將來京節度觀察使拉去搞贊助，修佛寺。更糟糕的是，他身為代宗的宰相，竟以此方便向皇帝宣傳因果報應，在他與幾位大臣合力煽動下，代宗大興佛事，盡力揮霍，甚至荒唐到「每西蕃入寇，必令群僧講誦《仁王經》」，如萬幸寇退，不是獎賞浴血的將士，而是對誦經的和尚橫加錫賜！難怪史臣要忿忿然批評道：「人事棄而不修，故大曆（代宗年號）刑政日以陵遲……其傷教之源始於縉也！」

王維還有幾個弟妹，他們也都「奉佛」。《舊唐書》〈王縉傳〉稱：「（縉）又縱弟妹女尼等廣納賄，貪猥之跡如市賈（商人）焉。」崔氏有知，定要搖頭嘆息。咦！種瓜竟然得豆。

二　不離世間覺

——王維以佛家「隨緣任運」取代儒家「兼濟」與「獨善」的處世原則，成就一種「無可無不可」的人生態度，重點轉至「適意」，其理想世界不過是現實在心靈的倒影。

王維十九歲時，曾寫下一首傳誦後世的〈桃花源〉。詩如下：

> 漁舟逐水愛山春，兩岸桃花夾去津。
> 坐看紅樹不知遠，行盡青溪不見人。
> 山口潛行始隈隩，山開曠望旋平陸。
> 遙看一處攢雲樹，近入千家散花竹。
> 樵客初傳漢姓名，居人未改秦衣服。
> 居人共住武陵源，還從物外起田園。
> 月明松下房櫳靜，日出雲中雞犬喧。

驚聞俗客爭來集，競引還家問都邑。

平明閭巷掃花開，薄暮漁樵乘水入。

初因避地去人間，更聞成仙遂不還。

峽裡誰知有人事，世中遙望空雲山。

不疑靈境難聞見，塵心未盡思鄉縣。

出洞無論隔山水，辭家終擬長游衍。

自謂經過舊不迷，安知峰壑今來變。

當時只記入山深，青溪幾度到雲林。

春來遍是桃花水，不辨仙源何處尋。

　　不管哪個民族，哪種信仰，恐怕心中都有一方「樂土」，如基督教所謂的「伊甸園」，佛教所謂「淨土」，道教的「蓬萊仙境」之類。但中國人總的說來比較現實，只要有「甘其食，美其服，安其君，樂其俗，鄰國相望，雞犬之聲相聞，民至老死不相往來」（《老子》）的平靜日子可過，也就是人間天堂了。所以孟子追求的理想世界是：「五畝之宅，樹之以桑，五十者可以衣帛矣；雞豚狗彘之畜，無失其時，七十者可以食肉矣；百畝之田，勿奪其時，八口之家可以無飢矣。」（《孟子》〈梁惠王上〉）陶淵明將這一理想套上「仙境」的外衣，造出一個千古流傳的「桃花源」樂土。除了開頭結尾有點「不可思議」外，中間一段寫的樂土也只不過是個全封閉的頗為原始的鄉村：「土地平曠，屋舍儼然。有良田、美池、桑竹之屬。阡陌交通，雞犬相聞。其中往來種作，男女衣著，悉如外人，黃髮垂髫，並怡然自樂。」（〈桃花源記〉）黃髮，指老人；垂髫，指幼童。這種男女老少都安居樂業的社會便是理想世界。〈桃花源詩〉濃縮為這麼一聯：「春蠶收長絲，秋熟靡王稅。」「靡王稅」是指沒有殘酷的剝削。只要如此便能安居，便是樂土！陶氏桃花源實在是平頭百姓的理想世界。王取材於陶，可是細細品來，味道並不一樣，其中樸素的田舍桑

竹已全換上「近入千家散花竹」、「月明松下房櫳靜」、「平明閭巷掃花開」之類觀賞性特強的富足的景象。與其說是王維將桃源幻化為仙境，毋寧說是王維以現實中的地主莊園取代了全封閉的近乎原始的鄉村，從而使桃源更現實化了。事實上花竹松月是唐代田園詩中最為常見的意象。這一轉換雖出自少年王維之手，卻經歷了六朝至隋唐那漫長的歷史變遷，問題所涉及的是士大夫文化心理結構的演進。

　　讓我們像漁夫尋桃源那樣溯流而上吧。

　　中國士大夫有一個挺有彈性的心理結構，簡化地說，就是「兼濟」與「獨善」的對立而又互補的結構。孔夫子雖然強調「入世」，在經世濟民的旗號下出仕；但這是有條件的，必須保全士大夫的個體人格。所以他提出一個原則：「邦有道則仕，邦無道則可卷而懷之。」（《論語》〈衛靈公〉）這也就是孟子所闡發的：「古之人得志，澤加於民；不得志，修身見於世。窮則獨善其身，達則兼善天下。」（《孟子》〈盡心上〉）「獨善」就是要「修身見於世」，要求一個人在逆境中能有淡泊處世的功夫。所以孔夫子對顏回大加讚歎道：「賢哉回也！一簞食，一瓢飲，在陋巷，人不堪其憂，回也不改其樂。賢哉回也！」（《論語》〈雍也〉）

　　郭沫若曾指出，莊周「出世」一派正是由此發展而來的。[10]我們說「儒道互補」，首先是儒學本來就有避世的一面，這才能與道家相感應，「裡應外合」生成一個「兼濟」與「獨善」可轉換的心理調節機制。這是一個相當漫長的歷史過程。我當然不想在這兒大寫「博士論文」，但也不好一腳跳過，就說幾個關鍵性的「點」吧，聰明的讀者諸君自不難連綴成一線的。

　　大體說來，魏晉以前的隱士不好當，他們得「藏聲江海之上」，「修身自保」，過著艱苦的生活。《晉書》〈隱逸傳〉稱：隱士孫登挖

---

10 詳郭沫若：《十批判書》〈莊子的批判〉，《郭沫若全集》歷史編第2卷，頁192。

土窟而居，董京行乞於市，公孫鳳冬衣草衣，范粲不願仕，三十六年不發一言，楊軻、霍原身為隱士還難免一死，真隱士不得不「不知所終」躲進深山老林去。魏晉以前隱士情況大都如此，〈招隱士〉的作者看準這一點，大講山中的險惡艱辛，於是呼喚道：「王孫兮歸來！山中兮不可以久留。」

　　主張從藪澤荒林中回家，以田園為依託、以「質性自然」為根本的「隱逸之宗」，是詩人陶潛。他將百姓安居樂業的理想與士大夫獨善原則結合起來，創造了「回家即隱逸」的模式。「眾鳥欣有託，吾亦愛吾廬」（〈讀山海經〉）、「結廬在人境，而無車馬喧」（〈飲酒〉），重要的不是深藏山林，而是忘懷得失、安貧樂道的心態。儘管這個家「環堵蕭然」、「簞瓢屢空」，仍能晏如；北窗一陣涼風徐來，就足以怡然自樂，實在是得自孔子「飯蔬食飲水，曲肱而枕之，樂在其中矣」的真傳。

　　謝靈運代表的則是另一種形式的隱逸。六朝是大莊園主們的時代。就個體而言，他們也有不得志的時候。不過，他們可以從容地退回六朝士族之所以能存在的根基──自給自足、「閉門成市」的莊園之中，過他們逍遙的日子。這時，他們也往往扮成「隱士」的模樣，謝靈運便是如此。謝家是有名的士族，從謝靈運〈山居賦〉中，我們看到一個巨大的莊園：「其居也，左湖右江，往渚還汀。面山背阜，東阻西傾。」這個涵漾著湖山林園的大莊園使謝靈運處身於人化了的自然之中，他的詩往往有田園味又有山水味。由於物質生活的豐裕，謝氏的田園山水詩有一股富足自在的華貴氣息，這對我們書裡的主人公王維有著深刻的影響。

　　尤其值得一提的是，謝靈運的「隱居」並不是「安貧樂道」，支撐著他的是玄學與佛家的思想。所有的宗教為了廣為傳播總是機會主義的。為了適應不願放棄富足生活的士大夫的需求，禪法出現簡化與心靈化的傾向，不必經嚴格戒律拘束的苦修，只要對自己心靈做些調

整即可得到救贖，善哉善哉！這就為謝靈運們提供了一種新型的隱居模式：不必遠離市朝，只是讓外在世界對應交融，在獨處中靠內心自我調節來求解脫的形式。它既不必放棄物質生活享受、名祿地位，又可以在短期回歸自然之中暫時忘懷得失，從而取得心理平衡。這種形式對士大夫來說，無疑是最為實惠可行的了。事實上魏晉以來士大夫（尤其是擁有優裕物質生活條件的士族中人）一直在尋找一種「權宜方便」的理論，來支持這種解脫形式。於是乎主張「隨其心淨則佛土淨」、「世間性空，即是出世間」的《維摩詰經》便成為六朝士大夫愛不釋手的人生指南，而「不離世間覺」的維摩詰居士也就成了士大夫頂禮膜拜的熱門人物（據說謝靈運有一綹美髯，死後將這綹鬍子獻給了維摩詰造像，足見他對這位居士心儀的程度）。

　　《維摩詰經》〈不二法門品〉稱：「世間、出世間為二，世間性空，即是出世間。」這實在是連接世間與出世間的橋樑，有了這位身居毗耶城，資財無量，有妻有子，甚至出入酒肆淫舍，卻能精通佛理、「普渡眾生」的樣板，士大夫便不難「權宜方便」地將佛教的禁欲主義轉化為自然適意的人生哲學，讓般若學與本土的玄學結成姻親，從而心安理得地在廊廟與山林之間往還。只要條件具備，士大夫們不難付諸實踐。

　　如果說六朝時擁有莊園衣食無憂，能像簡文帝那樣輕鬆地說「會心處不必在遠，翳然林木，便自有濠濮間想」的人極為少數；那麼時至盛唐情況可就不同了，其時均田制瓦解，莊園普遍化，擁有大小不等的莊園別墅（又稱「別業」）的士大夫遠不在少數，他們完全可以「亦官亦隱」地實踐那「世間性空即是出世間」的「不二法門」。我們的詩人王摩詰就適逢其時地處在這一轉折點上。天寶十一載（西元752年），唐玄宗曾經下了這麼一道詔書：「聞王公百官及富豪之家，比置莊田，恣行吞併，莫懼章程」云云。可見莊園制是「春風吹又生」了。不過這回與六朝不同，莊園並不只集中在幾個大家族手中，

而是要普遍得多。咱們也不必細細去考證，只要打開《全唐詩》，那題目上就有許許多多各色人等擁有的莊園，如高適〈淇上別業〉、岑參〈巴南舟中陸渾別業〉、李白〈過汪氏別業〉、祖詠〈汝墳別業〉、李頎〈不調歸東川別業〉、周禹〈潘司馬別業〉等等。所謂別業也就是些規模不等的田莊。盛唐許多詩人都有別業，所以要隱居毋需入深山，只要躲進別業就可「身心俱足」了。就連當年窮愁潦倒的陶潛，其後人陶峴也「嘗製三舟，一舟自載，一舟供賓客，一舟置飲饌。有女樂一部，奏清商之曲，逢山泉則窮其景物。」（《全唐詩》小傳）[11]這樣的「隱逸」恐怕為乃祖所不敢想像的吧？所以王維的好友祖詠就這樣唱道：「田家復近臣，行樂不違親……何必桃源裡，深居作隱論。」（〈清明宴司勳劉郎中別業〉）對當時的士大夫來說，田莊別業就是世上桃源，不必別處去尋找。所以我們在本節所引的少年王維〈桃花源詩〉，描繪的樂土桃花源，其實只是莊園別業的景象而已。

　　王維後來在終南山一帶得武則天時代的名詩人宋之問的舊莊園──輞川別業，氣象高華，莊園內有山有水，景點甚多，如文杏館、臨湖亭、辛夷塢、欹湖、椒園等等。而且，王維一邊還當著不小的官，其隱居形式就更加接近謝靈運了。二人都曾為佛學中國化，特別是佛性與人性的溝通方面做過重要工作，使他們的神情頗為相似。不過，王維由於個性、家庭、時代諸原因，使之處世態度更顯平和，在官、隱的周旋中更覺圓融無礙。其中關鍵還在王摩詰對佛學獨到的理解。王維所處的時代，正是「六祖革命」的時代，是佛教從外在的宗教變為內在宗教的關鍵時期。王維〈能禪師碑〉與謝靈運的〈與諸道人辨宗論〉一樣，都是佛教中國化路上的里程碑。在這篇碑文中，王維概括慧能的世界觀道：

11　〔唐〕袁郊《甘澤謠》稱：「陶峴自製三舟，遇興則窮其山水景物，吳越之士號曰水仙。」

> 五蘊本空，六塵非有。眾生倒計，不知正受。蓮花承足，楊枝
> 生時。苟離身、心，孰為休咎？

五蘊六塵是指大千世界，包括精神世界。既然身、心、我、法皆空，
哪還有什麼休咎可言？不過佛家（尤其是禪宗）所謂的「空」，並不
止於無，而是指一切事物都處於變化之中，故無「實相」，所有現象
只是虛幻。有這麼一則禪家語錄說：

> 一僧問：心住何處即住？
> 禪師答：住無住處即住。
> 又問：云何是無住處？
> 答：不住一切處，即是住無住處。
> 問：云何是不住一切處？
> 答：不住一切處者，不住善惡有無內外中間，不住空，亦不住
> 　　不空，不住定，亦不住不定，即是不住一切處。只個不住
> 　　一切處，即是住處也。[12]

一切都是變幻不定的，連「空」也不要執著，因為你肯定了「空」，
「有空」不也是一種「有」嗎？只有不住一切處，乃可住一切處；無
處不住即無所謂住，這「不住」便是佛家要的「空」哩！所以《維摩
詰經》〈觀眾生品〉有云：「從無住本，立一切法。」後來《壇經》也
稱：「但行直心，於一切法，無有執著，……心不住法即通流，住即
被縛。」無所住心才是禪宗強調的絕對自由，是從動的現象世界去體
悟靜的本體，在變化中求永恆，只要讓心靈空寂冥合自然便是出世
間。由此衍化為隨緣任運、寧靜淡泊的處世心態來。明代有個頗為聰

---

12 詳見〔唐〕慧海：《大珠慧海語錄》卷上〈頓悟入道要門論〉。

明的和尚是這樣解釋「空」的：「所謂空，非絕無之空，正若俗語謂『旁若無人』，豈旁真無人耶？」[13]什麼「入世的超越」，客觀存在的社會現實又如何能超而越之呢？只能內心自我做些調整罷了。所以王維〈能禪師碑〉又記述了慧能的處世方法：「乃教人以忍。曰：忍者無生，方得無我。」對這種「忍」的哲學，王維在晚年所寫〈與魏居士書〉中有很深的體會。他認為，「隱逸之宗」的陶淵明，「不肯把板屈腰見督郵，解印綬棄官去，後貧，〈乞食詩〉云：『叩門拙言辭』」；是屢乞而多慚也。嘗一見督郵，安食公田數頃，一慚之不忍，而終身慚乎？」陶淵明「不為五斗米折腰」是「不忍」，結果反而招來更多的不自由。「此亦人我攻中，忘大守小，不□（缺字）其後之累也。」這一缺字我猜也許就是「忍」字。按王維的意見，能否得解脫全然取決於他自己的內心：「惡外者垢內，病物者自我。」所以他主張「無守默以為絕塵，以不動為出世」，恰好相反，要「離身而返屈其身，知名空而返不避其名也。」這話不禁令人記起《世說新語》〈言語篇〉所載：

　　　竺法深在簡文坐，劉尹問：「道人何以游朱門？」答曰：「君自
　　　見其朱門，貧道如游蓬戶！」

王維更進一步，他甚至認為陶淵明不應當不為五斗米折腰，而應當像摩詰居士那樣「以忍調行，攝諸恚怒」。這才能「雖方丈盈前，而蔬食菜羹；雖高門甲第，而畢竟空寂。」事實上王維後半生就是這樣處世的，無論順境、逆境，他都在亦官亦隱中度過。他將這套辦法歸結為：

---

13 見〔明〕憨山德清：《憨山夢遊全集》卷12〈示周子寅〉。

> 孔宣父（即孔子）云：我則異於是，無可無不可。可者適意，
> 不可者不適意也。君子以布仁施義，活國濟人為適意；縱其道
> 不行，亦無意為不適意也。苟身心相離，理事俱如，則何往而
> 不適？

什麼叫身心相離？像維摩詰那樣「雖處居家，不著三界；示有妻子，
常修凡行；現有眷屬，常樂遠離；雖服寶飾，而以相好嚴身」，甚至
「雖獲俗利，不以喜悅」，「入諸淫舍，示欲之過；入諸酒肆，能立其
志。」[14]精神境界超越現實就能身心相離，無往不適。這裡王維對儒
家「兼濟」與「獨善」的處世原則做了新闡釋。孟子「獨善」重點在
「修身」，王維則以佛家「隨緣任運」取而代之，成為一種「無可無
不可」的人生態度，重點轉至「適意」。就其消極面言之，這種過而
不留的超脫會流為「無所謂」，尤其是以不抗爭來泯滅矛盾的態度更
易使人面對強暴時表現懦弱，走向混世；就其積極方面言之，這種過
而不留的超脫又會使人忘懷得失，不去斤斤計較，易得澄明的心靈境
界。這種心境正是詩歌創作所必須的精神狀態之一。王維一生得於
此，也失於此。「隨緣任運」是打開王維心扉的鑰匙。在這種心態下
創造出來的理想樂土，與少年王維的〈桃花源〉詩中境界又有所不同
了。諸位不妨先讀下面這首〈藍田山石門精舍〉：

> 落日山水好，漾舟信歸風。
> 玩奇不覺遠，因以緣源窮。
> 遙愛雲木秀，初疑路不同。
> 安知清流轉，偶與前山通。
> 舍舟理輕策，果然愜所適。

---

14 見〔後秦〕鳩摩羅什譯：《維摩詰所說經》〈方便品〉。

老僧四五人，逍遙蔭松柏。

朝梵林未曙，夜禪山更寂。

道心及牧童，世事問樵客。

暝宿長林下，焚香臥瑤席。

澗芳襲人衣，山月映石壁。

再尋畏迷誤，明發更登歷。

笑謝桃源人，花紅復來覿。

在桃源新版本中，老僧取代了老農，也取代了莊園主，精舍、朝梵、焚香成了桃源新景觀。修改本《壇經》有這麼一個偈頌：「佛法在世間，不離世間覺。離世覓菩提，恰如求兔角！」王維信奉的是人間佛教，「既在紅塵浪裡，又在孤峰頂上」，是現實在心靈中的倒影。

然而只靠莊園與《維摩詰經》是成不了「詩佛」的。王摩詰還有他人未必具備的「利根」——他那靈心善感的藝術素質與一流的詩歌天才。

三　詩佛

——宋人有云：「說禪做詩，本無差別，但打得過者絕少。」如何是打得過？王摩詰在寂照中完成了宗教體驗向審美經驗的轉化便是，以故稱「詩佛」。

王維兼通詩學佛理，這一點其同代人早就說了。有一度和王維同事的苑咸，在〈酬王維〉詩序中，用欽佩的口吻說：「王兄當代詩匠，又精佛理。」不過，唐人似乎都還沒有將他視為「詩佛」，倒是晚唐人有將賈島當作「佛」來頂禮膜拜的。《唐才子傳》卷九記李洞「酷慕賈長江（即賈島），遂寫島像，載之巾中，嘗持數珠念『賈島

佛』。」這就有些「詩佛」的意思了。可惜賈島詩寫得未免寒磣了
點，冒出來的是股「詩僧」氣，哪能稱佛！有些事是要在歷史的長河
中幾經淘洗，直待到水落石出這才能看清其價值與地位的。後人比來
比去，終於認準只有王維才可以同「詩仙」李白、「詩聖」杜甫相頡
頏，分別為釋、道、儒審美意識在詩壇上的代表，鼎足而三焉。這真
是莫大的榮耀！要不是這個「詩佛」的稱號，王維恐怕還不能與李、
杜並駕齊驅呢。明末清初的徐增在他寫的《而庵說唐詩》卷首說：
「詩總不離乎人才也。有天才，有地才，有人才。吾於天才得李太
白，於地才得杜子美，於人才得王摩詰。」

　　就總體而言，有人認為王維是「大詩人中的小詩人」，不無道
理；但是就其於傳統的「詩言志」、「詩緣情」之外，又拓開一條以審
美的超脫現實的態度觀照自然的路子而言，則其意義當不在李、杜之
下。所以王維雖然寫了大量山水田園以外的詩歌，我們仍然要把注意
力集中在田園山水題材之上，尤其要著力抉發其中與佛教之關係。徐
增又接著說道：

> 太白千秋逸調，子美一代規模，摩詰精大雄氏之學（即佛
> 學），篇章字句皆合聖教。今之有才者，輒宗太白；喜格律
> 者，輒師子美；至於摩詰，而人鮮有窺其際者，以世無學道人
> 故也。

學摩詰不易到，倒不是因為「無學道人」，而是如同宋人李之儀所說
的：「說禪做詩，本無差別，但打得過者絕少。」[15]如何是打得過？晚
唐有個鄭谷，在〈自貽〉詩中似乎頗有心得地吟道：「詩無僧字格還
卑。」我看這就是沒打得過，誤以「僧氣」當高韻。真要打得過，就

---

15 〔宋〕李之儀：《姑溪居士前集》卷29〈與李去言〉。

得讓宗教體驗轉入藝術體驗，都無差別，但有詩境禪意而不見禪語議論，這才是詩佛境界。王維之所以超出賈島一等而為「詩佛」，關鍵在於能以無所住心為隨緣任運、寧靜淡泊之處世態度，在寂照中醞釀為一種審美心態，進而創構了一種獨特的作詩方法，造就其田園山水詩不可思議的美。

隨緣任運、寧靜淡泊，談何容易！尤其是在廊廟、山林士子可以隨腳出入的唐代，有幾個讀書人坐得住，不去仕途上奔競一番？《因話錄》載有一則故事，說是德宗時有人在昭應縣逢一書生，急如星火地趕向京城。問他所求何事這般急？答道：「將應不求聞達科。」既稱「不求聞達」，還如是孜孜以求，豈不可笑！然而在《登科記考》中，堂而皇之記載的初、盛唐科舉名目就有：銷聲幽藪科、安心畎畝科、養志丘園科、藏器晦跡科，不一而足。應此類科舉項目者，其心態又與那位應「不求聞達科」的書生仁兄有何異哉？更有甚者，連以「隨緣任運，寧靜淡泊」自居的「空門」，也打上「選官」的烙印。《五燈會元》卷五收錄一個故事，說一位書生將入長安應舉，路上遇到禪客問他：「仁者何往？」答：「選官去。」禪客說：「選官何如選佛？」所謂選佛，就是選法子，當個大和尚的法嗣，與選官一樣有名有利。這位書生果然聽從勸告去選佛，他就是後來很有名氣的天然禪師。但話說回來，一些久在官場浮沉的人，倒是想用「隨緣任運，寧靜淡泊」的生活態度來調節自己的心理，使之平衡，好比舞會中人需要來一瓶冰鎮飲料一般。所以盛唐不但有大量意氣飛揚的邊塞詩，還有大量自在平和的田園詩；而且盛唐的「邊塞詩人」幾乎無一例外都寫有田園詩，正是體現了盛唐人既有對外在事功的追求，又有對內心平衡的追求這一事實。王維就是個典型。他寫有非常的邊塞游俠一類的詩作，代表盛唐的「少年精神」，又有大量山水田園之作，是尤其隨緣任運、寧靜淡泊處世態度孵化出來的。隨緣任運、寧靜淡泊藏有詩意？要體會這點詩意，不妨先讀一支《紅樓夢》第二十二回引用的曲子：

漫搵英雄淚，相離處士家。謝慈悲，剃度在蓮臺下。沒緣法，
轉眼分離乍。赤條條，來去無牽掛。那裡討，煙蓑雨笠卷單
行？一任俺，芒鞋破缽隨緣化！

這支〈寄生草〉何以讓賈寶玉「喜得拍膝搖頭，稱賞不已」？就因曲
子將那種斷然了然的覺悟，那種「來去無牽掛」的隨緣心境表現得淋
漓盡致。是的，忽然扔下人生沉重的包袱，會有一種異樣的解脫的快
感。海涅有一首〈流浪〉詩：

> 要是你登上險峻的高山，
> 你將發出深長的嘆聲；
> 可是你要是抵達那巍峨的山頂，
> 你會聽到老鷹的叫聲。
>
> 在那兒你自己會變成一隻老鷹，
> 你此身宛如獲得再造；
> 你會覺得你自由，你會覺到：
> 你在下界並沒有損失多少。

西方的海涅這一瞬間的感覺，便是東方禪宗所謂的「頓悟」境界。
《壇經》有云：

> 世人性本自淨，萬法從自性生……如天常清，日月常明，為浮
> 雲蓋復，上明下暗，忽遇風吹雲散，上下俱明，萬象皆現。

這種內心頓悟的境界，北宋的蘇東坡居士曾用實景示現：

　　黑雲翻墨未遮山，白雨跳珠亂入船。

　　卷地風來忽吹散，望湖樓下水如天。

　　　　　　　　　　　　——〈六月二十七日望湖樓醉書〉

可見內在的心境是可以與外在景象相對應的，內心覺悟的愉悅是可以與審美快感相溝通的。（可用西方現代心理學所謂的「格式塔」異質同構來解釋，這裡就不多說了。）王維之所以「打得過」，就在於他並不是將佛理寫入詩中，而是將宗教體驗的愉悅與審美快感打通，創造出奇妙的情感意象，以語言形式琥珀也似地讓美凝為永恆。就其大量田園山水詩而言，就是善於將佛教不離世間求解脫的方法注入亦官亦隱的生活方式之中，在寂照中完成其詩化的過程，創構其秀美的風格。

　　《景德傳燈錄》卷六有一則問答：

　　問：和尚修道，還用功否？

　　師曰：用功。

　　曰：如何用功？

　　師曰：飢來吃飯，睏來即眠。

　　曰：一切人總如是。同師用功否？

　　師曰：不同。

　　曰：何故不同？

　　師曰：他吃飯時不肯吃飯，百種須索；睡時不肯睡，千般計較。

禪宗講究的是「平常心是道」，所謂「超然出塵」、「脫盡人間煙火氣」，無非只是對現實中瑣碎、無聊、庸俗的功利得失不去做百種須索千般計較而已。《楞嚴經》云：「凡夫被物轉，菩薩能轉物。」王維在〈謁璇上人詩序〉中深有體會地說：「上人外人內天，不定不亂。舍法而淵泊，無心而雲動。色空無得，不物物也。默語無際，不言言

也。故吾徒得神交焉。」王維這裡是以玄參禪。「外人內天」就是莊
子「天人合一」的自然觀。「不物物」就是不把物當作物,不將人主
觀的認識差別加給物。總之,只有不為物欲所牽制,才能達到《維摩
詰所說經》中所說的「不定不亂」的自如境界。而這種非功利的心
境,正是產生審美經驗所必須的心理距離。排除了珠寶商那貪婪的目
光,才能發現珠寶真正美的價值。詩人藉此門徑可以「直接捫摸世
界」,在寂照中得到審美的愉快。

何謂「寂照」?對深受佛道薰陶的詩人來說,便是在忘懷得失的
寂靜中對世界所作的一種心靈上的體驗。請你先細細品味一下王維這
首題為〈鳥鳴澗〉的小詩:

人閒桂花落,夜靜春山空。
月出驚山鳥,時鳴春澗中。

「人閒」與「山空」對應,「閒」便是「無」,便是「空」,便是一時忘
懷得失的等無差別境界。所以顧安《唐律消夏錄》會說:「摩詰詩全是
一片心地,不汲汲於富貴,不戚戚於貧賤,於世無忤,於人何尤……
詩中寫閒景處,即是曾點『浴乎沂,風乎舞雩』之意,莫作閒景看。」

曾點是孔子的學生,他的理想是自由自在地過日子,曾被孔子認
可。這種非功利的審美的心態使王摩詰能細察忙碌中人所看不到的
美:桂花落。誠如美學家宗白華所指出:「藝術心靈的誕生,在人生
忘我的一剎那。」王維在寂照中融入大自然,體驗大自然生命之律
動:空山中有自在活潑的生命,靜謐的月兒悄然升起,卻驚起山鳥,
是靜中之動;鳥飛鳥鳴又襯出春山之空寂,是動中之靜。這也就是所
謂的「寂而常照,照而常寂,動靜不二,直探生命的本原。」[16]如果

_____

16 宗白華:《美學散步》(上海市:上海人民出版社,1981年),頁65。

不是有顆澄明如古潭的心讓諸動深深沉入那無底的寂靜，又如何能照映出大自然那永恆自在的美？也許這就是現代西方哲人海德格爾所說的那種「親在」自身嵌入「無」中，一切乃真相大白的境界？無論如何，王維通過「凝心入定」，「因定而得境」，在大自然中獲得心靈的淨化，在一時忘懷得失的澄明中獲得審美的愉快，無往而不適。正是在寂照中，王維完成其宗教體驗向審美經驗的轉化。

　　當然，這一轉化是有條件的。條件是：深情冷眼。《東坡集》卷十有蘇軾〈送參寥師〉詩，云：

> 欲令詩語妙，無厭空且靜。
> 靜故了群動，空故納萬境。
> 閱世走人間，觀身臥雲嶺。
> 鹹酸雜眾好，中有至味永。

心無罣礙才能空諸一切，而空明的覺心便有靈氣往來，無論鹹酸苦辣，皆成至味。但蘇軾這句尤可注意：「閱世走人間，觀身臥雲嶺。」這是說，要達到空且靜的境界，要有閱世之後超越自身乃至社會人生的前提。大凡真正的「靜者」，都是些閱歷深又看得透的人。中國文學史有這樣的奇特現象：被視為「隱逸詩人」、「韻外之致」的代表人物，如陶淵明、王維、韋應物、柳宗元輩，無一不是曾具濟世雄心的強者。龔自珍曾盛稱陶淵明好比智者諸葛亮：「陶潛酷似臥龍豪」（《定庵文集補》〈雜詩〉）；韋應物則在天寶末年曾充唐玄宗的侍衛，〈溫泉行〉自稱：「身騎廄馬引天仗，直入華清列御前。」也曾是個桀驁不馴的人物，後來卻成為中唐田園山水詩大家；柳宗元青年時代便是個舉足輕重的政治家，參加過「永貞革新」，是個重要角色。這些人後期詩風「沖淡」，都是從「幾許辛酸苦悶中得來的」（朱光潛語），這就是「鹹酸雜眾好，中有至味永」之謂。王維也應作如是

觀。他少年時代出入王侯府第,「寧王、薛王待之如師友」(《舊唐書》本傳),後來又靠攏賢相張九齡,希望在政治上有所作為,曾兩次出塞,不失為豪客。正是因為曾經「閱世走人間」,才有後來「觀身臥雲嶺」的超越,由紅塵浪裡翻上孤峰頂上。所以賀貽孫〈詩筏〉會說:「王右丞詩境雖極幽靜,而氣象每自雄偉。」中國士大夫奉佛學道,雖然一端與出世哲學相聯繫,而另一端都仍然深植根於儒學的人生觀,並未斬斷。六朝時玄風大熾,而鍾嶸《詩品》猶云:「於時篇什,理過其辭,淡乎寡味。」可見道、釋的「空」、「無」都不能形成文學上的「韻外之致」。詩的生命在乎情,而情之大者莫過於生死。生與死正是莎士比亞戲劇的深刻主題與靈感來源;中國士大夫則往往化生死問題為「出」與「處」的問題,也就是出世與入世的問題。沒有入世的眷戀與出世的嚮往,便沒有心靈平衡的追求,也就沒有詩歌創作不可或缺的一往情深的激情,又焉能成為詩家射鵰手?王維之所以成「詩佛」而不是「詩僧」,更不是純粹的「出家人」,就在於他的「冷眼深情」,善於將其宗教體驗轉化為審美經驗,將其亦官亦隱的生活醞釀、詩化,成就了富有理趣、別具一格的田園山水詩。

　　聞一多曾經認為,中國沒有作詩的職業家。就整個文化來說,詩人對詩的貢獻是次要問題,重要的是使人精神有所寄託。從這一角度說,王維替中國詩定下了地道的中國詩的傳統,後代中國人對詩的觀念大半以此為標準,即調理性情,靜賞自然,其長處短處都在這裡。[17]聞一多的說法頗符合士大夫對詩的基本看法。王維上承六朝(尤其是謝靈運)一脈貴族文學的傳統,在豐裕的物質生活條件下,詳盡地占有詩、文、音樂、書法、舞蹈、圖畫等文化遺產,是時代的文化驕子,由他來全面表現盛唐文化的成就絕非偶然。雖然在代表時代的先進性、獨創性方面他遠不及李白、杜甫,甚至在局部的藝術成

---

17 詳見鄭臨川述:〈聞一多先生說唐詩(下)〉,《社會科學輯刊》1979年第5期。

就上也未能超出同時代如王昌齡、岑參、孟浩然諸人；但就其總體成就而言、就其全面繼承文化遺產而言、就其所代表的士大夫主流意識而言，王維是無與倫比的。從詩的總量看，中國士大夫中的大多數人寫詩的確主要是為了調理性情，在靜賞自然中使精神舒暢。王維在增強詩歌心理調節功能上有傑出的貢獻。

可以說，王維的藝術創構，為士大夫的心靈留下一方淨土，在逆境中勉力保存一點人格，不去與惡勢力同流合污。可惜「有一利必有一弊」，這方「淨土」也往往成了士大夫心靈的防空洞，在惡勢力面前一退了之，缺乏屈原式的怨鬼般的執著。王維在被安祿山叛軍拘禁在長安菩提寺時，曾寫〈口號又示裴迪〉詩云：「安得舍塵網，拂衣辭世喧。悠然策藜杖，歸向桃花源。」這與杜甫陷安祿山占據的洛陽城時所作〈悲陳陶〉、〈悲青阪〉、〈春望〉、〈哀江頭〉等一系列憤激沉痛，與國家共存亡的決心相比較，實在是判若天淵。在王維〈嘆白髮〉詩中，他頗有自知之明地感嘆道：「一生幾許傷心事，不向空門何處銷！」士大夫往往以佛學與田園山水為消遣，調理性情，所以一千多年後龔自珍仍要感嘆：「空王開覺路，網盡傷心民！」（〈自春徂秋偶有所觸拉雜書之漫不詮次得十五首〉）

然而，世事推移，有些事物便有了轉機，也許有些短處在新條件下可能轉為長處，亦未可知。譬如隋帝開運河，當年只為一己之樂，不惜民窮國破，為論者所不齒。但是到了晚唐，就有皮日休認識到「在隋之民不勝其害，在唐之民不勝其利」，[18]有詩云：「盡道隋亡為此河，至今千里賴通波。若無水殿龍舟事，共禹論功不較多！」（〈汴河懷古〉）在進入工業社會，一些發達國家、地區物質豐富、人欲橫流的當今，人與社會，人與自然，人生內在自我的分裂，已然成為人們頗為注目的問題。在新條件下重新審視「隨緣任運，寧靜淡泊」的

---

18 〔唐〕皮日休：《皮子文藪》卷4〈汴河銘〉。

處世態度與詩歌調理性情之功能，便有了現代的、世界性的意義。事實上，日人鈴木大拙在西方介紹禪學所引起的轟動；自一九一五年埃茲拉・龐德那本僅收有十五首李白與王維短詩譯文的小冊子《漢詩譯卷》（cathay）問世，中國古典詩對西方現代派詩歌所發生的深刻影響，此二事均已表明重新審視禪學及詩歌調理性情功能並非可有可無之舉。三十年代中期，林語堂先生在講到他寫作《生活的藝術》時說：中國詩人曠懷達觀、高逸退隱、陶情遣興、滌煩消愁之人生哲學，「此正足予美國趕忙人對症下藥。」[19]

　　林氏將這種哲學歸結為「閒適哲學」，是人精神上的「屋前空地」。林語堂《生活的藝術》當時在美國有很大的反響，被譯成十幾種文字。現在回頭來看，《生活的藝術》雖然開了個很好的頭，但不必諱言，所介紹的尚非中國傳統文化的主流，所介紹的一些人物與趣味也多屬第二流。總體講，要反映中國文化中「生活的藝術」的精粹，尚待後繼者們的努力。對中國士大夫生活情趣高層次的代表人物王摩詰做一番較為深入的瞭解，由是便有了現實的、當代的意義。

　　還有一點易引起誤解的是，稱王維「詩佛」，似乎便不受儒、道的影響。其實不然，中國士大夫都逃不出這兩家的影響，但講治國平天下時，多用儒家原則，講超越、心理平衡便多有道家眼光。王維也是如此，不同的是，他對道家的理解往往是用禪宗的眼光，而禪宗是一種溶劑，能將佛、道溶為一體，所以我們的注意力仍集中在摩詰的禪宗思想。不過我們還應注意到：中國士大夫對待佛教經常是借用它的磚來搭建自己的思想小屋，未必是佛家的原意。

---

19 林太乙：《林語堂》第13章（北京市：中國戲劇出版社），頁145。

第二章
少年心情

一　鬱輪袍的傳說

　　──鬱輪袍的傳說雖說是小說家言，可它就像達摩面壁九年而將身影泐進去的石壁一樣，也蘊涵著王維在那一特定時代的身影。

　　「信不信由你。」許多傳說故事都是這樣開的頭。保存在唐人薛用弱所寫的《集異記》裡的一則有關王維的傳說故事，似乎也必須這麼開頭。

　　王維少年時代就以能寫詩文著名，但他還有一手絕活，那就是精通音樂，善彈琵琶。琵琶這東西，你知道，是很早很早以前就傳入中原的外來樂器，據說漢代烏孫公主遠嫁，就是彈這種哀怨的樂器來一路訴說遭際的不幸。在唐代，琵琶算得上是最時髦的樂器了，至今敦煌莫高窟還有一幅名揚遐邇的「反彈琵琶」壁畫呢！王維以其文學與音樂、書畫的藝術全才遊歷於諸權貴之間，深受歡迎。其中，岐王──唐高宗的愛弟李范，對王維尤其眷重。當時，有個進士（唐代應進士舉的人就叫「進士」，中舉後叫「前進士」）張九皋，名氣大極了，還有人替他在某公主面前說了好話，公主為他疏通了京兆府的考官，要以張九皋作為京兆府的解頭（頭號推薦人選）。京兆府，就是京城的地方政府，他們推薦的人選前十名無不如願，更何況是第一人選，能不扶搖直上嗎！王維本年也想參加進士科舉，便將心事告訴了岐王，企盼能得到強有力的支持。岐王替王維策劃了一番，便帶他登公主之門。不用說，又是一場歌舞宴飲。

　　你想，王維是何等人才，妙年潔白，風姿都美，站在伶人中間，其風儀落落好比鶴立雞群，令人側目。連公主也忍不住問岐王道：

　　「那位美少年是什麼人？」

岐王見入吾彀中，滿心歡喜地回答道：

　　「是一位有音樂天才的年輕人。」

於是岐王便讓王維呈獻拿手好戲：彈琵琶。頃刻間錚錚鏦鏦、悲悲切切的琵琶聲好似清涼的泉水漫過筵席，直淌入人們的靈魂深處。一曲未了，滿座客主都已為之動容，公主竟感動得落下淚來。

　　「這首曲子叫什麼？」公主垂詢道。
　　「這是小生新譜的曲子，叫〈鬱輪袍〉。」

王維趕忙起身，畢恭畢敬地答道。

　　岐王見火候已到，便不失時機地力薦王維的文才，說是知音律算什麼，其文章詞學當今獨步，那才叫絕呢！公主當場細讀了王維呈獻的詩卷，果然其味無窮，其甘如飴，乃大驚道：「這些詩不就是我平時所誦習的佳作嗎？我還以為是古人寫的呢！」公主十分賞識王維的才華，當即召來京兆府試官，傳教：今年京兆府試首席人選非王維莫屬！王維一舉登第，自然不在話下。

　　這就是《集異記》記下的奇聞。

　　許多學者都以為小說家言不必認真。然而，小說所敘者往往是某些事蹟的投影，也是不爭的事實。就以《集異記》中王維這則傳說而言，接下一段說到王維登第後任太樂丞，因所管轄部門在不適當場合

演出黃獅子舞而被貶官一事，許多學者不是都引為實證嗎？何以厚此薄彼呢？依我看，這則故事傳說是小說創作，不必盡合事實，但仍有時代的影子，從中可窺見青少年時代王維的某些行為。

　　有人稱王維奏鬱輪袍是「走婦人內線」，殊不知武則天以來，公主的地位顯赫，文人「走婦人內線」代不乏人。被李白許以「必著大名於天下」的魏顥，其〈李翰林集序〉就這麼說過：「白久居峨眉，與丹邱因持盈法師達，白亦因之入翰林。」這位法力通天的「持盈法師」，就是玄宗的妹妹玉真公主。既然玉真公主可使李太白「因之入翰林」，為什麼就不能教王摩詰取個「解頭」？[1]其實我們毋需追查《集異記》中的公主是否即玉真公主，我們只要理解唐人的心思並不以「走婦人內線」入仕有什麼大不了的事，像明清人那麼大驚小怪，也就行了。老實說，同樣是「走後門」，盛唐人對公主與王孫一視同仁，正是其社會風氣較明清開放些之所在。明清人之委瑣，還表現在以為王維「自廁於優伶（演員）之伍」，便是有辱清譽。殊不知盛唐人上自帝王宰臣，下至平民文士，都不憚自拉自唱自舞，娛人娛己。玄宗及其侄子汝南王李璡，還有開元名相宋璟，都是擊羯鼓的能手。據李濬《松窗雜錄》說，李白寫〈清平調〉，詞三章，玄宗命名歌手李龜年以歌，並親自「調玉笛以倚曲，每曲遍將換，則遲其聲以媚之。」宋人劉攽《中山詩話》不無豔羨地讚歎道：「古人多歌舞飲酒。唐太宗每舞，屬群臣，長沙王亦小舉袖……今時舞者必欲曲盡其妙，又恥效樂工藝，益不復如古人常舞矣！」如此看來，王維為公主彈一曲鬱輪袍，唐人是不會以為有什麼丟人現眼的地方。事實上唐人薛用弱正是以讚賞的筆調記下這椿風流佚事的。

　　索性說開去。唐代科舉盛行「行卷」之風。也就是舉子向權貴、名人投獻詩文乃至傳奇小說，求其賞識，並向試官推薦。晚唐名詩人

1　王維現存詩有〈奉和聖制幸玉真公主山莊因題石壁十韻之作應制〉。

杜牧，據《唐摭言》說，就是由當時著名詩人吳武陵向主考崔某力薦
其〈阿房宮賦〉，一舉及第。而舉子為引起注意，往往不惜搞些新花
樣。如行卷一般取少而精，而舉子薛保遜偏偏用巨編行卷，自號曰：
「金剛杵。」又有如一般行卷人要穿麻衣投獻，而鄭愚偏偏著錦襖子
半臂，人稱「錦半臂」，自然十分醒目。這種風氣泛開去，文士求知
己也往往如此。薛、崔在王維之後，而王維之前如陳子昂，也有類似
緣音樂以求文學知己的傳說。《唐詩紀事》引《獨異記》說，陳子昂
初入京，不為人知。有人賣胡琴，價高百萬，眾人圍觀卻無人敢問
津。於時獨子昂突出，將此琴買下。眾驚問，子昂於是答道：「我善
彈此琴。」大家都圍著他，七嘴八舌道：「您能否彈一曲讓我們開開
眼界？」子昂很爽快地回答：「行！明天大家請到宣陽里，我獻一曲
請教！」人們一傳十，十傳百，第二天一大夥人到宣陽里要聽子昂鼓
這價值百萬的胡琴。可這時候陳子昂卻笑嘻嘻的說：「蜀人陳子昂不
會鼓琴，但有文百軸，要諸位指教！」說罷將琴一擲而碎，眾人無不
吁噓。子昂上前將自己的詩文分贈眾人，一日之內，名播京華。從以
上二則傳說故事，我們可以領會盛唐人不拘細行，兼通文藝，以及時
人對音樂藝術與詩歌兼而好之的時代風氣。唐詩之所以特別富有音樂
性，正與此種風氣的滋潤有關。

　　再就王維的個人素質而言，《集異記》中的傳說故事也有其合理
的核心，這就是王維的確是精音律的行家。王維的祖父王冑，官「協
律郎」。這可是「業務官」，不懂行的人當不得，所以說王維有祖傳的
「音樂細胞」應不為過。《舊唐書》本傳稱其在輞川與裴迪「彈琴賦
詩，嘯詠終日」，他本人詩中也有「悵別千餘里，臨堂鳴素琴」（〈送
權二〉）之類句子，都可以證明王維會樂器。他及第後第一個官職是
「太樂丞」，也是量才而用之。再者，王維以文藝通才出入公主諸王
之門，也不違史實。《舊唐書》本傳稱：「維以詩名盛於開元、天寶
間，昆仲宦遊兩都（長安、洛陽），凡諸王駙馬豪右貴勢之門，無不

拂席迎之。寧王、薛王待之如師友。」薛王與王維交情我們從現存王氏詩文中尚找不到痕跡，有一首〈息夫人〉，是寫於寧王府上的，倒是岐王與王維交往頗深。現存「應教」詩三首，其中有夜間過訪宴飲時寫下的〈從岐王夜宴衛家山池應教〉，頗能體現王維與岐王的交誼並非泛泛。從這一點上看，二《唐書》不記岐王而記薛王，還不如《集異記》所說「尤為岐王之所眷重」來得準確呢！

　　現在先來拜讀一下與岐王有關的現存三首王維「應教」詩。所謂「應教」，就是「奉命做詩」的意思；如果是對皇帝而言，「奉旨做詩」，那就要稱「應制」詩了。三首詩都抄在下面：

　　　　楊子談經所，淮王載酒過。
　　　　興闌啼鳥換，坐久落花多。
　　　　徑轉回銀燭，林開散玉珂。
　　　　嚴城時未啟，前路擁笙歌。

　　　　　　　　　　　　──〈從岐王過楊氏別業應教〉

　　　　座客香貂滿，宮娃倚幔張。
　　　　澗花輕粉色，山月少燈光。
　　　　積翠紗窗暗，飛泉繡戶涼。
　　　　還將歌舞出，歸路莫愁長。

　　　　　　　　　　　　──〈從岐王夜宴衛家山池應教〉

　　　　帝子遠辭丹鳳闕，天書遙借翠微宮。
　　　　隔窗雲霧生衣上，卷幔山泉入鏡中。
　　　　林下水聲喧語笑，岩間樹色隱房櫳。
　　　　仙家未必能勝此，何事吹笙向碧空。

　　　　　　　　　　　　──〈敕借岐王九成宮避暑應教〉

前二首是王維隨岐王到其他豪貴家游宴之作，後一首則是玄宗將著名的九成宮借岐王避暑時，王維隨岐王在宮中遊樂所作。雖然詩中沒直接說到王維與岐王的關係，但那「如影隨形」般的貼近已道出二者間的親密關係。這種應教詩一般要寫得富麗堂皇，歌詠治象。而第一首卻有點特別，楊氏不知何人，但「楊子談經所」一句，透露出主人大概也弄點學術。當然，為的是頌揚岐王的折節下士，所以用「淮王」比岐王。淮王，《漢書》稱淮南王安好學術，折節下士；與《舊唐書》稱岐王「雅愛文章之士，士無貴賤，皆盡禮接待」正可比照，恐怕這也是王維與岐王關係較深的契合點。接下來一聯（又稱「頷聯」）為後人所稱許，王安石還有仿作云：「細數落花應坐久，緩尋芳草得歸遲。」王維這一聯我看比王安石的那一聯要更自然些，更含蓄些。通過物象的變化表現時間的推移，但又因心緒的平靜而泯滅了時間的變化，是所謂的「失去時間」的永恆。這類佳句在後來王維田園山水詩作中是最具特色的「眼」，此處已露端倪，此是後話。

　　總之，鬱輪袍的傳說雖說是小說家言，但的確就像達摩大師面壁九年而將身影泐進去的石壁一樣，也蘊涵著王維在那一特定時代的身影。至少，它透露出王維科舉順利與諸王貴勢的支持有關這一重要的消息。

　　王維何年進士及第呢？這要涉及其生卒年，頗費猜詳。

　　王維的生年有好幾種說法，至今紛紛莫定。其中最有影響的兩說：一是據《舊唐書》本傳「乾元二年七月卒」，又據《新唐書》本傳「年六十一」，合而推之，測定其生卒年為聖歷二年至乾元二年（西元699-759年）。然而，王維卒年應為上元二年（西元761年），因為現存王維〈謝弟縉新授左散騎常侍狀〉明明標示「上元二年（西元761年）五月四日」之作，不可能於此前的乾元二年（西元759年）就逝世，且《佛祖歷代通載》卷十三也明確記載：「上元辛丑，尚書左（右？）丞王維卒。」於是又有學者矯正其生卒年為西元六九九至七

六一年，享年六十三歲。[2]另一說為趙殿成《右丞年譜》，據王維卒於
上元二年而上推六十一年，得出王維生卒年為大足元年至上元二年
（西元701-761年）的結論。此說頗流行，王維研究專家如陳貽焮、
陳鐵民等咸主此說。陳鐵民《王維新論》又以王維〈與魏居士書〉云
「僕年且六十」為內證，認為這封書信是王維在安史之亂後宥罪復官
的乾元元年以後的作品，如果依趙殿成說推算，那時王維是五十八
歲，正合「年且六十」的說法。不過據筆者看，此封書信恰恰是安史
之亂以前的作品（詳見本書第六章第四節），如果依照西元六九九至
七六一年的說法來推算，安史之亂在西元七五五年，按中國的傳統算
法王維是五十七歲，不妨自稱「僕年且六十」。何況按趙殿成的說法
有一點難圓的矛盾：二《唐書》〈王縉傳〉一致記載王縉卒於建中二
年（西元781年），年八十二，上推王縉的生年為久視元年（西元700
年）；則弟弟王縉反而比哥哥王維早一年出世，無論如何是說不過去
的。看來王維享年六十一歲的記載有問題。因此，有些研究者將王維
的生年前推至聖歷二年（西元699年）是有道理的。當然，也仍然沒
有很堅實的力證。[3]歷史總是喜歡留給我們一些遺憾，偉大人物如屈
原、曹雪芹，他們的身世不就是一團謎嗎？王維相比之下算幸運，我
們至少能比較確定其生卒年的範圍。穩妥點說，其生卒年可暫擬為：
西元六九九（？）至七六一年。

　　依照上面的生卒年，我們又可以推知王維參加京兆府試或當在開

2　〔明〕顧起經《類箋王右丞全集》附年譜定維「乾元二年公年六十一歲，七月卒於
　　藍田之輞川第。」但又說：「上元初卒，六十一；相去半年，其集載為弟縉謝散騎
　　常侍表，尾又繫以上元年月，則上元時公尚未亡。豈二史不合耶？抑乾、上二字有
　　訛耶？今姑從舊傳所紀云。」日本學者入谷仙介《王維研究》則逕改為卒於上元二
　　年（西元761年），生年則上推至聖歷二年（西元699年），享年六十三。今人王達津
　　《王維的生平和詩》（載《唐代文學論叢》總第三輯）亦主此說。
3　有些學者對王維享年六十一有更大膽的突破，如王從仁《王維生卒年考辨》主張維
　　生卒年為如意元年（西元692年）至上元二年（西元761年），享年七十左右。

元五年（西元717年）。因為現存王維詩〈賦得清如玉壺冰〉題下有
原注：

> 京兆府試，時年十九。

由這個數字「十九」，衍生出不少說法[4]：

> 唐張彥遠《歷代名畫記》：「（王維）年十九，進士擢第。」
> 唐姚合《極玄集》：「（王維）開元九年進士。」
> 劉昫《舊唐書》本傳：「維開元九年進士擢第。」
> 辛文房《唐才子傳》：「（維）開元十九年狀元及第。」

　　張彥遠與辛文房將王維十九歲那年參加京兆府試直認作及第於開
元十九年。而姚合、劉昫與之犯同樣錯誤，更把「十九」訛為「九」，
所以「維開元九年進士擢第」一說還是靠不住。如果王維生年的確為
聖歷二年（西元699年），則王維參加京兆府試就在開元五年（西元
717年），那年王維十九歲。按照唐人進士科舉的規矩，士人先要向府
州求舉，考試合格者才由府州「解送」尚書省，然後方能到長安（或
洛陽）受吏部（後改禮部）考試。府州考試一般在七月間舉行，所以
當時有諺語云：「槐花黃，舉子忙。」第二年正月才是進士考試，二
月放榜。也就是說，即使王維十九歲那年京兆府試成功地被解送，也
得第二年才可能進士及第。照《唐摭言》的說法，京兆府解送最熱
門，或被稱為「利市」，開元天寶之際以前十名為「等第」，考官往往
十取其七八，如果落選，京兆府還要「牒貢院請落由」，問個清楚

4　如徐松《登科記考》卷七引《舊唐書》〈文苑傳〉云王維「開元九年進士擢第」，按
　　語云：「九」上脫「十」字。日本學者入谷仙介《王維研究》第一章第二節對此有
　　詳論，可參考。

呢！由此看來，王維及第很大可能是在開元六年，至遲在開元七年。

唐人以進士難得，有人根據文獻資料做了統計，平均每榜才二十三人，難怪晚唐人李山甫會悻悻然吟唱道：「桂樹只生三十枝。」（〈赴舉別所知〉）所以唐人又有「五十少進士」的說法，五十歲及第猶稱「少年得志」，何況王維不過二十來歲，甭提有多神氣！

二 「布衣貴族」及其兩京之遊

──王公貴主，諸色官吏；巨富豪商，貧民乞兒；藝妓浮客，胡僧流人；無不在棋盤也似的長安城中出沒，下一局沒完沒了的人生變幻之棋。

在詩人王摩詰身上，有一種令人詫異的氣質：他雖然被稱為「詩佛」、「高人」、田園詩人，卻沒有寒斂的僧氣、酸儒味，或者是洞穴隱士那種疏野孤傲卻未免小家子氣的神情。反之，在他身上有股盛唐人所獨有的英特之氣，一股少年精神，一股靜的力，一種雍容自在的大家風度。這也是一種「複雜的單純」。

晚清最有頭腦的詩人龔自珍曾經不無驚詫地在《最錄李白集》中這樣歸結李白的思想：「儒、仙、俠實三，不可以合；合之以為氣，又自白始也。」將不易調和的「三教」合而為一，而且在李白身上體現為頗見單純、天真的氣質，的確是李白思想的一大特色。可是當我們將珠穆朗瑪峰放回喜馬拉雅山的群峰中去觀察時，它也就不會顯得那麼突兀了。其實許多盛唐人都是將儒、道、釋三者，以及「俠」這墨家的變種，都揉在一起，兼而有之，只是好比將三原色放在自身的調色板上以各自的方式調出獨特的色彩而已。李白如此，王維、杜甫，乃至王昌齡、孟浩然、岑參輩，豈不也是如此？用烹調打個比方，西方人品色清楚，牛排就是牛排，雞腿就是雞腿，青菜就是青

菜，絕不混雜；可中國人卻喜歡複雜的和諧，將一些看來似乎毫不相
干的東西弄成「大羹」，搞些「佛跳牆」之類的東西，幾種乃至十幾
種不相類的東西能調和出一種和諧的美味來。在王維身上，也有許多
矛盾現象，卻也能調和成一種複雜卻又單純的個性。其中最根本的氣
質，就是從人格深處煥發出來的那種貴族與布衣矛盾統一的氣質。這
就有必要追述一下王維的家世了。

　　唐人親手結束了六朝以來的門閥制度，但唐人對門第士族卻依然
心嚮往之。「外來戶」李白，也要自稱：「白，隴西布衣。」這是要比
附於「隴西李」，和天子家攀個遠親。窮愁潦倒如杜甫，也要「尋
根」，直追到陶唐氏堯皇帝，老叨念那位顯赫的遠祖杜預。在唐代，
「郡望」要比「里居」重要，因為只有「郡望」才能體現是哪一脈的
士族。所謂「郡望」，就是「原籍」，是士族社會用以區分宗枝認門第
的辦法。唐人往往舉著名的郡望做自家「原籍」，如張說洛陽人，卻
認準范陽為郡望，就因為范陽的張氏是「正宗」的士族。中唐大手
筆、文豪韓愈是南陽人，也舉昌黎為郡望，後世乾脆直呼為「韓昌
黎」。當時太原王、榮陽鄭、范陽盧、清河崔等，都是名族。王維家
遠祖雖係太原王氏，可後來又有分枝，王維家這一支不是本枝，旁出
為河東王氏。然而無論如何也還是名族之後，何況其母親封「博陵縣
君」，也是望族[5]。這在唐代頗重要，因為直至唐季，還有人因為是
「純種」名族，而不太願意俯就皇家當駙馬郎呢！就像杜甫的傲氣頗
得自「祖傳」，王維的「貴族氣」與其血統恐怕也不無關係。王維能
在豪門高第中遊刃有餘，弄得「凡諸王駙馬豪右貴勢之門，無不拂席
迎之」，除了多才多藝之外，恐怕也是得力於這個「太原王」。《唐國
史補》有一則說到崔、盧、李、鄭四姓「家為鼎甲。太原王氏，四姓

5　《隋唐嘉話》載，唐高宗以太原王、范陽盧、清河博陵二崔等五姓七家為望族，禁
　　其自姻娶。可見，博陵崔氏也是望族。

得之為美，故呼為『銀鏤王家』，喻銀質而金飾也。」王家子弟是很受歡迎的。

　　王維的「貴族氣」體現於詩歌，便是那典雅的風格。明代詩論家胡應麟稱維詩「氣極雍容而不弱」，是敲到點子上了。這種應教詩本來是很容易滑向一味頌揚的庸俗泥潭裡去的，特別像王維當時與岐王那懸殊的地位差距，更容易使之陷入自卑而氣格不揚。然而正像我們所看到的，三首應教詩都寫得頗為典雅，「氣極雍容而不弱」，並無「清客相」。還有許多宮廷唱和詩之類，也寫來境界雄闊有氣勢，如：

　　　　雲裡帝城雙鳳闕，雨中春樹萬人家。
　　　　九天閶闔開宮殿，萬國衣冠拜冕旒。

其中自有一種「貴族氣派」，我們將在第八章詳述，這裡就不多說了。從這一視角去觀察王摩詰昆仲的兩都之遊，我們才能體會其出入王府貴勢之門時的心態。當然，支撐王維人格的，還有另一支柱──「布衣氣」。

　　提到「布衣氣」，讓人馬上想起李太白，那才是十足的「布衣氣派」呢！他並不介意自己只是個無權無勢的平頭百姓，他「平視王侯」，他要當「帝王師」。杜甫也一樣，飢寒瑟瑟還要「致君堯舜上」，一點也不氣餒。唐代畢竟是衝決了六朝「上品無寒門」的門閥制度的新時代呵！王維雖說老祖宗也曾闊過，但到他曾祖父、祖父、父親，都只當過司馬、協律郎一類的小官。父親的早逝，又使他早早就體會到布衣的貧寒。因此他又對現任權貴們不滿，看不起紈袴子弟的無能。所以他偶爾也會傲慢地說：

　　　　翩翩京華子，多出金張門。
　　　　幸有先人業，思逢明主恩。

童年且未學，肉食驚華軒。

──〈寄崔鄭二山人〉[6]

金、張，指漢代權要金日磾、張安世，後代用以指代權貴者。還有二首〈寓言〉：

朱紱誰家子，無乃金張孫？
驪駒從白馬，出入銅龍門。
問爾何功德，多承明主恩。
鬥雞平樂館，射雉上林園。
曲陌車騎盛，高堂珠翠繁。
奈何軒冕貴，不與布衣言。

君家御溝上，垂柳夾朱門。
列鼎會中貴，鳴環朝至尊。
生死在八議，窮達由一言。
須識苦寒士，莫矜狐白溫！

「莫矜狐白溫」無異是向權要者的一聲斷喝。這兩首簡直可以混入李太白的〈古風〉中去。舉太白一首可知：

大車揚飛塵，亭午暗阡陌。
中貴多黃金，連雲開甲宅。
路逢鬥雞者，冠蓋何輝赫！
鼻息干虹霓，行人皆怵惕。
世無洗耳翁，誰知堯與跖？

6　引自〔唐〕殷璠編：《河岳英靈集》。

雖說王維的「布衣氣」尚未發展為李白式的憤怒，更未如杜甫那樣走向平民，但這畢竟是王維性格中不容忽略的重要一面，它與「貴族氣」交流電似地形成一種不忮不忍、「雍容而不弱」的人格，至老未全泯沒。講「詩佛」如果不講這一側面，也就看不到「真佛」了。

開元元年（西元713年），大唐帝國終於開始步入輝煌的盛世。這時的少年王維，也正啟程上路，拜別母親與蒲州故老鄉親，攜帶弟弟王縉，風塵僕僕趕赴京城，開始了宦海浮沉。

驪山逶迤蒼莽，似一群奔騰的黑馬，奔向平展展的關中平原。山腳下的秦皇墓，原來有一六六米高，在歲月風雨剝蝕之下，現在只剩一丘草木叢生的土臺，然而依然巍峨壯觀。當年，秦始皇席捲天下，遣人下海尋仙，似乎有享不盡的榮華富貴，不世之業將傳之萬世；可如今，只有墓前松風，瑟瑟地，依稀是大夫的哀泣。真是滄桑巨變，往事如煙。十五歲的王維，回首秦皇土丘，前瞻長安魏闕，揮筆寫下現存最早的詩篇──〈過秦皇墓〉。

第一次看到金碧輝煌的宮闕，誰不為之震懾？何況這是當時世界上最偉大的都城！

我們不用展示天寶初京兆府有三十六萬戶一九六萬人口諸如此類的數據，只要一讀「初唐四傑」之一的盧照鄰那膾炙人口的〈長安古意〉，就會浸在一片繁華之中：

> 長安大道連狹斜，青牛白馬七香車。
> 玉輦縱橫過主第，金鞭絡繹向侯家。
> 龍銜寶蓋承朝日，鳳吐流蘇帶晚霞。
> 百丈游絲爭繞樹，一群嬌鳥共啼花。
> 啼花戲蝶千門側，碧樹銀臺萬種色。
> ……
> 妖童寶馬鐵連錢，娼婦盤龍金屈膝。

　　御史府中烏夜啼，廷尉門前雀欲棲。

　　隱隱朱城臨玉道，遙遙翠幰沒金堤。

　　……

京城郭中，東、西十一街，南、北十四街，王公貴主，諸色官吏，巨
富豪商，貧民乞兒；藝妓浮客，胡僧流人，無不在這棋盤也似的長安
城中出沒，下一局沒完沒了的人生變幻之棋。

　　王維兄弟的棋子似乎是押在勝業坊、安興坊的諸王宅了。在興慶
宮西南有一座高聳的樓臺，那就是花萼相輝樓。玄宗常登樓俯視諸王
宅，聞諸王奏樂縱飲就放心。雖然玄宗曾製一大被長枕，與弟兄共寢
以示友悌之好，但諸王心裡明白著哩，都很謹慎。寧王李憲是唐玄宗
的哥哥，本名成器，本該當太子，只因弟弟李隆基平韋氏有大功，所
以讓儲位給弟弟，死後謚「讓皇帝」。據史書說，他「尤恭謹畏慎，
未曾干議時政及與人交結」，但王維還是當了他的座上客，據說曾在
寧王府上寫下〈息夫人〉詩：

　　莫以今時寵，能忘舊日恩。

　　看花滿眼淚，不共楚王言。

據唐人孟棨〈本事詩〉記載說，寧王曼貴盛，雖有寵妓十人，盡是色
藝俱佳的尤物，卻不滿足，見鄰家餅師妻纖白明媚，竟然奪為己有，
寵惜有加。一年後，寧王問她還想不想餅師，她默然不作聲。寧王派
人召餅師來，她看到丈夫不勝悲傷，落下淚來。在場許多文士無不感
動。寧王便要他們賦詩，王維詩先成，大家以為很好，不能再作云云。

　　老實說吧，我一向疑心大多數「本事」只是附會詩的內容所編成
的故事而已，這首〈息夫人〉原注「時年二十」，應是及第前後的作
品。當時的寧王叫李憲，不叫什麼「李曼」，按史書說，是個「尤謹

畏」的人。可從「本事」中看，他不但公然奪人之妻，還在一年後召
夫妻相見，還要文人當場賦詩賞此悲劇，用現代人的眼光看，這位寧
王至少是個虐待狂。其實〈息夫人〉是古老的題材，王維只是來個舊
題新作而已。先前宋之問就有過一首〈息夫人〉，錄如下：

> 可憐楚破息，腸斷息夫人。
> 仍為泉下骨，不作楚王嬪。
> 楚王寵莫盛，息君情更親。
> 情親怨生別，一朝俱殺身！

宋之問的詩基本是按《左傳》莊公十四年的記載作了複述：春秋時楚
王滅息國，將息侯夫人占有了。息夫人雖然被楚王所寵幸，並生了二
個兒子，卻一直默默無言。楚王問她是什麼原因，她答道：「一婦人
而事二夫，即使不死又有什麼話可說？」王維比宋之問高明之處，就
在於更簡練、更含蓄、更能體會息夫人的苦衷。「看花滿眼淚，不共
楚王言」，哀怨之不勝情，一個弱女子違心無告的形象，豈是「仍為
泉下骨，不作楚王嬪」那旦旦的誓言所能取代？兩詩高下立判。
　　再說岐王李范。他也是玄宗的兄弟，據史書說，好學、工書，愛
儒士，無貴賤為盡禮。岐王還喜歡聚書畫，畫入神的王維自然為岐王
所重。《琅環記》有則故事稱：王維曾經為岐王畫一塊奇石，信筆塗
抹，十分可愛。岐王常獨個兒欣賞這幅畫，往往看得出神，彷彿在山
中優遊呢。這畫藏得愈久就愈是精彩煥發。有一天，風雨大作，畫中
石竟然在雷轟電閃中拔地而去，撞壞了屋宇。一直待到七、八十年後
的憲宗朝，才有高麗國使者持一奇石來獻，說是某年某月神嵩山上於
風雨中降下此奇石，下有王維字印，知為中國之物，高麗王不敢留，
因遣使奉還。憲宗讓人驗證，石上題名果然與王維手跡無毫髮差謬
云。故事雖涉荒誕，但善畫的王維與「好學工書」、「多聚書畫古蹟」

的岐王相得應是事實。

　　然而，按常理說，王維兄弟初入人海茫茫的長安，不可能一下子就打入王府，應當要有個「過渡」。幸好現存王維十八歲時寫的一首詩為我們提供了線索[7]。這首題為〈哭祖六自虛〉的詩回憶當年的友誼說：

> 念昔同攜手，風期不暫捐。
> 南山俱隱逸，東洛類神仙。
> 未省音容間，那堪生死遷。
> 花時金谷飲，月夜竹林眠。
> 滿地傳都賦，傾朝看藥船。
> 群公咸矚目，微物敢齊肩。

這位祖六是長安人，「本家清渭曲」，也是個早慧而受上層社會歡迎的人物：「國訝終軍少，人知賈誼賢。公卿盡虛左，朋識共推先。」他們志同道合，來往兩都，奔走仕途。「南山俱隱逸」，是指在長安附近的終南山，二人曾有過一起「隱居」的經歷。年紀輕輕何以隱逸？且是在仕途奔走之際，當真是「忙裡偷閒」？非也。唐人有一種「隱居」，為的是造就清名，「使人君常有所慕企」（《新唐書》〈隱逸傳〉），以便更火速地進取，所以又叫：「終南捷徑」。所以小小年紀「隱居」，並非早早看破世情，其「少年老成」倒是表現在懂得「隱居」的奧秘。岑參「十五隱於嵩陽」，李白青年時代也曾「隱居」大

7　〈哭祖六自虛〉題下原注：「時年十八」。但詩中有云：「憫凶才稚齒，羸疾至中年。」上句云「稚齒」，指祖自虛；下句云「中年」，當是作者自稱，所以不應是「時年十八」之作。詩中又云：「國訝終軍少」，按《漢書》，終軍年十八，選為博士弟子；則此典用於祖自虛，當指祖氏年十八，原注或因此至誤。不過無論此作是否為王維十八歲時的作品，下引「念昔」云云，指兩都雲遊不誤。

匡山，可見青少年即「隱居」並非王維與祖六獨得之秘。現存有一首王維作的〈桃源行〉，題下原注：「時年十九」，可算作是其隱居體驗後的創作成果。這首七言詩較長，寫得很優美，歷代傳頌，但其中已沒有陶潛式「桃花源」的避世意味，倒是有很濃郁的當時莊園生活的氣息。我們在上一章第二節已有詳說，此不贅。

再說〈哭祖六自虛〉詩中的回憶，似乎更側重「東洛類神仙」。王維與東都洛陽的確有不解之緣。

洛陽在唐代，特別是盛唐時代，有其特殊的地位。自隋煬帝以來，這裡就是所謂的「東都」，武則天時又定為「神都」，一直到唐玄宗，還時不時地來洛陽辦公。唔，就在開元五年（西元717年），王維參加京兆府試那一年，玄宗還來洛陽住了一整年呢！據《河南志》說，洛陽處在當時的水運中心，「為天下舟船之所集，常萬餘艘，填滿河路，商旅貿易，車馬填塞。」甭說，這兒在當時是個政治與經濟的中心了。而且就在汩汩的洛河兩岸楊柳掩映之中，有詩人常行吟的天津橋，有武則天捐兩萬貫脂粉錢建造的偉麗的盧舍那大石佛，有佛經始傳入中國的聖地白馬寺，還有歷史名園——石崇金谷園。洛陽城的這一切，無疑對少年王維具有巨大的誘惑力。「花時金谷飲，月夜竹林眠。」洛陽快樂的日子給他太深的印象了，於是便寫下〈洛陽女兒行〉。題下原注：「時年十六，一作十八」，十六也好，十八也好，都屬青少年，而其中那活潑的表現力已令人吃驚：

> 洛陽女兒對門居，才可顏容十五餘。
> 良人玉勒乘驄馬，侍女金盤膾鯉魚。
> 畫閣朱樓盡相望，紅桃綠柳垂簷向。
> 羅幃送上七香車，寶扇迎歸九華帳。
> 狂夫寶貴在青春，意氣驕奢劇季倫。
> 自憐碧玉親教舞，不惜珊瑚持與人。

> 春窗曙滅九微火，九微片片飛花璅。
> 戲罷曾無理曲時，妝成只是薰香坐。
> 城中相識盡繁華，日夜經過趙李家。
> 誰憐越女顏如玉？貧賤江頭自浣紗！

我們很難說這是對奢華生活本身的批判，只能說是對貧富不均，特別是對出身貧賤但有才華的人遭際不公的強烈不滿。這也是「布衣氣」的外洩。然而正是此類作品的流傳為王維和他的朋友造就了名聲：「滿地傳都賦，傾朝看藥船。」這裡用了兩個典故。「傳都賦」，指左思寫〈三都賦〉成，富貴之家競相傳寫，洛陽為之紙貴，事見《晉書》〈左思傳〉。「藥船」事也出自《晉書》。〈夏統傳〉說，夏統母病，詣洛陽買藥。適逢三月上巳，洛陽人傾城出遊，而統獨在船上為母曬藥，對遊人來往熟視無睹。此典本用來讚人之脫俗，王維合用二典，主要還是要強調祖六（其實也包括了自己）的文采風度引人注目，所以下句才說：「群公咸屬目，微物敢齊肩。」而「傳都賦」的「賦」字，也並非全是虛指，因為唐代士子科舉考試，賦是重要的形式。杜佑《通典》說：「進士者，時共羨之。主司褒貶，實在詩、賦，務求巧麗，以此為賢。」所以考試前投獻的作品，也往往用賦。現存王維一篇〈白鸚鵡賦〉，應當也是科舉時期的作品，寫來也的確「巧麗」。你看，他是這樣描繪鸚鵡的：

> 單鳴無應，隻影長孤，偶白鷗於池側，對皓鶴於庭隅。愁混色而難辨，願知名而自呼。明心有識，懷思無極。芳樹絕想，雕樑撫翼。時銜花而不言，每投人以芳息。慧性孤稟，雅容非飾。

多麼通靈性的一隻白鸚鵡！我們不難從中看到被金屋深鎖供人笑樂的人們的身影。這倒是對〈洛陽女兒行〉那繁華生活描寫的一個補充。

在兩都交好的袞袞諸公中，韋陟、韋斌兄弟與王維的交情並非一般。京兆韋氏也是名門望族，諺云：「城南韋杜，去天尺五。」其勢熏天可知。韋陟是故相韋安石之子，自幼就長得一表人才，風標整峻，獨立不群，而且很聰慧，十歲就拜溫王府東閣祭酒，加朝散大夫。他很有文彩，而且與王維一樣善隸書，只比王維大四、五歲，二人相得是可想而知的。史書上說，這位貴公子生活奢華，「車馬僮奴，勢侔於王家之弟」。據說，他吃的米是用鳥羽一粒粒挑選出來的，每餐所棄食物「其直（值）猶不減萬錢。」大概也是石崇一類人物。此人「頗以簡貴自處」，對同列朝要都看不上眼，可是卻偏偏能夠「如道義相知，靡隔貴賤，而布衣韋帶之士，恆虛席倒履以迎之」。《舊唐書》本傳載：「於時才名之士王維、崔顥、盧象等，常與陟唱和游處。」更有一段美談，那就是在安史之亂那動亂歲月中，他曾經挺身而出，論救大詩人杜甫。杜甫因為論房有大臣風度而為肅宗所不容，令陟與顏真卿等訊問其罪。韋陟上奏說：「杜甫所論房琯事，雖被貶黜，不失諫臣體。」就因為這句公道話，被肅宗疏遠了。像這樣正直的人，難怪早年會被賢相張九齡看中，為中書令時便引其為中書令，真是「物以類聚，人以群分」。從中也可窺見王維早歲的思想傾向。

韋陟的弟弟韋斌，也是個「有大臣體」的人物，是薛王業的女婿，為王維、崔顥諸人所推挹。此人安史亂中在洛陽為偽政府所得，授黃門侍郎，憂憤而卒。其遭遇與王維相類，所以王維有〈大唐故臨汝郡太守贈祕書監京兆韋公神道碑銘〉為其申訴，頗見患難之交，此又是後話。從中我們可看到崔顥、盧象也是韋家座上客，同在諸王門下奔走。崔顥就有一首〈岐王席觀妓〉存世。中唐詩人劉禹錫在《盧象集》序言中也說過，盧「始以章句，振起於開元中，與王維、崔顥比肩驤首，鼓行於時。」三個詩友當時以才氣穿行貴主王公之間的形象依稀可見。其中盧象與王維詩的風格頗有相似之處，今存二人詩集

往往有混同者，如〈贈劉藍田〉、〈別弟妹二首〉、〈休假還舊業便使〉等，皆於二人集中互見，幾不可辨。王維〈與盧象集朱家〉詩寫他們一起在姓朱人家聚會時的情景說：

> 主人能愛客，終日有逢迎。
> 貰得新豐酒，復聞秦女箏。
> 柳條疏客舍，槐葉下秋城。
> 語笑且為樂，吾將達此生。

詩歌直書盧象而不冠官名，當是布衣時的事了。盧象有幾方面與王維頗相似，如善作樂府，時稱「妍詞一發，樂府傳貴」；兩人都對釋家感興趣，王維有〈過盧員外宅看飯僧共題〉可證，他們都是受張九齡拔擢，又同遭安史之亂受偽署，這一切都使王、盧之交顯得不一般。可惜，目前可知的資料太少，我們只能到此為止。[8]

三　夜上戍樓看太白

　　——如果你按照戲臺上的白面書生手無縛雞之力，說話奶聲奶氣的模樣兒來想像唐代的文士，那麼你也就失去了唐代的文士！

　　王維除了陪王公貴族看金谷歌舞，細數落花之外，有時還喜歡上戍樓看月，或邀幾個少年朋友繫馬柳邊，高樓轟飲一氣。畢竟是少年人嘛！

　　有一回，我在吐魯番交河故城上踏斜陽，穿行於廢墟中的街巷，望著戈壁荒原，心想，古時戍守此地的將士，想必常常極目東方，尋找著北斗星下的鳳凰城（唐人管長安叫「鳳凰城」，又叫「鳳京」）；

8　見郁賢皓：《唐刺史考》第3冊第6編，〈河東道〉卷79「蒲州條」。

而長安城樓上想必也有人正逆著這目光西望交河故郡呢！那該是個明朗的夜天，一輪明月正泛著銀光，將身旁的雲朵鍍得銀燦燦的。月光投下城樓，黑黝黝的陰影襯得城樓更加巍峨。我們的詩人王維，迎著拂旗的風，不禁高吟道：

　　長安少年游俠客，夜上戍樓看太白。

　　隴頭明月迴臨關，隴上行人夜吹笛。

　　關西老將不勝愁，駐馬聽之雙淚流……

　　　　　　　　　　　　　　　　──〈隴頭吟〉

太白，就是太白金星，主兵象。長安少年夜上戍樓望太白，其立功邊陲的心思盡在不言中。你別看咱們這位青年詩人被薛用弱的《集異記》描寫成「妙年潔白，風姿都美」，儒雅到有點女兒態，但他卻有過一顆充滿少年精神的心：

　　新豐美酒斗十千，咸陽游俠多少年。

　　相逢意氣為君飲，繫馬高樓垂柳邊。

　　　　　　　　　　　　　　　　──〈少年行〉

這點「意氣」，就是「少年精神」。唐人特重情志的結合，他們繼承了「梗概多氣」的「建安風骨」，又將民族自信心與個體的建功立業、追求精神自由結合起來，體現為性格上的意氣飛揚。上一節我們引過龔自珍的話：「儒、仙、俠實三，不可以合；合之以為氣，又自白始也。」、「合之以為氣」應當說是「自唐人始也」。所謂「少年精神」其實也就是「儒、仙、俠」、「合之以為氣」的渾然一體。而長安少年的愛使氣，實在與「唐室大有胡氣」有直接關係。南北朝數百年的混亂，換來的歷史補償就是民族大融合。唐代長安好比當今大都會紐

約，各族人等在此交匯，相互影響。歷史學家向達，在其名著《唐代長安與西域文明》一書中已經有淋漓盡致的描述。胡服、胡帽、胡樂、胡餅、胡床、胡舞；數以十萬計的外族人流寓長安，經商、當官、娶妻、生子，能不使長安少年受胡風的影響嗎？唐陳鴻祖〈東城老父傳〉驚呼道：

> 今北胡與京師雜處，娶妻生子，長安中少年有胡心矣！

所謂「有胡心」，就是漢族人的心態、性格開始出現背離傳統的東西，趨於開放。就文士而言，那就是出現「尚武」精神。當時流行一種源自吐蕃、傳至波斯卻又傳回中國的馬上打球之戲，唐玄宗時諸王附馬都能打球。王宅內多有球場，平康坊也有球場。這種球場據專家說，有點像現在的足球場，場兩端各設一門（也有單門的，好比如今踢半場），門用木椿加橫樑、球網組成，也有守門員和裁判。中場開球後兩隊選手跑馬爭奪，用一支一段彎曲的球杖擊球，球是空心有韌性的特殊木料製成，塗上紅漆；場外觀眾擊鼓、奏樂，形同啦啦隊，煞是熱鬧。這種馬球在軍州尤其風行。唐人段成式《酉陽雜俎》記有一員河北將軍善於擊球：

> 常於球場中累錢千餘，走馬以擊鞠杖擊之。一擊一錢飛起，高六七丈，其妙如此。

向達先生在對打球做了考證之後說：「聲色犬馬鬥雞打球，大約為唐代豪俠少年之時髦功課。」而仰慕俠客的文人們自然也要修這門課了。有一回，又逢新進士在曲江宴集——這是唐代文人最盛大的節日了！月燈閣照例熱鬧非凡，四面看棚鱗次櫛比，上面都坐滿看打球的人，恐怕同今日看足球賽一般火爆吧？場上馳騁著不可一世的兩軍

打球將，左右神策軍的老手。看兩軍打球將那副洋洋得意的樣子，進士們很不服氣。就中有位新進士叫劉覃，雖是文人，卻長得英姿颯爽。他對諸同年做了個揖，侃侃言道：

> 「諸位，我能為群公小挫他們那股傲氣，一定要叫他們沒臉地退下球場。諸公以為如何？」

進士們自狀元以下都欣然請劉覃出馬。劉覃在球場上果真不負眾望，馳驟擊拂，風驅電逝，搞得兩軍打球將眼花撩亂。忽而一球落在劉覃身旁，說時遲那時快，劉覃的擊鞠杖閃電般向球擊去，那球凌霄而起，直入雲天，竟莫知所在。「轟」地一聲，月燈閣下數千觀眾大聲笑呼，似波濤般此起彼伏，經久不息。兩軍打球將滿臉慚愧，沮喪地退下球場。

劉覃這門「時髦功課」修得滿分。

李廓〈長安少年行〉歌唱道：

> 追逐輕薄伴，閒遊不著緋。
> 長攏出獵馬，數換打球衣。
> 曉日尋花去，春風帶酒歸……

好一副瀟灑勁兒。

誠如向達所稱：「此輩能者至能與兩軍好手一相較量，則唐代文士之強健，於區區打球戲中，亦可窺見一斑焉。」[9]如果我們按照戲臺上的白面書生手無縛雞之力說話奶聲奶氣的模樣來想像唐代文士，那你也就失去了唐代文士！你知道，親見過李白的魏萬（即魏顥）是這樣描繪李太白形神的：「眸子炯然，哆如餓虎，或時束帶，風流醞

9　詳向達：《唐代長安與西域文明》〈長安打球小考〉。

藉。」[10]器宇軒然而不失風流醖藉，這才是唐文士的風貌。我們不知道「妙年潔白，風姿都美」的王維會不會打球，但看他的〈觀獵〉詩，至少是頗諳於騎術：

> 草枯鷹眼疾，雪盡馬蹄輕。
> 忽過新豐市，還歸細柳營。

可惜沒有親見過王維的人為我們留下王維的寫真。不過，有幾首可以確認是青少年之作的詩，只要一讀，那健兒身手便宛在眼前。

二十一歲所作〈燕支行〉這樣吟唱道[11]：

> 漢家天將才且雄，來時謁帝明光宮。
> 萬乘親推雙闕下，千官出餞五陵東。
> 誓辭甲第金門裡，身作長城玉塞中。
> 衛霍才堪一騎將，朝庭不數貳師功。
> 趙魏燕韓多勁卒，關西俠少何妅勃！
> 報仇只是聞嘗膽，飲酒不曾妨刮骨。
> 畫戟雕戈白日寒，連旗大旆黃塵沒。
> 疊鼓遙翻瀚海波，鳴笳亂動天山月……

這位「漢將」出身甲第金門，「才且雄」，為皇帝所親重，可以說是將當時人所企盼的種種好事兒都集於一身。衛青、霍去病、貳師將軍李廣利，這些曾是戰功卓著的名將和他比起來簡直不堪一提！他統領的不僅是趙燕的勁卒，還有怒氣勃發的關西俠少！種種艱難險阻在他們

---

10 見〔唐〕魏顥：〈李翰林集序〉，《李翰林集》。
11 〈燕支行〉題下原注云：「時年二十一。」見〔唐〕王維著，〔清〕趙殿成箋注：《王右丞集箋注》卷6。

眼底也都不算一回事。這就是「長安少年游俠客，夜上戍樓看太白」時所無限嚮往的邊陲立功。因為未親歷邊塞的艱辛，所以對邊塞生活的描寫自然無深刻性可言，只能是借邊塞寫胸中一口氣耳。事實上許多盛唐人寫邊塞詩是醉翁之意不在酒，只是借邊塞寫意氣。王維〈少年行四首〉之二這樣唱道：「出身仕漢羽林郎，初隨驃騎戰漁陽。孰知不向邊庭苦，縱死猶聞俠骨香！」邊陲立功只是為了表現「俠骨」的意氣，這就是少年王維所表現的當時人的「尚武精神」。還有一首〈夷門歌〉，不是寫邊塞卻一樣高調門：

> 七雄雄雌猶未分，攻城殺將何紛紛！
> 秦兵益圍邯鄲急，魏王不救平原君。
> 公子為嬴停駟馬，執轡愈恭意愈下。
> 亥為屠肆鼓刀人，嬴乃夷門抱關者。
> 非但慷慨獻奇謀，意氣兼將身命酬。
> 向風刎頸送公子，七十老翁何所求？

雖然我們不知道這首詩確切的寫作時間，但不難感受到其情調與上一首極其相近。不過這回主人公不再是貴族高門出身，而是相反，侯嬴只是個七十歲的守門人，朱亥更是個殺豬的「賤民」。但這些布衣卻有「意氣兼將身命酬」的氣概，「向風刎頸送公子，七十老翁何所求！」捨身取義，布衣有比貴族更為高尚的品格。王維身上的「貴族氣」是遺傳的，而「布衣氣」才是時代給予的。寫的雖然只是《史記》中一節故事，卻讓我們看到詩人對人格理想的追求。

　　如果說這種追求還有其時尚的共同意味，那麼作於十九歲的〈李陵吟〉[12]，則更內在地體現了詩人複雜的個性。詩如下：

---

12 〈李陵吟〉題下原注：「時年十九。」見〔唐〕王維著，〔清〕趙殿成箋注：《王右丞集箋注》卷5。

漢家李將軍，三代將門子。

結髮有奇策，少年成壯士。

長驅塞上兒，深入單于壘。

旌旗列相向，簫鼓悲何已。

日暮沙漠陲，戰場煙塵裡。

將令驕虜滅，豈獨名王侍。

既失大軍援，遂嬰穹廬恥。

少小蒙漢恩，何堪坐思此。

深衷欲有報，投軀未能死。

引領望子卿，非君誰相理？

　　這也是選材於《史記》的一節故事。李陵是漢代名將李廣的孫兒，他們家出名將，卻都倒楣。李廣與匈奴大小七十餘戰，最後因迷失道路，不願復對刀筆吏而引刀自剄。士大夫、軍士、百姓，知與不知，無老壯聞之皆為垂涕。陵之叔李敢，與匈奴戰，奪左賢王鼓旗，斬首多，代李廣為郎中令，後來被霍去病報私仇射殺。李陵又是一條好漢，善射，愛士卒。在一次與匈奴的戰鬥中，以步兵五千人對八萬匈奴軍，兵矢盡，軍士死過半，而殺傷匈奴萬餘人，且引且戰，連鬥八日，救兵不來。在這樣的情勢下，為匈奴所招降。漢武帝乃族滅李陵全家。為此，李陵成了叛徒的代號，為後世所唾罵，簡直不下於秦檜，連民間說書楊家將故事，也讓忠臣楊老令公撞死在李陵碑上。然而，漢與匈奴西域之爭與金兵南下、清人入關並不完全相同。漢與匈奴之爭，是為擴大各自的生存空間，宋金、明清之戰，則是侵略與反侵略的抗爭。我們不能以現在已是「四海一家」而責備前人的抗戰，但也應分清哪些戰爭是涉及民族存亡大義，哪些則屬民族紛爭。後人用民族存亡之戰的眼光來看漢與匈奴之爭，所論自然要嚴苛得多，而當時的太史公司馬遷並不是這樣看的。偉大的歷史學家司馬遷在其著

作《史記》中為李陵立了傳，將其英勇搏鬥直到最後兵矢盡，救兵不來的情勢下投降的實況都寫明。太史公認為李陵之降是無可奈何的，在〈報任安書〉中說：

> 然僕觀其為人，自守奇士：事親孝，與士信，臨財廉，取與義。分別有讓，恭儉下人，常思奮不顧身，以殉國家之急。其素所蓄積也，僕以為有國士之風。夫人臣出萬死不顧一生之計，赴公家之難，斯已奇矣。今舉事一不當，而全軀保妻子之臣，隨而媒蘗其短，僕誠私心痛之！且李陵提步卒不滿五千，深踐戎馬之地，足歷王庭，垂餌虎口，橫挑強胡，仰億萬之師，與單于連戰十有餘日，所殺過當。虜救死扶傷不給，旃裘之君長咸震怖。乃悉徵其左右賢王，舉引弓之民，一國共攻而圍之。轉鬥千里，矢盡道窮，救兵不至，士卒死傷如積。然陵一呼勞軍，士無不起，躬自流涕，沬血飲泣，更張空弮，冒白刃，北向爭死敵者……以為李陵素與士大夫絕甘分少，能得人死力，雖古之名將，不能過也。身雖陷敗，彼觀其意，且欲得其當而報於漢。事已無可奈何，其所摧敗，功亦足以暴於天下矣！

翻譯成白話文，就是：

> 我看李陵這個人哪，是個能守節的奇士：他對父母盡孝道，對士人講信用，面對財物能守廉，凡是取給都合道義，且能分別尊卑長幼克盡禮讓，甘居人下，常想要奮不顧身以赴國家急難。他的一貫表現，我看是有國士之風的。你想，作為人臣而能不顧一己的利害，萬死不辭，以赴公家之難，這就已經非常難得了。現在行事一有錯誤，那伙處萬全之地身軀全而妻子保的臣子，則馬上來加油添醬往死裡整，真叫我痛心！再說李陵

提步兵不滿五千人，深入以騎射為生的游牧民族的腹地，直至
其君王所居的所在，無異是將餌食放在虎口邊，向強大的胡人
挑戰，並處於不利地勢仰攻億萬之師，與單于連戰十多天，所
殺傷之敵遠超過我漢軍的數目。胡虜救死扶傷都顧不上，匈奴
君長都深為之震怖！於是他們將左賢王、右賢王都徵召來，發
動所有能拉弓箭的平民也來參戰，一國共圍之，一國共攻之。
李陵仍能轉戰千里，直到矢盡道窮，而救兵還不來，士卒死傷
堆積。然而，即使是這樣，李陵還能夠一呼百應，士卒無不奮
起。面對這樣的場面，李陵自己也深受感動，血淚交流！將士
們用空弩弓作武器，冒著敵人的白刃，爭著北向與敵人死
拼。……我認為李陵平時能與士大夫同甘苦，把不多的東西也
拿出來共享，所以能得人死力，雖古代的名將，也不能超過
他。李陵雖然身陷敵方，但我看他的意思，是想尋找時機再報
效漢庭。事情已到無可奈何的地步，但他對敵人造成的損傷和
功勞，也足以昭示天下啊！

「全軀保妻子之臣，隨而媒蘗其短」，這話說得最為沉痛。我向
來最「敬畏」那些要求別人當烈士而自己卻絕不肯去當烈士的先生
們。他們身在保險櫃裡卻要那些在彈雨下的人挺直身子。他們是百分
之百的「正義」的化身，容不得別人有錯處。哪怕對被暴力強姦的人
也要指責她「不貞」，「尚少一死」。坐著一點也不怕站的腰疼，可敬
之至也可畏之至，最好你不要落在他們手裡。司馬遷講了幾句的公道
話，竟被處以宮刑！這封書信是遭宮刑後，而他的友人任安獲死罪等
待處決前寫的。此情此境此言，竟不能喚醒公道！千百年來又有幾人
能體諒李陵？道學家們仍要將李陵視同秦檜。司馬公用沉重慘痛的代
價換不來公道，指揮失誤、坐視不救的人仍然是英雄，盡心盡力血淚
交流的人並沒有功暴天下，甚至千載之後王維以其少年人特有的無所

畏懼，用詩的語言再次表達了司馬公這番意思時，也仍然躲不開那些
「全軀保妻子之臣」的「媒蘗其短」。不幸的是王維後來也曾陷敵
手、迫受偽職，這首〈李陵吟〉也就成了「早有反骨」之徵。關於王
維的陷敵，我們將在第八章詳析，這裡我們只想就李陵形像一窺王維
的少年心思。

　　詩中李陵形象基本上是司馬公樹立的形象：名將世家，深入敵
後，失援陷敵，不忘漢恩，深衷欲有報，惜無人理解。青少年時代的
王維，尚無出塞經驗，所以寫邊塞並非反映邊塞的實事，往往只是借
歷史題材寫一股意氣耳。〈李陵吟〉也只是藉此題材表現對功業的嚮
往，不過用的手法是從反面說來，建功立業不易，為將不易，在感慨
中更見知難而進的勇氣。王維還有一首〈老將行〉，雖未能確定作於
何時，但就其風格情思而言，與〈李陵吟〉是頗相近的。詩云：

　　　　少年十五二十時，步行奪取胡馬騎。
　　　　射殺山中白額虎，肯數鄴下黃鬚兒。
　　　　一身轉戰三千里，一劍曾當百萬師。
　　　　漢兵奮迅如霹靂，虜騎崩騰畏蒺藜。
　　　　衛青不敗由天幸，李廣無功緣數奇。
　　　　自從棄置便衰朽，世事蹉跎成白首。

　　詩中老將年輕時的遭遇似李廣，老來寥落窮巷，但猶「恥令越甲
鳴吾君」，請戰不已。其機杼與〈李陵吟〉一樣，是想藉這些遭遇不
公而壯心不已，「深衷欲有報」的將士，來表達一顆愛國的心，一股
壯烈之氣，一種對建功立業的人生價值不捨的追求。當然，從其對李
陵的同情和對司馬公的會心中，我們還看得出王維的靈心善感與早
熟。他對專制君權及此權勢下臣子的自私心理早已感感焉。後來他有
首〈不遇詠〉：

北闕獻書寢不報，南山種田時不登。

百人會中身不預，五侯門前心不能。

身投河朔飲君酒，家在茂陵平安否？

且共登山復臨水，莫問春風動楊柳。

今人作人多自私，我心不說君應知。

濟人然後拂衣去，肯做徒爾一男兒！

詩中表現心境上的矛盾：一心要報國，卻報國無門，不被人理解。這才是社會的現實。處於盛唐時期的王維感受這一點，的確很敏感。他的解決辦法是：「濟人然後拂衣去。」濟人，還是第一義的嘛！與其說〈李陵吟〉表現了王維「性格的軟弱」，毋寧說表現了王維人性的豐富與早熟。少年王維不但有一顆建功立業之心，還有一份對宦海波濤的險惡頗為警覺的清醒。我們在第一章第二節不是引了一首王維十九歲時寫下的〈桃花源〉嗎？雖說是那一時代田園經濟現實的反映，但不無曲折隱晦地表達了少年王維於「達則兼濟」的進取中，已留下「窮則獨善」的一手了。我總以為，人心有點像蜂巢兒，雄蜂、雌蜂、工蜂、大蜂、小蜂、蜂蛹，都擠在裡面，各有其位置，進進出出，頗為熱鬧。是的，少年王維的心並存著各色想頭，也頗為熱鬧，我們怎麼能以晚年較為單一的境界來規範少年王維呢？要知道從「果」往回溯其「因」，自然無不中式。可是當初人站在十字路口時，本來會有多種的選擇。王維晚年「焚香獨坐，以禪誦為事」，只是種種歷史發生的事件將他趕到那般田地，不由他往別的岔道上走而已。如果張九齡不是那麼早就被奸相李林甫趕下臺，如果王維在邊塞有機會立功，如果安史之亂早早被鎮壓……王維傳得重寫。合力是個多邊形，只要隨便動到任一邊，整個兒多邊形都得變形。少年王維心思的多向性，說明他本來有多種選擇，並非一定要老來「以禪誦為事」為唯一的結局不可。

　　下一節我們繼續為諸君提供少年王維不同角度的側影。

四　紅豆──多情的種子

　　──「詩人的任務並不是去尋找新的感情，而是去運用普通的感情。」王摩詰擁有常人常見的感情，但要比常人沉摯，他能將霧氣凝為露珠。

　　大凡一個人要是有了某種特出的本領，往往就會有傳說附上身來，神乎其說。王維精於音樂，所以有「鬱輪袍」的傳說。還有一則出自中唐人李肇《國史補》而後來被採入「正史」二《唐書》本傳的傳說：

　　王維兼善繪畫與音樂，有一次觀圖畫，畫的是奏樂圖。王維熟視良久，抿嘴而笑。同觀者不禁問他笑什麼？答道：「這圖畫的是霓裳羽衣曲的第三疊第一拍。」大夥兒將信將疑。其中有好事者，特地召來樂工，讓他們演奏霓裳羽衣曲第三疊第一拍。果然！此時情景與圖畫中若合符契，一無差謬，大夥兒這才歎服其精思。《王右丞集箋論》的注家趙殿成對此進行了反詰，他說，凡畫奏樂，只能畫某一個剎那，樂隊在那一剎那中無論金石管弦，只能奏同一聲，而何曲無此聲？你憑什麼斷言此聲就獨獨是霓裳羽衣曲第三疊之第一拍也？我想大概唐時奏霓裳羽衣曲只是齊奏，還不懂幾重奏，所以只能奏同一聲，趙氏之詰駁也就有道理了。

　　其實呢，王維的精通音樂，其詩作中自有最佳的表現，不必神乎其說。請聽：

　　　　颯颯松上雨，潺潺石中流。
　　　　夜靜群動息，螻蛄聲悠悠。
　　　　細枝風亂響，疏影月光寒。

　　畫面含著美妙的音響，是「有聲畫」。而更為內在的，還在於王維詩的節奏、旋律是如此富於音樂性：

> 清風明月苦相思，蕩子從戎十載餘。
> 徵人去日殷勤囑，歸雁來時數寄書。

和諧到不必唱就已有樂感。難怪《樂府詩集》將這首七絕收入，作為〈伊州歌〉的第一疊（第一句作：「秋風明月獨離居」。）據《雲溪友議》的記載說：安史之亂突起，唐明皇匆忙逃入四川，宮廷樂工四處逃散。其中著名的歌唱家李龜年流落到湖南，曾於湘中採訪使席上唱了這首詩，以及下面這首更廣為流傳的絕句：

> 紅豆生南國，春來發幾枝。
> 勸君多採擷，此物最相思。

　　紅豆，又叫「相思子」，血紅，微扁。傳說古時有人死在邊疆，其妻痛哭於樹下，心碎而亡，化為這晶瑩血紅的相思子。淒美的傳說故事被王維凝為詩的意象，從此這粒小小的紅豆便使世間多少哀男怨女牽腸掛肚！

　　兩首詩表現的都是相思之情，所以為李龜年流落江南時所選唱，並為聽眾所共鳴。據《明皇雜錄》說，李龜年在開元年間很是出名，為皇帝所寵愛，為他於洛陽大起第宅。後來流落江南，每遇月明風清，良辰美景，就想起太平日子的風光，不禁一舒歌喉，為人唱幾曲舊歌，座中聞者無不感動流涕，以至酒席都辦不下去了。就在這樣的一次宴會上，聽眾席上有一位清癯的聽者，聽了李龜年的歌唱不禁老淚縱橫，寫下一首流傳千古的絕句：

　　岐王宅裡尋常見，崔九堂前幾度聞。

　　正值江南好風景，落花時節又逢君！

　　這位作詩者便是大詩人杜甫。不必太多的渲染，岐王、崔九事已矣，落花相逢說盡滄海桑田。晚年的杜甫潦倒落魄，飄泊西南天地間，最後生命之旅來到湖南，聽到開元歌手李龜年唱懷舊的歌，能不感慨萬千？詩中提的岐王，正是開元年間與王維來往密切的李范。我們於是又依稀看到出入諸王府中的少年王維那翩翩的風姿，他給當時人多麼深刻的印象啊！

　　再說李龜年唱的「清風明月苦相思」，有個名目，叫〈伊州歌〉。這曲調在唐教坊中也算是「保留節目」，特別是經名歌手李龜年演唱後，竟成了「流行歌曲」，直到晚唐，詩人陳陶還在西川聽過歌妓金五雲唱這調調，道是：「歌是〈伊州〉第三遍，唱著右丞征戍詞。更聞明月添相思，如今聲韻尚如在！[13]」「右丞」就是指王維，他後來官到尚書右丞，後人稱呼他「王右丞」。「〈伊州〉第三遍」，也許和〈陽關三疊〉（即〈渭城曲〉）一樣，是在原詩基礎上添聲、添字後，反覆地唱出。蘇東坡《仇池筆記》卷上「陽關三疊」條就是這麼解析「三疊」的：「每句三唱，以應三疊。」也有說三疊就是全曲分三段，原詩反覆唱三遍。不過，現在已經有人將《敦煌曲譜》第二十四首〈伊州〉曲調譯出，並填上王維的「清風明月苦相思」，但只二遍便了，未見「〈伊州〉第三遍」，似乎還不是金五雲唱的那個調調[14]。但無論如何，有一點是肯定的，唐人絕句往往便是可唱的「樂府」，特別是王維的詩有內在的音樂性，更容易入樂。如絕句〈送元二使安西〉，後來成了送別名曲〈陽關三疊〉（即〈渭城曲〉），而王維還有一首

13　《全唐詩》卷745，〈西川座上聽金五雲唱歌〉。
14　參看師長泰主編：《王維研究》第2輯（西安市：三秦出版社，1996年），頁119。

〈奉和聖制幸玉真公主山莊因題石壁十韻之作應制〉詩，樂工亦曾截
取前八句為〈昔昔鹽〉歌詞。順便提一下，唐人絕句極其發達，號稱
萬首，佳作最多。這與絕句可入樂有關，因為古樂府到唐，有許多已
不能配樂，樂工便喜歡拿文人絕句來合樂歌唱，絕句也就成了唐代最
叫座的詩歌形式。你聽說過「旗亭賭唱」的故事吧？據說開元年間，
名詩人王昌齡、高適、王之渙三人下雪天相逢於旗亭，飲酒聽樂。
「詩家天子」王昌齡三杯下肚不禁飄飄然起來，笑著說：「我們三人
名擅一時，何不聽歌者唱曲，一賭高低？看誰人的詩被唱出最多，誰
就是第一！」高適、王之渙都說好。一曲下來，是唱「寒雨連江夜入
吳」，王昌齡呵呵笑道：「一絕句！」便在旗亭壁上劃一筆。接下一妓
唱：「奉帚平明金殿開」，王昌齡更得意了：「二絕句！」又在他名下
劃一筆。後來輪番唱下去，各有得分。王之渙有些喉急了，便道：
「這位歌妓長得最漂亮，她要是唱的不是我的詩，我就服輸！」你猜
怎麼著？唱的是：「黃河遠上白雲間，一片孤城萬仞山。」正是王之渙
最得意的一首絕句！可惜這次賭唱王維沒參與，要不，鹿死誰手還難
說得很哩！千百年過去了，旗亭唱的那些絕句雖然仍然是名著，但作
為流傳最遠的古曲，哪一首能與〈陽關三疊〉相比呢？

　　音樂的內容是感情而不是音響。王維詩被合樂而流傳久遠，還在
於有深情，使人易共鳴。是的，王維是個多情的種子，十七歲上就寫
下一首至今在中國仍然是家喻戶曉，不斷被引用，反覆被吟誦的思親
詩──〈九月九日憶山東兄弟〉[15]：

　　　　獨在異鄉為異客，每逢佳節倍思親。
　　　　遙知兄弟登高處，遍插茱萸少一人。

---

15 〔唐〕王維著，〔清〕趙殿成箋注：《王右丞集箋注》卷14，題下原注：「時年十
七」。

　　重陽節登高，將茱萸插在頭上避邪，是古人的風俗；身在異鄉而
思念家中的兄弟姐妹，這又是人之常情。將這盡人皆知的風俗習慣與
每人必有的思鄉、思親之常情，合成「每逢佳節倍思親」，（好個
「倍」字）這麼一句詩，表達了大家想表達的感情，這便是王詩贏得
大眾的祕訣！艾略特說：「詩人的任務並不是去尋找新的感情，而是
去運用普通的感情」[16]，這句話放在這裡，也就不難懂了。是的，詩
人王摩詰擁有最平常人最常見的感情，但要比平常人更沉摯，他能將
霧氣凝為露珠。你看這首〈觀別者〉：

> 青青楊柳陌，陌上別離人。
> 愛子游燕趙，高堂有老親。
> 不行無可養，行去百憂新。
> 切切委兄弟，依依向四鄰。
> 都門帳飲畢，從此謝親賓。
> 揮淚逐前侶，含淒動征輪。
> 車徒望不見，時見起行塵。
> 余亦辭家久，看之淚滿巾。

　　所寫無非常人之離別，是普遍而又普遍發生過的事兒，每人身旁
就有。然而經王維娓娓道來，一絲離別的情緒便纏上你的心頭，「不
行無可養」的淒惶，「行去百憂新」的依依，使你不能不將自己也擺
進去，「余亦辭家久，看之淚滿巾！」王維是位最富人情味的詩人
了！如果說岑參是表達奇情、反映異境的高手，那麼王維要算是表達
最平凡情思、最常見心境的高手了！而這點才氣如上所述在十七歲的
王維身上，早就有驚人的表現，真是不可思議。看我們的這位「詩

---

16 李賦寧譯：《艾略特文學論文集》（南昌市：百花洲文藝出版社），頁10。

佛」，原是顆「情種」呢！難怪隻手撐起「孽海情天」的《紅樓夢》作者曹雪芹，會對王摩詰情有獨鍾。這是另一個話題，不說也罷。王維寫閨情的一些詩雖未能確定創作年月，但大致屬早期作品，不妨歸類於此，做個介紹。

　　王維有一首〈羽林騎閨人〉，寫那高高的秋月正照著巍巍的城樓，月色中瀰漫著琴笛之音，勾起深閨中少婦的離愁：

> 出門復映戶，望望青絲騎。
> 行人過欲盡，狂夫終不至。
> 左右寂無言，相看共垂淚。

　　羽林騎是皇帝的禁軍，大概隨駕上哪兒去了，至夜深不歸。這恐怕是經常發生的事，所以少婦才會望眼欲穿。從左右無言相顧而泣的情況看，少婦是經常孤寂過日子的，左右服侍的人最瞭解這一情況了，所以才會流下同情的淚水。深閨少婦的這種寂寞在皇宮中更甚。王維有組〈扶南曲歌詞〉五首，其中第三、四首如下：

> 香氣傳空滿，妝華影箔通。
> 歌聞天仗外，舞出御樓中。
> 日暮歸何處？花間長樂宮。

> 宮女還金屋，將眠復畏明。
> 入春輕衣好，半夜薄妝成。
> 拂曙朝前殿，玉墀多佩聲。

　　一天勞作下來，宮女的疲勞可知。然而「將眠復畏明」，她還要早早起床作好準備，「半夜薄妝成」，拂曉就得排班的大臣們玉珮叮

噹，預示宮女又要開始勞累的一天。二詩首尾相銜，寫盡宮女日復一日忙忙碌碌卻又十分空虛的生活。全詩富麗堂皇，但「香氣傳空滿」，富貴錦繡下面掩蓋著空虛無聊。王摩詰就是這樣善於將探針深入到生活乃至心靈的內部去，揭出真情來。有一首〈早春行〉寫來更細膩：

> 紫梅發初遍，黃鳥歌猶澀。
> 誰家折楊女？弄春如不及。

這是踏青郊外遇見的一位少婦，看她滿心歡喜地折著楊柳枝（離別人愛折枝楊柳相贈，故楊柳枝也往往暗示著離別），但那「弄春如不及」的歡樂後面還藏著什麼呢？

> 愛水著妝坐，羞人映花立。
> 香畏風吹散，衣愁露沾濕。

摩詰不愧是個畫家，寥寥幾筆便勾勒出一位嬌娃來。詩句將「關鍵詞」推置句子最前頭：不說「畏風吹散香」，卻說是「香畏風吹散」；不說是「愁露沾濕衣」，偏說道：「衣愁露沾濕」；明明是「愛妝坐水（邊）看」，反道是：「愛水看妝坐」。這種強化印象的手段不讓杜甫的「青惜峰巒過，黃知橘柚來。」少婦形象經這麼一強化，那顧影自憐的模樣兒就在眼前。這是一位有錢人家的少婦：

> 玉閨青門里，日落香車入。

青門，是長安東出南頭第一門，叫霸城門，老百姓看那門色青，便叫它「青門」。這次出城來踏青，為的是散散心，不想更勾起相思之情：

> 游衍益相思，含啼向彩帷。
> 憶君長入夢，歸晚更生疑。
> 不及紅簷燕，雙棲綠草時！

俗話說：「死蛟龍不如活老鼠。」與其在錦繡堆中過孤單寂寞的日子，夫妻只在夢中相見，還不如貧賤夫妻相廝守呢！王維將這層意思表達得很雅：「不及紅簷燕，雙棲綠草時！」

用白描手段將一個女子從貧賤到寶貴的經歷全寫出來的，是〈西施詠〉：

> 豔色天下重，西施寧久微？
> 朝為越溪女，暮作吳宮妃。
> 賤日豈殊眾？貴來方悟稀。
> 邀人傳脂粉，不自著羅衣。
> 君寵益驕態，君憐無是非。
> 當時浣紗伴，莫得同車歸。
> 持謝鄰家子，效顰安可希！

我們在本章第二節引過王摩詰〈洛陽女兒行〉，結句云：「誰憐越女顏如玉？貧賤江頭自浣紗！」這回浣紗女時來運轉，「貴來方悟稀」，她也有洛陽女「不惜珊瑚持於人」的闊太當了。闊起來的浣紗女是「邀人傳脂粉，不自著羅衣。」而更能繪聲繪色的是這一聯：

> 君寵益驕態，君憐無是非。

真是傳神得很，歎為觀止！但「當時浣紗伴」又有幾人能得此奇遇？他們免不了還要「貧賤江頭自浣紗」！而我們早已讀過〈洛陽女

兒行〉，所以我們也早就知道是什麼樣的空虛的貴婦生活在等著這位
得寵的西施。將〈洛陽女兒行〉與〈西施詠〉合讀，首尾相銜，形成
「對流」，不啻是一出悲喜劇！〈洛陽女兒行〉題下原注：「時年十
六，一作十八。」這首〈西施詠〉無論從風格還是反映手法看，當去
此不遠，是姐妹篇，總之，也是王維早期作品。我們不能不歎服王維
的早熟，這般年紀對婦女問題竟然有如此深透的看法！是的，在男人
為本位的封建社會，婦女無論貴賤，都處於被玩弄欺壓的地位，這就
是她們的總體命運！〈李陵詠〉、〈西施吟〉展示了王維年輕卻頗為老
成的心靈，也許正是這種對社會頗為透徹的認識，促使他這樣風流蘊
藉的詩人走向「詩佛」的道路。當然，青年時代的王維更多的還是少
年心情。下面這首〈寒食城東即事〉也許可以說明問題：

> 清溪一道穿桃李，演漾綠蒲涵白芷。
> 溪上人家凡幾家，落花半落東流水。
> 蹴踘屢過飛鳥上，鞦韆競出垂楊裡。
> 少年分日作遨遊，不用清明兼上巳。

蕩漾的春色，深深的院落，忽見彩球飛上天去；一陣歡笑，又見楊柳
梢頭閃過鞦韆人影，真是「滿園春色關不住」呵！同類意境我們不禁
記起宋代名詞人蘇東坡的〈蝶戀花〉：

> 花褪殘紅春杏小，燕子飛時，綠水人家繞。
> 枝上柳綿吹又少，天涯何處無芳草！
> 牆內鞦韆牆外道，牆外行人，牆裡佳人笑。
> 笑漸不聞聲漸悄，多情卻被無情惱。

都一般是春天景色，都一般是綠水人家，都一般是藏而復露的鞦韆，

但勾出的情緒卻不一樣：王維是自家有青春，是共鳴，「少年分日作邀游，不用清明兼上巳！」有自己的歡樂在其中；蘇軾則是看人家青春，「多情卻被無情惱」，未免是中年人看少年人的心情。無意間便分出盛唐與北宋來了。

　　開元年間王維的心情，畢竟是盛唐少年的心情。

第三章
憧憬與現實

一　舞黃獅子事件

　　──唐玄宗對弟兄們一直不放心，對他們身邊人的清洗工作一直沒放鬆。我們這位諸王「待之如師友」的詩人王摩詰，又怎能逃過眈眈虎視的眼睛？

　　我們在上章第一節已說過，王維進士及第可能是在開元六、七年間（西元718-719年）。也就是說，王維舉進士時年二十或二十一。現存王維詩有附原注，可能是沿襲王縉據代宗的旨意獻其兄詩卷時所注。所注年歲始自十五歲，止於二十一歲，此後則不注年齡。日本學者入谷仙介據此推測王維進士及第當以此為斷。[1] 在古人，進士及第是人生一大分界，所以我看這是頗有道理的大膽推測。結合上章所述，則王維舉進士在開元七年（西元719年）的可能性尤大。

　　王維得到的第一個官是「太樂丞」。太樂丞是太樂令的副手，是個管皇家戲班子之類的八品下的小官。但無論如何好歹是個官，要比那些落第舉子強多了。王維有個好朋友叫綦毋潛，也是個有名的田園詩人，這回落第，什麼也沒撈到。現代人恐怕很難體會當時落第生的心情。及第與落第，判若天淵！

　　十年辛苦一枝桂，二月豔陽千樹花。

1　見〔日〕入谷仙介：《王維研究》第1章第2節。

發榜多在春二月。殘月猶照在尚書省禮部南院的榜牆上，懷著忐忑心情的舉子們早就擠滿了榜牆前的空地。忽然金鼓齊鳴，有人開始朗聲唸出榜上的人名，真是「一聲天鼓闢金扉，三十仙才上翠微。」中進士的人極少，不超過三十人。中第的人飄然仙舉，緊接著是一串慶祝活動，曲江一時車馬喧闐，幸運者騎馬遍遊名園，採名花，接受大家的祝賀──一些豪門貴勢也趁機在此相女婿。當然，還免不了到主司宅門去向主考官謝恩。接著是「雁塔題名」，中第人自稱「前進士」，心滿意足地將大名題寫在慈恩寺塔（即大雁塔）上，準備流芳百世。更有一些不及第進士來乞討他們當年穿過的麻衣──舉子向考官行卷要穿白麻衣以示敬意，想沾點光，分點福氣。中第者真是躊躇滿志，如孟郊詩所稱：「春風得意馬蹄疾，一日看遍長安花！」自然他們會趕緊向家裡報個喜，《開元天寶遺事》有「喜慶」條說：「新進士每及第，以泥金帖子附於家書中，至鄉曲親戚，例以聲樂相慶，謂之喜信。」

　　沒考上的可就慘了，路遠沒臉回家的，則志枯氣索，闔戶諷書，以待來年再試；要回家養親的，則破帽蹇驢，一路悽悽惶惶，甚至有靠乞討回家的。王維的好友綦毋潛落第還鄉，其落魄可知，所以王維寫了一首〈送別〉（《河岳英靈集》題作〈送綦毋潛落第還鄉〉）：

> 聖代無隱者，英靈盡來歸。
> 遂令東山客，不得顧採薇。
> 既至君門遠，孰云吾道非？
> 江淮度寒食，京洛縫春衣。
> 置酒臨長道，同心與我違。
> 行當浮桂棹，未幾拂荊扉。
> 遠樹帶行客，孤城當落暉。
> 吾謀適不用，勿謂知音稀。

這首詩非常典型地體現了王維敦厚溫柔的一面。他深知落第者此時此際作何感想，所以對不得不觸及的落第問題很小心地做了處理：既不是歸咎於命途之多舛，也不是遷怒於主司不公，而是先取遠勢，款款道來。前四句抬高綦毋潛的地位、身分，說他是高士隱者，之所以來應舉，是因為逢聖代，「英靈盡來歸」，連「東山謝安石」一流賢者，也顧不得隱居，出山應試來了。這就隱隱然將綦毋潛置諸不為謀官但求濟世的超然地位，失落感自然而然淡化了。緊接著才水到渠成地點到主題：落第。「君門遠」與你的才華、抱負無干，所以結句才說：「吾謀適不用」，「適」字與此句的「孰云」都在強調落第純屬偶然，不必介懷。這也就為綦毋潛的再接再厲留下地步與希望。張戒《歲寒堂詩話》稱「摩詰古詩能道人心中事，而不露筋骨」，可謂知言。「江淮度寒食，京洛縫春衣」一聯用時空的剪接，將去春綦毋潛也滿懷希望自江淮來京洛求仕，[2]今春則悄然欲別，之間多少艱辛哀怨盡納入不言之中。「行當」、「遠樹」二聯則想像潛還鄉一路情景。「遠樹帶行客，孤城當落暉」，既寫景又寫情，情景交融。遠樹伴我，人行亦行，故曰：「帶」。則行人落寞孤單的形象如見，而王摩詰對綦毋潛之關切同情便在其中矣。綦毋潛後來果然再接再厲，終於在開元十四年（西元726年）進士及第。由此看來，青年時代的王維雖然少年得志，但深明世故，善解人意，宅心忠厚，有少年精神，絕無少年火氣，是個頗為難得的人才哩！

　　然而，明世故卻不世故的人，在社會上還是吃不開的。王維大概就因此而吃虧，連小小的太樂丞，也很快就給弄丟了。

　　事情是這樣的：唐人很喜歡歌舞雜技，皇帝的盛大宴會往往要演出魚龍雜戲助興。有一次唐玄宗在勤政樓前大酺，演出歌舞百戲，其

2　綦毋潛或云荊南人，或云虔州南康（今屬江西）人，晚居淮陰。此云「江淮度寒食」，當以後者為是。

中有位藝人王大娘頂一丈八尺的大竹竿，上吊木山，似仙山樓閣，一小童執紅旗戲耍其上，煞是驚險。這時楊貴妃正在樓上看戲，膝上坐著小神童劉晏，當即賦詩道：

> 樓前百戲競爭新，唯有長竿妙入神。
> 誰謂綺羅翻有力，猶自嫌輕更著人！

正因為風尚如此，所以太樂置管下供祭祀享宴之用的「戲班子」也常練習舞獅子。但有一次排演舞獅子時，不知怎地，不留心舞動了黃獅子。要知道，古人對色澤也是分等級的，黃色的裝飾屬皇帝獨享，他人不得沾指。所以連舞黃色的獅子也只能給皇帝看，平常時是不准亂動的。這回鬼使神差弄了黃獅舞，又不知怎地有人告發了，上頭怪罪下來，主管太樂令劉脫配流，副職太樂丞王維則「坐累為濟州司倉參軍」。《新唐書》本傳說「坐累」，卻沒明指為何所累，舞黃獅子事件見於《太平廣記》所引《集異記》稱：「為伶人舞黃師（獅）子，坐出官。」伶人，指演員；師子，即獅子。因為「黃師子者，非一人不舞也。」一人，指皇帝。作為一個藉口，當然是「何患無辭」，但王維在〈被出濟州〉詩中這樣申言道：「微官易得罪，謫去濟川陰。執政方持法，明君無此心。」從「易得罪」三字看，是對貶官的理由並不服氣。既是「微官」，此謫何須至高無上的皇帝？為何還要申言「明君無此心」，豈非欲蓋彌彰？看來此事件還的確涉及皇權的敏感部位呢！據上文所述，王維中進士第可能是在開元七年（西元719年）。唐制，進士及第後並沒有馬上就有官當，有些要去當幕府，等有成績再推薦為官；有些經吏部「冬集」[3]，再給官職。王維當屬

3　〔宋〕王溥《唐會要》卷七十五：「開元中，一例冬集，其禮業每年授散。」冬集就是吏部集結當年及第者酌定散官。

後一種情況：發榜在二、三月，再歷吏部「冬集」，到太樂署就職恐怕要挨到明春了。所以舞黃獅子事件很可能發生在開元八年後。

開元八年也的確發生了兩樁大案。

皇位繼承問題一直是唐王朝一塊心病。太宗繼大統是殺了哥哥太子建成與弟弟齊王元吉才如願的，武則天登上龍椅是殺了一批皇子王孫才得逞的。玄宗李隆基本是睿宗第三子，宮中呼為「三郎」，也是因對韋氏發動宮廷政變，替父親奪江山立下大功，所以長子李成器（即寧王李憲）才將太子位讓給這位三郎的。後來為了消滅姑母太平公主的勢力，又依靠兄弟岐王李范、薛王李業及兵部尚書郭元振諸人的力量，才取得成功。這一連續不斷的殺奪經驗不能不使玄宗對弟兄們保持高度的警惕。然而，李隆基不愧小名「阿瞞」（曹阿瞞就是曹操），於帝王權術也頗精通。因此，他對諸弟兄採取「專以聲色畜養娛樂之，不任以職事」的政策，外示友愛，內緊防範。有一回，他做了套長枕大被，用來與弟兄同寢。又有一回，薛王業生病，玄宗親為煎藥，結果連鬍鬚都燒了，感人至深。他又鼓勵諸王宴飲、鬥雞、擊球，就是不讓他們與臣下有溝通。和岐王、薛王一起幫玄宗除太平公主的兵部尚書郭元振，早在事成後四個月，就炒了魷魚，「配流新州」。開元八年，又將違禁與諸王交結的光祿駙馬都尉裴虛已流放新州，讓公主與之離婚，罪名是與岐王游宴，私挾讖緯。讖緯，是一種迷信的預言。另外還有萬年尉劉庭琦、太祝張諤，都因為常與岐王飲酒賦詩，分別被貶為雅州司戶、諤山荏丞。妙的是，「待范如故，謂左右曰：『吾兄弟自無間，但趨競之徒強相托附耳！吾終不以此責兄弟也。』」（《資治通鑑》卷212）另一樁案子是薛王業的王妃有個弟弟韋賓，據說曾與殿中監皇甫恂私下議論皇家命運，被發覺了活活打死。業與妃惶懼待罪，玄宗降階執著弟弟薛王業的手懇切地說：「我要是猜疑弟兄之心，天雷就劈死我！」然而，直到開元十年（西元722年），我們還讀到這樣一道嚴厲的詔書：「自今已後，諸王、公

主、附馬、外戚家，除非至親以外，不得出入門庭，妄說言語！」
（《舊唐書》本紀）看來玄宗對弟兄們一直是不放心，對他們周圍人
的清洗工作一直就沒放鬆過。那麼我們的這位「寧王、薛王待之如師
友」的詩人摩詰，又怎能逃出那雙眈眈虎視的眼睛？可我們的這位詩
人直到開元六年還在寧王府中寫〈息夫人〉，還在請諸王、公主為其
科舉說項！這就是我上面所謂的「明世故卻不世故」。因此，「舞黃獅
子」這件觸及皇權敏感問題的事件在這樣的背景下被放大了。不「坐
累」那才怪咧！

　　開元八年十月劉庭琦、張諤被貶，王維也就成了「清查對象。」
《舊唐書》〈劉子玄傳〉有一則值得注意的記載：「開元……九年，長
子貺為太樂令，犯事流配。」劉子玄就是著名史學家劉知幾，避皇帝
諱，以字行。劉貺於是時任太樂署長官，「犯事配流」，其父「詣執政
訴理，上聞而怒之，由是貶授安州都督府別駕。」可見所「犯」之
「事」是皇上很惱怒的。這事，應當就是舞黃獅子事件，所以副手王
維也「坐累」貶濟州司倉參軍。所以我們認為王維貶濟州時間在開元
九年秋（西元721年）。離開長安時，他寫了一首〈初出濟州別城中故
人〉詩，王維的情緒頗為低落：[4]

　　　　微官易得罪，謫去濟川陰。
　　　　執政方持法，明君無此心。
　　　　閭閻河潤上，井邑海雲深。
　　　　縱有歸來日，多愁年鬢侵！

　　濟州，故城在今山東長清縣西南，在濟水之南，故曰：濟川陰。
此城後為黃河所陷。對這次貶官，他雖然不怪執政，不怨明君，話說

4　〔唐〕王維著，〔清〕趙殿成箋注：《王右丞集箋注》題作〈被出濟州〉，此用《河
　　岳英靈集》題。

得很委婉，但「微官易得罪」已將怨尤之情緒洩露出來了。瞻望此去遙遠的路程，似乎已可看到黃河西岸的人家，正深埋在前方濃重的雲霧之中。他估計這回貶官不會輕易就大事化小，小事化了。這次的挫折將是嚴重的：「縱有歸來日，多愁年鬢（一作鬢）侵！」

離開京城，過灞橋，出潼關，經澠池，下洛陽。洛陽是他往濟州的必經之路，更是他青少年時代與弟弟王縉、好友祖自虛攜手過著「花時金谷飲，月夜竹林眠」的地方。那是怎樣一段神仙的日子啊！「滿地傳都賦，傾朝看藥船。」三兩個少年知己，揚名文壇，名家權貴都來引為座上客，閉眼想一想都讓人心醉。然而，眼下正走上貶謫之旅，金谷園、白馬寺、天津橋……

別了，洛陽城！

王維拜別了伊闕，逶迤來到鄭州，夜宿虎牢。他的心是如此孤單寂寞：

> 朝與周人辭，暮投鄭人宿。
> 他鄉絕儔侶，孤客親僮僕。
> 宛洛望不見，秋霖晦平陸。
> 田父草際歸，村童雨中牧。
> 主人東皋上，時稼繞茅屋。
> 蟲思機杼鳴，雀喧禾黍熟。
> 明當渡京水，昨晚猶金谷。
> 此去欲何言？窮邊徇微祿。

詩題是〈宿鄭州〉，但從詩中一片原野，是秋收時的農村景色看，所宿之鄭州未必是當時州治所在地的管城，而是鄭州地界而已。所以詩云：「朝與周人辭，暮投鄭人宿。」以古代周地指洛陽，以鄭州屬古鄭國而稱鄭人。古人遠出，只要有可能就走水路，洛陽至貶所

濟州一路可行舟，所以王維當然是舟行了，這就不必繞道管城，也才
有「明當渡京水」的話頭。（京水在管城西，如宿管城，東進如何渡
京水？）[5]「孤客親僮僕」寫出孤單者的心理：外出孑然一身，連僮
僕都成了親人。詩中情緒雖然低沉，但一路的景色開闊，多少淡化了
「窮邊徇微祿」的鬱悶。待到第二天進了滎陽地界，詩思更活躍了：

> 泛舟入滎澤，茲邑乃雄藩。
> 河曲閭閻隘，川中煙火繁。
> 因人見風俗，入境聞方言。
> 秋晚田疇盛，朝光市井喧。
> 漁商波上客，雞犬岸旁村。
> 前路白雲外，孤帆安可論！

滎陽當時可是個熱鬧地方呵，你看河岸曲曲折折，上面擠滿里巷
人家，萬戶炊煙齊升，顯得這一帶天地都太隘小了！然而一切都那麼
新鮮，當地人講著難懂的方言，市井一片喧鬧聲，船上的客商正忙著
進出貨物……然而這繁華街市只是貶謫之旅的一站而已，孤帆還要繼
續漂往那白雲外的他鄉！

孤帆由滎澤經汴河下汴州（今開封），在這裡稍作逗留，大概是適
逢什麼節日，中秋節或重陽節吧？反正路還遠著，不妨一訪故舊。所
訪者叫「千塔主人」，大概是個隱士。摩詰有一首〈千塔主人〉詩云：

> 逆旅逢佳節，征帆未可前。
> 窗臨汴河水，門渡楚人船。

5　歷來以〈早入滎陽界〉在〈宿鄭州〉之先，於時間地點頗有扞格，茲採用張清華說
　法。詳見其所作《詩佛——王摩詰傳》（鄭州市：河南人民出版社，1991年），頁47-
　49。

　　　　雞犬散墟落，桑榆蔭遠田。

　　　　所居人不見，枕席生雲煙。

　　人看來是沒訪著，但千塔主人的居所倒是挺幽清的。汴河，隋稱通濟渠，唐稱廣濟渠，是當年遭運江淮糧食入兩京的要道，所以稱：「門渡楚人船」。淮南舊楚地，由江淮來的船也就可以叫「楚人船」了。可惜汴河故道已廢，再也無法領略摩詰詩中景色了。

　　在汴州小住，即棄舟陸行，至滑州。滑州對岸是黎陽。黃河從二者中間穿過，東北入海。從古滑臺城眺望黎陽津，王維想起故友丁三，寫下〈至滑州隔河望黎陽憶丁三寓〉詩：

　　　　隔河見桑柘，藹藹黎陽川。

　　　　望望行漸遠，孤峰沒雲煙。

　　　　故人不可見，時間復悠然。

　　　　賴有政聲遠，時聞行路難。

　　丁三大概是在對岸當官，所以說「政聲遠」，下句說自己正在貶謫途中，所以說行路難。但這次貶官對王維的詩歌創作未必不是件大好事。一路上寫的詩，今存雖然不多，但質量相當高。雖然性情未免伊鬱，但是對大自然的愛好沖淡了這點伊鬱。特別是大河兩岸開闊的視野使人心胸不能不隨之開闊。人稱杜甫秦州之行的創作是「詩史圖經」，我看王維濟州之旅的創作是其開闊、明朗、畫面化風格之奠基。難怪著名的王維研究家陳貽焮先生《王維詩選》只選王詩一百五十二首，卻幾乎將濟州旅途之作盡行選入。

　　自滑州由黃河泛舟直下，濟州已遙遙在望。王維後來在濟州任上寫過一首〈渡河到清河作〉的詩，如果將它移來寫滑州至濟州時的情景，恐怕也很合適：

泛舟大河裡，積水窮天涯。

天波忽開拆，郡邑千萬家。

行復見城市，宛然有桑麻。

回瞻舊鄉國，淼漫連雲霞。

二　濟州司倉參軍

　　——濟州之貶，對詩人王摩詰無異於一次淬火。如果歷史能給我們的詩人予機遇，讓他常與裴耀卿一類人在一起，我們看到的「詩佛」怕要與今日大不相同吧？

　　「窮邊徇微祿」也的確是句大實話，濟州在當時只是個僻遠地區的小州，司倉參軍又只是個管倉庫、收租賦的小差官。這種差使免不了要幹些違心的事。高適當封丘縣尉時曾痛心地說：「拜迎官長心欲碎，鞭撻黎庶令人悲！」（〈封丘縣〉）而且這樣的小官一面要「鞭撻黎庶」，另一方面又要挨長官的鞭撻！杜牧〈寄小侄阿宜詩〉就說：「參軍與簿尉，塵上驚劻勷（惶遽不安貌）。一語不中治，鞭棰身滿瘡！」這兩面受夾擊的情狀使「司倉參軍」成了麵包夾臘腸式的「熱狗」。

　　不過，中國士大夫的生活哲學是：達則兼濟，窮則獨善。在不得意時有老莊哲學作伴，仍然可以在精神上逍遙無礙。在濟州期間，王維結交了一批道士、隱者、莊叟等下層人，琴棋書畫，青山白雲，倒也恬淡閒適。其中有個來自東嶽泰山的焦道士，很有名氣。王維也許到過離濟州不太遠的泰山，結識了這位焦煉師——道士中德高思精者尊稱為煉師。在贈他的詩中，王摩詰稱他：「先生千歲餘，五嶽遍曾居。遙識齊侯鼎，新過王母廬。」看來還是個活神仙哩。李白也曾有一首〈贈嵩山焦煉師〉詩，序裡面也說他「生於齊梁時，其年貌可稱五、六十。常胎息絕谷，居少室廬，遊行若飛，倏忽萬里。」大概二

人見到的是同一個活神仙焦煉師了。王維詩最後幾句寫得不錯：

> 山靜泉逾響，松高枝轉疏。
> 支頤問樵客，世上復何如？[6]

　　對景物觀察之細，描寫之傳神，使我們彷彿到了東嶽焦道士隱居所在。王維企羨的恐怕不在焦道士的「千歲餘」，而在乎焦道士隱居的閒適，就像桃花源裡人家，問世上人間到底發生了什麼事？

　　王維還到過濟州南邊不遠的魚山。「才高八斗」的感傷詩人曹植，就埋在這雲遮霧復的魚山下。就像曹子建曾遇見「凌波微步，羅襪生塵」的洛神一樣，與之約略同時代的史弦超也曾在此遇神女成公智瓊，並結為伉儷。為了這一美麗的傳說，當地人建起一座魚山神女祠。為了同一美麗的傳說，才子王摩詰來遊魚山。

　　這日，王維來到魚山下，但見樹木蓊鬱中，一祠掩映其間，飾有龍鳳的屋脊高高蹺起，像巨鳥展翅，要將這座神廟帶上天去。從廟裡傳出蓬蓬的鼓聲，甚至可聞到一縷香煙的味兒。廟前空地站滿了參加神社的鄉下人，看到來了一位斯文人，又是官家打扮，便讓開一縫，讓他擠進祠去。真是外三層，裡三層。蹻起腳尖往裡看，神像前的庭院中，許多女巫正起勁地踩著鼓點興奮地舞著，身上掛滿裝飾品發出叮噹的聲響。洞簫與鼓點好似淅淅的雨淒淒的風，人們屏著氣等待女神的降臨。忽地一陣小旋風吹起案前未燒盡的紙錢，盤旋而上。哦，神靈、神靈，您快來吧！魚山神社給情緒低落的王維注進活力，他印象太深刻了。回濟州後，便用今人已罕用的騷體詩記下這一印象：

> 坎坎擊鼓，魚山之下：

6　王維：〈贈東嶽焦煉師〉。

吹洞簫，望極浦。

女巫進，紛屢舞。

陳瑤席，湛清酤。

風淒淒兮夜雨，

神之來兮不來？

使我心兮苦復苦！

紛進拜兮堂前，目眷眷兮瓊筵。

來不語兮意不傳，作暮雨兮愁空山。

悲急管，思繁弦，

靈之駕兮儼欲旋。

倏雲收兮雨歇，山青青兮水潺潺。

上一首是迎神曲，下一首是送神曲。盼神之來是「神之來兮不來，使我心兮苦復苦！」神雖來，卻又「來不語兮意不傳」，與曹子建寫洛神那「翩若驚鴻」、「若往若還」、「含辭未吐」的形象同樣迷離恍惚。其實，真正神情恍惚的是詩人自己。現實與憧憬，都像波光搖晃不定，「神之來兮不來，使我心兮苦復苦！」

雖說是「窮邊絢微祿」，王維對這塊土地還是很有感情的。魚山所在的鄆州就給他很好的印象——不但是美麗的傳說，還有那充滿活力的現實。他在〈送鄆州須昌馮少府赴任序〉中曾追憶「余昔仕魯，蓋嘗之鄆」的見聞道：

書社萬室，帶以魚山濟水；旗亭千隧，雜以鄭商周客。有鄒人之風以厚俗，有汶陽之田以富農。齊紈在笥，河魴登俎，一都會也！

　　對鄒魯淳厚的風俗，王維是很看重的。在濟州他有幾位稱得上是賢者的朋友，他為他們寫下〈濟上四賢詠〉。四賢，一位是崔錄事。錄事是官名，是州郡裡掌總錄眾曹文簿的官。這位崔錄事已「解印歸田裡」，是個退休幹部。但他的經歷頗豐富：「少年曾任俠，晚節更為儒。」如今退休隱居，就住在海邊上。還有一位成文學。文學，太子、諸王府官，詩稱「中年不得意，謝病客遊梁」，看來是諸王府文學。他與崔錄事一樣也有過一顆少年游俠的心：

　　　　寶劍千金裝，登君白玉堂。
　　　　身為平原客，家有邯鄲娼。
　　　　使氣公卿坐，論心游俠場。
　　　　中年不得意，謝病客遊梁。

　　崔錄事與成文學的遭際和王摩詰頗相近似，都曾經是心儀游俠，平視公卿的少年人。然而現實使他們沮喪，或歸隱或當清客，消失了當年的鋒芒與氣炎。這不能不使王維感到不平，在〈鄭霍二山人〉（一作〈寄崔鄭二山人〉）中，他的憤懣一噴而出：

　　　　翩翩繁華子，多出金張門。
　　　　幸有先人業，早蒙明主恩。
　　　　童年且未學，肉食驚華軒。
　　　　豈乏中林士，無人獻至尊！
　　　　鄭公老泉石，霍子安丘樊。
　　　　賣藥不二價，著書盈萬言。
　　　　息蔭無惡木，飲水必清源。
　　　　吾賤不及議，斯人竟誰論！

　　不學無術的貴族子弟捷足先登,「早蒙明主恩」;鄭公霍公雖然
「息蔭無惡木,飲水必清源」,是清高正直的賢士,卻得不到重視。
結句詩人發出感慨,因為自己也沉淪於下僚,又怎能推薦這些賢人
呢?其實後來王維當了拾遺,在〈送邱為落第歸江東〉詩中還是要感
嘆:「知禰不能薦,羞為獻納臣!」國家機器如此龐大,指望一兩個
有心人來改變人才環境是不可能的。不過,當年王維對封建官僚體制
還沒能夠看得這麼透,他這裡隱約透出一點消息:如果改變現在低賤
的地位,他還是要為這些賢人說公道話的!也許這也是他後來主動投
向張九齡政治集團的一個原因吧?無論如何,這三首詩表明其時王維
仍有所憧憬,正氣仍盛。明人何良俊讚此組詩云:「格調既高,而寄
興復遠,即古人詩中,亦不能多見者。」濟州之貶,對詩人無異是一
次淬火。

　　有時摩詰也會迎著斜陽,信步到鄰近的農家(怕也是小地主)去
做客。農戶的深巷高柳往往觸及他好靜愛自然的天性,所以即使是這
樣的小宴請,也能激發他的詩興來:

　　　深巷斜暉靜,閒門高柳疏。
　　　荷鋤修藥圃,散帙曝農書。
　　　上客搖芳翰,中廚饋野蔬。[7]

　　回想當年從岐王夜宴,那「座客香貂滿,宮娃待幔張」的情景,
王維不知該作何種想?但無論如何,當他獨宿官舍冷冷清清時,他會
想起他的小夥伴祖詠。現存詩就有一首〈贈祖三詠〉,題下原住:「濟
州官舍作。」詩如下:

7　〈濟州過趙叟家宴〉,題下原注:「公左降濟州同倉參軍時作。」

蟏蛸掛虛牖，蟋蟀鳴前除。
歲晏涼風至，君子復何如？
高館闃無人，離居不可道。
閒門寂已閉，落日照秋草。
雖有近音信，千里阻河關。
中復客汝潁，去年歸舊山。
結交二十載，不得一日展。
貧病子既深，契闊余不淺。
仲秋雖未歸，暮秋以為期。
良會詎幾日，終自長相思。

　　祖詠是個極有個性的人，據說有一次參加考試，題目是〈終南望餘雪〉，按規定必須完成六韻十二句，但他只寫了四句：

終南陰嶺秀，積雪浮雲端。
林表明霽色，城中增暮寒。

祖詠自己看了看，覺得很滿意，就交卷了。人家問他怎麼沒按例寫完就交卷了呢？他答道：「意盡。」的確，這四句已將題中應有之意都表達出來了，是首挺好的絕句。特別是寫雪光直映入城內，讓城裡人望之生寒，真真是神來之筆。考試時不顧考試的規定，只求好詩，真是所謂「為藝術而藝術」了。就是這位有個性的詩人與王摩詰「結交二十載」。祖詠是洛陽人，王維是家在蒲州，十五歲左右才到洛陽、長安求仕的。王維貶濟州時也才二十二、三歲的人，他們如何有二十載交情？真讓人摸不清。但無論如何兩人有很深的交誼則是無可懷疑的。《唐才子傳》說祖詠開元十二年（西元724年）杜綰榜進士，《極玄集》則稱祖詠是開元十三年（西元725年）進士。《極玄集》作者姚

合是唐人，去王維年代較近，按習慣是要以他說的較為可靠些。從詩的內容看祖詠還很落魄，「貧病子既深，契闊余不淺。」兩人相濡以沫。王摩詰多麼想此際一見這位知己朋友，一吐別來種種啊！「仲秋雖未歸，暮秋以為期。」雖然仲秋沒回去（洛陽），暮秋我一定想辦法回去一趟！可是，到時摩詰還是沒去成，倒是祖三來了。有〈喜祖三至留宿〉記此事：

> 門前洛陽客，下馬拂征衣。
> 不枉故人駕，平生多掩扉。
> 行人返深巷，積雪帶餘暉。
> 早歲同袍者，高車何處歸？

祖詠也有〈答王維留宿〉詩一首：

> 四年不相見，相見復何為？
> 握手言未畢，卻令傷別離。
> 升堂還駐馬，酌醴便呼兒。
> 語默自相對，安用傍人知。

從祖詠詩中云「酌醴便呼兒」，我們才知道王維貶濟州是帶了家眷的，妻兒在身旁抵消了不少孤獨感。但可憐的詩人三十歲喪妻，此兒亦夭折，所以晚年在〈責躬薦弟表〉中淒然訴說：「闃然孤獨，迥無子孫。」這是後話。

祖詠這次來去匆匆，而且是「高車何處歸」，不像是從洛陽專程來訪友的，倒像是去上任似的。從王維開元九年（西元721年）秋貶濟州路經洛陽與祖詠一別，至開元十三年（西元725年）冬此地相會，恰好是四年。是年春祖詠進士及第，所以「四年不相見」，再見

時已有了「高車」。赴任路上，自然是行色匆匆，兩位多年至交此時千言萬語又從何說起！「語默自相對，安用傍人知。」這份情意促使王維將祖詠一路送到齊州，再寫下一首〈齊州送祖三〉：[8]

　　送君南浦淚如絲，君向東州使我悲。
　　為報故人憔悴盡，如今不似洛陽時！

　　祖詠使他想起在洛陽那段「滿地傳都賦，傾朝看藥船」少年風光的日子，如今的處境更叫他感傷不已。

　　開元十二年秋天，濟州府來了一員新刺史。這位刺史姓裴，名耀卿，字渙之，河東聞喜人也。裴家是著族名門，耀卿是神童出身，八歲中童子舉，補祕書省校書郎。裴公儀表堂堂，雖然風度儒雅，卻簡嚴有威儀。本在京城為官，卻因不阿意以侮法，小失天旨，被出為此州刺史。裴公下車伊始，便務才訓農，通商惠工，敬教勸學，一年郡乃大理。裴公的勤政，老百姓中流傳著這樣一個說法，道是裴公晚上要看文件，白天要決獄訟，忙得很哩。為了不誤點，他特地養了隻雀鳥，每夜初更時分就輕輕叫幾聲，到五更就喳喳地叫起來。這隻鳥兒叫「知更雀」，是活時鐘。你說裴公勤不勤？

　　開元十三年（西元725年）冬，朝廷決定登泰山封禪。這可是件了不得的大事。你想，皇帝帶著滿朝文武百官，還有貴戚、四夷酋長，大隊人馬數百里不絕，人畜被野，真比一群蝗蟲還來得厲害！更有些拍馬討好的地方官，急斂暴徵，民脂民膏，揮霍無度，老百姓如何過日？濟州正當馳道，是必經之地，而窮州戶口寡弱，更是難逃此劫！裴公於是上表數百言，對皇帝進行了規諫，指出封禪既是為民祈

────────────

8　此詩〔唐〕王維著，〔清〕趙殿成箋注：《王右丞集箋注》題作〈送別〉，《萬首唐人絕句》題作〈齊州送祖三〉，是。

福，「人（民）或重擾，則不足以告成。」面對這堂堂正正的道理，唐明皇也不能不承認其不勞民以買恩寵，「真良吏矣！」結果呢，得了口頭表揚，「奏課第一，公未受賞。」但不管怎樣，濟州老百姓是實打實地受惠了。

人禍剛躲過去，天災又來。開元十四年秋七月，黃河氾濫，溺死者以千計。裴公親督士民修堤防，據王維〈裴僕射濟州遺愛碑〉說，是「千夫畢飯，始就飲食；一人未息，不歸蘧廬。」蘧廬，這裡應是指臨時宿舍。就在戰洪水的過程中，朝廷下了道命令，改派裴耀卿為宣州刺史。裴公怕動搖人心，功敗垂成，便將這道任命給暗起來，直到河堤修復，這才發書周知。消息如風播散，一時士民「皆舍畚攀轅，廢歌成泣！」多麼感人的場面哪，中國人一向重好人、壞人之辨，重貪官、清官之辨。不管你說有如此這般的局限性，或有這個那個劣根性，但這種對好人、清官至深至厚至淳之感情，實乃可歌可泣可驚天地而動鬼神！王維在〈遺愛碑〉結尾處不禁要聲情搖曳地說：

> 維也不才，嘗備官屬。公之行事，豈不然乎？維實知之，維能言之！

近朱者赤。在這樣的氛圍中，一時小我之利害，摩詰皆忘之矣。所以在〈裴僕射濟州遺愛碑〉中，我們看到王維難得一見的一面：「夫為政以德，必世而後仁。齊人以刑，苟免而無恥……刑以佐德，猛以濟寬，月期政成。」、「公之富人也以簡，簡則不擾，而人得肆其業，非富歟？公之愛吏也以嚴，嚴則畏威，而吏不陷於罪，非愛歟？」這些議論已近儒、法。又讚裴公治河「不用一牲兮，不沉一玉」，與釋道迷信相遠。如果歷史給我們的詩人予機遇，能與張九齡、裴耀卿諸人實行其政治主張，那麼我們看到的「詩佛」，恐怕與今日所見要大不相同了吧？

　　治完水，裴耀卿就走了。王維還沒走，他曾登上西樓同新來的使君賦思鄉詩。裴使君排行第三，而這位新使君排行第五，所以詩題云：〈和使君五郎西樓望遠思歸〉。原詩如下：

> 高樓望所思，目極情未畢。
> 枕上見千里，窗中窺萬室。
> 悠悠長路人，曖曖遠郊日。
> 惆悵極浦外，迢遞孤煙出。
> 能賦屬上才，思歸同下秩。
> 故鄉不可見，雲水空如一。

　　輕煙在遠方的水口招手，使人思鄉之情不可自已。遠方遊子，該回家了。

　　機會來了。開元十三年十一月玄宗東封禮畢，頒大赦令。用王維的話說，就是：「萬方有罪，與之更新；百寮失職，使復其位。」這篇題為〈送鄭五赴任新都序〉的文章是寫在「黃鸝欲語，夏木成陰」的時節，大概是開元十五年（西元725年）寫於洛陽或長安。我們最後得到王維離開濟州的信息，是他該年寒食時分於廣武城（今河南成皋縣北）寫的一首詩：

> 廣武城邊逢暮春，汶陽歸客淚沾巾。
> 落花寂寂啼山鳥，楊柳青青渡水人。

　　從這首題為〈寒食汜上作〉的詩中，我們感受到一種和諧的美：情與景的融一。從汶陽（今山東寧陽縣北）歸來的遊子，懷著既對逝去日子的傷別，又對未來現實的迷茫的紛亂心緒，好不容易來到這離家不遠的廣武古城。楊柳依依，落花寂寂。孤客卻逢節日郊遊的歡樂

人群，紛亂的心緒能不平添一分莫名的惆悵！

　　依稀傳來幾聲鳥啼。

三　從淇上到祕省

　　——宋人對王維的挑剔本不足為奇，奇的是至現代批評者仍有人拾其牙慧，又不願對原材料細加分析。苟如是，我們還能看到真王維乎？

　　王維當初被貶，就預感到此貶不易翻身。〈被出濟州〉云：「縱有歸來日，多愁年鬢侵。」漫長的貶謫捱過後，等待他的仍是許多叫人心神不定的日子。

　　還記得上一章第二節末尾，我們提起過一位王維的友人叫韋抗的先生嗎？王維與韋家有頗深的交誼。這次得歸，怕與這位韋抗大有關係。開元十三年（西元725年）十一月不是大赦嗎？就在這年冬天，朝廷「分吏部為十銓，敕禮部尚書蘇頲、刑部尚書韋抗……等分掌選事。」[9]《新唐書》卷一二二記載，抗「所辟舉，如王維、王縉、崔殷等，皆一時選云。」只要對韋抗與王維的經歷做一番考據，就知道韋抗辟舉王維只此開元十三年掌選事一次機會。闢為什麼官？沒說。但十一月大赦，辟舉事應在開元十四年才能實施。然而，天不作美，開元十四年韋抗死了。待得王維好不容易於開元十五年（西元727年）春捱回洛陽，韋抗早已成了古人。不過，畢竟曾為韋抗生前所辟舉，所以王維雖然不得留在中央機關，卻也還可以在二京附近什麼地方混口飯吃。

　　有人說就在淇上。〈偶然作六首〉其三云：

9　見《舊唐書》卷八，玄宗本紀開元十三年條。

　　日夕見太行，沉吟未能去。

　　問君何以然？世網縈我故。

　　小妹日成長，兄弟未有娶。

　　家貧祿既薄，儲蓄非有素。

　　幾回欲奮飛，踟躕復相顧。

　　孫登長嘯臺，松竹有遺處。

　　相去詎幾許？故人在中路……

　　據研究者考證，淇上是指共城（今河南輝縣）或衛縣（今河南淇縣東北古朝歌城）。據詩云「日夕見太行」、「孫登長嘯臺」與〈淇上即事田園〉云「屏居淇水上，東野曠無山」、「河明閭井間」這些地理環境描寫看，同時具備的應是衛縣，共縣離黃河遠，而衛縣《元和郡縣志》稱「淇水源出縣西北沮洳山，至衛縣入河，謂之淇水口。」其他條件則與共縣差不多。孫登「嘯臺」在蘇門山，登為魏晉間著名的隱士，詩人阮籍曾登山訪之。但見孫氏擁膝踞坐岩側，阮籍便上前與之箕踞相對，說及古今大事、棲神導氣之術，登皆不應。後來阮籍便對之長嘯，這才提起孫登的一點興致，笑著說：「再來一次嘛！」阮籍又作長嘯，終於意盡，只好回家。待下到半嶺，忽聽山上有聲，林谷迴響，比得上一整部樂隊吹奏哩！原來是孫登高水平的長嘯。這裡也就叫「嘯臺」，《世說新語》〈棲逸〉是這麼說的。山上還有劉伶的醒酒石，山下有阮氏竹林、嵇康淬劍池等，都是些當年「竹林七賢」經行的古蹟。王維來這裡雖說主要目的是為「薄祿」，以供家庭花銷──你想，「小妹日長成，兄弟未有娶」，一大家子的生活費容得你這當大哥的「逃祿」嗎？有人責備他不像陶淵明果決，「不為五斗米折腰」，未免合理而不合情；不過此地的自然與人文環境倒也對王維的胃口，何況這小官微祿也沒多少事幹，閒處便是隱居。所以他又有寫隱士式的生活的詩：

> 屏居淇水上，東野曠無山。
> 日隱桑柘外，河明閭井間。
> 牧童望村去，獵犬隨人還。
> 靜者亦何事？荊扉乘晝關。

「河明閭井間」將淇上特殊的環境寫出來，「明」字非常傳神。看來王維此時對隱逸生活已有較為深刻的體會了。不過他的心還不能平靜，特別在送別友人時，那顆仍然有憧憬有追求的心更是突突地躍動：

> 相逢方一笑，相送還成泣。
> 祖帳已傷離，荒城復愁入。
> 天寒遠山淨，日暮長河急。
> 解纜君已遙，望君猶停立。

祖帳，古人出行要祭祀路神，同時設帳餞行，是之謂「祖帳」。詩用急促的入聲韻，卻表達了纏綿的情意。用新詩形式表達，就是：

> 天寒風緊哪，遠山多明淨；
> 落日蒼茫，河水滔滔。
> 纜繩一解船如箭哪，相看已遙遠！
> 行舟逝矣，我久久目送您去的方向……

這首詩《王右丞集箋注》等版本題作〈齊州送祖三〉，但盛唐人殷璠《河岳英靈集》題作〈淇上別趙仙舟〉，是。趙仙舟也是盛唐人，岑參有〈臨洮泛舟趙仙舟自北庭罷使還京〉詩，可知是個在仕途上奔波的人，趙氏此行無異在「靜者」心池中扔下一粒石子。

　　果然，開元十七年（西元729年）我們在長安開化坊大薦福寺裡

又遇見了來頂禮膜拜的王摩詰。寺裡的大德是道光禪師，摩詰是年拜在道光座下，俯伏受教，一直到開元二十七年五月二十三日道光禪師涅槃。王維為之寫下〈大薦福寺大德道光禪師塔銘〉。

其實開元十六、七年摩詰就已經回長安，在祕書省當個校書郎什麼的。[10] 這次歸朝，有說是宰相張說推薦的，也有說興許是張九齡推薦的。就因為他寫了一首〈上張令公〉的詩，而盛唐有兩個「張令公」（開元十一年張說為中書令，二十一年張九齡為中書令）。關於這筆糊塗帳，還是「等下回分解」吧。

且說開元十六年（西元728年）冬天，大雪紛飛，長安城東門外有人騎著款段馬（一種矮小的馬兒）衝雪而來。此人四十歲上下，容長的臉兒，身材瘦削，穿一襲白袍，戴一頂韡帽，跟一個書僮，好一副風神散朗模樣！他就是大詩人李白讚頌不已的「孟夫子」──襄陽孟浩然。

孟浩然詩最淡而有味了，你看這首〈過故人莊〉：

> 故人具雞黍，邀我至田家。
> 綠樹村邊合，青山郭外斜。
> 開軒面場圃，把酒話桑麻。
> 待到重陽日，還來就菊花。

這樣親切的對話式的詩真是「淡到令你疑心到底有詩沒有」（聞一多語），但它讓你感觸到一個活脫脫的「詩的孟浩然」。這回來京赴考，無非也是想一展奇才。可惜，春試便落第了。恰好此時王昌齡、王維都在祕書省工作，祕書少監、集賢院學士副知院事是著名的文人政治

---

10 詳見陳貽焮：《唐詩論叢》（長沙市：湖南人民出版社，1980年），頁20-21。有學者不同意此說。

家張九齡，所以孟夫子也不急於回襄陽，仍想在此露一手，或許還有被汲引的可能──這在唐代是常有的事。有一天，他來到祕省，恰逢秋月新霽，名流們都在這兒賦詩作會呢。孟夫子雖是布衣，卻自恃才華，一點也不謙讓，提筆便寫下這樣的詩句：

> 微雲淡河漢，疏雨滴梧桐。

雖然說孟浩然詩往往渾然一氣，「淡到看不見詩」，但偶爾也有煉字煉句爐火純青的妙語，如「氣蒸雲夢澤，波撼岳陽城」、「荷風送香氣，竹露滴清響」、「野曠天低樹，江清月近人」之類。這句雲淡河漢雨滴梧桐的詩，色調音響俱佳，寫出秋天月夜清朗的氛圍，所以「舉坐嗟其清絕，咸擱筆不復為繼。」（王士源〈孟浩然集序〉）孟夫子這回算是出足了風頭。在座擱筆的，想來自然還有大詩翁王昌齡、王摩詰了。於是五代人王定保便拾撤到這樣一節傳聞：

> 襄陽詩人孟浩然，開元中頗為王右丞所知。句有「微雲淡河漢，疏雨滴梧桐」者，右丞吟詠之，常擊節不已。維待詔金鑾殿，一旦，召之商較風雅，忽遇上幸維所，浩然錯愕伏床下，維不敢隱，因之奏聞。上欣然曰：「朕素聞其人。」因得詔見。上曰：「卿將得詩來耶？」浩然奏曰：「臣偶不齎所業。」上即命吟。浩然奉詔，拜舞念詩，曰：「北闕休上書，南山歸敝廬。不才明主棄，多病故人疏。」上聞之撫然曰：「朕未曾棄人，自是卿不求進，奈何反有此作！」因命放歸南山，終身不仕。（《唐摭言》卷11）

傳聞畢竟是傳聞，有趣卻未必真實，所以細節都經不起推敲。比如王維官尚書右丞是上元元年（西元760年）夏天以後的事，那時孟浩然

已死去二十年了。[11]而孟浩然上京考進士時，王維最多只是個正九品
上的小小校書郎而已，皇帝怎會屈尊到他住所甚至是臥室裡去「商較
風雅」呢？這恐怕也是村婦想像皇后躺在床上大叫太監「拿塊柿餅
來」一類的笑話。更有意思的是宋人葛立方會以此為據責備王維妒
賢。《韻語陽秋》卷十八云：

> 開元天寶之際，孟浩然詩名籍甚，一遊長安，王維傾蓋延譽，
> 然官卒不顯，何哉？或謂維見其勝己，不肯薦於天子，故浩然
> 別維詩云：「當路誰相假，知音世所希。」史載，維私邀浩然
> 於苑，而遇明皇，遂伏於床下。明皇見之，使誦其所為詩，至
> 有「才不明主棄」之句，明皇云：「卿不求仕，朕未嘗棄
> 卿。」因放還。使維誠有薦賢之心，當於此時力薦其美，以解
> 明皇之慢，乃爾嘿嘿，或者之論，蓋有所自也。

葛氏摘了孟浩然別王維的一句詩：「當路誰相假，知音世所希。」的
確是埋怨的口氣。不過「當路」應指「當權派」，即處握權地位的政
要才對，小小校書郎不該是「當路」者吧？[12]且讀全詩：

> 寂寂竟何待？朝朝空自歸。
> 欲尋芳草去，惜與故人違。
> 當路誰相假？知音世所稀！
> 只應守索寞，還掩故園扉。

陳貽焮先生對此詩有很貼切的解釋，〔欲尋二句〕說自己即將還鄉隱

11　〔唐〕王士源〈孟浩然集序〉稱孟浩然死於開元二十八年（西元740年）。

12　孟浩然〈秦中苦雨思歸贈袁左丞賀侍郎〉：「寄言當路者，去矣北山岑。」左丞、侍
　　郎地位較高，賀侍郎指賀知章，曾薦李白。

居，唯一感到惋惜的只是要和你這位好友離別了。〔當路四句〕是
說：當權的人誰也不肯相助，而世上像你這樣的知己好友又很少，那
麼，就只得回家去關起門來，照舊去過那種枯寂無聊的日子。[13]王維
也有答詩：

> 杜門不欲出，久與世情疏。
> 只此為長策，勸君還舊廬。
> 醉歌田舍酒，笑讀古人書。
> 好是一生事，無勞獻〈子虛〉。

詩明明是對孟詩「只應守索寞，還掩故園扉」而發，說隱居自有其
樂，何必像司馬相如獻〈子虛賦〉求皇帝家賞識而費心費力呢？王維
最善解人意，總是將自己「擺進去」，如送綦母潛棄官還鄉，就說：
「余亦從此去，歸耕為老農。」送張湮還山，就說：「當亦謝官去，豈
令心事違！」所以這裡勸孟放寬心，就說自己也是「杜門不欲出，久
與世情疏。」王維並不是在推卸責任，後來他當殿中侍御史時，〈送
邱為落第歸江東〉詩便自責說：「知禰不能薦，羞為獻納臣！」而目
下只當個九品芝麻官，輪不到他來說話，所以他只能勸孟浩然放寬
心：其實呢，「醉歌田舍酒」也可自得其樂嘛！宋人對唐人老愛吹毛
求疵，連大詩人李白也被批評為「識見污下，十首九說婦人與酒」，
杜甫則被指責「性褊躁傲誕」、「嘆老嗟卑」，韓愈則「好名」，總之
「唐人工於為詩而陋於聞道」云云。所以葛氏對王維的挑剔本不足為
奇，奇的是至現代批評者仍有人拾此牙慧，用封建時代的道德準則衡
人，且又不願對原材料細加分析，苟如是，我們還能看到真王維乎？

---

13 陳貽焮：《孟浩然詩選》（北京市：人民文學出版社，1983年），頁16。

　　開元十七年（西元729年）秋，孟浩然在客舍壁上題了一首詩，[14]
發了一陣牢騷，終於在是年冬決意返鄉。長安城東門外又見到這位白
袍韡帽騎款段馬的書生，衝雪而去……

　　老友的遭遇定然在摩詰心頭留下陰影，但更大的悲哀又悄然襲
來。摩詰雖然是個「才子」，卻並不「風流」。他與夫人伉儷情篤，卻
偏偏老天不作美，據《新唐書》本傳載，「妻亡，不再娶，三十年孤
居一室。」約在開元十九年前後，摩詰中年喪偶，好比南歸雁中道失
伴飛。他們夫妻倆本有一個兒子，聰慧可愛，在夫妻倆的照料下，小
小年紀便學父親又寫又畫的，真叫人樂得合不上嘴。那年在濟州，老
友祖詠從洛陽遠道來探望貶謫中的王維，看到這小子更是讚不絕口，
說是將來必定也是個詩人畫家呢！不料就在回長安後，兒子夭折了，
這對夫妻倆無異是轟頂的雷！夫人自此鬱鬱成疾，竟臥床不起。摩詰
每看到窗前竹影，柳梢月輪，便彷彿看到妻子那亭亭的身影，那倩麗
的面容。他想起濟州貶謫中，妻子給他的溫存，日子雖然艱難，但一
家子和和睦睦，再艱苦也不覺其苦。如今，摩詰孑然一身，九品芝麻
官又怎能牽扯住這位悲傷的詩人！

　　摩詰終於棄官隱於嵩山。

四　江山浪跡

　　──浪遊是唐人醫治失落感的「驗方」。在青色世界中，摩詰的
苦惱、孤寂都消解了。「孤獨不在深山，而在市井。」融入大自然的
人哪會感到孤獨！

　　唐人對官隱出處問題，態度比較通達，廊廟山林隨腳出入是常有

---

14 即孟浩然〈題長安主人壁〉，有云：「促織驚寒女，秋風感長年。授衣當九月，無褐
　竟誰憐！」

的事。像王維的好友綦毋潛，開元末當祕書省的校書郎，天寶初卻又棄官回江東去了，王維還寫了〈送綦毋校書棄官還江東〉詩送別；曾幾何時又來朝廷當右拾遺。幾經挫折的王摩詰，又歷夭兒喪妻之痛，於此時棄微官薄祿也就不難理解了；何況弟妹也日長成，特別是王縉，已步入仕途，至少在生活負擔上可以分憂了。所以大約在開元二十年（西元732年）左右，王維以詩代簡將歸隱的想法告訴了房琯。在這首題為〈贈房盧氏琯〉的詩中，對房琯做了頌揚：

> 達人無不可，忘己愛蒼生。
> 豈復小千室，絃歌在兩楹。
> 浮人日已歸，但坐事農耕。
> 桑榆郁相望，邑里多雞鳴。

在封建時代，地方官能處理好「流人」問題，讓農民安下心來從事農業不逃亡，便是一大政績。房琯大概用的是「無為而治」的辦法，從其生活之豁達可見：

> 視事兼偃臥，對書不簪纓。
> 蕭條人吏疏，鳥雀下空庭。

這應是道家從政的最高境界了，真是官隱兩得，十分對王維的胃口，難怪在詩中要流露出企羨之情：

> 鄙夫心所向，晚節異平生。
> 將從海岳居，守靜解天刑。
> 或可累安邑，茅茨居試營。

《新唐書》本傳稱房「有遠器，好談老子浮屠法」，可於此證實；而王摩詰對李唐王朝的「國教」深有會心，也從這裡可以看出。老子云：「道常無為而無不為，侯王若能守，萬物將自化。」房琯治盧氏縣（今河南盧氏），用的便是老子法。房琯還喜歡「浮屠法」，也就是與王摩詰一樣奉佛，今存《神會語錄》就有兩人各自與神會和尚的一段問答。除了「道合」，王維在詩中之所以表示要到房琯治所去隱居（「累安邑」，出〈高士傳〉，高士閔仲叔客居安邑），更重要的原因還在「志同」。房琯是武則天朝宰相房融之子，「少好學，風儀沉整」，當官「頗著能名」，自負其才，以天下為己任。這些才是王維最「心所向」的。後來歷史表明，王維的直覺是對的，房琯屬「進步的政治集團」，不肯阿附李林甫、楊國忠之流，曾是李唐王朝中興希望之所寄。大詩人杜甫於安史之亂中曾為論救房琯被貶，而王維與所謂「房琯之黨」的嚴武、李揖、賈至諸人，都有較深的交往。「物以類聚，人以群分」，王維的交往表明「詩佛」的內心是熾熱的，只是這熾熱的火種深埋在厚積的「隨緣任化」的灰燼下。下一章我們還會回顧這件事的。

　　王維後來到底去盧氏隱居沒有，我們不知道。我們只知道他是在嵩山隱居了一陣子，大概是因為「舍弟官崇高」的緣故。王縉在〈東京大敬愛寺大證禪師碑〉中自稱曾「官登封，學於大照」。崇高，即嵩高，是漢縣名。據說，漢武帝登嵩山，忽然聽到群谷迴響著「萬歲」呼聲，如是三次。於是漢武帝增建太室祠，以山下三百戶為奉邑，置崇高縣，唐時叫登封縣，中嶽嵩山就在此縣境內。王維詩集中有一首〈歸嵩山作〉：

　　　　清川帶長薄，車馬去閒閒。
　　　　流水如有意，暮禽相與還。
　　　　荒城臨古渡，落日滿秋山。
　　　　迢遞嵩高下，歸來且閉關。

嵩山離東都洛陽不遠，許多當官的都在這兒搞個「別業」什麼的，所以「車馬去閒閒」，並不荒涼。也因此有人認為王維隱東都附近的嵩山，不遠不近，蓋「隱此正可待機出仕耳」。有道理，王維正步入壯年，還不至於心如枯井呵！

　　同隱此山為伍的有畫家張諲，也許還有詩人李頎。唐人張彥遠《歷代名畫記》是這麼說的：「張諲官至刑部員外郎，明易象，善草隸，工丹青。與王維、李頎等為詩酒丹青之友，尤善畫山水。」張彥遠這段記載說不定是抄自王維詩題：〈故人張諲工詩善易卜兼能丹青草隸頃以詩見贈聊獲酬之〉。其實王維與張諲友誼之深，乃至呼之「張五弟」，主要還是因為張諲的為人。摩詰有三首〈戲贈張五弟諲〉詩，其中對張形象之速寫，真是傳神之筆：

> 吾弟東山時，心尚一何遠。
> 日高猶自臥，鐘動始能飯。
> 領上髮未梳，床頭書不卷。

又云：

> 張弟五車書，讀書仍隱居。
> 染翰過草聖，賦詩輕〈子虛〉。
> 閉門二室下，隱居十年餘。
> 宛是野人也，時從漁父漁。

活脫脫是個失意藝術家的形象。這三首可能寫於後來隱居終南山時（「我家南山下」），是回憶當年與張在嵩山（「閉門二室下」，二室指太室山、少室山，俱在嵩高群山中）棲隱的生活，當然也包括自己。從這面鏡子中，我們約略可知此時間的摩詰，實在是不太將當官求仕當一回事了。

　　你說怪也不怪？人的形體行為，總是受情緒這無形易變的東西所控制，以至有時變得使人以為人是個多面體，各個面幾乎不相關哩！當初孟浩然上京應試，志在必得，後來下第不得志，乾脆四海五湖浪遊，再歸鹿門山隱居。他在〈自洛之越〉詩中說：

> 皇皇三十載，書劍兩無成。
> 山水尋吳越，風塵厭洛京。
> 扁舟泛湖海，長揖謝公卿。
> 且樂杯中物，誰論世上名！

浪遊是唐人醫治失落感的「驗方」。君不見李太白，天寶三載賜金放還後，即有梁宋之遊，與高適、杜甫「過汴州，登吹臺，慷慨懷古，人莫測也！」王摩詰自濟州之貶以來，一直坎坷不順心，特別是夭子喪妻之痛，對他有至深的打擊。王維是個多情的種子，喪妻後不再娶，「三十年孤居一室」（《新唐書》本傳），卻又多次哀嘆：「嗟余未喪，哀此孤生」、「皤然一老，愧無完簟」、「皤然孤獨，愧無子孫」云云，表現出這一打擊是如何痛入骨髓！所以王維此時棄官棲隱，且四出浪遊，是很有可能的。事實上王維自己就是這麼說的，其〈不遇詠〉說：

> 北闕獻書寢不報，南山種田時不登。
> 百人會中身不預，五侯門前心不能。
> 身投河朔飲君酒，家在茂陵平安否？
> 且以登山復臨水，莫問春風動楊柳……

王維現存詩有一些是涉足巴山楚水，應是浪遊時所作，不易繫年，我

想姑置於此，應不無理由吧？[15]

　　摩詰西行最遠到巴蜀。他西出咸陽三百里，來到「去天三百」的武功太白山。山頂積雪皓然，雲霧升騰。它是秦嶺主峰，而秦嶺是我國南北氣候的分界線，所以此山氣候多變，難怪當地人會神祕兮兮地說：山下行軍，可不能吹角擂鼓，要不，會引來疾風暴雨！摩詰此來，是想拜訪棲隱於此的一公。他曾寫下一首詩，題為〈投道一師蘭若〉。道一，有人說就是被稱為「禪宗雙璧」的馬祖道一。也有人說不對，馬祖沒到過北方，不可能在太白山棲隱。這些事就留給專家們去考證好了，我們的詩人當日可是遠道而來，在松林裡尋了一整天，直到傍晚才找到禪院。一公就住在竹林深處，夜裡聽著遙遠地方傳來清泠的泉水聲響，真疑心不在人間。天性愛自然的摩詰不禁又作出世想，在詩的結尾表示：「豈為暫留宿，服事將窮年！」說是這麼說，沒住多久，他又往西南方向走了。

　　他來到了秦蜀往來要道的大散關。這是個出可以攻，入可以守的形勝之地。王維取道由此入蜀，寫下〈自大散以往，深林密竹，蹬道盤曲四五十里，至黃牛嶺，見黃花川〉詩。詩題本身就滿有詩意的，使人想起謝靈運一些詩題：〈石門新營所住四面高山回溪石瀨茂林修竹〉、〈從斤竹澗越嶺溪行詩〉等。王維山水詩學二謝，於此可見一斑。詩云：

　　　　危徑幾萬轉，數里將三休！
　　　　迴環見徒侶，隱映隔林丘。
　　　　颯颯松上雨，潺潺石中流。
　　　　靜言深溪裡，長嘯高山頭。

15 關於王維浪跡巴蜀吳越，主要參考譚優學：《唐詩人行年考續編》〈王維生平事蹟再探〉（成都市：巴蜀書社，1987年），張清華《詩佛——王摩詰傳》（鄭州市：河南人民出版社，1991年）「巴山楚水」一節。

　　　　望見南山陽，白日靄悠悠。

　　　　青皋麗已淨，綠樹鬱如浮。

　　　　曾是厭蒙密，曠然消人憂。

這首詩頗見王維寫實功夫。蜀道之難，從危徑萬轉、數里三休可見。
而山路盤旋而上，同行夥伴雖首尾相續，卻相隔林石，其情趣頗似杜
甫〈北征〉所說：「我行已水濱，我僕猶木末。」而「靜言深溪裡，
長嘯高山頭」雖然照搬陸機〈猛虎行〉「靜言幽谷底，長嘯高山岑」，
但用在這裡也算貼切，將山行的趣味表現出來了。最見王維特色的詩
句是：「青皋麗已淨，綠樹鬱如浮。」明麗的陽光照得水邊綠地一片
澄明青碧，而那鬱鬱蔥蔥的樹林就像是飄浮在嵐光之上。這景色絕不
是水墨縹緲的宋元山水畫，而是峰巒明秀金碧富麗盛行於唐代的大綠
山水，它甚至讓人想到日本現代畫家東山魁夷的風格。就在這沉沉的
青色世界中，摩詰的失落感、孤寂感都消解了。是的，「孤獨不在深
山，而在市井。」融入大自然的人哪會感到孤獨！

　　下了黃牛嶺，摩詰一行便進入了黃花川，於是寫下〈青溪〉詩：

　　　　言入黃花川，每逐青溪水。

　　　　隨山將萬轉，趣途無百里。

　　　　聲喧亂石中，色靜深松裡。

　　　　漾漾泛菱荇，澄澄映葭葦。

　　　　我心素已閒，清川淡如此。

　　　　請留磐石上，垂釣將已矣！

如果說上一首還著二謝痕跡，這一首可就全是摩詰自家本色了。「聲
喧亂石中，色靜深松裡。」可謂聲色並作，是「有聲畫」。「色靜」造
語尤奇，將松林的深幽與沉靜一筆寫出。「我心素已閒，清川淡如

此。」心閒景淡，兩相促成。不是心閒如何見得如此清淡景緻？不是如此清淡之景又如何給出這般悠閒的心境？摩詰賞愛之極，又許下長留此地的願。當然，他還是走了。

此後的行蹤我們可以從其〈送崔五太守〉詩中推見：

> 黃花縣西九折坂，玉樹宮南五丈原。
> 褒斜谷中不容幰，惟有白雲當露冕。
> 子午山裡杜鵑啼，嘉陵水頭行客飯。
> 劍門忽斷蜀川開，萬井雙流滿眼來。
> 霧中遠樹刀州出，天際澄江巴字回。

九折坂、五丈原、褒谷、斜谷、子午谷、劍門、雙流、刀州，一連串地名標示了由褒斜大路入蜀的行程。這是為崔太守入蜀所作的想像之言，也是當年摩詰入蜀的經驗之談。刀州，指益州（今四川成都）。據《晉書》說，王濬夜夢懸三刀於樑上，須臾又益一刀。解夢的人告訴他：三刀為「州」字，益一，不就是預示您將為益州刺史嗎？後來果然被任命為益州刺史，所以益州又稱刀州。也就是說，王維由黃花川向西南，由嘉陵水頭再西進入劍門，經綿州、漢州到益州。這一路上奇險的蜀道景色給他非常深刻的印象，後來在〈送楊長史赴果州〉詩中還對「褒斜谷中不容」念念不忘：

> 褒斜不容幰，之子去何之？
> 鳥道一千里，猿聲十二時。
> 官橋祭酒客，山木女郎祠。
> 別後同明月，君應聽子規。

摩詰再次回憶了經褒斜要道入蜀的艱危。幰，車幔。褒斜道車輛難

行，所以李白〈蜀道難〉說是「西當太白有鳥道，可以橫絕峨嵋巔」，只有飛鳥之道，哪有車道！詠歎之不足，又入丹青。據《宣和畫譜》載，王維有《棧閣圖》、《劍閣圖》、《蜀道圖》十幾幅，北宋「精於鑑裁」的大畫家米芾曾否定其中《劍閣圖》三幅，認為是偽作，但未否定其他十一幅。這些畫稿想必是來自當初入蜀時打進腦海裡的印象吧？

益州是個文化古城，武侯祠曾引發古今多少詩人的靈感！王維想必在益州也會有佳篇妙什，可惜誠如王縉所說，摩詰「開元中詩百千餘篇，天寶事後，十不存一」（《舊唐書》〈王維傳〉），更何況王縉以後又千百年，摩詰詩留存更少了，我們對此只好喟嘆一番而已。

離開益州，王維大約是取道梓州（今四川三臺）、合州（今四川合川）向渝州（今四川重慶）。他有一首〈送梓州李使君〉詩，寫梓州景色歷歷在目：

萬壑樹參天，千山響杜鵑。
山中一半雨，樹杪百重泉。
漢女輸橦布，巴人訟芋田。
文翁翻教授，不敢倚先賢。

此詩寫風土深為後人所讚賞。如趙殿成注引錢謙益的話，盛讚「山中一半雨」要比一些本子作「山中一夜雨」好，「蓋送行之詩，言其風土，深山冥晦，晴雨相半，故曰『一半雨』，而續之以樊女巴人之聯也。」錢氏的意思是說「山中一半雨」與「漢女」、「巴人」一聯都是寫出了梓州的特色，是「這一個」。漢女，這裡不是指漢族女子，而是指嘉陵江（古西漢水）邊的少數民族女子。樊布也是蜀地特產。這兩聯既寫梓州風土，也寫民情。如果不是當年王維親歷，未必能寫得出。

待到王維迤邐來到渝州（今四川重慶），已是次年暮春光景。摩

詰飽覽了渝州小三峽，寫下〈曉行巴峽〉詩：

> 際曉投巴峽，余春憶帝京。
> 晴江一女浣，朝日眾雞鳴。
> 水國舟中市，山橋樹杪行。
> 登高萬井出，眺迥二流明。
> 人作殊方語，鶯為故國聲。
> 賴多山水趣，稍解別離情。

據在四川工作的專家說，詩中寫的是渝州（今重慶）一帶風光。「登高萬井出，迥眺二流明」，涪江於此流入長江。小三峽在巴縣境內，故可稱「巴峽」云。「水國舟中市，山橋樹杪行」的確是山城江邊特有的景色。「山橋」而懸於「樹杪」，是中國畫特有的移遠就近，畫境平面化的體現，與杜甫〈北征〉「我行已水濱，我僕猶木末」同一機杼。畫面的明朗秀麗，表明摩詰此時心緒，故曰：「稍解別離情。」

　　渝州逗留之後，摩詰則放舟東下荊襄。據《王右丞箋注》附錄引《珊瑚網》載，王維曾作《三峽圖》，可惜未見真跡，不知是畫大三峽還是小三峽？

　　摩詰還東遊至吳越。按宋末元初鄧牧《伯牙琴》的記載，越州（今浙江紹興）城南有云門山，山有雲門寺，唐僧靈一、靈澈曾居此。蕭翼、崔顥、王維、孟浩然、李白、孟郊來游，悉有題句。可惜王維題什麼句已杳若雲煙。不過王維到過廬山，曾留下「詩跡」：

> 竹徑從初地，蓮峰出化城。
> 窗中三楚盡，林上九江平。
> 軟草承趺坐，長松響梵聲。
> 空居法雲外，觀世得無生。

趙注稱「窗中」一聯寫出遠近數千里，一望了然，而佳處全在「窗中」、「林上」四字。的確，身所盤桓，目所綢繆，窗中可看到無限，而無限也歸於有限的窗前，是典型的「往而復返」的東方式透視，是人與自然的交流。摩詰正是在這種交流中暫時進入得失皆忘的化境而體驗宗教的禪悅。此詩題為〈登辨覺寺〉。

王維還有一首〈送邢桂州〉，地點是在京口（今江蘇鎮江）：

> 鐃吹喧京口，風波下洞庭。
> 赭圻將赤岸，擊汰復揚舲。
> 日落江湖白，潮來天地青。
> 明珠歸合浦，應逐使臣星。

這首詩寫得開闊明朗，尤其是「日落」一聯，大氣磅礴，勢挾風雨。白、青二字是常用字，用法卻不平常。它強調主觀印象：日落的餘暉讓江湖波光反射得如此強烈，似乎只剩下一個「白」字了得。潮頭鋪天蓋地，又似乎覆蓋了一切，只剩下一個「青」字。站在京口能否看到洞庭與大海？這恐怕只能是借助往日審美經驗的大膽想像，其中大海潮頭應是摩詰東遊所見。[16]

京口西邊不遠便是江寧（今南京市）。這裡有座瓦官寺。據說，王羲之書法真跡〈告誓文〉曾藏在寺裡，開元初修建大殿，工人在鴟吻（裝飾屋脊的一種特殊瓦片）內竹筒中發現這一真跡。這在酷好王羲之書法的唐代，肯定是一件「爆炸新聞」，一代書法家的王維能不遊江寧瓦官寺？不過也許更吸引他的還是高僧璇禪師。這位高僧，是北宗大師嵩山普寂的四十六位法嗣之一，他的弟子元崇日後與王摩詰

---

16 舊說邢桂州指邢濟，上元二年（西元761年）領桂州都督，是年王維卒。很難想像王維這一年會遠離京師來京口相送。茲從譚優學之說，推為遊吳越之作。

也有一面之緣。不過當日王摩詰來到瓦官寺瞻仰璇禪師，兩人卻相對
默默。然而就在這默語無際之中，兩人心靈得以電流般溝通，使得王
摩詰頗為感動，寫下〈謁璇上人〉詩，云：

> 少年不足言，識事道已長。
> 事往安可悔，餘生幸能養。
> 誓從斷葷血，不復嬰世網。
> 浮名寄纓佩，空性無羈鞅。
> 夙從大導師，焚香此瞻仰。
> 頹然居一室，復載紛萬象。
> 高柳早鶯啼，長廊春雨響。
> 床下阮家屐，窗前筇竹杖。
> 方將見身雲，陋彼示天壤。
> 一心在法要，願以無心獎。

《舊唐書》本傳稱王維「居常蔬食，不茹葷血」，看來是瞻仰了大導
師才下的決心：「誓從斷葷血」。旅遊加宗教的確有療效，綜觀摩詰東
遊西行之作，大都寫得很開朗明麗，或灑脫無礙，顯然登山臨水訪友
拜師已消解了不少仕途多舛的煩惱。雖然王維又一次發誓要「不復嬰
世網」，實際上是身心經過一段時期的休息，又可以投入對事業的追
求，須知此時王維才三十多歲，正值中年哪！

第四章
權力漩渦的邊上

一　兩個張令公

　　──摩詰主動獻詩二張，是有其深刻的政治背景的。開元至天寶實際上是個盛極而衰、胎孕著巨變的過程，其間有個吏治與文學之爭的問題。

　　開元二十三年（西元735年），王摩詰終於「車馬去閒閒」地離開嵩山，寫下〈留別山中溫古上人兄並示舍弟縉〉詩一首。這位溫古上人是個翻譯家，曾協助一些印度僧人翻譯過不少密宗經典，〈大日經義釋序〉就是他寫的。王維於佛教各派並無軒輊，所以各派僧人都可成為他的好友。詩一開頭就說：

> 解薜登天朝，去師偶時哲。
> 豈唯山中人，兼負松上月！

「解薜」就是脫去隱士的服飾。他對自己的背叛山林而登廊廟深感歉意，不但辜負山中人，也辜負了松上月。詩接著回憶山中閒散的生活：

> 開軒臨潁陽，臥視飛鳥沒。
> 好依盤石飯，屢對瀑泉歇。

對摩詰愛好閒散生活我並不懷疑，只是古代文人總是「兼濟」為主、

「獨善」為輔，何況充滿少年精神的盛唐才子王摩詰，此時仍有一腔熱血要「濟人然後拂衣去」呢！有些評論者將王維此舉說成「熱衷功名」，「好表現自己」，未免太不理解盛唐人了！問題是摩詰並非一味要官做，他從政是有條件的：「感激有公議，曲私非所求！」（〈獻始興公〉）摩詰集中有兩首干謁詩，一為〈上張令公〉，一為〈獻始興公〉。先看〈上張令公〉詩：

> 珥筆趨丹陛，垂璫上玉除。
> 步簷青瑣闥，方憶畫輪車。
> 市閱千金字，朝開五色書。
> 致君光帝典，薦士滿公車。
> 伏奏回金駕，橫經重石渠。
> 從茲罷角抵，希復幸儲胥。
> 天統知堯後，王章笑魯初。
> 匈奴遙俯伏，漢相儼簪裾。
> 賈生非不遇，汲黯自堪疏。
> 學《易》思求我，言詩或起予。
> 嘗從大夫後，何惜隸人餘。

　　盛唐時代有兩個「張令公」，一個是開元十一年（西元723年）為中書令的張說，一個是開元二十一年（西元733年）為中書令的張九齡。注家顧元緯說當指前者，趙殿成說當指後者。從詩中歷數的事蹟看，有些是共有的，有些則於張說似乎更為貼切。前三聯可以說是共有的，因為二張都善文學。「致君光帝典，薦士滿公車。」張說於此特出，曾屢請玄宗行祭祀大典之事，特別是開元十三年（西元725年）首建封禪泰山，這在封建時代可是件特大的事，張說〈大唐封祀壇頌〉就稱之為「興墜典，葺闕政」，自然是「致君光帝典」了。張

說薦士也很突出，《舊唐書》本傳就作為一件大事記下來：「喜延納後進，善用己長，引文儒之士，佐佑王化。」事實上張說推薦的文儒之士甚多，如徐堅、孫逖、王翰、張九齡，以及大量詞學之士，玄宗的重視文治與張說大薦文儒之士有關。「伏奏」四句也非泛指，張說於久視年間（西元700年）曾上疏指出則天后「往往輕行，警蹕不肅」，與東漢銚期諫漢光武乘輕輿微行的典故正合。「石渠」典出《漢書》〈韋賢傳〉，是說漢元帝為太子時，韋玄成陪他「與五經諸儒雜論同異於石渠閣。」張說則天時曾授太子校書、弘文館博士；玄宗在東宮時，說曾為侍讀，這也合「石渠」之典。「角抵」指雜樂伎，《舊唐書》本傳則稱「自則天末年，季冬為潑寒胡戲；中宗嘗御樓以觀之。至是，因蕃夷入朝，又作此戲，說上疏諫曰……自是此戲乃絕。」張九齡則無此事實可印證。又，「匈奴遙俯伏，漢相儼簪裾。」這是發生在「天統知堯後」，也就是玄宗繼位後的事。張說雖然是文士領袖，卻頗具武略。開元八年（西元720年）秋，因朔方大使王㕙殺河曲降戶，拔曳固、同羅諸部落聞之恟懼。張說以并州長史、天兵節度大使的身分引二十騎持節前往其落慰撫。副使李憲勸他別去冒這個險，張說回答說：「我的肉又不是黃羊肉，還怕他們吃了不成？士見危致命，現在正是我效死的時候！」拔曳固、同羅由是而安定。開元九年（西元721年）党項部叛亂，張說將步騎萬人出合河關掩擊，大破之。說招集党項，復其居業。副使史獻請趁機誅殺之，說不許，因奏請置麟州以安置党項餘眾。其年拜兵部尚書、同中書門下三品。這些事蹟也與「匈奴遙俯伏，漢相儼簪裾」對得上號，而張九齡卻沾不上邊。這樣看來，詩是獻給張說的。張說開元十三年主持封禪「光帝典」，可第二年四月就被崔隱甫、宇文融、李林甫聯手搞下臺。所以王維獻詩當是在封禪期間，當時他還貶在濟州，封禪大隊人馬過濟州，獻詩是很方便的。[1]不過，這一次獻詩可能沒見效。

1　張令公指張說，詳參葛曉音：〈王維前期事蹟新探〉，《晉陽學刊》1982年第4期。

再看〈獻始興公〉：

> 寧棲野樹林，寧飲澗水流。
> 不用食粱肉，崎嶇見王侯。
> 鄙哉匹夫節，布褐將白頭！
> 任智誠則短，守仁固其優。
> 側聞大君子，安問黨與仇。
> 所不賣公器，動為蒼生謀。
> 賤子跪自陳：可為帳下不？
> 感激有公議，曲私非所求！

始興公，指張九齡。開元二十三年三月九日張九齡進封始興縣開國子，獻詩當在此後。王維這回完全是以「布衣」的口吻向張九齡表明心跡的。王維一反過去的含蓄，毫不含糊地要求投在帳下，並侃侃申明：

> 感激有公議，曲私非所求！

這就是說：您若能出於公正的選擇任用我，我將感激不盡；您若只是對我有所偏私，那就不是我所希望的了！他之所以不惜「賤子跪自陳」，是因為自己有正確的選擇：

> 側聞大君子，安問黨與仇。
> 所不賣公器，動為蒼生謀。

之所以投靠您，是由於您有為天下百姓著想、用人大公無私的好名聲！在這一點上，張九齡要比張說更正直無私。據史書記載，張說主

持封禪時，多引親近的人登山，遂加階超升。九齡進諫說：「官爵者，天下之公器，德望為先，勞舊次焉。」王維正是看準這一點，才問心無愧大大方方地說：「可為帳下不？」

這回獻詩看來是奏效了，當年便為九齡所拔擢，所以題下原注說：「時拜右拾遺。」這一年摩詰三十七歲。

摩詰主動獻詩二張，是有其深刻的政治背景的。大家都說「開天盛世」，但開元至天寶實際上是個盛極而衰，胎孕著巨變的歷史過程，其間有一個吏治與文學之爭的問題。[2]唐玄宗在這個問題上受執政大臣的影響較為明顯。

開元初，姚崇用事，偏重吏治。所以在這段時期，不見有什麼特別提倡文詞的措施。倒是有幾件事頗能反映出姚崇的吏治傾向：姚崇的小兒子叫姚弈，姚崇希望他能知吏務，所以不讓他越官次，自右千牛進至太子舍人都是平遷。「愛子心切」，更能看出他以吏治為根本的心思。再譬如蕭嵩，寡於學術，為同僚所取笑。宮裡流傳著他的笑話：說是有一次蕭嵩值班，被叫去草詔。詔書是給蘇瑰的兒子蘇頲的，蕭嵩草稿卻有「國之瑰寶」這樣的措詞。玄宗不想直斥蘇頲的父名，就叫他改過來。蕭嵩呢，搔頭扒耳地撥弄了半天才改定。玄宗看他杼思移時，想必精當，不覺前席以觀，哪知道只是改成「國之珍寶」而已！玄宗氣得擲稿於地，說：「虛有其表耳！」可是蕭嵩頗敏於吏事，所以姚崇「眷之特深」。又，嚴挺之是個文士，但姚崇器重他只為嚴挺之「雅有吏幹」。當然，這只是姚崇為代表的一種傾向性，也許還談不上是「組織路線」。

待到張說用事，那可就不一樣了，可以說，玄宗重視文治，是以張說用事為轉捩點的。

---

2 文學與吏治之爭，請參看汪箋：《汪箋隋唐史論稿》〈唐玄宗時期吏治與文學之爭〉（北京市：中國社會科學出版社，1981年）。

　　張說字道濟，是個叱吒風雲的人物。他一生「三登左右丞相，三作中書令」，有極高的政治地位。他本人「弱冠應詔舉，對策乙第，授太子校書」，有很高的文學修養，「掌文學之任凡三十年」是「當朝文伯」。他的碑誌文獨步一時，與許國公蘇頲齊名，世稱「燕許大手筆」。張說的詩現存有三百五十首，其中以山水詩最好，《新唐書》本傳說：「既謫岳州，而詩益淒婉，人謂得江山助云。」近年來一些文學史家開始重視他的詩文，注意到他在盛唐文壇上有開風氣的作用。不過，這種作用與其說是由於他的詩文有大名氣大影響，還不如說是由於他以宰相的高官而長期為「文伯」這樣特殊的地位。他「喜延納後進」，「引文儒之士」，為其所獎掖的文學之士可考的就有張九齡、賀知章、徐堅、孫逖、王翰、徐安貞、韋述六兄弟、趙冬曦六兄弟、齊澣、王丘、王灣等二十餘人，這張名單簡直囊括了開元前期的重要作家。更要緊的是，張說意識到自己的領袖地位，他要倡導一種新的詩風！有一回，他在政事堂親筆題下這麼一聯：

　　海日生殘夜，江春入舊年。

這是後輩詩人王灣〈次北固山〉中的一聯詩句。在宰相辦公的大堂題上這麼一聯詩，這不就是為天下人標示楷模嗎？

　　海日、殘夜；江春、舊年。

　　這是兩組對立的物象，其間用「生」、「入」兩個動詞使之溝通並互相轉化，並且轉化得如此有機、有生命。它不但準確地再現了破曉那一剎那，寫出冬殘春至的交替狀態，而且能給你一點哲理的領悟：新事物與舊事物並不只是對立，它們之間還有一種可轉換的有機聯繫，新事物是從舊事物中長出來的。而詩給人的總體印象又是如此弘

闊，如此深遠。張說拈出的豈止是一聯佳句，他拈出的是整個盛唐之音的特徵！我們都讚賞李白「清水出芙蓉，天然去雕飾」的審美理想，殊不知它在張說的文學觀中已見端倪。張說在〈濟州張司馬集序〉中明確提出「逸勢標起，奇情新拔」、「感激精微」、「天然壯麗」的風格標準，現在又拈出王灣富有朝氣與瞻望的一聯，可見他所致力的是要開一代新風！

對張說扭轉風氣的歷史作用有深刻認識的，當時莫過於張九齡。九齡在〈燕國公墓誌銘〉裡邊就已指出：

> 始公之從事，實以懿文，而風雅陵夷已數百年矣！時多吏議，擯落文人……及公大用，激昂後來，天將以公為木鐸矣！

所謂「吏治」與「文學」之爭，事實上是進士科舉全面取代漢以來的選舉、六朝以來門閥承襲的用人制過程中發生的鬥爭。唐代科舉制可謂一波三折，從武則天時代到玄宗時代，乃至到中唐「牛李黨爭」，此起彼伏，鬥爭不息。張說倡導文學，實際上是造成一個尊崇文學之士的政治氛圍，使文人有一個較好的人才環境，從而極大地增強了他們用世的熱心。李白、高適、杜甫、岑參諸人，可以說是間接的受益者，而孟浩然、王昌齡、王維諸人，都是直接在此氛圍中受到鼓舞。

我們前面說過，玄宗是個易受大臣影響的人。姚崇重吏治，玄宗斯時也傾向吏治；張說重文學，骨子裡愛好文藝的玄宗更是傾向文學。他造就氣氛，也反過來接受這種氣氛的薰陶。所以後來天寶年間雖然由主張吏治的李林甫主政，但風氣已成，玄宗仍能禮遇詩人，如對李白的優渥待遇，「降輦步迎」、「御手調羹」之類，以至後人會不無豔羨地說：「重詩人如此，詩道安得不昌？」而作為當時政治的一項重要措施，是選任張九齡，使之繼張說之後成為又一位宰相級的

「文伯」，加固了張說「文治」的成果，使之發生更深遠的影響。《開元天寶遺事》有幾則關於唐明皇與張九齡的逸事，表明這位皇帝對這位大臣是如何欣賞。其中有一則說：

> 明皇於勤政樓，以七寶裝成山座，高七尺。召諸學士講義經旨及時務，勝者得升焉。惟張九齡論辯風生，升此座，餘人不可階也。時論美之。

玄宗對九齡儒雅的風儀最為欣賞，甚至在他退位後，據《舊唐書》本傳說，宰臣每薦公卿，玄宗必問：「風度得如九齡否？」

讓我們來看看張九齡是如何以文學起家的。

張九齡，字子壽。他沒什麼貴族血統，甚至只是「嶺海孤賤」，是出生於遠離中原的嶺南一介百姓之家。據說，張母夜夢九鶴翩翩自天而降，遂生九齡。他自幼聰敏，善屬文。年十三，以書信投寄廣州刺史王方慶，王大嗟賞之，說：「此子必能致遠！」長安二年（西元702年）進士擢第，後來任校書郎。玄宗為太子時，曾舉天下文藻之士親加策問，九齡對策高第，遷右拾遺。開元十年（西元722年）遷司勳員外郎。《舊唐書》本傳有這麼一段記載：

> 時張說為中書令，與九齡同姓，敘為昭穆（即通譜系），尤親重之，常謂人曰：「後來詞人稱首也。」九齡既欣知己，亦依附焉。

二張結盟的基礎就在文學。這是先後二位詩壇盟主的結盟。有的學者說：在獎掖後進方面，張九齡的影響不如張說，但在詩歌創作上，其成就乃在張說這上。[3]我看這是公允的評價。他最有影響的詩作是

3　詳見羅宗強：《隋唐五代文學史》上冊，頁175。

〈感遇十二首〉，興寄遙深，可繼武陳子昂的〈感遇三十八首〉。不過最能體現盛唐氣象的是其抒情名篇〈望月懷遠〉：

> 海上生明月，天涯共此時。
> 情人怨遙夜，竟夕起相思。
> 滅燭憐光滿，披衣覺露滋。
> 不堪盈手贈，還寢夢佳期。

這不就是張若虛〈春江花月夜〉長篇的濃縮嗎？「滅燭憐光滿」，月光成了所思之人的替代，月光溶進相思雙方的情意，織成一片似可觸摸的藝術幻境。這樣的技巧，正是盛唐詩人的絕活呢！以這樣傑出的文學才華與儒者風儀，自然會叫當時人傾倒。不過，二張重文學斥吏治的背後，還有更深刻的歷史原因，它甚至涉及到大唐帝國的興衰。歷史再過不到三十年功夫，在武人跋扈的年代裡，杜甫已經痛感到二張文治的意義了。他在長篇組詩〈八哀詩〉的序言中說：

> 傷時盜賊未息，興起王公、李公，嘆舊懷賢，終於張相國。

王公、李公指中興名將王思禮、李光弼，張相國指的就是張九齡。將他放在末篇是有深意的，在杜甫看來，張九齡這樣重文治的人才是結束動亂的理想大臣！「乃知君子心，用才文章境。」要不是對玄宗用二張的以文治致盛有感於心，就不會這麼突出九齡的人格、風度與學術，「詳記文翰」洋洋灑灑至四十句。

當然，大唐帝國的盛衰原因要比唐人自己料想的複雜得多。不過有一點可以肯定，吏治與文學之爭是個權力鬥爭的可怕漩渦。王維自託於二張政治集團，無異置身於此漩渦——哪怕只在其邊上。是福？是禍？

二　一鵰挾兩兔

——本來嘛，一個政府就該有各色各樣的人才，只要能在皇帝主持下取得平衡，就會有封建時代的治世。但皇帝的怠於政事，讓李林甫破壞了這一平衡。

開元二十四年（西元736年），大明宮內發生了一場影響帝國前程的爭議。

事情是這樣的，朔方節度使牛仙客是個幹才，在河西工作時積財貯穀，軍隊後勤做得很不錯。為了嘉獎牛仙客的工作成績，玄宗想讓他當尚書。這時身為宰相的張九齡卻不同意。

「這不行呵皇上。尚書，就是古代的納言，自唐興以來這個職位都是讓那些舊相以及有德望有名聲的人來當，牛仙客是誰？不就是個河湟使典嘛，他有什麼資格當此重任？讓他居此清要，怕天下人會認為是對朝遷的羞辱呢！」張九齡也沒看看唐明皇那烏雲愈布愈密的臉，只管一板一眼的說下去。

「那麼，就給他實封怎樣？」玄宗忍住氣，退一步說。前年，幽州節度使張守珪大破契丹，玄宗十分高興，興頭上要賞張守珪個宰相，也是這位書呆子死活不肯，兜頭給澆了盆冷水。深知九齡犟脾氣的明皇不想再觸霉頭，這才退了一步。

「不行呵皇上。」九齡並不沿著臺階下，仍是一副得理不讓人的腔調。「封爵，所以勸功也。他牛仙客不過是搞好本職工作而已，不足為功，更不宜裂土封之。」

另一位被稱為「肉腰刀」——軟刀子割頭不覺死——的宰相李林甫，在一旁冷笑：「真是個書呆子，不識大體。仙客，宰相才也，豈止是個尚書的料！天子用人，有何不可？」玄宗心裡窩的一股火被點著了。

皇上這回感到自己的權威受到挑戰，不禁變色道：「張九齡，難道什麼事都得聽你的不成！」廟堂裡回聲震盪。

九齡這下也慌了神，知道批了逆鱗要吃不了兜著走，於是趕緊頓首謝罪，顫著聲道：「陛下讓我當宰相，事有不允妥的，不敢不盡言哪！」

玄宗再逼問道：「你嫌仙客是微賤的胥吏出身，那你自己又有何高門第？」

九齡趕忙答道：「論門閥，臣出身嶺表海隅微賤，還趕不上生長中華的牛仙客。可是以出仕途徑論，陛下是以文學用臣，經歷臺省清職，不似牛仙客起自邊隅胥吏，毫無學術。牛仙客絕沒資格居中央的顯要職位。」

就為九齡這點牛脾氣，玄宗於十一月間罷免了他的相位。

細細咀嚼這則歷史上的對話，可以體味斯時用人觀在變化。玄宗的意思是用人不必看門閥，這自然是大唐比六朝用人政策進步的地方，特別是經武則天到玄宗時代，門閥已經不是朝庭用人的主要憑藉了。因此，站在皇帝立場上的玄宗認為既然不看閥閱，那麼文學進身與胥吏出仕並無不同，所以張九齡可由文學晉陞至宰相，牛仙客也可以從河湟使典擢任尚書。張九齡則進一步強調了進士科舉才是用人的根本。也就是說，張九齡表面上強調的是學術，骨子裡代表的是進士集團的利益。從張說開始，朝庭早就隱約存在著進士詞科進用的官僚集團與胥吏、門蔭、邊功出身的官僚集團之間的鬥爭。比如崔隱甫，不由科第進身，吏治優長，但因為「張說薄其無文」，當他從河南尹任上召回朝庭時，張說擬用為武職，兩人由是起仇隙。再如宇文融，門蔭出身，長吏治，因進獻理財之策得寵，當然也為張說所厭惡。李林甫是遠房皇親，也是門蔭出身，素無學術，僅能秉筆，曾鬧過幾次笑話，把「杕杜」唸作「杖杜」，把「弄璋」寫作「弄獐」。這三人與張說作對，後來聯手傾覆了他。還有個蕭炅，也沒什麼學問，李林甫

薦他做戶部侍郎。有一次將「伏臘」讀做「伏獵」，被九齡的好友嚴挺之狠狠地取笑了一番，叫作「伏獵侍郎」，結果被排擠去做岐州刺史。再加上上面說到的邊功出身的張守珪、牛仙客，以後還有幾個「言利之臣」韋堅、楊慎矜等「皇親國戚」，與「文學菁英」對立的陣容也不可謂不強大了。

　　科舉用人是歷史的進步。在那個時代裡，與之相應的就是「破格用人」與「平流進取」之爭。所謂「平流進取」，就是循資排輩，當然較有利於大批的胥吏以及靠門蔭得官的貴族。《資治通鑑》說，李林甫、牛仙客掌用人大權時，「二人皆謹守格式，百官遷除，各有節度，雖奇才異行，不免終老常調。」（卷二一四）這對那此希企通過科舉「忽從被褐中，召入承明宮」的「文學菁英」，無疑是個打擊。進一層講，倡學術在當時就是尊儒家學說，這就使文學與吏治之爭有了一個儒家學說當家與否的本質核心。所以二張的文治，也就是以禮教治國。平心而論，儒學的禮治有利於中央集權的穩定，但「不言利」與不尚武卻也未必有利於國家的昌盛，有時還會使我們民族「缺鈣」，或老鬧「貧血」。而那些靠理財、邊功晉陞的人呢，倒是在造成經濟繁榮局面或立國威方面，往往「有一手」。您說，我們今天還能死守儒家道德尺度來衡量歷史上的一切嗎？就以張說的死對頭宇文融來說，就是一個頗為複雜的歷史人物。他向來被歷史學家列為「聚斂之臣」，皇帝之所以奢侈無度，據說都是這些人害的。

　　宇文融的主要功過都在開元九年（西元721年）提出的檢括農戶政策。自唐實行均田制按戶口徵收租庸調稅以來，生產力、社會經濟有了持續的發展。至玄宗盛唐時期雖然達到「海內晏然」的地步，但玄宗時戶口要比初唐翻上三倍以上，而均田制必須的「授田」難免成為空話，且土地兼併日益劇烈，出現大量逃亡戶，而戶籍登記長期以來就處於紊亂狀態，這就使得按戶口徵收和租庸調稅難以實施。這些在開元中期已經成為政策的財政問題，宇文融於此時提出「括戶政

策」是適時的。這項政策的原則就是無論逃戶、客戶，既往不咎，一律令其自首。登記後免六年賦調，只輕稅入官。結果是「諸道括得客戶凡人十餘萬，田亦稱是。」這無疑大大地緩解了帝國的財政問題。

增加財政收入沒問題。問題還是出在皇權的專制體制上。大唐帝國財富增多了，卻沒有正當、合理的分配與消費渠道，無利於再生產，無利於工商業的發展，只是鼓勵了龐大的皇室消耗與賞賜近臣之用，支持了窮兵黷武的開邊戰爭。譬如王鉷，聚斂了些財富，就每年進貢錢寶巨萬，貯於內庫，並說：「這是常年額外物，非徵稅物。」以便讓皇帝心安理得以此賞賜左右人。這就近於教唆犯嘍！

如果不是這樣呢？

王維在濟州時的老上司裴耀卿就是一個也會理財卻不邀寵鼓勵皇帝奢靡的人。他曾經有效地改造長安運糧的運輸體系，並建議安置逃亡戶，使之在未開發地定居，組織營田，這些都表現了他非凡的經濟才能。當他充轉運使改造長安運糧體系取得成果（三年下來省腳錢三十萬貫，運七百萬石糧）之後，有人建議他將這些省下的腳錢獻給皇帝內庫。裴氏不同意，說：「這是政府省下的錢，我可不能以此邀功。」於是奏請用這筆錢解決和市、和糴（即以高於市面價購糧）的問題，穩定市場價格。

本來嘛，一個政府就需要各色各樣的人才，甚至不同的觀點，只要能在皇帝主持下取得大的平衡，也就會取得封建時代的太平治世。開元二十二年（西元734年）玄宗所任命的領導班子正是這樣一個班子。張九齡、裴耀卿、李林甫三人同年分別任中書令、門下侍中、禮部尚書，都是宰相。張九齡無疑是主持禮教，強調儒家道德教育，代表進士科舉出身的官僚集團利益的人。裴耀卿也有文才，「數歲解屬文，童子舉，弱冠拜祕書正字」，與九齡在這點上是同氣相求的。不過他又重視吏治，對宇文融的經濟政策是支持的。他有法治思想，所以有時不贊成張九齡「道德第一」的主張。比如有人謀殺御史，為父

報仇。張九齡根據「禮」，認為這是正當的行為，是「孝道」，犯人要釋放。裴耀卿則認為犯人已觸犯法典，應維護法律尊嚴，將犯人處死。在這個問題上，他站在李林甫一邊。不過總的看，裴、張都屬正直的儒者，雖然「君子不黨」，並未結成一夥，但李林甫仍將倆人劃為一邊，在政治上共進退；李林甫則是個地道的政治家，「尤忌文學之士」，完全是胥吏味。他做了一些行政工作程序的規定，簡化了一些財務制度，是個行政行家。史書稱其「每事過慎，條理眾務，增修綱紀，中外遷除，皆有恆度」。如果不是他以搞陰謀為樂，一心要破壞這個平衡而獨攬大權的話，這個「委員會」是可以各自發揮所長，互相制約而維持開元盛世的。事實上在他們共處期間完成了不少大的改革，如運輸改革、營田、財政制度的合理化、按察使的設置等。[4]

中國有句俗語叫「笑裡藏刀」，最先就是用來形容李林甫的奸險的。《開元天寶遺事》說，李林甫善用甘言誘人之過，讒於皇帝。時人都說他甘言如蜜，面有笑容，卻肚中鑄劍，所以又叫「口蜜腹劍」。這種人歷代都有，說李林甫是政治惡棍，未必是歷史學家的什麼「道德偏見」。

李林甫年輕時就沒給人好印象。開元初，源乾曜當侍中，其子法對他說：「父親，李林甫求為司門郎中哩。」源乾曜回答說：「郎官要有好名聲的人才能當咧，哥奴豈是當郎官的料！」哥奴，林甫的小名。舉個例吧，皇太子妃兄韋堅，當他受皇帝寵愛時，李林甫和他打得熱乎，卻暗地裡叫御史中丞（檢察總長？）楊慎矜陰伺其隙。後來藉皇太子與其月夜相見犯了皇家忌諱一事，告其圖謀不軌，罷黜了韋堅，又趁勢表奏李適之與堅暱狎，而裴寬、韓朝宗又與李適之同黨，將其政敵一網打盡。這還沒完，又忌楊慎矜權位漸盛，再藉王鉷之手誣罔楊氏左道不法，策劃復辟隋王朝，遂族滅了楊家。李林甫一生幹

4　詳參〔英〕崔瑞德：《劍橋中國隋唐史》第7章。

了不少諸如此類翻雲復雨的事，玩大臣於股掌之上。千百年後，當我們遙望這些遼遠的歷史事件時，還會毛骨悚然。

這個三人班子是注定不會長久的。首先是唐明皇當了四分之一世紀的皇帝，「漸肆奢欲，怠於政事。而九齡遇事無細大皆力爭，林甫巧伺上意，日思所以中傷之。」（《資治通鑑》卷214）九齡的確書生氣十足，又同張說一樣褊急，卻又無張說的鐵手腕與根基，自然不是城府極深的李林甫的對手。於是我們看到本節開頭提起的開元二十四年（西元736年）大明宮內發生的那一次君臣爭議。李林甫那句「天子用人，有何不可」的中傷的話深深泅入玄宗的腦海中。也是那年冬天，玄宗想從洛陽回長安，張九齡與裴耀卿都認為農收未畢，最好是等到仲冬，才不會因大隊人馬損傷莊稼。這次李林甫又陰陰地說了句：「長安、洛陽，都是皇上的宮殿，要來要往的，都由皇上做主，何必擇時！就是損壞點莊稼，也大不了蠲免些租稅就是了。」玄宗聽了，正合心意，而裴、張對皇權的挑戰，更使皇帝忍無可忍。終於，往日積下的不滿借一件小事爆發了！那是張九齡想引為宰相的中書侍郎嚴挺之，其前妻之夫王元琰坐贓罪下三司按鞫，挺之為之營解。林甫便告訴了玄宗這件事，九齡這回又出來為之辯護，與玄宗發生齟齬。結果是：「上積前事，以耀卿、九齡為阿黨」，並罷政事，嚴挺之貶洺州刺史。而以林甫兼中書令，牛仙客也如願以償地成了宰相。關於這件事，「野史」《明皇雜錄》（晚唐人鄭處誨撰）有一則這樣的記載：

> 九齡泊裴耀卿罷免之日，自中書至月華門，將就班列，二人鞠
> 躬卑遜，林甫處其中，抑揚自得，觀者竊謂一鵰挾兩兔。俄而
> 詔張、裴為左右僕射，罷知政事。林甫視其詔，大怒曰：「猶
> 為左右丞相耶？」二人趨就本班，林甫目送之。公卿以下視
> 之，不覺股慄。

　　不管這是不是「現場直播」，李林甫這個人讓朝廷群臣都「股慄」是實事，據說連悍將安祿山也「獨憚林甫，每見，雖盛冬，常汗沾衣。」有一回，林甫召集諫官來訓話說：「今明主在上，群臣唯有順從，不必多言！諸位難道沒看到那些立仗馬嗎？吃三品料，但只要在排隊時叫一聲，就斥去不用，悔之何及！」經這次訓話，諫爭之路便斷絕了。他還用酷吏吉溫、羅希奭進行恐怖統治，清洗異己，人稱「羅鉗吉網」。更要命的是，李林甫鑒於開元間張說、蕭嵩諸人是由節度使入相的，為了杜絕「出將入相」，就起用蕃人安祿山、哥舒翰、安思順諸人為節度使，利其不識文字，無由入相。一系列措施都對主張「文治」的進士科舉官僚集團不利，天寶年間雖然唐明皇依然重文士，但只是用來當文學侍從，再無張說、張九齡一般的機遇了。李白「願為輔弼」、杜甫「致君堯舜」理想之幻滅，同大形勢是有直接關係的。瞭解了這一點，我們才有可能去理解王維自開元至天寶政治熱情驟降的痛苦內心。我們還有必要提及兩位宰相級人物在李林甫鐵腕下所作出的無奈之舉。《明皇雜錄》卷下云：

　　　　九齡惶恐，又為〈歸燕〉詩以貽林甫。其詩曰：「海燕何微渺，乘春亦暫來，豈知泥滓賤，只見玉堂開。繡戶時雙入，華軒日幾回。無心與物競，鷹隼莫相猜。」林甫覽之，知其必退，恚怒稍解。

　　《舊唐書》〈李適之傳〉載左相李適之為李林甫所中傷，天寶五載罷知政事：

　　　　遽命親故歡會，賦詩曰：「避賢初罷相，樂聖且銜杯。為問門前客，今朝幾個來？」……後御史羅希奭奉使殺韋堅、盧幼臨、裴敦復、李邕等於貶所，州縣且聞希奭到，無不惶駭。希奭過宜春郡，適之聞其來，仰藥而死。

　　兩位宰相，一旦失勢落入林甫手，一個以詩明退志以保命，一個以詩發牢騷而喪命。有了這個參照量，我們才好理解王維在險象環生的權力鬥爭漩渦邊上所作所為的真諦。坦白說，我對那些自個兒躲在戰壕裡，卻責備別人不敢赤膊上陣的人從無好感。

　　最後順便提一下，二張為首的「文學」官僚集團終於敗在「吏治」巨頭李林甫的手下，但勝利者並沒有真正用心去構建其吏治體系，從而以吏治富國。不，他真正關心的只是用暴力清洗來鞏固自己的地位。李林甫的勝利並非「吏治」的勝利，他只是利用了一些傾向吏治的人，結果是「吏治」與「文學」兩敗俱傷。中央官僚集團在幾場大清洗後變得虛弱了，大家似乎都屏著氣兒在專等那一聲驚破霓裳羽衣舞的晴天霹靂！

三　終身思舊恩

　　──王維悵望著九齡貶謫的方向，以詩代書寫下〈寄荊州張丞相〉詩。人生如果有轉折點的話，那麼這就是王維積極與消極人生的轉折點。

　　開元二十二年（西元735年）是張九齡為相正式視事的第二個年頭，[5]也是王維被九齡提拔為右拾遺的第一個年頭。這一年裡，張九齡成功地諫止了唐玄宗欲以相位獎賞張守珪邊功的輕率之舉。明年，又勸唐玄宗殺安祿山。可惜，這回玄宗不肯聽他的意見。其實九齡並非真能看相，預言將來會有「安史之亂」，他只不過和張說一樣，總是要抑制邊功，對跋扈的邊將藉故除去而已。這是文治的一個原則。後來安祿山果然造反，唐明皇在逃蜀之際，這才後悔當初不該不聽九

5　開元二十一年十二月起張九齡為中書侍郎同中書門下平章事，但實際上他正守母喪，
　　次年正月才進京視事。

齡之言，於是遣使祭於韶州九齡老家。這已是三十年後的事了。在九
齡主政期間，進行了幾場有關禮教的辯論，九齡還親自撰寫了〈千秋
金鏡錄〉述及前世興廢之源，這些都是文治的舉措。王維作為九齡帳
下，大概也頗有事可忙。可惜忙人往往無詩文。所以要問這段時間王
維做了些什麼，我們只能攤開雙手表示遺憾。開元二十四年（西元
736年）下半年形勢急轉直下，由於上一節我們已說過的種種原因導
致張九齡、裴耀卿雙雙下臺。就在九齡下臺，並於次年夏貶為荊州長
史之前，我們聽到了王摩詰的聲音。

　　開元二十五年（西元737年）暮春，九位大臣在驪山下著名的韋
氏山莊集會，八品小臣王維也躬與其盛，並寫下〈暮春太師左右丞相
諸公於韋氏逍遙谷宴集序〉這篇記敘文。

　　文中開列出的九位大臣是：太子太師徐國公（蕭嵩）、左丞相稷
山公（裴耀卿）、右丞相始興公（張九齡）、少師宜陽公（韓休）、少
保崔公（崔琳）、特進鄧公（未詳）、吏部尚書武都公（李暠）、禮部
尚書杜公（杜暹）、賓客王公（王丘）。查一查文獻資料，我們會吃一
驚：這些人大都是失意大臣，其中好幾個是下臺宰相，而且都可以按
傳統標準劃為直臣、清官。蕭嵩、韓休、裴耀卿、張九齡、杜暹都是
下臺宰相，都為李林甫所忌。韓休是有名的直臣，名相宋璟稱他「仁
者之勇」。崔琳也是個正臣，宋璟曾說：「古事問仲舒，今事問崔琳，
尚何疑？」可見是他所倚重的人。李暠，據孫逖〈李公墓誌銘〉說：
「公體正心直……故所涖之職，必奸邪衰止，禮義興行」，看來也是
個正人君子。杜暹是「尚儉」的宰相，與王丘都是「公清勤儉為己
任」的清官，王丘據史書說，「致仕之後，藥餌殆將不給」，其廉可
知。還有集會地點韋氏逍遙谷的主人也值得一提。

　　韋氏逍遙谷指驪山下韋嗣立莊。韋嗣立及其父兄三人皆官至宰
相，嗣立於驪山構營別業，中宗親往幸，並自制詩序，令從官賦詩，
很風光了一陣子。這次集會，山莊主人是嗣立之子韋恆、韋濟。韋恆

曾為碭山令，「為政寬惠，民吏愛之」。開元十三年那次車駕東巡，山東州縣為辦好接待工作，對老百姓不惜鞭扑催逼，只有韋恆「不杖罰而事皆濟理，遠近稱焉。」後來為河西黜陟使，抗表請劾勾結中貴的節度使蓋嘉運，「人代其懼」，可見也是個正直的官員。弟韋濟，以辭翰聞名，殿試第一。史稱「濟從容雅度，所蒞人推善政」。

　　這麼些人，偏在張、裴剛剛下臺之際，集於逍遙谷，這不明擺著在某種意義上是對公卿股慄的李林甫的挑戰嗎？不過這次宴集似乎很小心，不談國事，只講隱居肥遁。張九齡寫了一首〈驪山下逍遙公舊居遊集〉，有云是：「君子體清尚，歸處有兼資。雖然經濟日，無忘幽棲時。」亦官亦隱似乎就是這次宴集的中心話題，所以王維〈宴集序〉稱：「上客則冠冕巢由，主人則弟兄元愷。」「冠冕巢由」大概是承襲張說〈扈從幸韋嗣立山莊應制序〉裡的「衣冠巢由」吧？大隱士巢父與許由被披上官服，戴上冠冕，這是唐人的幽默。同一個地點，同一種遭際，難免發同樣的感慨。王維開篇明義提出了亦官亦隱的「合理性」：

　　　　山有姑射，人蓋方外。海有蓬瀛，地非宇下。逍遙谷天都近
　　　　者，王官有之。不廢大倫，存乎小隱。跡崆峒而身拖朱紱，朝
　　　　承明而暮宿青靄，故可尚也。

　　亦官亦隱之所以「可尚」，就因為不必遠尋什麼虛無飄渺的藐姑射之山，或海上時隱時現的蓬萊仙島。朝廷達官只要在京郊附近找個山莊，也就可以身拖朱紱而又像在深山老林裡隱居；早晨還在上班而黃昏就已逍遙在山莊。這一來，既不違乎倫常大節，又可以保留一小塊讓心靈鬆懈的精神空地。話說得堂皇得體，但其中不無苦衷。隱士嘛，本來就是社會失去平衡的產物，反過來又成為社會平衡的調節器。作為皇帝，既可看到隱士可以點綴太平，緩和統治集團內部鬥

爭，「不仕有仕之用」的一面；也可看到隱士「行極賢而不用於君」，與統治者不合作的另一面。所以唐明皇既要褒揚隱士賢人，又要向隱士宣稱：「禮有大倫，君臣之義不可廢也！」（《舊唐書》卷192）在李林甫弄權時代裡，求隱有時也會構成大罪呢！現成的例子就在這裡——《新唐書》〈韓朝宗傳〉云：「始，開元末，海內無事，訛言兵當興，衣冠潛為避世計，朝宗盧終南山，為長安尉霍仙奇所發，玄宗怒，使侍御史王訊之，貶吳興別駕。」王是李林甫的幫凶，可見避世也可以成為李林甫及其爪牙傷人的口實的。王維於此可謂心領神會，所以序中申明：「不廢大倫，存乎小隱。」在後來天寶年間寫的〈與魏居士書〉則以此警醒魏居士云：「聖人知身不足有也，故曰欲潔其身，而亂大倫。」也就是含蓄地指出：你想潔身自好，（可別走得太遠）恐怕會觸犯君為臣綱的倫理關係呢！在宴集當日，處於「一鷂挾兩兔」情狀下的諸人，也只能想出「亦官亦隱」即「冠冕巢由」這樣的辦法來。我退一大步還不行麼？可惜這只是一廂情願，壞人總是你退一步我進兩步。暮春轉眼入夏，九齡再貶荊州長史，從此離開朝廷。

　　不過，當日躋身大臣之間的小臣王維，似乎並未預感到九齡連欲退為閒人亦不可得的危機，仍頗有興味地描繪山莊自然景色：

神皋藉其綠草，驪山啟於朱戶。渭之美竹，魯之嘉樹。雲出其棟，水源於室。灞陵下連乎菜地，新豐半入於家林。館層巔，檻側徑。師古節儉，唯新丹堊。

　　一切都那麼近乎自然，卻又能「齊瑟慷慨於座右，趙舞徘徊於白雲」，實在是兩全其美。無意間王維在內心深處已繪製下天寶年間自己的處世藍圖。王維另外還曾寫下〈韋侍郎山居〉、〈韋給事山居〉，是分別送韋濟、韋恆兄弟的。還有一首〈同盧拾遺韋給事東山別業二十韻給事首春〉，是給兄弟倆的。這幾首大致都寫於開元末，去寫序

不會太遠。如〈同盧拾遺韋給事東山別業二十韻給事首春〉云:「谷口開朱門」、「雲中瀑水源」,也就是序所云:「驪山啟於朱戶」、「雲出其棟,水源於室」。又云:「階下群峰首」,也就是〈韋給事山居〉所謂:「大壑隨階轉,群山入戶登。」我們還是來看看這首〈韋給事山居〉吧:

　　幽尋得此地,豈有一人曾?
　　大壑隨階轉,群山入戶登。
　　庖廚出深竹,印綬隔垂藤。
　　即事辭冠冕,誰云病未能!

　　「大壑」一聯,大與小對比強烈,但並不使人氣餒,感到自身的渺小。詩人最愛從容於極闊大的空間中,得到一種神馳八極的自由。空曠的高山巨壑似乎人跡罕到:「幽尋得此地,豈有一人曾?」但動靜在我:我動,則大壑轉於階;我靜,故群山入於戶。心閒無礙,乃能內外和諧,而這一和諧卻根源於亦官亦隱的自足生長:「庖廚出深竹,印綬隔垂藤。」此時此際,王維已經為天寶年間山水田園詩定下風格基調。

　　然而,惡夢終於很快就降臨了。開元二十五年(西元737年)農曆四月,張九齡貶荊州長史。王維悵望著九齡貶謫的方向,以詩代書寫下〈寄荊州張丞相〉詩:

　　所思竟何在?悵望深荊門。
　　舉世無相識,終身思舊恩!
　　方將與農圃,藝植老丘園。
　　目盡南飛鳥,何由寄一言。

　　人生如果有轉折點的話，那麼這也許就是王維「積極」與「消極」的轉折點。「舉世無相識，終身思舊恩」，這句話對以含蓄沖淡著稱的王維來說，是如此突兀。它明白無誤而且相當斬截地表達了兩層意思：張丞相是我唯一的事業上的知己，以後恐怕再也不會有這樣的知己了！此其一；對張丞相出於公議絕非曲私的賞識與提攜，我將永銘在心，無論什麼情況下也不會背叛您！此其二。的確，王維不為「徇微祿」，而為「濟人」去當官，恐怕一生中只有在九齡帳下的這一次。如果我們注意到「開元盛世」轉向危機四伏的天寶末年，是以張九齡下臺李林甫專權為轉折點的，那麼我們不能不佩服王維在這一點上把握之準確，是有某種先知先覺的智慧的。事實上當時著名詩人中還沒有那一位像他這樣明顯地對二張積極主動靠攏，而在九齡下臺時就下決心不再與後來的李林甫、楊國忠集團合作。從政治敏感上看，王維也許要高過同輩詩人們一籌。至於王維為何仍未實踐其「方將與農圃，藝植老丘園」的諾言，是否如一些批評者所說是仍戀棧於當官，是虛偽的表現呢？恐怕未必。王維老用「歸去來」表達自己嚮往之情，及其與官場拉開距離的方式，甚至其「亦官亦隱」也不是一半在廊廟，一半在山林的「半官半隱」。對精於佛學的王摩詰，不當作如是觀而「死於句下」。摩詰的「亦官亦隱」重在心理距離。就在上文提到的那封〈與魏居士書〉裡，他明確提出：「苟身心相離，理事俱如，則何往而不適？」他認為只要採取「無可無不可」的態度，則「雖方丈盈前，而蔬食菜羹；雖高門甲第，而畢竟空寂。」這不禁讓我們記起《世說新語》〈言語篇〉所云，竺法深在簡文坐，劉尹問：「道人怎麼也遊於官家朱門？」竺法深答道：「君自見其朱門，貧道如游蓬戶！」維摩詰雖未出家，卻比出家人更得佛法真諦，「發心即是出家，何關落髮？」所以最高的隱逸是心的超然，「苟離身心，孰為休咎？」(〈能禪師碑〉)這是自晉宋以來隱士與佛理相融，進而滲入儒家「兼濟」與「獨善」處世原則後，對士大夫心理結構的改

變。與其說王維在逆境中採取亦官亦隱的方式是個人性格弱點所至，不如說是整個士大夫階層接受佛家空的哲學後心理結構的調整。這當然是對儒家「殺身成仁」、「威武不能屈」、「匹夫不可奪志」立身原則的軟化。王維身上典型地體現了士大夫在這一歷史時期已形成的弱點。但無論如何，王維是以自己的方式信守了「終身思舊恩」的誓言。為了敘述的方便，我們將後來的天寶年間發生的一件公案拉近來在這裡評判。

天寶年間，王維曾寫了一首〈和僕射晉公扈從溫湯詩〉云：

> 天子幸新豐，旌旗渭水東。
> 寒山天仗裡，溫谷幔城中。
> 奠玉群仙座，焚香太乙宮。
> 出遊逢牧馬，罷獵有非熊。
> 上宰無為化，明時太古同。
> 靈芝三秀紫，陳粟萬箱紅。
> 王禮尊儒教，天兵小戰功。
> 謀猷歸哲匠，詞賦屬文宗。
> 司諫方無闕，陳詩且未工。
> 長吟吉甫頌，朝夕仰清風。

詩寫得不怎樣。不過，它倒引起某些人的重視。比如有一位日本的王維研究專家就以此為鐵證，認為王維歌頌了陷害其恩主張九齡的主凶李林甫，是表露無恥之作，「令王維也絕無辯解的餘地。」我想，這裡大概有點兒文化隔膜。這首詩是「和」詩，是天寶元年八月後加尚書左僕射的李林甫先寫下（這位「僅能秉筆」的宰相的詩，恐怕還是借別人之手「寫」的呢）一首扈從皇上到驪山溫泉去的詩，然後一批官員唱和，照例是歌功頌德，王維是其中一員。所以詩上半截

是直接歌頌天子威儀的。自「上宰無為化」起，才是歌頌太平盛世，而有奉承李林甫之嫌。然而，打個不太恰當的比方：外國人多以罷工為鬥爭手段，而中國人更常見的則是怠工。也就是說，古代中國士大夫的不合作更多地不是針鋒相對的言辭之爭，而是行動上拉開距離，在不冷不熱中保留其原意，以靜制動。待到機會一來就像按在水中的皮球，趁你手一鬆它便隨即浮上水面，開始全面恢復其原有的主張。我並不想在此評價這一行為的優劣，我只是想指出古代中國士大夫慣用的一種方法。王維在詩的後半段用的大體上也是這種方法，他只是虛與委蛇唱和一番，才不至於在當場出現不和諧音。但細心一讀，就會發現所頌或大而無當，或模糊模稜。比如說「靈芝」二聯，也可以說是歌頌天子治世。而「上宰無為化，明時太古同」與「司諫方無闕」、「詞賦屬文宗」，如果與現實做一比照，就會出現天然的諷刺——作者只要找到恰當的對應，人們就會聯想到反面。上一節我們提到過，九齡下臺後，李林甫曾召諸官云：「今明主在上，群臣將順之不暇，烏用多言！諸君不見立仗馬乎？食三品料，一鳴輒斥去，悔之何及！」這就是「上宰無為化」，就是「司諫方無闕」。至於「詞賦屬文宗」，將「文宗」歸諸「僅能秉筆」的李林甫，你說這不是哪壺不開提哪壺嗎？當然，這種微言大義未必是臨場精密構思，但由於王維一貫長於此道，這種天然諷刺對他來說難度並不太大。「不動聲色」本來就是摩詰的看家本領嘛！

　　我們還有一證。「僅能秉筆」的李林甫先生的確有筆手，《舊唐書》本傳白紙黑字記載著：「（林甫）自無學術，僅能秉筆……而郭慎微、苑咸文士之闒茸者，代為題尺。」林甫既無學術，恐怕自家要構文字獄也有困難，所以其「筆手」便是他的鼻子，讓他們嗅出點什麼異味來可了不得。所以古人教人要「敬小人」，不然你就吃不了兜著走。大概因為這個原因，王維曾寫了一首〈苑舍人能書梵字兼達梵音皆曲盡其妙戲為之贈〉這麼長的題目的詩送給「代為題尺」的苑咸先生。

因為是只求平安，不求添福壽，所以選的角度很妙：讚揚苑氏會寫印度文字，還懂得印度音樂。這就既達到「公關」目的，又可以「莫談國事」。但苑咸作答了，偏要「觸及其靈魂」。苑詩並序是這樣的：

> 王員外兄以予嘗學天竺書，有戲題見贈。然王兄當代詩匠，又精禪理，枉采知音，形於雅作，輒走筆以酬焉。且久未遷，因嘲及。
>
> 蓮花梵字本從天，華省仙郎早悟禪。
>
> 三點成伊猶有想，一觀如幻自忘筌。
>
> 為文已變當時體，入用還推間氣賢。
>
> 應同羅漢無名欲，故作馮唐老歲年。

從序裡我們證實了王摩詰當時已經是詩、禪獨步；我們還由「且久未遷」與「應同羅漢無名欲，故作馮唐老歲年」證實了王摩詰無意巴結李林甫。因為史言牛仙客、李林甫二人是「謹守格式，百官遷除，各有常度」。當然，「其以巧諂邪險自進者，則超騰不次。」王維不但沒「超騰」，連「常度」的遷除也沒能按格式辦。這不就證明他不是巧諂自進者，而且「無名欲」不巴結李林甫已引起李的不滿。所以苑氏點醒他如不改變，將「故作馮唐老歲年！」對此，王摩詰又寫下〈重酬苑郎中〉並序：

> 頃輒奉贈，忽枉見酬。敘末云：「且久未遷，因而嘲及。」詩落句云：「應同羅漢無名欲，故作馮唐老歲年。」亦〈解嘲〉之類也。
>
> 何幸含香奉至尊，多慚未報主人恩。
>
> 草木豈能酬雨露，榮枯安敢問乾坤！
>
> 仙郎有意憐同舍，丞相無私斷掃門。

　　揚子〈解嘲〉徒自遣，馮唐已老復何論。

　　序明白無誤地表白，這是針對苑氏點醒之言的回答。這裡還是用上述和李林甫詩的手法，先抬出各派都得頂禮的「至尊」——天子來。於是接下「多慚未報主人恩」就含糊起來，「草木」云云，就李林甫的筆手這邊看去，似乎也可認作是對李林甫的歌頌，但很模稜。「丞相無私掃斷門」可以說是自斷退路，表明無意借苑同舍的橋投向李宰相。因為誰都知道李林甫並非「所不賣公器」的張九齡，巧諂自進者是可以「超騰不次」的。他在落句表示自己心安得很，不必作揚雄式的〈解嘲〉來自遣，也不企盼像九十多歲的馮唐，還被舉用。「馮唐已老復何論」，不禁讓我們記起他的〈夷門歌〉結句：「七十老翁何所求！」如果將此詩與〈獻始興公〉一詩做個對比，那麼王維對二人的態度何其不同！他對張九齡是一點也不拿架子的：「賤子跪自陳，可為帳下不？」這一往一來之間，似乎是重申了王維在〈寄荊州張丞相〉中的誓言：「終身思舊恩。」這時回頭再品味「多慚未報主人恩」這句詩，便會覺得其中有多少言外之意！這裡的「主人」虛指明皇，卻實影九齡。這樣的心理分析不知當否？可惜我們已經無法起詩人於九原之下而問之。

　　禪宗雖然「教人以忍」（〈能禪師碑〉），並沒有教人朝秦暮楚。在王摩詰的「忍」裡面，似乎有著某種「韌」勁。

第五章
詩家射鵰手

一　首次出塞

　　——這回單車出塞要走很長的路。在無垠的黃土高原上，一輛馬車好比一莖枯蓬，一陣風來就可以捲走。我從蕭關出塞，雁兒已從胡地歸來。

　　就在逍遙谷群英宴集時，大唐帝國西北角忽然升起狼煙，一場突發戰爭正在進行。[1]

　　涼州。兵營轅門大開，全副武裝的唐兵擁著火紅的「崔」字大旗，一支支甲兵匯成大軍向南進發。戈壁灘的風乾喊著，捲走了馬蹄聲、兵戈鐵甲的碰撞聲。隊伍翻過積雪的祁連山，直下青海西，那已是深入吐蕃地界二千餘里了。

　　草原上一片廝殺聲，直至一輪慘紅的夕陽也淹沒在草浪中。得勝將軍崔希逸勒馬看著狼藉的戰場，並無半點喜色。

　　雖說已是春天，草原月色還是那麼冰冷。元帥的帳篷燈光徹夜不熄。河西節度副大使知節度使事崔希逸愧恨交加。這愧恨，不但來自對戒殺生的佛教的篤信，更來自這次偷襲是如此背信棄義！當初，是他崔希逸與吐蕃邊將乞力徐相約：「兩國通好，何必更設軍隊邊防，妨礙百姓耕牧呢？請雙方都撤走邊防軍。」乞力徐是個有經驗有頭腦

1　《通鑑》開元二十五年二月巳亥條載河西節度使崔希逸襲吐蕃。但有專家指出，是　　年二月無巳亥，應為三月事。也就是與逍遙谷宴集同在暮春。

的吐蕃將軍，他回答道：「常侍，（崔希逸帶散騎常侍銜鎮守河西，故稱之。）您是位忠厚人，一定不會存心要欺騙我。不過，貴國朝廷未必就只聽您的，萬一有奸詐小人從中挑撥，唐軍襲來，掩吾不備，我將悔之何及？」可是乞力徐經不住崔希逸的再三要求，並殺白狗為盟，信誓旦旦，終於如約撤去守備。從此吐蕃境內畜牧被野，一片和平景象。

就像「墨菲法則」所說：如果有什麼壞事可能發生，那麼它就一定會發生。乞力徐不幸而言中，「交鬥其間」的小人出現了。崔希逸有一回派遣隨從人員孫誨入朝奏事，此人自欲求功，竟然向皇帝奏稱吐蕃已撤守備，如果唐軍掩擊，必獲大勝。此時的唐明皇正好大喜功，身邊已無二張掣肘，便命內給事趙某與之返河西，審察事宜。這位欽差一到，就矯詔令希逸突襲吐蕃。於是有了這場背信棄義的戰爭，殺了吐蕃二千多人，乞力徐脫身逃走了。從此，吐蕃又絕朝貢，與唐軍沒完。

就在這一年，即開元廿五年（西元737年）夏天，張九齡貶荊州。置於官小言重的右拾遺位子上的王維，也藉宣慰河西軍隊之名被李林甫支出中央，到荒遠的涼州去。

說涼州荒遠，並不是說涼州城荒涼。涼州就是現在的武威，是絲綢之路上河西走廊東部的重鎮。它東接河套，北臨沙漠，南連祁連，為關中屏障，河西都會。「涼州燈火十萬家」，唐時隴右二十三州，以涼州最大，是河西節度使駐地，七城，周二十里。唐三藏「西天取經」過涼州，說是：「涼州為河西都會，襟帶西蕃、蔥右諸國商旅往來，無有停絕。」有個「唐玄宗涼州觀燈」的傳說故事，道是明皇正月在上陽宮觀燈，有彩樓二十餘間，懸金掛玉，微風輕拂，丁冬成韻。但明皇還是覺得不希罕。道士葉法善便作法將明皇凌空閉眼攝到河西上空，「既視，燈燭連百十數里，車馬駢闐，士女紛雜，上稱其盛者久之。」（《廣德神異錄》）後來派人去核實，涼州繁華果然如

是。有個叫王棨的還湊趣寫下〈玄宗幸西涼觀燈賦〉，云：「到沓雜繁
華之地，見駢闐遊看之人。千條銀燭，十里香塵。紅樓邐迤以如畫，
清夜熒煌而似春。」我曾由河西走廊往敦煌去，經過武威，頗驚異這
兒的文化在古代有那樣的輝煌！漢代銅奔馬（一名「馬踏飛燕」，近
來有專家認為是風神飛簾的造像）就在此地的雷臺出土，精美絕倫！
而龜茲樂舞與西涼樂舞更是唐代最受歡迎的節目。其中著名的「胡騰
舞」風靡一時，李端〈胡騰舞〉詩做了描繪：

> 胡騰身是涼州兒，肌膚如玉鼻如錐。
> ……
> 揚眉動目踏花氈，紅汗交流珠帽偏。
> 醉卻東傾又西倒，雙靴柔弱滿燈前。
> 環行急蹴皆應節，反手叉腰如缺月。

　　生氣勃勃的西涼舞與傳統的輕歌曼舞實在是迥異其趣，精通音樂
的王維這下可飽眼福、耳福了！而與王維頗有關係的，則是「西涼
使」表演的獅子舞。摩詰年輕時初任太樂丞，就因舞黃獅子事件被貶
濟州的。如今王維來到西涼，實地看到「刻木為頭絲作尾，金鍍眼睛
銀貼齒，奮迅毛衣擺雙耳，如從流沙來萬里（白居易〈西涼使〉）」的
獅子舞，真是感慨繫之。不過我們的詩人這會兒才剛走到蕭關，離涼
州還遠著哩。雖然如此，塞上風景已經很快使他興奮，倚馬寫了名篇
〈使至塞上〉：

> 單車欲問邊，屬國過居延。
> 征蓬出漢塞，歸雁入胡天。
> 大漠孤煙直，長河落日圓。
> 蕭關逢侯騎，都護在燕然。

　　這回王維單車出塞，要走很遠的路。「屬國過居延」，注家說是要
經過附屬國居延。居延屬張掖，在涼州西北很遠的居延海（張掖河注
入此湖）附近，劃歸甘州，應不是仍舊保留國號的那種「屬國」。況
且從長安到涼州，是涼州先到，何必經過居延？所以這句意思是說：
屬國很遠，要過居延那頭才是呢！可見這次出塞的任務頗艱鉅。在無
垠的黃土高原上，一輛馬車就好比一莖枯蓬，一陣風來就可以捲走。
相伴的是天上迎面而過的雁陣：我才從這兒出塞，雁兒已從胡地歸
來。「大漠孤煙直，長河落日圓」是傳世名句，大概是眼前所見心中
所想加上往日的審美經驗，妙手偶得。以結句「蕭關逢候騎」看，是
實寫來到蕭關。蕭關在今甘肅平涼縣境，古隴山關，就在蔚如水邊
上。蔚如水北入黃河，只是距黃河還很遠，而此地周邊也沒什麼大沙
漠，所以我說是根據往日審美經驗的一種即景想像。由此可見王維這
回出塞遠離那權力鬥爭的漩渦，是懷著怎樣一種新奇的感受！「都護
在燕然」是用典：後漢車騎將軍竇憲破匈奴，登燕然山刻石紀功而
還。燕然山是在今蒙古境內的杭愛山，同王維要去的河西不同方向，
所以說只是用典，意思是：在蕭關我遇到候騎（偵察兵），得知我軍
又獲勝利的消息。

　　關於這次出塞的使命，在另一首題為〈出塞作〉詩中有更明確的
點明。詩題原注：「時為御史，監察塞上作。」監察塞上就是使命。
王維本任右拾遺，從八品上，現在外放稍稍提一下，監察御史是正八
品下。監察御史有出使和巡按軍戎的職責，這次看來是代表朝廷到塞
上賞賜崔希逸的戰功的。詩如下：

　　　居延城外獵天驕，白草連天野火燒。
　　　暮雲空磧時驅馬，秋日平原好射鵰。
　　　護羌校尉朝乘障，破虜將軍夜渡遼。
　　　玉靶角弓珠勒馬，漢家將賜霍嫖姚。

　　唐人喜歡將自己比附於漢，所以老用漢代典故。這裡的居延城我想也不是實指居延海附近的居延城，而是用漢武帝使伏波將軍路博德築遮虜障於居延城的典故，暗比當時河西節度使駐地涼州城。匈奴是漢代北方強敵，這裡借指強悍的畜牧民族。護羌校尉，武官名，漢武帝置此官，持節防護西羌。破虜將軍。也是漢代的武官名。遼河在東邊的吉林，與西羌（古西域一族）相去甚遠，這裡只是要強調「夜渡」。史載崔希逸偷襲吐蕃，深入二千里，這就是「夜渡遼」之所指吧？「漢家將賜霍嫖姚」，以漢代名將霍去病借指崔希逸。這次監察塞上帶有勞軍性質是頗為明白了。

　　不過，李林甫讓王維出使，顯然主要目的是要將這位九齡帳下的右拾遺支開，而不是真想讓他當個安穩的監察御史。所以，王維這趟差使完成後並沒有回長安去，而是留了下來，當崔副大使的「判官」。這在〈雙黃鵠歌送別〉原注中已標明：「時為節度判官，在涼州作。」由監察御史充節度使判官，或其他邊帥幕府，這在當時並不罕見。如徐浩，《新唐書》本傳就說是「進監察御史裡行，辟幽州張守珪幕府。」而邊帥又往往將自己的幕府薦到中央任職。這回王維以監察御史充崔希逸的節度判官，恐怕與老上司裴耀卿的介紹有關，因為崔於開元二十二年（西元734年）充江淮河南轉運副使，而轉運使是裴耀卿。也許因為有這層關係，所以王維與崔希逸頗為融洽，秋天一到涼州，馬上就為他起草各類文件，如〈為崔常侍謝賜物表〉就作於是年九月，接著又寫了〈為崔常侍祭牙門姜將軍文〉。還有一層因緣：崔是位「身在百官之中，心超十地之上」的奉佛將軍。據《舊唐書》〈吐蕃傳〉說，希逸自偷襲吐蕃之後，以失信怏怏，後來回京師還在幻覺中看到與吐蕃乞力徐盟誓時所殺的那條白狗。大概正是這個原因，他一家子都做佛事祈求佛的保佑。現存王維文集中有〈西方變畫贊〉、〈贊佛文〉，就是為其家屬寫的。從中我們才知道崔希逸還讓愛女第十五娘子出家。精於大雄之學的王維的到來，無疑使心事重重

的崔希逸大為寬慰，他有了一位私人「牧師」。

　　在涼州近一年的邊地生活，對王摩詰來說大體上是愉快的。主要是有新鮮感。〈為崔常侍祭牙門姜將軍文〉寫河西軍事形勢云：「帶甲十萬，鐵騎雲屯。橫挑強胡，飲馬河源……四方有事，誓死鳴轂。前有血刃，後有飛鏃。其氣益振，大呼馳逐。」寫河西自然條件則云：「長天積雪，邊城欲暮。」的確寫出了河西特殊的氛圍。據說，自第四紀冰期近兩百萬年以來，祁連古海疾速抬升，終於出現祁連山無數的聳天奇峰，猶如海潮起伏。即使是綠洲平地，海拔也在一千多公尺以上，能不寒涼？涼州，大概就是取這寒涼的意思吧？而就大唐帝國西北軍事格局看，是以河西節度為主與安西四鎮節度、北庭節度構成鼎足之勢，經營並控制西域，以此保護唐的西北地區，進而保護關隴地區。這就是以關中為本位的唐帝國的國策。所以無論自然條件或軍事形勢，王維在這裡感受到的是最典型的「邊塞」。後來，在天寶年間，王維有一篇〈送高判官從軍赴河西序〉，猶自印象明晰地說：

　　　　然孤峰遠戍，黃雲萬里。嚴城落日而閉，鐵騎升山而出。胡笳
　　　　咽於塞下，畫角發於軍中，亦可悲也！

　　「鐵騎升山而出」，是純粹的感覺。盛唐詩評家殷璠曾經指出，崔顥「年少為詩，名陷輕薄。晚節忽變常體，風骨凜然，一窺塞垣，說盡戎旅。」（《河岳英靈集》）可見「一窺塞垣」對詩人有多麼大的影響！如果沒有親臨河西，一窺塞垣，風流儒雅的王摩詰又怎能寫出下面這樣風骨凜然的文字？

　　　　拜首漢庭，驅使而出。窮塞沙磧以西極，黃河混沌而東注。胡
　　　　風動地，朔雁傳行，拔劍登車，慷慨而別！（〈送李補闕充河
　　　　西支度營田判官序〉）

不過，邊塞生活並非一味慷慨，廝殺，它也有歡快的場面：

> 涼州城外少行人，百尺峰頭望虜塵。
> 健兒擊鼓吹羌笛，共賽城東越騎神。

王維向來對民俗頗有興趣，貶濟州時寫的〈魚山神女祠歌二首〉就是好例證。來涼州他依然樂於此道，不過這回寫的是軍中的祭神活動。越騎神，應是軍隊中尊奉的神。據胡三省《通鑑》注說：「越騎者，言其勁勇能超越也。」越騎神大概也就是騎兵們的偶像吧！這首題為〈涼州賽神〉詩獨特的地方是：將歡樂、自在的民俗活動置諸緊張、嚴峻的形勢中。「涼州城外少行人」，一開始就給人蕭條的景象，這是由於敵人已近在咫尺——「百尺峰頭望虜塵」。虜騎在望，健兒猶自從容賽神，不為所動。這大概就是尼采所謂「拙於反應，一種高度的自信，無爭鬥之感。」[2]

詩人有時也到郊外去，看看當地居民祭祀社神的情景，留下〈涼州郊外遊望〉詩：

> 野老才三戶，邊村少四鄰。
> 婆娑依里社，簫鼓賽田神：
> 灑酒澆芻狗，焚香拜木人。
> 女巫紛屢舞，羅襪自生塵。

摩詰的確善於捕捉「這一個」，第一聯就將邊地人口少的特點寫了出來。然而涼州與內地畢竟是相溝通的，民俗也一樣：「簫鼓賽田神。」順便插一句，您可能沒想到，據《新唐書》記載，當時涼州還

2　見周國平譯：《悲劇的誕生》（北京市：生活・讀書・新知三聯書店），頁349。

是蠶桑發展的地區呢！該地產的白綾質量很好，既當貢品，又遠銷西域各國。摩詰總是不動聲色，您再看這句「焚香拜木人」，是不是有點幽默？當然，這裡面並沒有諷刺的意思，他只是頗精佛教「空」的理論，所以不以偶像為然耳。甚至在上面提到的那篇為節度使夫人寫的〈西方變畫贊〉中，開頭就申明：「淨土無所，離空有也。」不過他對所謂的「淨土」也不去做正面否定，他只是說：「不住有無亦不捨」。既不執著於有，也不執著於無，也不拋棄二者，這才是佛家的「不二法門」哪！他這回仍持這種態度來看賽田神的，所以對芻狗木人之類也看得津津有味的。結句又使我們記起〈魚山神女祠歌〉：「女巫進，紛屢舞。」只是所說的「羅襪自生塵」，雖然用的是曹植〈洛神賦〉「凌波微步，羅襪生塵」的現成句子，但這鄉村女巫豈是那洛水女神？「生塵」二字恐怕是實話實說吧？這又是一分幽默。摩詰的心情不錯。

　　但畢竟是塞上，總有思鄉的時候。這種情緒就從〈雙黃鵠歌送別〉詩裡透出：

> 天路來兮雙黃鵠，雲上飛兮水上宿，撫翼和鳴整羽族。不得已，忽分飛，家在玉京朝紫微。主人臨水送將歸，悲笳嘹唳垂舞衣，賓欲散兮復相依。幾往返兮極浦，尚徘徊兮落暉。岸上火兮相迎，將夜入兮邊城。鞍馬歸兮佳人散，悵離憂兮獨含情。

　　這首詩題下原注：「時為節度判官，在涼州作。」應是在涼州送友人還朝時的感觸。鵠，天鵝。樂府古辭有云「飛來雙白鵠，乃自西北來。」又云：「五里一反顧，六里一徘徊。」而被匈奴拘留塞北的漢使蘇武，其別李陵詩中也有黃鵠的意象：「黃鵠一遠別，千里顧徘徊。」又云：「願為雙黃鵠，送子俱遠飛！」看來以黃鵠、白鵠送別是「現成思路」了。不過王維還是賦予新意，讓人與鵠共徘徊。特別是「賓欲散兮復相依，幾往返兮極浦，尚徘徊兮落暉」，其形象便是

「五里一反顧，六里一徘徊」的白鵠。「岸上火兮相迎，將夜入兮邊城」，將特定的塞上環境渲染出來。摩詰的多才多藝的確令人驚訝，不但五、七言古、律皆精，像這種楚辭體也寫得入神，連老是貶低他的南宋道學家朱熹也不得不表示佩服，推為獨勝。明人許學夷也說他：「楚辭深得《九歌》之趣，唐人所難。」像這樣一位「多面人」，我們怎能老從「儒雅」的縫中窺之？這次出塞，無疑使王維更成熟了，其人格內涵也更豐富了。

王維回朝廷的機會來了，卻是以他最不願意接受的方式——開元二十六年（西元738年）年農曆五月，李林甫兼領河西節度使，以崔希逸為河南尹。希逸因為老被失信於吐蕃這件事所困擾，內懷愧恨，回京後不久便死去。

二　回看射鵰處

——剛健雄渾的邊塞詩是王維不可或缺的一面，抽掉它豈不成了「扒骨雞」？有了這二十來首邊塞之作，王維才真正是詩家射鵰手！

王維現存邊塞詩，寬打滿算不過二十來首。但只有六首邊塞詩流傳的李頎，卻每每被列為「邊塞詩派」，則王維與之相比更有資格稱「邊塞詩人」了——無論質量，還是在寫作時間上的「先聲奪人」，與天寶年後才大寫邊塞詩的岑參相比，王維都應是盛唐邊塞詩不容忽視的先導者，只是因為他的田園山水詩名氣太大，掩蓋了他邊塞詩的成就耳。但要認識一根鋼筋橡皮棒，只看到橡皮而不知裹在當中的鋼筋能行嗎？邊塞詩表現出來的剛健的風格就是王摩詰詩風裡的鋼筋。不知道王維的邊塞詩，就難體會王維田園山水詩內在的氣質。

盛唐人之為盛唐人，就在於他們性命色調的豐富。以詩人言，大多數盛唐詩人是既寫邊塞詩，又寫田園山水詩，這是雙刃刀的一體兩

面：邊塞詩體現了詩人激昂的意氣，飛揚的情緒；田園山水詩則體現詩人自在的志趣，穩定的內心。二者恰成詩人心理的兩極，一則來自詩人強烈的感性動力，是主體情感之外射，體現詩人對外在事功之追求；一則更多的來自詩人內在的理性結構，是對客體的內化了的摹仿，體現詩人對內心平衡的追求。盛唐詩人性命色調的豐富性往往顯露在這上面。

摩詰的邊塞之作大體上有三類：一是憑空想像，藉歷史題材來抒情言志；一是有實地觀察，屬紀實之作；一是經驗加上想像，是「推想」之作。

先說第一種類型之作。摩詰憑空想像的邊塞詩有些屬青少年時代的作品，如〈李陵詠〉（題下原注19歲作）、〈燕支行〉（題下原注21歲作）。還有些雖不能確定寫作年代，但明顯不是寫某時某地某一件實事，如〈從軍行〉、〈隴頭吟〉、〈少年行〉之類，也是借舊酒杯澆新壘塊的懸想之作。其重點不在反映邊塞生活現實，而在於借重這種形式來言志。

藉邊塞詩的形式來言志，是有其歷史的傳承的。自秦漢以來，所謂邊塞，主要是指從東北到西北那片無比廣袤的地域。游牧人與農耕人在這片土地上長期進行戰爭。這裡自然環境惡劣，暴風雪、毒日頭、流沙、雪崩，倏忽萬變。在災變的挑戰下，這裡生存著的各民族培養起頑強的生存意志，及其適應艱苦環境的體魄。而作為農業文明為主體的華夏民族，則往往在這片土地上向游牧民族攝取粗獷而鮮活的生命力。顯例如南北朝時代，北朝少數民族政權就向漢族輸入尚武的風尚，這在北朝詩歌中有突出的表現：

　　李波小妹字雍容，褰裙逐馬如卷蓬。左射右射必疊雙。婦女尚如此，男子安可逢？

　　　　　　　　　　　　　　　　　　——〈李波小妹歌〉

新買五尺刀，懸著中樑柱。一日三摩娑，劇於十五女！

──〈琅琊王歌〉

　　唐人長處正在南北混一，胡漢交融，既得華夏文化，又補充游牧民族的尚武精神。大唐創業名臣魏徵曾展望文壇前景，說：

漢左宮商發越，貴於清綺；河朔詞義貞剛，重乎氣質……此其南北詞人得失之大較也。若能掇彼清音，簡茲累句，各去所短，合其兩長，則文質斌斌，盡善盡美矣！（《隋書》〈文學傳序〉）

　　盛唐人得力於合南北之兩長，故唐音可謂文質斌斌，盡善盡美。以邊塞詩而言，傳統邊塞題材多是寫久戍哀怨，思鄉閨情。但大體說來，由於農耕的華夏王朝大多數處於受游牧族進攻的被動形勢下，所以體現出來的總是伊鬱不暢之氣居多。只有到唐代，這種局面才明顯改觀，邊塞立功成了許多士子出將入相的門徑，邊塞詩也就成了這類傳奇與幻想的載體，詩人以邊塞詩抒發志氣理想成為風尚。也就是說，傳統題材中寫立功報君恩，寫個體意氣的一面被放大了，戰爭事件本身則被虛化了。所以尚未出邊塞的青年王維的邊塞詩能取得極大成功，廣為傳誦。如〈李陵詠〉、〈燕支行〉、〈老將行〉、〈隴頭吟〉、〈少年行〉等，最能體現王維的「少年精神」，也就是最成功的「邊塞詩」。試讀這首〈從軍行〉：

吹角動行人，喧喧行人起。
悲笳馬嘶亂，爭渡金河水。
日暮沙漠垂，戰聲煙塵裡。
盡繫名王頸，歸來報天子。

似乎寫了一次完整的戰役。但這並不是具體的哪一次戰役，而是盛唐許多邊塞之戰的抽象。徵兵、出師、行軍、沙場、獻俘。盛唐王朝對少數民族的許多次戰爭屬這種模式。「盡繫名王頸」的目的主要是要「報天子」，滿足唐玄宗好大喜功的欲望。詩人呢，則藉此表達自己渴望建功立業的志氣，未必真想親歷那「日暮沙漠垂，戰聲煙塵裡」的險境。王維有一首〈送趙都督赴代州得青字〉詩，云：

> 天官動將星，漢地柳條青。
> 萬里鳴刁斗，三軍出井陘。
> 忘身辭鳳闕，報國取龍庭。
> 豈學書生輩，窗間老一經！

寫的是別人到邊塞，但表達的是自家「報國取龍庭」的豪情。末尾一聯傳遞的卻是一千多年前盛唐士子的普遍情緒。還有一首〈送劉司直赴安西〉詩，云：

> 絕域陽關道，胡沙與塞塵。
> 三春時有雁，萬里少人行。
> 苜蓿隨天馬，葡萄逐漢臣。
> 當令外國懼，不敢覓和親。

前四句寫的似乎是實景，有可能是王維在河西送人赴安西（今新疆維吾爾自治區）之作。後四句表達自己的看法：要像大漢帝國那樣主動進擊匈奴，「當令外國懼」，才是使中國安定的可靠辦法──而不是什麼「和親」。這種調門，在經歷種種挫折以後的天寶年間的王維是不會再唱了的。總之，這一首也是借邊塞抒豪情之作。少年王維更是如此，所以〈隴頭吟〉唱道：「長安少年游俠客，夜上戍樓看太白」

（太白金星主兵象）的目光，是焦灼的渴望功名的目光，只有邊塞立
功才能體現俠少豪情，至於戰爭本身的目的似乎已無關緊要。正因其
如此，所以有時詩人對戰爭的看法是一回事，寫邊塞詩抒發豪情又是
一回事。如張說為朔方軍節度大使時，曾奏罷二十餘萬邊兵，又為相
時曾奏請與吐蕃通和，以息邊境，其抑邊功的態度是明朗的。但在寫
邊塞詩時卻道是：

> 少年膽氣凌雲，共許驍雄出群。
> 匹馬城西挑戰，單刀薊北從軍。
>
> ——〈破陣樂〉

> 沙場磧路何為樂，重氣輕生如許國。
> 人生在世能幾時？壯年征戰髮如絲。
> 會待安邊極明主，作頌封山也未遲。
>
> ——〈巡邊在河北作〉

　　他同樣是以邊塞詩這一形式抒發「重氣輕生」、「立功異域」的豪
情壯志。所以讀唐邊塞詩，必須先區分開哪些只是用來抒發豪情的，
哪些才是表明自家對戰爭具體看法的。比如下錄王維這首〈隴西行〉：

> 十里一走馬，五里一揚鞭。
> 都護軍書至，匈奴圍酒泉。
> 關山正飛雪，烽戍斷無煙。

　　有人認為這是對戍卒的同情，是反戰之作。其實不然，所寫是漢
武征和三年匈奴入五原、酒泉殺兩都尉的歷史題材，卻又重點不在事
件本身，只是截取事件最富包孕的一刻來抒情。你看，詩一開頭，入

眼的是快馬遞來緊急情報：告急！匈奴已圍酒泉郡！為什麼不用烽火示警？鏖戰正危急，偏偏大雪紛飛，打濕了柴草竟升不起煙火來！真真是船漏偏遇打頭風。詩至此戛然而止，置主人公於危境乃至絕境之中。絕境並非絕望，絕境中不會絕望才見英雄本色。這就是唐人因難因險見奇氣的審美情趣，是西方哲人尼采所謂的「強力意志」、「酒神精神」！青少年時代的王維，多寫此類藉歷史題材憑空想像的邊塞之作。第二章第三節已有詳述，這裡就此打住。

　　再一種類型是有實地觀察的經驗，屬紀實之作。王維在涼州、榆林所作多屬此類型。如〈涼州賽神〉、〈榆林郡歌〉便是。不過王摩詰所謂「紀實」，仍不棄想像。他有一幅《雪中芭蕉圖》，是久負盛名的畫。宋人沈括《夢溪筆談》曾贊其「畫物多不問四時，如畫花往往以桃杏芙蓉蓮花同畫一景。余家所藏摩詰《袁安臥雪圖》，有雪中芭蕉，此乃得心應手，意到便成，故造理入神，迥得天意，此難可與俗人論也。」、「不問四時」、「得心應手，意到便成」，是強調王維創作多憑想像。清人王士禎《池北偶談》更推及其詩，說：

　　　　世謂王右丞雪中芭蕉，其詩亦然。如「九江楓樹幾回春，一片揚州五湖白。」下連用蘭陵鎮、富春郭、石頭城諸地名，皆寥遠不相屬。大抵古人詩畫，只取興會神到，若刻舟緣木求之，失其指矣！

　　且不論《雪中芭蕉》是否只是「不問四時」，或另有寓意（第七章再作詳論），「只取興會神到」的確是王摩詰藝術創作的一個重要特徵。上節所舉〈使至塞上〉便是顯例：蕭關在蔚如水邊，北入黃河，但距黃河還很遠，周邊也沒有什麼大沙漠，而燕然山同王維要去的河西也在不同方向上，但他仍然要說：

　　大漠孤煙直，長河落日圓。
　　蕭關逢侯騎，都護在燕然。

　　這就是王摩詰的「興會神到」。方士庶《天慵庵筆記》云：「山川
草木，造化自然，此實境也。因心造境，以手運心，此虛境也。虛而
為實，是在筆墨有無間。」將細節之「實」，別構情感世界之「虛」，
正是王維邊塞詩與田園山水詩共同的手法。王維的審美經驗（包括親
歷的經驗與傳承自前人的間接經驗）是「實」，但用之別構的想像之境
是「虛」。於是有了第三種類型之作：經驗加上想像的「推想」之作。
　　第三種類型詩如〈送陸員外〉：

　　郎署有伊人，居然古人風。
　　天子顧河北，詔書除征東。
　　拜手辭上官，緩步出南宮。
　　九河平原外，七國薊門中。
　　陰風悲枯桑，古塞多飛蓬。
　　萬里不見虜，蕭條胡地空。
　　無為費中國，更欲邀奇功！
　　遲遲前相送，握手嗟異同。
　　行當封侯歸，肯訪南山翁。

　　九河，黃河下游分九道，故云。七國，指幽州，轄七郡國，故
云。末句云「南山翁」，是王維已隱至終南山之作，故知當時王維已
有親歷邊塞的經驗，「陰風悲枯桑」云云，正是此類經驗的再現，但
用之於將往未往的陸員外，便是「推想」。當時是天寶年間，玄宗正
窮兵黷武，所以王維不再講「當令外國懼」、「盡繫名王頸，歸來獻天
子」之類的話，而是很有針對性地講：「無為費中國，更欲邀奇

功！」其反戰旗幟非常鮮明。天寶年後的王維，是看透唐王朝癥結的智者，不應一味以「消極」視之。

此類「推想」之作還有〈送張判官赴河西〉：

> 單車曾出塞，報國敢邀勳。
> 見逐張征虜，今思霍冠軍。
> 沙平連白雪，蓬捲入黃雲。
> 慷慨倚長劍，高歌一送君。

「沙平」一聯應當就是據當年在涼州的經驗推想而來的。這種「推想」之妙，全在寫虛如實，如〈少年行四首〉之三：

> 一身能擘兩雕弧，虜騎千重只似無。
> 偏坐金鞍調白羽，紛紛射殺五單于。

五單于，漢宣帝時匈奴內亂，分為五個單于。詩只是要寫出少年豪情，並非紀實之作，但細節非常真實，「偏坐金鞍」是為了張弓瞄準而調節坐姿，將健兒騎射絕技活畫了出來，歷歷如畫在眼前。這與前人云「雕弓夜宛轉，鐵騎曉參驔」、「據鞍雄劍動，插筆羽書飛」之類泛泛虛寫要感人得多。可知王維「詩中有畫」與其有豐富的審美經驗有關，其畫面般的視覺性正來自他對事物真切的體察。

剛健雄渾的邊塞詩是王維不可或缺的一面，抽掉這二十來首邊塞之作，王維豈不成了「扒骨雞」？有了這二十來首邊塞之作，王維才真正是詩家射鵰手！

三　浩然亭與〈青雀歌〉

　　──青雀不是西王母的青鳥，所以吃不到玉山仙禾。不過總比那些在空倉庫唧唧喳喳爭鬥的黃雀兒要強些兒罷！

　　我們是從摩詰〈送岐州源長史歸〉詩中得知他離涼州返長安的信息的。詩題下注：「源與余同在崔常侍幕中，時常侍已歿。」一種悲涼的氣氛頓時籠罩全詩：

　　　　握手一相送，心悲安可論。
　　　　秋風正蕭索，客散孟嘗門。
　　　　故驛通槐裡，長亭下槿原。
　　　　征西舊旌節，從此向河源。

　　崔希逸是開元二十六年（西元738年）五月回關中的，六月「伏獵侍郎」蕭炅被任命為河西節度使總留後事。你想，張九齡下臺與嚴挺之譏笑這位不學無術的傢伙有關，王維還能再忍氣吞聲當他的判官嗎？難怪在王右丞文集中就找不到有關蕭炅的文章。

　　「秋風正蕭索，客散孟嘗門。」這年秋天，崔常侍已歿，幕府雲散。孟嘗君，戰國時「四大公子」之一，齊國宰相，能禮賢下士，以門客數千聞名。從用典中，我們也可領悟到王維的監察御史充崔之判官，是有其志同道合的基礎的。源長史也是散客之一。然而涼州歸岐州（今陝西鳳翔），不必經槐里，因為槐里是在長安西面的興平縣。看來源長史與王維本已回到長安，因崔常侍之死，源長史才要從長安返岐州而經槐里。

　　王維既然不願為蕭炅的判官，按慣例，崔常侍調河南尹時也可以推薦幕客到中央任職，所以王維回長安後不是陞遷為殿中侍御史，至

少也保留原來的監察御史。只是崔的逝去，使他稍稍復甦的心靈再次消沉下去。他於是又潛心於佛典佛事。開元二十七年（西元739年）農曆五月二十三日，他參加了道光禪師的葬禮，並為之寫〈大薦福寺大德道光禪師塔銘〉。這位道光禪師早年是苦行僧，「入山林，割肉施鳥獸，煉指燒臂」，後遇五臺寶鑑禪師，遂密授頓教。王維自稱「十年座下，俯伏受教」，前推十年，即開元十七年，時摩詰為祕書省校書郎，是剛從濟州貶謫地歸來不久。這次回長安，也是從遠地歸來，心靈依然需要道光禪師加以慰撫，但禪師這回卻無能為力了。「嗚呼人天尊！全身舍利在畢原。」

開元二十八年（西元740年）對王維來說，是黑色的一年：農曆五月七日，張九齡遭疾卒於韶州曲江之私第；接著因老友王昌齡謫嶺南「垂歷遐荒」，後遇赦北歸，至襄陽，與孟浩然相得甚歡。此時浩然因病疽（有云疽即今之脈管炎）且癒，本不該飲酒食鮮。但我說過這位孟夫子是見了好朋友連命都不要的人，哪能不宴飲一番？終於因食鮮（一作食鱔），疽病復發而亡。

開元二十九年（西元741年），王維知南選來到襄陽，真是「人事有代謝，往來成古今！」（孟浩然句）面對峴山漢水，王維感慨萬千，寫下〈哭孟浩然〉詩。題下有注：「時為殿中侍御史，知南選，至襄陽作。」什麼叫「南選」？《新唐書》〈選舉志〉告訴我們說，在洛陽選官叫「東選」，在嶺南、黔中選官叫「南選」。南選往往由中央派郎官、御史充選補史。南選又有兩個地點，一在黔中，一在嶺南之桂州。從王維經行路線看，是取道襄陽，下郢州、發夏口，往嶺南桂州去的。〈哭孟浩然〉詩如下：

故人不可見，漢水日東流。
借問襄陽老，江山空蔡洲！

　　王維本來頗善「長歌當哭」，留下〈哭祖六自虛〉、〈過沈居士山居哭之〉、〈哭殷遙〉等多篇，大都悲愴感人。其中如〈哭殷遙〉云：[3]

　　　　人生能幾何，畢竟歸無形。
　　　　念君等為死，萬事傷人情！
　　　　慈母未及葬，一女才十齡。
　　　　泱泱寒郊外，蕭條聞哭聲。
　　　　浮雲為蒼茫，飛鳥不能鳴。
　　　　行人何寂寞，白日自淒清。
　　　　憶昔君在時，問我學無生。
　　　　勸君苦不早，令君無所成。
　　　　故人各有贈，又不及生平。
　　　　負爾非一途，痛哭返柴荊！

　　不必闡釋，詩人的誠摯沉痛不難感受到的。當時同作的儲光羲也說：「故人王夫子，靜念無生篇。哀樂久已絕，聞之將泣然。」乃知「詩佛」豈是無情者，但不時而發耳。也許是浩然之逝畢竟已是一年前的事了，所以王維的哀傷已化為惆悵：「借問襄陽老，江山空蔡洲！」

　　在襄陽逗留的日子裡，王維還信步於漢江畔，即興而成〈漢江臨眺〉五律一首：

　　　　楚塞三湘接，荊門九派通。
　　　　江流天地外，山色有無中。
　　　　郡邑浮前浦，波瀾動遠空。
　　　　襄陽好風日，留醉與山翁。

3　〈哭殷遙〉同題二首，比引其長篇。其短章或題作〈送殷四葬〉。

　　詩一氣呵成，不覺其為嚴格的律詩。不過古人還是喜歡摘出頷聯「江流天地外，山色有無中」，與孟浩然〈臨洞庭湖贈張丞相〉的「氣蒸雲夢澤，波撼岳陽城」，以及杜甫〈登岳陽樓〉「吳楚東南坼，乾坤日夜浮」這些千古名聯做比較。元人方回《瀛奎律髓》就是這麼說的：「右丞〈漢江臨泛〉詩中兩聯，皆言景，而前聯尤壯，是敵孟、杜岳陽之作。」不過也有不買帳的，如清人王夫之在《薑齋詩話》卷下批評說：「若『江流天地外，山色有無中』，『江山如有待，花柳更無私』，張皇使大，反令落拓不親。」「江山如有待」出自杜甫〈後遊〉詩中，且不說它。單說王維這一聯，摘出來看的確有「落拓不親」的感覺，虛而不實。但是將它放在整體之中，這「虛」就不能說是缺點了。整首詩以江流為主，其他是客。你看一開頭三湘九派迎面塞天地而來，空濛滃鬱，無頭無尾，故有「江流天地外」這麼個強烈的印象。為了襯出這個動態，山色也在雲水裡顯得縹緲，甚至實實在在的郡邑在浪花翻騰中也給人漂浮的感覺。而這一切的關鍵，就在「波瀾動遠空」——滔滔滾滾的漢水！所以我說「詩一氣呵成」，就是因為有這動態一以貫之。

　　說話間，王維的行舟已到郢州境內。據《新唐書》〈孟浩然傳〉稱，「王維過郢州，畫浩然像於刺史亭，因曰『浩然亭』。」後來又改為「孟亭」。孟浩然在後人心目中並非第一流的大詩人，可在當時卻有很高的聲望。李白曾說：「吾愛孟夫子，風流天下聞。」又說：「高山安可仰，徒此揖清芬。」（〈贈孟浩然〉）可見孟浩然在當時詩壇的地位。不過，大家愛孟夫子的為人恐怕還在愛孟夫子的詩作之上。浩然為人之真，不在李白下。據孟浩然的老友王士源說，他是個「救患釋紛，以立義表；灌蔬藝竹，以全高尚」的人，他將友情放在高於一切（包括自己的生命）之上。有一回，山南東道採訪使韓朝宗（就是那個李白稱之「生不用萬戶侯，但願一識韓荊州」的「韓荊州」）與浩然相約，趁韓入朝奏事時一起走，準備在朝廷好好宣揚一番孟浩

然。到約定的那一天，浩然正好有幾個好朋友來會，煮酒論文，恰到耳熱之時。有人便提醒他：「先生，您與韓公有約在先，可不能耽擱啊！」浩然聽了很不高興，便叱責道：「宴飲已經開始，生當行樂，還管他別的什麼事！」浩然又一次失去當官的機會，但過後他還是不後悔。「其好樂忘名如此。」王士源搖了搖頭說。[4]

　　這位韓荊州與王維也有交誼，他為京兆尹時，因為在終南山買別業欲避世，被貶為高平太守，再貶吳興別駕，終於死在吳興官舍。其實買山居避世只是個口實而已，背後的原因是他與李適之宰相親近，為李林甫所中傷，構成其罪，與皇甫惟明、韋堅、裴寬等相繼放逐。[5]天寶十載王維為之作墓誌銘，為之褒贊，稱其「所履之官，政皆尤異，黜陟使奏課第一」。又云：「恥用鉤距得情，好以春秋輔義。奏事盡成律令，為吏飾以文儒。」用的還是文治的標準，反對「羅鉗吉網」式的酷吏統治。由此可見即使到天寶後期，王維也仍在內心處守住二張文治的主張不變。這是後話。

　　卻說摩詰來到郢州地面，應當地刺史之求，在刺史廳畫下孟浩然像。這個廳呢，後來就叫「浩然亭」，晚唐時當地刺史鄭誠說是賢者不宜直呼其名，又改叫「孟亭」。孟亭在白雪樓房，下臨漢江，本來是取宋玉〈對楚王問〉「客有歌於郢中為陽春白雪之辭」而命名的，為了王維這一畫才改了名，可見王維這畫名氣有多大！

　　宋人葛立方自稱看過王維畫的孟浩然像，〈韻語陽秋〉有記載：

> 余在毗陵（今江蘇鎮江），見孫潤夫家有王維畫孟浩然像，絹素敗爛，丹青已渝。維題其上云：「維嘗見孟公吟曰：『日暮馬行疾，城荒人住稀。』又吟曰：『掛席數千里，名山都未逢。泊舟潯陽郭，始見香爐峰。』余因美其風調，至所舍，圖於素

4　詳《全唐文》卷378，〔唐〕王士源：〈孟浩然集序〉。
5　詳〔唐〕劉昫等：《舊唐書》〈李適之傳〉。

軸。」又有太子文學陸羽鴻漸序云：「……余有王右丞畫《襄
陽孟公馬上吟詩圖》並其記，此亦謂之一絕。」

　　這幅流傳至晚唐陸羽手的《襄陽圖》未必就是在浩然亭所作那一
幅，不過畫家一圖數稿是常事，所畫風貌應相去不遠。據葛立方說，
此圖還有宋人張泊的題識，對圖中形象做了描述說：

　　　雖縑軸塵古，尚可窺覽。觀右丞筆跡，窮極神妙。襄陽之狀，
　　　頎而長，峭而瘦，衣白袍，靴帽重戴，乘款段馬，一童總角，
　　　提書籍負琴而從。風儀落落，凜然如生。

　　雖然葛氏在下文提到他所看到的只是「俗工搨本」，但上引三題
識應是搨工照抄原文，仍然可信。從題識上看，王維寫真是下了功夫
的，他先從孟浩然「日暮馬行疾」等詩中去把握其內在的風神，並
「至所舍」去搨寫其形態，所以是形神兼備的人物寫生。從張泊「頎
而長，峭而瘦」，白袍騎馬的形象描述看，的確是風儀落落，與孟浩
然的老朋友王士源在〈孟浩然集序〉中描述浩然「骨貌淑清，風神散
朗」的形象又何其吻合！只是不知王維何時「至所舍」為孟浩然寫
生？有研究者認為，是在開元中王維浪遊巴蜀，出峽經襄陽時所作。
那時，浩然已遊過吳越，王維看到的「始見香爐峰」諸句正是此遊之
作。說得也有道理，這段考據就留給考據家去忙吧。那麼，王維在郢
州刺史廳畫的底稿是早已打過了的，此時觸景生情，自然更有一番風
采了。

　　郢州小住，王摩詰又順漢水南行至夏口（今武漢市武昌），然後
溯江而上，歷湖湘至桂州（今廣西桂林）。在夏口曾有〈送封太守〉
詩存世。照《唐會要》卷七十五的記載，嶺南選「選使及選人，限十
月三十日到選所，正月三十日內銓注使畢。」所以王維回長安該是明

年春天的事了。

　　天寶元年（西元742年），王維四十四歲。年紀增加一歲，官階呢，也提了一點，由從七品下的殿中侍御史轉為從七品上的左補闕。在李林甫手下能如此算不錯了，連王維自己也解嘲說：「累官非不試。」（〈贈從弟司庫員外絿〉）不過自南選歸來後，摩詰總覺得不遂心，日子過得窩囊。有時，他得陪李林甫作詩，如〈和僕射晉公扈從溫湯〉，說些不著邊際甚至違心話。我看有不少「奉和聖制」之類的詩都是天寶年間無聊的應酬之作。比如這首〈奉和聖制慶玄元皇帝像之作應制〉：

　　　　明君夢帝先，寶命上齊天。

　　　　秦後徒聞樂，周王恥卜年。

　　　　玉京移大像，金篆會群仙。

　　　　承露調天供，臨空敞御筵。

　　　　斗回迎壽酒，山近起爐煙。

　　　　願奉無為化，齋心學自然。

　　這只能算是「砌了一堵語言」。天寶年間史書記載有二點明顯的變化：一是記邊功增多了，一是記神仙祥瑞增多了。以《舊唐書》〈玄宗本紀〉為例，天寶元年春，有人上言「玄元皇帝（唐乾封元年追號老君為太上玄元皇帝）降見於丹鳳門之通衢（大街上），告賜靈符在尹喜之故宅」。玄宗忙遣使到函谷關尹喜臺去發掘那「靈符」，置玄元廟。天寶二年追尊玄元皇帝為大聖祖玄元皇帝。天寶三載武威郡上言：番禾縣天寶山有醴泉湧出，嶺石化為瑞。於是改番禾縣為天寶縣。玄宗也親自參與造神。《通鑑》天寶四載條說，是年正月，玄宗對宰相說：朕甲子日在宮裡設壇，自草黃素放在案桌上，俄飛昇天，聽空中語曰：「聖壽延長！」真是白日見鬼。精大雄之學的王摩詰自

然不通道家這一套，可他在詩裡還是按部就班地說了些胡話。此後一直到天寶末，這類題材像夢魘般老糾纏著他。如天寶七載（西元748年）所作〈大同殿生玉芝龍池上有慶雲百官共睹聖恩便賜宴樂敢書即事〉詩，單看題目就知道內容之無聊。

不過，在風和日麗，朝廷鬥爭不甚劇烈之時，官也還是當得。〈春日直門下省早朝〉詩正寫出他任補闕時的從容：

> 騎省直明光，雞鳴謁建章。
> 遙聞侍中佩，暗識令君香。
> 玉漏隨銅史，天書拜夕郎。
> 旌旗映閶闔，歌吹滿昭陽。
> 官舍梅初紫，宮門柳欲黃。
> 願將遲日意，同與聖恩長。

「令君香」，指荀令君至人家坐，坐處三日香。王維對躋身佩玉腰金的上層士大夫之列不無滿足之感。春日遲遲，梅紫柳黃，不禁讓人聯想起初唐宮廷詩人上官儀入朝，巡洛水堤，步月徐轡而吟：「脈脈廣川流，驅馬歷長洲……」從王維這首早朝詩，我們也多少領略到上官儀的那份自得的神態。然而這份心境並不常見，尸位素餐令王維心裡很不是滋味。就在天寶元年王維任左補闕時，好友丘為來京應舉落第。對此，王維很是內疚，寫下〈送丘為落第歸江東〉詩。詩最後一句說：「知禰不能薦，羞為獻納臣！」禰，指東漢名士禰衡，字正平，因剛而傲，不為人知，只有孔融器重他的才能，上疏極力舉薦。獻納，將意見、人才貢獻給皇帝以備採納的意思。王維當時任左補闕，其職責相當於古獻納，故自稱是「獻納臣」。但如上文說過，李林甫專權，言官無言，王維心情頗伊鬱：「羞為獻納臣！」這種苟且卻不自安的矛盾心態，在〈贈從弟司庫員外絿〉中有更充分的表白：

　　　　即事豈徒言，累官非不試。

　　　　既寡遂性歡，恐招負時累！

　　官雖然不時陞遷，卻不能遂性，又怕招來不稱職的譏評，這就是天寶初王維的心情。

　　在朝廷和市井中，王維兄弟有幾個好朋友，時而湊在一起作詩。天寶二年有一天，王維、王縉兄弟倆，約上「詩家天子」王昌齡，還有秀才裴迪，一起到長安城南的青龍寺去。青龍寺東道主是曇壁上人。大家在「北枕高原，前對南山」的青龍寺制高點放眼四望，「皇州蒼茫，渭水貫於天地」，孤煙渺渺，遠樹芊芊，頓覺眼空無物，萬匯塵息，多少滌蕩了一些官場的俗氣。王昌齡一時詩興勃勃，揀起一片石壁，要王維在那上面寫序，大夥兒做詩。王維於是從命寫了個序，每人做了一首詩。詩做得不怎麼樣，但做完詩都挺開心的，好比親踐了一番靈境。用王維的詩來表述，就叫：「眼界今無染，心空安可迷！」王縉則說是：「問義天人接，無心世界閒。」總之，青龍寺一遊。煩惱一時滌淨。順便說一下，這仍是「北禪宗」的境界。

　　還有一回，王維兄弟又同盧象、崔興宗、裴迪幾個湊在一起。這回同詠的是〈青雀歌〉。就像《紅樓夢》裡寶玉、黛玉諸人的詩社，相同的題目總是詠出各人不同的心事來，王、盧諸公的〈青雀歌〉也各言其志：

　　　　青雀翅羽短，未能遠食玉山禾。

　　　　猶勝黃雀爭上下，唧唧空倉復若何？

　　這首是王摩詰寫的。玉山，傳說中神仙西王母所居之山，其上有仙禾，長五尋，大五圍。青雀不是西王母的青鳥，所以吃不到玉山仙禾。然而總比那些在空倉裡唧唧喳喳爭鬥的黃雀要強。不難體味出王

維以青雀自喻，雖從事業上講不得志，但比那些連進士也沒中，連官也沒得當的貧士要好些。事實上王維要走的亦官亦隱的道路，也就是青雀之路。

　　啾啾青雀兒，飛來飛去仰天池。
　　逍遙飲啄安涯分，何假扶搖九萬為？

　　這首是盧象寫的。盧象不但是摩詰的老友，其出處遭際二人也極相似。譬如說二人都以詩文振起於開元年間，都在開元年間登進士第，王維、崔顥、盧象三人曾「比肩驤首，鼓行於時，妍詞一發，樂府傳貴」（劉禹錫〈盧公集紀〉）；張九齡執政，擢王維為右拾遺，又擢盧象為左拾遺；安史亂起，二人都為敵軍所執受職，晚年則都飯僧奉佛。所以盧詩表達意思與王維較相近，但多少還有點火氣，「逍遙飲啄安涯分，何假扶搖九萬為」也就是發牢騷，表示不願往上爬如大鵬乘風扶搖而上九萬里。難怪沒過多久，就因名盛氣高，少所卑下，而為飛語所中，左遷齊州司馬。

　　林間青雀兒，來往翩翩繞一枝。
　　莫言不解啣環報，但問君恩今若為？

　　這是未來的相國，王維的老弟王縉所作。「繞一枝」，據《唐語林》載，李義府八歲，號神童。有一次隨唐太宗在上林苑玩，有人捉到一隻鳥兒，太宗賜給義府。義府馬上進詩，有云：「上林多許樹，不借一枝棲。」太宗看這個神童鬼得可愛，就笑著說：「朕今以全樹借汝！」後來義府相高宗。王縉詩中的青雀繞枝翩翩，其意還不明白？真是天從人願，後來王縉果然也相代宗。

　　青扈繞青林，翩翩陋體一微禽。

　　不應長在藩籬下，他日凌雲誰見心。

　　這是王維的內弟崔興宗寫的。崔這時沒當官，但已有「羨魚情」，不過後來也只當到右補闕。

　　動息自適性，不曾妄與燕雀群。

　　幸忝鴛鷺早相識，何時提攜上青雲。

　　這要比薛寶釵柳絮詞「好風憑藉力，送我上青雲」說得還白。不過作者裴迪求上青雲是有前提條件的：「動息自適性，不曾妄與燕雀群。」他只求「鴛鷺」這些高貴的鳥，而不是「燕雀」之流來提攜。在這一點上，他與王維是心相通的。

　　不管怎麼說，這幾個人有一點是很談得來的，那就是隱居──全隱也好，半官半隱也好。所以他們又一起到崔興宗林亭去，又寫下一組歌唱隱逸生活的詩。其中寫得最好的是王維：

　　綠樹重陰蓋四鄰，青苔日厚自無塵。

　　科頭箕踞長松下，白眼看他世上人。

　　「有道舒，無道卷」，王維在天寶三載或略前些時候，終於下決心買下宋之問藍田別墅，準備「科頭箕踞」過一下亦官亦隱的生活──不料天寶四載就遷侍御史，又得到二次出塞的機會。

四　從塞北到南陽

　　——王維對邊塞上發生的是非心裡明白，只是如今的摩詰「身心相離」，想歸想、做歸做，不再有當年那份「所不賣公器，動為蒼生謀」的執著了。

　　天寶四載（西元745年）那年，王維四十七歲，遷侍御史，〈大唐御史臺精舍題名碑〉就有他的題名。侍御史「掌糾察內外，受制出使，分制臺事」（《通典》），所以在此任上王維又有了四處走走的機會了。這回出塞是朝北走，往今日內蒙古呼和浩特市方向。途經新秦郡，作〈新秦郡松樹歌〉。新秦郡，《舊唐書》〈地理志〉說是天寶元年王忠嗣奏請割勝州連谷、銀城兩縣置麟州，其年改為新秦郡。又作有〈榆林郡歌〉。榆林即在新秦郡北，本為勝州，也是天寶元年復舊號為榆林郡。二郡都屬於朔方節度使管內，主要任務是防禦突厥。天寶初的朔方節度使是名將王忠嗣，天寶四載兼河東節度使，王維出塞正在王忠嗣任內。

　　王忠嗣是有唐名將，智勇全備的帥才。他專以持重安邊為宗旨，常告訴左右人說：「吾不欲疲中國之力以徼功名。」但他很注重選拔人才與戰備，大將李光弼、哥舒翰都是他培養的將帥。後來因為不願以數萬士兵的生命為代價去奪取非戰略要地的石堡城，為玄宗所不滿。李林甫恐其出將入相，趁機使人誣告王忠嗣謀反，終於貶為郡太守，得暴病死，年四十五。當他還在朔方節度使任上時，曾於天寶元年成功地擊敗突厥，取其右廂而還。明年，再破突厥，自是塞外晏然。王維這次出塞，正是王忠嗣再破突厥，新置新秦郡的時候，其任務大概與上一次宣慰崔希逸的性質相似。雖然這次沒有留下來當王忠嗣的幕府，卻也建立了一定的友誼。天寶五載後，王忠嗣充河西節度使，王維集中有〈送李補闕充河西支庫營田判官序〉、〈為王常侍祭沙

陀鄯國夫人文〉，都提到河西節度使王常侍，或許這位王節度使便是
王忠嗣。

　　王維這回出塞已沒有上回的新奇感，加上對朝政與日俱增的失
望，使他再窺塞垣卻少有風骨凜然之作，倒是增了一層伊鬱之氣。當
他的馬車又出現在沙漠上，看著自己斜陽下那瘦長的影子，他覺得是
如此孤單寂寞。忽然眼前一亮，一朵綠雲就浮現在眼前：

> 青青山上松，數里不見今更逢。不見君，心相憶。此心向君君
> 應識，為君顏色高且閒，亭亭迥出浮雲間。

　　這就是〈新秦郡松樹歌〉。真是「不可一日無此君」，才「數里不
見」就害起相思來了。這亭亭迥出浮雲的青松林是如此高閒，恐怕王
維又勾起了對孟浩然或什麼高僧的思念之情吧？或許只是對剛構置的
輞川莊放心不下？不管怎麼說，千里草原的春色也提不起王維的豪情
來。當他繼續北上來到榆林郡時，他抬頭看到的第一眼依然是松樹林：

> 山頭松柏林，山下泉聲傷客心。千里萬里春草色，黃河東流流
> 不息。黃龍戍上游俠兒，愁逢漢使不相識。

　　結句有點蹊蹺。黃龍府在今長春北，是平盧節度使與室韋、靺鞨
對峙的地段。可怎麼那邊來的「游俠兒」（軍人）對「漢使」（朝廷來
的使者）這麼淡漠？這與上回出塞「蕭關逢侯騎」，而「侯騎」（偵察
兵）熱心報告我軍勝利消息相比較，何其一冷一熱如此懸殊？如果我
們知道了這時的平盧節度使兼范陽節度使是安祿山，也就不奇怪了。
須知安祿山之所以能造反，與他轄下地區高度胡化有關。而這種胡
化，是先從部隊中大量使用蕃人或胡化了的漢人開始的。這當然是冰
凍三尺非一日之寒，但詩人之所以為詩人，正在於能感受到哪怕是最

輕微的胎動。史言安祿山養「曳落河」（壯士）數千人，皆一可當百。「黃龍戍上游俠兒」也許就是「曳落河」之類？史又言，王忠嗣對這位鄰居頗懷警惕。有一回，「安祿山城雄武，扼飛狐塞，謀亂，請忠嗣助役，因欲留其兵；忠嗣先期至，不見祿山而還。數上言祿山亂。」（《新唐書》〈王忠嗣傳〉）王忠嗣於天寶六載（西元747年）夏辭去河東、朔方節度使；安祿山則天寶三載（西元744年）三月始兼范陽節度使，雄武在其轄區，由此可推知此事當發生在天寶三至六載，大至是王維出使榆林前後。所以作為二張「文治」一派的王維，於此際感受到邊塞異常氣氛，並不是一件不可思議的事。難怪這回出塞氣氛低沉，沒留下什麼激昂開朗的邊塞詩來。

　　摩詰在侍御使任上最快意的莫過於南陽遇神會這件事了。南陽原名鄧州（今河南鄧縣）天寶元年才改為南陽郡。就在這個縣城的西北面，有個臨湍驛。就在這個不起眼的小地方，曾發生過佛教史上可書一筆的佳話：神會和尚與王維侍御史、慧澄禪師於此語經數日。這數日的論道，使王維對生命的理解有了深刻的變化。

　　讀者諸君還記得開篇提起過的「滑臺大會」嗎？就在開元二十二年（西元734年）那次滑臺（今河南滑縣東）大雲寺論定南宗正統的辯論會上，神會和尚那種不惜身命，不關名利的凜然之氣，著實令人肅然起敬。摩詰對這位南宗傳人自然心儀已久，這回出差到南陽，豈能不謀一面？於是摩詰便向南陽太守寇洋提起這事。寇太守恰好也是個奉佛的，便屈神會大和尚及同寺慧澄禪師來驛中晤面。

　　神會剛跨進院子，摩詰心中便格登一震：好個和尚！但見來者六十開外，雖清癯卻昂然有氣勢，特別是袈裟襯托的那部鬍鬚，飄然紛然，更增幾分灑脫。神會雖朗聲與寇太守應酬著，卻也覷見王維骨清目秀，朗朗然一派儒雅氣象，雖有當官的風度，卻無當官的架子，不禁暗自點頭：「善哉，是乃有慧根者也。」

　　賓主坐定，一番寒暄，便漸入佳境。

於是摩詰起身合什道：「大師，請教如何才是修道得解脫？」

神會微笑著，捋著鬍鬚說：「善知識！眾生本自心淨，何必修行？若更欲起心有修，即是妄心，不可得解脫。」

王摩詰聽了大為驚愕，道：「大奇！我向來聽諸大德說法，都沒有作如此說的。」

的確令人驚奇。禪不就是講究禪定的嗎？怎麼起心有修反而是妄心？原來這位神會，是慧能晚年弟子，講究的是自心佛性，不假修成，最反對北宗「凝心入定，住心看淨」那一套修行方法。慧能有一偈說：

生來坐不臥，死去臥不坐。一具臭骨頭，何為立功課？（《壇經》）

所以南宗禪強調的是「直指人心，見性成佛」，是頓悟法。神會將他的學習心得歸結為「無念」：「無念者，是聖人法，凡夫若修無念者，即非凡夫也。」所以任何有目的性、功利性的修行方法統統被認定為「縛」，不可能達到自由境界。比如說你若執著於「空」，就會被「空」縛；執著於修淨，就被「淨」縛。反正你必須沒有個執著處，不念有，不念無，不念善，不念惡，不念菩提，不念涅槃，乃至無一切境界，處於一種近乎空無的意識狀態，這一不可言說不可思議的狀態便叫「空寂」、「寂滅」。這與教人靠坐禪來「入定」，多少借助外在約束（修行）的其他佛教宗派自然是大異其趣了，精熟各派說法的王摩詰聽了神會的回答難怪要發驚愕道：「大奇！」並回頭對寇太守、張別駕、袁司馬諸人說道：「原來這南陽郡竟然有這樣的高僧，有佛法甚不可思議！」

寇太守看王侍御興致上來了，便接口說道：「其實南陽各位高僧的主張也並不全同，比如這位澄禪師，就和神會禪師的見解不一樣呢。」

「咦，又有怎樣的不同呢？」王維果然興致勃勃地問。

原來，澄禪師主張要先修定得定，然後發慧；神會則認為定慧俱等，若定慧等者，名為佛性。所謂「定慧等」，是說神定的定與智慧的慧是一非二：定是清淨心性，心性清淨是慧。也就是說，澄禪師先定後慧是「二相」，神會定慧等是「一相」。神會將慧的終極意義消解在定的過程之中，從而將禪修與禪境界直接打成一片。所以人只要進入禪定，也就同時獲得了智慧。漫漫西天路在一念之轉中，是為頓悟。說淺顯些呢，就是要人自覺平息心中情感波瀾，如古井無波，是一種無差別境界，也就是無思無慮的澄明心境。[6]這對正處於謀官謀隱進退維谷的王維無疑是一帖清涼劑，為他選定亦官亦隱之路提供了哲學的依據，從而堅定了走這一條路的信心。這叫他怎能不興奮地說：「南陽有這樣的高僧！有佛法不可思議！」離南陽返兩京後，又怎能不逢人便說這一驚喜呢？

有政界手腕的神會當然不會不知道這位兼精大雄氏之學的才子的價值，由他來為南宗做宣傳，在士大夫中將有多大的影響！於是神會禪師以六祖慧能的入室弟子的身分，將撰寫慧能祖師碑頌的大事拜託給王維。王維不負所托，後來精心撰成〈能禪師碑〉，此碑一直是我們研究慧能的最重要的第一手材料。從此碑文中，可見摩詰對南禪宗思想的把握與理解。碑文劈頭便說：

> 無有可舍，是達有源。無空可住，是知空本。離寂非動，乘化用常。

這段話表明摩詰頗得般若學之要領。《維摩詰經》云：「以何為空？空空。」既然連空也是空，還有什麼有無的差別？一切無非是

---

6 關於神會的「無念」，參看葛兆光：《中國禪思想史》第4章第2節（北京市：北京大學出版社）。

幻，並無自性，所以不必執著。不但不執著於有，甚至不執著於無
有。既然有是空，空也是空，一切並無差別，煩惱即菩提，淨也就是
染，得無住心，即得解脫。這也就是後來王維在〈與魏居士書〉中
「知名空而不避名」，不因空而捨有，不再陷入二元對立論中的依
據。在南禪宗的思維裡，沒有否定，也沒有肯定。他們將二元對立邏
輯當成一件沾在身上的濕衣，極力要將它脫掉。所以禪宗不講「不是
這便是那」，只講「不是這也不是那，是這也是那。」既然淨也就是
染，煩惱也是佛性，那麼對清淨無垢境界的追求也就轉向「無住
心」，一切隨緣任運，走向自然適意。這也就是摩詰〈與魏居士書〉
中追求的境界：「無可無不可，可者適意，不可者不適意也……苟身
心相離，理事俱如，則何往而不適。」這是臨湍驛的花所結的果子。

　　南陽臨湍驛的晤面，不意竟成「語經數日」的長談。更重要的是
王維由此對生命的理解有了深刻的變化，其確立「無可無不可」、「身
心相離」的生活態度，走「亦官亦隱」之路，不僅僅是什麼「性格弱
點」，更是他在人生觀上接受佛學空宗影響，是他對生命價值的一種
理解的結果。事實上也是一代士大夫心理結構上的調整。大約就在王
摩詰回洛陽、長安之後不久，也許與王摩詰逢人便說「南陽郡有好大
德」不無關係，是年，神會和尚應兵部侍郎宋鼎之請，來到洛陽。這
回的來勢比滑臺之會要猛得多，要知道洛陽乃北宗的老巢。神會又拿
出當年滑臺大會那種「不惜身命」的氣概來，「直入東都，面抗北
祖」，極大地擴大了慧能南宗在二京的影響，「致普寂之門盈而後
虛。」這是後話。

　　就在倡「無念」的神會在洛陽念念不忘「六祖」正宗地位，並為
之而戰的同時，身為朝廷命官且「累官非不試」的王維，卻如苑咸所
說：「應同羅漢無名欲，故作馮唐老歲年。」他正潛心於經營他的輞
川別業，「身心相離」地過著他的「無可無不可」的日子。

　　說王維「累官非不試」，也是實話。天寶五載（西元746年），王

維由侍御史轉庫部員外郎；天寶七載（西元748年），又遷庫部郎中。他那經過調整的「身心相離」、「無可無不可」的心理結構已相當適應亦官亦隱的生活，所以一面悠遊於山居別業，寫些幾無人間煙火氣的田園山水詩；另一面又從容於官場應對，心安理得地寫些誰都不信誰都寫的頌聖詩文，如〈大同殿生玉芝龍池上有慶雲百官共睹聖恩便賜宴樂敢書即事〉詩，如〈賀玄元皇帝見真容表〉、〈賀神兵助取石堡城表〉等。後面這一賀表尤其荒唐，竟然聲稱絳郡百姓「頻見聖祖空中有言曰：『我以神兵助取石堡城。』」於是隨之頌曰：「伏惟開元天地大寶天地大聖聖文神武應道皇帝陛下，以道理國，以奇用兵，先天而法自然」云云，云云。

石堡城是河西與吐蕃交接處的一座小城堡，其城三面險絕，只有一條小路可上。當年玄宗要王忠嗣攻石堡，王忠嗣稱：「吐蕃舉國守之，若頓兵堅城下，費士數萬，然後可圖，恐所得不讎所失。」玄宗很不滿意，為了這事忠嗣後來差點被判死刑。天寶八載（西元749年），玄宗又詔哥舒翰以朔方、河東十萬之眾攻石堡。

哥舒翰可是一員凶狠的戰將。據史書說，他為人少恩，未嘗恤士卒飢寒。有一回，士卒向使者哭訴衣服穿空，皇帝製袍十萬以賜其軍。可是你怎麼也想不到：直到後來哥舒翰敗死，那些袍還藏在倉庫裡！據說他有一手絕招，就是使槍，追及敵人時，就將槍搭在其肩後，大喝一聲，那人一回頭，便一槍刺死，並趁勢一挑，身首騰起足有五尺高，以此為樂。王維在〈送高判官從軍赴河西序〉中，曾對此公有一段描畫：

> 上將有哥舒大夫者，名蓋四方，身長八尺，眼如紫石棱，鬚如蝟毛磔。指揮而百蠻不守，叱咤而萬人俱廢。奮髯，哮吼如虎，裂眦大怒，磨牙欲吞。不待成師，固將身先士卒；常思盡敵，不以賊遺君父。

　　讓這樣一個以斬盡殺絕為己任的武夫來攻石堡，自然是合適人
選。一片墨濃的烏雲壓在石堡城上。然而吐蕃早有準備，只用數百人
守堡，多貯糧食，積擂木滾石，與唐軍大戰。唐兵數萬人無用武之
地，屢攻不上。哥舒翰大怒，揪住裨將高秀岩、張守瑜，怒喝道：
「斬！斬！斬！」高、張二將叩頭流血，請限三日，誓破石堡。這三
日內，唐兵反覆進攻，數萬名唐軍戰士慘死城下，這才奪取了這座王
忠嗣稱之「得之不足制敵，失之未害於國」的小城。玄宗之黷武，哥
舒之忍心，於此可見。但對這樣的事，王維卻迎合了昏君，（玄宗於
此際已從治世有作為的「英主」墜為十足的昏君了！）大講「神兵助
攻石堡」的神話，實在令人惋嘆！當然，王維本是二張主文治一派，
對邊塞發生的是是非非內心是明白的，只是如今的摩詰，已自覺要
「身心相離」，想歸想、做歸做，不再有當年從張九齡時那份「所不
賣公器，動為蒼生謀」的執著了。

五　陽關三疊

　　──摩詰送別詩絕佳，一個重要原因是他在感受力還十分敏銳的
青壯年時代，就已飽嚐生離死別之果，有著浪跡萍蹤的豐富經歷供他
醞釀為詩酒。

　　現代人或許對「死別」會有入骨之痛，而對「生離」卻難能及古
人深切體會之萬一。在交通條件落後的情況下，「行萬里路」可不是一
個輕鬆的話題。什麼情況都可能發生，生離距死別往往只有咫尺之遙。
　　「朋友」在唐代有著新的社會涵義。科舉制度有力地刺激了人才
流動──不管是去考官還是去做官。動輒數千里，好一個大一統的唐
帝國！
　　有人將上面這兩種情感揉合起來提煉出詩意：

城闕輔三秦，風煙望五津。

與君離別意，同是宦遊人。

海內存知己，天涯若比鄰。

無為在岐路，兒女共沾巾。

　　這是初唐王勃的名篇〈送杜少府之任蜀川〉。與親人送別古已有之，而唐代大量出現的與朋友送別的詩，應當視為一種新的人際關係。尤應注意的是，這種「朋友」關係是：「同是宦遊人」。直譯過來就是：都是出門去求官的人。這豈不太庸俗了？別忙，讓我們將它放回當時的歷史情景裡去。

　　六朝的用人制度是「九品中正」制，愈演愈烈，成了「下品無士族，上品無寒人」的唯門第是舉的用人制度。出身寒門的士子終身受壓抑，而士族豪門子弟不管人才多麼平庸，也不愁沒官當。所以，斯時最重要的人際關係莫過於血緣。唐帝國則對士子廣開仕途，無論科舉、邊功、吏事、門蔭，都可入仕，乃至通過隱逸造就名聲，再接受徵召，也能平步青雲。於是乎唐代各階層出身的士子紛紛奔競於各條仕途，或萬里從軍，或各處遊歷干謁，求人薦舉，或遍訪名山，棲遲山林，造就名聲，離家在外是「家常便飯」了。俗話說：「出門靠朋友」，尤其是進士科舉促使士子結為門生座主、同學朋友的特殊關係，同榮共進，利害相關，使「朋友」有了更豐富的內涵。《獨異志》載，中唐有個宰相叫崔群，頗有清名。他的太太曾勸他買些田莊作為子孫的產業。崔群笑著答道：「我已購置三十所美莊良田，遍在天下哩！」崔太太不相信，說：「沒聽說過你有這些莊田。」崔群說：「你不知道，我前年當主考官，放春榜得進士三十人，這不就是我的美莊良田？」座主門生之間利益相關由此可見。同學之間也是如此。《舊唐書》〈楊嗣復傳〉說，楊嗣復與牛僧孺、李宗閔都是權德輿的門生，同學之間情義相得，進退取捨，多與之同。事實上庶族出身

的士子沒有公卿子弟那樣的門閥地胄的優勢，也就是沒有一張現成的在朝廷的關係網，所以他們為自身利益計，要用師生朋友這種新關係迅速結成一張新網，以對抗公卿子弟，保護自己的既得利益。初唐王勃的這首詩之所以為時人所重，正因其用近體詩的新形式寫出了初出現的新人際關係的新內容，賦予送別題材以時代精神──「同是宦遊人」對六朝唯重血緣的舊人際關係而言，無疑是歷史的一種進步。綜觀整個唐詩，送別是最常見也最活躍最易感人的題材。而王摩詰於此道獨樹一幟，其歌送別尤為人所傳誦，是其詩歌創作的一個重要方面，於此專闢一節介紹應不為過。

　　摩詰送別詩之所以絕佳，除了他的音樂天分使他的送別詩易入樂易傳誦之外，更重要的原因還在於開元年間的王維尚處於感受力十分敏銳的青壯時期，卻已飽嚐生離死別的苦果，有著說不盡的浪跡萍蹤的豐富經歷，供他釀那詩酒。音樂才華、豐富的經歷，加上敏銳的感受力，是摩詰送別詩成功的關鍵。尤其是濟州之貶、張九齡下臺、二次出塞，使之送別友人之情更覺深沉。

　　王維歌送別最負盛名之作莫過於〈送元二使安西〉。不過，管它叫作「渭城曲」、「陽關三疊」，大家會更熟悉些。詩原文如下：

　　　渭城朝雨浥輕塵，客舍青青柳色新。
　　　勸君更盡一杯酒，西出陽關無故人。

　　這是送一位朋友去安西（指安西都護府，在今新疆維吾爾自治區境內）所寫的絕句。陽關，在玉門關南，故址於今甘肅敦煌縣西南。陽關正是這首詩的關鍵詞，不妨稱之為「詩眼」。全詩只四句，卻用了二句來寫眼前的春色。待到「西出陽關」，才顯出前二句的鋪墊作用──陽關外是千里萬里的戈壁荒原。朝雨柳色，與未經寫出的陽關外的沙漠做了「缺席」對比。緊接著「無故人」三字，更是使人面對

著浩渺的寂寞，從而反襯出「故人」情誼之可貴。有了「陽關」這一特定的地理分界線，才讓人感到這杯離別酒的分量有多沉。除此之外，「陽關」二字還有其特定的歷史文化的內涵。自漢以來，陽關及其北面的玉門關，一直是通西域的重要關隘，「絲綢之路」出敦煌便分為南北兩線，南線出陽關沿塔里木盆地南沿西行，北線出唐玉門關後經伊州沿天山北麓西行，兩線於疏勒鎮（今新疆喀什）會合，向西至波斯、大食等地。陽關與玉門成了絲綢之路上的重要標誌，標誌著內地與西域的分界。所以王摩詰要說「西出陽關無故人」，王之渙要說「春風不度玉門關」。唐人一提到陽關與玉門這兩個「符號」，思路便好比子彈上了膛，準備朝邊塞發射。然而王維在這裡只是不動聲色地提起陽關，絕無清代謫戍新疆者的痛心疾首，甚至沒有同代人那種虛張聲勢，他只是自然而然有意無意般地提到它，將生離死別化為「無故人」的遺憾。事實上盛唐人出玉門、出陽關，並不是謫官逐臣，而多是些想建功立業充滿幻想的文人武士。所以王維輕輕提起的陽關，並非陰陽界，並非絕望地；它是陽關大道，是士子奮爭之域，拼搏之區。然而「無故人」三字又擦掉了盲目樂觀，它畢竟是艱險的地方。這就將人們複雜的友情圈了出來，使各色人等的種種情緒都納入這首詩中。難怪後人會愛不釋手，不斷地增寫、重譜這首詩，反覆地吟唱。陽關早被風沙掃平不見遺跡，而詩中的陽關卻仍然屹立，經歷了多少滄海桑田！於是乎〈送元二使安西〉嬗變為〈渭城曲〉，為〈陽關三疊〉，為「陽關連環三疊」，「移宮陽關」，「三換頭陽關」，「陽關四疊」，「陽關依依三疊」，「陽關三疊琴操」……[7]這首送別曲不但為我國人民所喜愛，還傳至高麗、日本諸國，可見其反映的情感有著廣泛的感染力。也可以說是王維最善於捕捉人們心靈深處共通感情的明證。

7　見任半塘：《唐聲詩》下編（上海市：上海古籍出版社），頁434-437。

　　是的，王維送別詩有一種特殊的溫厚情懷，是「溫柔敦厚」詩教
與盛唐人平靜自信心態結合的產物。沈德潛《唐詩別裁》卷一評摩詰
〈送綦毋潛落第還鄉〉詩云：「反覆曲折，使落第人絕無怨尤。」正
是點出其送別詩「溫柔敦厚」的特點。關於這首詩，我們在第三章第
一節已做過分析，這裡只想補充一點：詩末聯說「吾謀適不用，勿謂
知音稀」，固然是勸慰之詞，將落第歸諸偶然——「適不用」，但也是
唐人特有的自信，雖未必有李白「天生我材必有用」的強力，但隱隱
然不必以此掛懷。事實上綦毋潛蹶而再起，於開元十四年（西元726
年）進士及第，應了王維的預言。還有一首也是送落第生的詩——
〈送丘為落第歸江東〉。詩云：

　　　　憐君不得意，況復柳條春。
　　　　為客黃金盡，還家白髮新。
　　　　五湖三畝宅，萬里一歸人。
　　　　知禰不能薦，羞為獻納臣！

　　這首詩與上一首不同，並無「反覆曲折」，只是從第一句起便不
諱言落第之苦，愈轉愈深。黃金已盡，白髮新添，接下來一串數量詞
的對比，更顯得落第人兒的孤苦淒清。結句則不是勸勉，而是自責。
本章第三節我們已提到過，其時王摩詰為左補闕，職責是獻納意見與
人才，但當時奸相把持朝政，故「知禰不能薦」，雖知禰衡之才，也
無孔融薦才之力，因而深深自責：「羞為獻納臣」。其宅心忠厚便在於
此，而對方心中不平衡也當於斯減少，以畢竟有知音為慰。所以雖無
「反覆曲折」仍可歸乎「使落第人絕無怨尤。」
　　「把自己擺進去」是王維送別詩成功的一個重要原因。不妨再舉
一首也是送落第生的詩為例——〈送孟六歸襄陽〉。這首詩是送好友
孟浩然的。因為孟是王的好友，且是「年四十始來遊京師，應進士不

第」(《舊唐書》〈文苑傳〉)，在這種前提下，王維從實際出發，說了貼心話，認為還是算了，回家過隱居日子好。但他先從自家說起：

> 杜門不欲出，久與世情疏。
> 以此為長策，勸君歸舊廬。

我們在第三章第三節曾提到過此詩，指出當時王維自己尚落拓，只當個小小的校書郎，「杜門不欲出」是實話。於是從此「長策」出發，他「勸君歸舊廬」，而不是一味以「來日方長」相勉。接下來，他為孟六著想：

> 醉歌田舍酒，笑讀古人書。
> 好是一生事，無勞獻〈子虛〉！

他太瞭解「風神散朗」的孟六了！對四十歲了的孟浩然來說，既然一發不中，就拉倒過閒散日子為好，更合天性自然。由於將自己擺進去，孟浩然想必是聽得進去。事態發展證明摩詰是對的，孟浩然後來雖然有韓朝宗推薦的機會，也主動放棄了。〈送綦毋校書棄官還江東〉也是用這種推心置腹的口吻：

> 明時久不達，棄置與君同。
> 天命無怨色，人生有素風。
> 念君拂衣去，四海將安窮！
> 秋天萬里淨，日暮澄江空。
> 清夜何悠悠，扣舷明月中。
> 和光魚鳥際，淡爾兼葭叢。
> 無庸客昭世，衰鬢日如蓬。

　　頑疏暗人事，僻陋遠天聰。

　　微物縱可採，其誰為至公？

　　余亦從此去，歸耕為老農。

　　開頭兩句馬上將自己與對方置於同一境遇之內，並以「天命無怨色」，不怨天尤人作為共同的人生態度，在此基礎上展開對綦毋潛棄官後生活的想像。「和光魚鳥際，淡爾蒹葭叢」一聯是「人生有素風」的具體顯示，也是對此種無所求的生活的寫照與欣賞。再以下六句可說是對當時天寶年間朝廷用人不公所發的牢騷，只是措辭並不尖銳激烈。結句又將自己擺了進去，表示將與對方同道，走同一條路線。整首詩既是講對方，也是談自己，給人予親切感。

　　這種密切感有時來自對話的口吻，語淺而意深情篤。如〈送別〉詩：

　　下馬飲君酒，問君何所之？

　　君言不得意，歸臥南山陲。

　　但去莫復問，白雲無盡時。

　　前兩聯一問一答，只是陳述句，後一聯才是針對「何所之」的抒情：「你不必問我去哪裡，你看遠處青山云起云飛沒個了時。（我就深藏在那白雲深處。）」至此，竟分不清是被送者還是送者的情緒。摩詰總是這樣不知不覺地站到被送者那一邊去，做到真正的「推心置腹」。如〈送友人南歸〉：

　　萬里春應盡，三江雁亦稀。

　　連天漢水廣，孤客郢城歸。

　　鄖國稻苗秀，楚人菰半肥。

　　懸知倚門望，遙識老萊衣。

　　從第一句到末一句，都是「懸想」，將對方南歸一路情景歷歷寫出，娓娓道來，就像是自己南歸。末句寫出別者老母倚門而望的情景，不容對方不動容也。有時，這種「懸想」是以「設想」的方式出現的，如〈送河上段十六〉：

> 與君相見即相親，聞道君家在孟津。
> 為見行舟試借問：客中時有洛陽人？

將別後相思設想為見行舟而探友人之消息，不禁讓人記起崔顥〈長干長〉云：「君家住何處？妾住在橫塘。停船一借問，或恐是同鄉。」王、崔二人開元年間常被相提並論，的確是棋逢對手，這二首詩實在是同一機杼。王夫之《薑齋詩話》盛稱崔詩「墨氣所射，四表無窮，無字處皆其意也」，王詩也應享受同等待遇。

　　王摩詰的「懸想」總是建立在對朋友有深刻瞭解的基礎上。這種瞭解，有時是深入其內心的。如〈送丘為往唐州〉，詩云：

> 宛洛有風塵，君行多苦辛。
> 四愁連漢水，百口寄隨人。
> 槐色陰清晝，楊花惹暮春。
> 朝端肯相送，天子繡衣臣。

　　「百口寄隨人」是為對方設想，將「君行多苦辛」具體化了。古代一人當官，往往要養活一個家族，所以有「百口」之說。你看，摩詰為對方想得多周到。不止如此呢，下面那句「楊花惹暮春」，更是直入人心，將遊子心靈深處的細微根觸也勾畫了出來。孫光憲也有「六宮眉黛惹春愁」之句。「惹」字之妙，就在於表達出遊子、宮娥敏感的情緒，任何細微的波動，甚至美好的春色，也會引發愁緒來。

所以宋人張戒《歲寒堂詩話》會說：「摩詰古詩能道人心中事，而不露筋骨。」不但古詩，近體詩也一樣，摩詰詩大都善於言情，且能道人心中事，並於推心置腹之中與人作情緒上的交流，這才是王詩不可及之處呢！

　　於具有鮮明個性的同時，王維送別詩也飽含時代的氣息，仍能體現「盛唐氣象」。試讀這首〈送沈子福歸江東〉：

　　　楊柳渡頭行客稀，罟師蕩槳向臨圻。
　　　惟有相思似春色，江南江北送君歸。

　　春色浩蕩，無處不在，連相思也如此壯觀，除了盛唐人，的確不易發此奇想了。至如〈送趙都督赴代州得青字〉詩，更是典型的盛唐之音：

　　　天官動將星，漢地柳條青。
　　　萬里鳴刁斗，三軍出井陘。
　　　忘身辭鳳闕，報國取龍庭。
　　　豈學書生輩，窗間老一經！

　　從王維送別詩中，我們也可以遙想唐人多少宏放，那是怎樣的一種藝術情懷！同樣是生離死別的題材，在唐人手中自有其獨特的處理。

第六章
亦官亦隱的日子

一　天寶時世

　　──天寶年間帝國的大勢，加上母親的辭世，使摩詰心頭罩著的那層孤寂又捲土重來，好比風拂開池塘水面，很快又被浮萍合攏。

　　就在哥舒翰以數萬名士兵性命奪取石堡的天寶八載（西元749年），唐明皇帶著百官視察大明宮左藏庫。呵！巨大的左庫中寶貨山積，帑藏充牣，實在是曠古未之有。這是楊貴妃娘娘的堂兄弟給事中專判度支事的楊釗（後賜名國忠）的傑作。這個至少跟李林甫一樣糟糕的傢伙頗善斂聚。是時州縣殷富，倉庫積粟帛動以萬計。楊釗便奏請所在糴變為輕貨，及徵丁租地稅皆變布帛輸京師，所以京師庫藏如此豐衍。明皇看了龍顏大悅，當下就賜楊釗紫衣金魚。但這一著不打緊，皇上自此視金帛如糞土，賞賜貴寵之家更加大出手了。有一次，皇上命有司為邊帥安祿山治府第於親仁坊，告戒說：「這胡兒眼高，千萬別讓他笑話我。」於是但窮壯麗，不限財力，竟至連廚房馬廄也都飾以金銀！而宮廷中宮女多至四萬名，單楊貴妃一人，就有專為她織繡的工匠達七百人。皇家消費之巨可知。

　　不過說實話，天子庫藏豐衍本來並不一定是什麼壞事，問題出在當時的體制無法使財政管理合理化，財富的集中不見得有利於強國，只能是助長專制君主的奢侈心，用於皇室無節制的消費，使整個官僚機構更加速地腐化。就以邊防作為例子吧，玄宗於天寶元年（西元742年）置十節度使，鎮兵四十九萬人，馬八萬匹。由於朝廷不是採

用軍、政、財分開的辦法，國財物資、邊區財政也不是由中央調撥，而是讓節度使集軍、政、財於一身，自己去屯糧製械招兵買馬，造成軍閥的自給自足的獨立性。所以廳藏盈滿卻不用以供應邊防，失去調控的主動權。反之，像安祿山這樣「解六蕃語，為互市牙郎」，掌握重兵為徵集物資的方法的人便成為獨當一面的大帥，不易替代。[1]府兵制墮壞，召募制又使得邊兵更強悍，如安祿山私募「曳落河」，盡是亡命之徒與外族悍將。反之，中央直屬的彍騎，天寶以後應募者盡是些市井無賴，未嘗習兵。由於承平日久，議者多主張中國可銷兵器，社會風尚也以子弟為武官為不齒。這樣一來，造成邊防重而朝廷輕的局勢，為叛將提供了得逞的有利條件。

　　皇帝，在封建中央集權制中，本來有著「政治平衡器」的作用，然而唐玄宗在天寶年間自動放棄了。有一天，明皇從容謂高力士說：「朕不出長安近十年了。如今天下無事，朕想將所有政務都交給李林甫去負責，自己便可以高居無為了。你說這主意怎樣？」高力士忙回答說：「千萬不可！天下大柄，不可借人。一旦威勢既成，誰還敢再議論他呢？」皇上聽了滿臉不高興。力士趕緊頓首，自己罵道：「該死的奴才發狂言，罪當死！罪當死！」明皇既然懶得主持政務，李林甫便可以一手遮天，宰相不再是過去那種「委員會」的性質，而是李林甫一家說了算。天寶年間於是發生了一系列的清洗，一批又一批太子、附馬、王公大臣、將帥官吏被殺戮、貶斥，朝廷官僚被暴力嚇倒了，正氣上不來，大廈之傾，指日可待。

　　這就是天寶年間帝國的大勢。

　　就在這樣的形勢上，詩人李白以其詩人的直感，深知「弱植不足扶」，早在天寶三載（西元744年）就離開朝廷飄然而去；杜甫呢，也

---

[1] 關於中央財政與邊防關係的論述，參考黃仁宇：《赫遜河畔談中國歷史》〈九重城闕煙塵生〉。

在天寶十載（西元751年）寫出〈兵車行〉，對玄宗的窮兵黷武進行無
情的鞭撻。王維走的則是亦官亦隱的路，既不遠離污濁的官場，但也
不投入李林甫、楊國忠之流的懷抱，他敷衍著，只在山水田園的徘徊
中取得心理的平衡。

　　天寶九載（西元750年），王維五十二歲。這年春天，王維的母親
崔氏逝世。按唐人的慣例守喪三年，實際只有二十五個月。但儘管如
此，對母親感情甚深的王維於居喪期間已是柴毀骨立，殆不勝喪。特
別是母親的辭世，使他想到妻兒的早逝，如今只剩下孤身一人，不禁
淒然淚下！守喪的日子使他消瘦了許多，背也駝了好些，頭髮更是花
白如下了一層霜。好在天寶初他已買下宋之問的輞川別業，這回正好
派上用場，供他在丁憂期間徘徊。四時荷花，半畝池塘，都使他孤寂
的心有所安頓。藍田離長安不遠，同事們休沐的日子裡有時也結伴來
看看他，在莊園裡切瓜打棗的，一時間倒也使摩詰忘卻了悲哀。然而
朋友們很快就走了，登車上馬，倏忽已是荊門閉而塵埃落。摩詰心上
罩著的那層孤寂又捲土重來，就好比被風拂開的池塘水面，很快又被
池萍合攏。他有一首〈酬諸公見過〉詩，寫的就是「時官出在輞川
莊」（題下原注）時的那份心情：

　　　　嗟余未喪，哀此孤生。

　　　　屏居藍田，薄地躬耕。

　　　　歲晏輸稅，以奉粢盛。

　　　　晨往東皋，草露未晞。

　　　　暮看煙火，負擔來歸。

　　　　我聞有客，足掃荊扉。

　　　　簞食伊何，副瓜抓棗。

　　　　仰廁群賢，皤然一老。

　　　　……

山鳥群飛，日隱輕霞。

登車上馬，倏忽雨散。

雀噪荒村，雞鳴空館。

還復幽獨，重欷累嘆！

　　同事們走了，卻留下幾條令人不安的新聞：聽說楊貴妃的姐姐韓國夫人、虢國夫人、秦國夫人與楊國忠幾家夜遊，在西市門與廣平公主爭道，楊家惡奴竟揮鞭及公主衣，公主嚇墜馬下，駙馬程昌裔去扶，也挨了幾鞭。公主向玄宗泣訴，結果反被免了程駙馬的官，不再讓他朝謁了。從蜀地還傳來消息說，劍南節度使鮮于仲通討南詔，結果大敗於瀘南，士卒死者六萬人！近日兩京正分道捕人當兵，連枷送軍營去，父母妻子送行，哭聲振野。聽說在長安客居的狂生杜甫，還寫了一首〈兵車行〉影射此事，廣為傳誦呢。這些消息都讓王維感到憂煩，他無奈地搖了搖頭，又奉起案上的《維摩詰所說經》，燃了幾柱香，便虔誠地閱讀起來。夜色正濃，只有竹林外的山泉潺潺的樂聲襯得夜更靜、更深。

　　天寶十一載（西元752年）農曆三月，王維服闋被召回朝廷，拜吏部郎中，當年又改吏部為文部。這年冬天，在相位十九年，作惡多端的李林甫終於死了。但沒等王維舒一口氣，接任的楊國忠已經開始對朝臣們氣指頤使，本已紊亂的朝綱更是一團亂糟糟了。當時有個叫張彖的進士，曾說了一句不脛而走的話：「君輩倚楊右相如泰山，吾以為冰山耳！」但冰山在溶化過程中，尤覺寒氣逼人。就在第二年，有詔補尚書省十幾個官員為郡守，楊國忠趁機將不附己者排斥出京，其中就有著名的直臣顏真卿。王維的好友考功郎中李峘也出為睢陽太守。李峘質性忠厚，是信安王李之子。《舊唐書》作者曾稱讚李「循良」、「始終無玷」，是「宗室之英也」。由於他不想靠「冰山」，結果被出為睢陽太守。天寶十二載（西元753年）夏天，李離京就任，王

維寫了一首〈送李睢陽〉詩送別：

> 將置酒，思悲翁。使君去，出城東。麥漸漸，雉子斑。槐陰
> 陰，到潼關。騎連連，車遲遲。心中悲，宋又遠，周間之，南
> 淮夷。東齊兒，碎碎織練與素絲。遊人賈客信難持，五穀前熟
> 方可為。下車閉閣君當思，天子當殿儼衣裳。太官尚食陳羽
> 觴，彤庭散綬垂鳴璫。黃紙詔書出東廂，輕紈疊綺爛生光。宗
> 室子弟君最賢，分憂當為百辟先。布衣一言相為死，何況聖主
> 恩如天。鸞聲噦噦魯侯旗，明年上計朝京師。須憶今日斗酒
> 別，慎勿富貴忘我為！

開頭十五句用三言，後面十七句用七言，形式別緻。短促而整齊的三
言似馬蹄的的，隨李睢陽去矣。後面七言長句再三叮囑，勉勵李峘不
忘忠君，語意親切。但不久，李峘的弟弟李峴也因楊國忠惡其不附
己，出為魏郡太守。王維於是又寫下〈送魏郡李太守赴任〉詩送別：

> 與君伯氏別，又欲與君離！
> 君行無幾日，當復隔山陂。
> 蒼茫秦川盡，日落桃林塞。
> 獨樹臨關門，黃河向天外……

　　朝中正人連續被斥，使王維這首詩罩上一層惆悵。史書說，楊國
忠為人輕躁無威儀，不比鵂鶹似的李林甫讓人股慄。也許是這個原
因，王維連與之應酬的文字也不必寫了，他更一心一意在輞川莊中尋
求適意。不過，天寶十二載（西元753年）還有一件事應該提起，那
就是日本友人晁衡的東歸。晁衡原名阿倍仲麻呂，開元四年（西元
716年）被選為遣唐留學生，年十五。要知道大唐帝國在當年是世界

一個文化中心，許多國家都派學生來長安留學，單弘文館、崇文館留
學生盛時就有八千人之多。晁衡就是在開元五年（西元717年）隨日
本第九次遣唐使來唐的一位留學生。開元十九年（西元731年）因京
兆尹崔日知之薦，超拜左補闕。現在已累遷至祕書監，兼衛尉卿。由
於晁衡的人品與學問，已贏得唐帝國詩人們的好感，如儲光羲很早就
與之交往，王維、李白、包佶也都先後與之交往。這次已留唐三十六
年的晁衡要回國，朋友們自然難分難捨，寫下許多動人的詩篇送別。
其中王維〈送祕書晁監還日本國并序〉寫得很出色。在序中，王維表
達了他「文治」的外交觀點，說：

> 海東國日本為大，服聖人之訓，有君子之風。正朔本乎夏時，
> 衣裳同乎漢制。歷歲方達，繼舊好於行人；滔天無涯，貢方物
> 於天子。……我無爾詐，爾無我虞。彼以好來，廢關馳禁。上
> 敷文教，虛至實歸。故人民雜居，往來如市。

　　自古以來，儒家總是主張以禮教立國，現代人稱之為「文化中
國」，主張從文化上來區別中外：中國人而不行禮教，那就無異外族
人；外族人而能行禮教，不妨將他們視為中國人。所以王維在詩序中
是對日本友人能行禮教表示讚賞，主張毋爾虞我詐，要友好往來。所
以這首送別詩是古代中國睦鄰政策最好的宣傳。當然，摩詰初衷並
不為此，遙遠異國與眼前友人才是激發其靈感的原因。詩寫得很有想
像力：

> 積水不可極，安知滄海東。
> 九州何處遠，萬里若乘空。
> 向國唯看日，歸帆但信風。
> 鰲身映天黑，魚眼射波紅。

　　鄉樹扶桑外，主人孤島中

　　別離方異域，音信若為通？

一路經歷盡在想像中，如詩序中有云：「鯨魚噴浪，則萬里倒回；鷁
首乘雲，則八風卻走。扶桑若薺，鬱島如萍。沃白日而簸三山，浮蒼
天而吞九域。黃雀之風動地，黑蜃之氣成雲。淼不知其所之，何相思
之可寄！」雖未親歷，卻寫來歷歷如畫。古典詩詞寫大海景色並不多
見，而寫來能得大海氣勢的又更罕得。王維這首詩的奇想實在可與李
太白、岑參並駕齊驅。

　　很遺憾，晁衡這次東渡並未成功。這回歸國的日本船隊中，還有
高僧鑑真。鑑真立志到日本傳佛教，但自天寶二載（西元743年）開
始，五次東渡均告失敗。這次他乘坐第二條船，晁衡乘第一條船。不
幸第一船觸礁，漂至安南驩州，全船一百八十多人死難略盡，只有日
本使節藤原清河以及晁衡等十幾人生還。當時人們以為晁衡已死，李
白還寫詩哭悼。至天寶十四載（西元755年）晁衡諸人才輾轉歸京。
我想王摩詰定然有詩作記其事，只是沒有存留下來，不然定是一篇佳
作。晁衡後來死在中國，而中國高僧鑑真也死在日本，兩人可謂中日
友誼的至誠使者！

　　晁衡輾轉回長安時，王維在朝廷任給事中，而漁陽鼙鼓已動地而
來了！

二　願在鳥而為鷗

　　——如果身是鳥兒，得生為無機心而得自由的鷗鳥；如要當
官，最好是亦官亦隱，來個「居官無官官之事，處事無事事之心」。

　　鷗鳥在中國文學裡是個特殊的意象，常暗示隱士那種放逸的生活

情趣。《列子》裡邊有個故事，說是海邊上有個少年，常與鷗鳥為伍，每天和鷗鳥嬉遊。後來，他父親說：「聽說鷗鳥不怕你，何不就勢捉一隻來讓我玩？」第二天少年再到海邊，鷗鳥就飛舞在他頭頂而不下來了。所以狎鷗成了無機心的象徵，詩人們也總愛用這個意象來表現隱者純潔的心地。杜甫曾寫下這樣的句子：「白鷗沒浩蕩，萬里誰能馴？」白鷗自由自在地拍打著翅膀，滅沒於煙波浩蕩的水面，又有誰人能夠馴服牠呢？

　　天寶年間的王摩詰，是那麼嚮往那無機心而得自由的鷗鳥呵！回首當年張九齡與李林甫的那場政治角鬥，「一鵰挾兩兔」是多麼叫人寒心呵！眼下又是一幕幕血的清洗的慘劇，身在朝廷的摩詰不禁發出低吟：

> 無才不敢累明時，思向東溪守故籬。
> 不厭尚平婚嫁早，卻嫌陶令去官遲！
> 草堂蛩響臨秋急，山裡蟬聲薄暮悲。
> 寂寞柴門人不到，空林獨與白雲期。
>
> ——〈早秋山中作〉

他從內心上希望早早遠離官場，雖然他並不準備真的像陶潛棄官歸隱。他只是希望有鷗鳥一般的無機心的自由：「野老與人爭席罷，海鷗何事更相疑？」（〈積雨輞川莊作〉）爭席，是《列子》故事。據說，楊朱先生頗有威信，每到旅舍時，店主則為之安排席位，女主人為之準備梳洗，客人們也趕緊讓座。後來，他聽了老子的教導：「大白若辱，盛德若不足」（真正的清白倒似有污點，最高的德行卻似不足），明白了「知其白，守其辱」的道理，一改盛氣凌人的作風。當他再次來到旅舍時，客人不再怕他，甚至敢於和他爭席位了。此時的王摩詰，真希望能成為一個不引人注目的野老，或者是一隻自由自在

毫無機心的海鷗呵！其實嘛，王摩詰骨子裡就是個藝術家、詩人，雖然傳統教育使他同其他讀書人一樣，想通過當官來實現「濟世」抱負。一旦七彩水泡破滅，潭水便會恢復原先的平靜。政治漩渦將他拋出權力中心，使他重新成為一介閒官──儘管循資排輩使他的官位仍時有陞遷。於是他那詩人、藝術家的本來面目終於又顯露了出來。

　　王摩詰年輕時就曾自稱是與友人「南山俱隱逸，東洛類神仙」（〈哭祖六自虛〉），後又隱嵩山，那是在開元後期的事。他有一首題為〈過太乙觀賈生房〉的詩稱：「昔余樓遁日，之子煙霞鄰……謬以道門子，徵為驂御臣。」驂御臣，指拾遺、補闕一類「扈從乘輿」。太乙山，就是終南山。似乎摩詰在被張九齡拔擢為右拾遺以前，還曾在太乙觀裡當過一陣子「道門子」呢！不過，對此類「隱居」都不必太認真看待。唐人總是喜歡自稱隱居這兒隱居那兒的，如岑參自稱「十五隱於嵩陽」（〈感舊賦序〉），李白十九歲也曾「隱居」戴天山。但小小年紀隱什麼居，無非是當官前的準備工作，無非是為了造點輿論，走「終南捷徑」耳。所以岑參序的下句接著便是：「二十獻書闕下」，求官去了；李白呢，據《彰明遺事》說，次年也「去遊成都，益州刺史蘇頲見而奇之」，為當官造了輿論云。王維早年的「隱居」也當作如是觀。可這回就不同了，他是已當了官而想「隱居」擺脫苦惱，在習靜中求得心理上的平衡，是對官場政治的躲避。他有一首〈酬張少府〉詩，頗能發露這種心境：

　　　晚年唯好靜，萬事不關心。
　　　自顧無長策，空知返舊林。
　　　松風吹解帶，山月照彈琴。
　　　君問窮通理，漁歌入浦深。

人們喜歡用首聯來證成王維社會事務的不負責任，卻忽略了頷聯與首

聯的因果關係：是因為痛感於「自顧無長策」，這才「萬事不關心」
的。「空知」的「空」字表達了其中的萬般無奈。早年的王維也曾主
動靠攏張九齡集團：「所不賣公器，動為蒼生謀。賤子跪自陳，可為
帳下不？感激有公議，曲私非所求！」（〈獻始興公〉）也曾豪情滿懷
地唱道：「濟人然後拂衣去，肯作徒爾一男兒！」（〈不遇詠〉）如今頹
然「空知返舊林」。頸聯是懶散而任自然的形象：帶任風吹而解，琴
憑月色而彈。體現的是一種「得失隨緣，心無增減」的境界，也正是
隱居者所追求的效果。王維這回的「認真」，還表現在他為「隱居」
找了個不小的莊園。

　　隱居與莊園的結合，對士大夫來說可是件重大的事，由此形成中
國士大夫特有的自我調節機制。遠古的隱士，大都是些穴居山林，耕
於原野或放浪佯狂街市的人，如《論語》中的長沮、桀溺、荷蕢者、
荷丈人都是些從事艱苦勞動的人，而楚狂接輿恐怕就是個佯狂的隱
士。還有《莊子》中的徐無鬼，魏武侯說他「苦於山林之勞」、「食茅
栗，厭蔥韭」，誠如王羲之寫給謝萬的信中所說：「古之辭世者或被發
陽狂，或污身穢跡，可謂艱矣。」直到六朝，也仍有此類隱士，如第
一章第二節我們提到的行乞於市的董京、冬衣草衣的公孫鳳、挖土窟
而居的孫登，都是些「藏聲江海之上」的隱士。但此時開始出現一批
這樣的士族地主：他們當官住莊園，卻又以隱士自居，過著頗為閒逸
的「隱居」生活。所以王羲之信中接著說：「今僕坐而獲逸，遂其宿
心，其為慶幸，豈非天賜！」（《晉書》〈王羲之傳〉）略早於王羲之的
西晉人石崇在〈思歸引序〉中說：

　　　　余少有大志，誇邁流俗，弱冠登朝，歷位二十五年，五十以事
　　　　去官。晚節更樂放逸，篤好林藪；遂肥遁（指歸隱）於河陽別
　　　　業。其制宅也，卻阻長堤，前臨清渠，百木幾於萬株，流水周
　　　　於舍下。有觀閣池沼，多養魚鳥。家素習技，頗有秦趙之聲。
　　　　出則以游且弋釣（射獵釣魚）為事，入則有琴書之娛。

別業就是莊園，或稱莊、莊墅等。在這樣大規模的有田地、果園、房舍、山池的莊園中，士大夫飽食安步，而且往往有賞心樂事則相聚賦詩。石崇還寫了一篇〈金谷園詩序〉的名文，是一次典型的莊園文學沙龍的活動紀錄。金谷園在洛陽附近金谷澗中，「有清泉、茂林、眾果、竹柏、藥草之屬。金田十頃，羊二百口，雞豬鵝鴨之類，莫不畢備。」石崇和一批文人雅士就在其中「晝夜遊晏，屢遷其坐，或登高臨下，或列坐水濱……令與鼓吹遞奏，遂各賦詩，以敘中懷。或不能者，罰酒三斗。」此後文士晏集總愛用這個典故，連李白也要在〈春夜宴從弟桃花園序〉中說：「如詩不成，罰依金谷酒數。」可知此種莊園生活是如何令士大夫傾倒。「太平盛世」的盛唐，如第一章所說，莊園別墅普遍化，士大夫不同程度擁有莊墅已不是什麼希罕事。李華曾寫了一篇〈賀遂員外藥園小山池記〉，所記是一位小官僚的莊墅：

> 悅名山大川，欲以安身崇德。而獨往之士，勤勞千里；豪家之制，殫及百金。君子不為也。賀遂公——衣冠之鴻鵠，執憲起草，不塵其心，夢寐以青山白雲為念。庭除有砥礪之材，礱躓之璞，立而象之衡巫（衡山、巫山）。堂下有畚鍤之坳，圩埴之凹，陂而象之江湖。種竹藝藥，以佐正性。

這下好了，有了莊墅，不必在「獼猴兮熊羆，慕類兮以悲」（〈招隱士〉）的深山老林中隱居，也可以「執憲起草，不塵其心，夢寐以青山白雲為念」，當個「衣冠之鴻鵠」（有人自稱「衣冠巢許」，王維則自稱是「冠冕巢由」，都是半官半隱的意思），這就魚與熊掌可得而兼之了，更何況這篇文章接下去還說：「其間有書堂琴軒，置酒娛賓」，看著園內的假山活水，花木雲影，文人雅士於斯「賦情遣情，取興茲境」，是李華所讚歎不已的：「當代文士目為詩園」。好個「詩園」！莊墅將當官、做詩、隱居三合一，亦官亦隱之中自有詩意。李

頎〈裴尹東溪別業〉這樣描寫亦官亦隱者優遊自得的心態：

> 公才廊廟器，官亞河南守。
> 別墅臨都門，驚湍激前後。
> 舊交與群從，十日一攜手。
> 幅巾望寒山，長嘯對高柳……

　　唐代官員每十日休息一天，稱為「休沐」。當官之餘，老友親朋來莊墅度假，換上隱士服裝，當一天「鴻鵠」，無拘散漫，妙不可言云。當然，此日過後，「鴻鵠」們還得戴上冠冕上班去。然而這段「回歸大自然」的日子，已使士大夫身心得到某種平衡。王維〈韋侍郎山居〉寫韋濟在「啼鳥忽臨澗，歸雲時抱峰」的山莊休息以後，「清晨去朝謁，車馬何從容！」寫的不就是這種「回歸」後的心態？所以在摩詰看來，如果身是鳥兒，得生為無機心而得自由的鷗鳥；如果要當官呢，最好是個「衣冠鴻鵠」，亦官亦隱，來個「居官無官官之事，處事無事事之心」，自然是圓轉無礙，超而脫之，不受「一鷹挾兩兔」一類的痛楚。所以一旦看破了官場，摩詰就認真的去弄那麼一座「詩園」——也就是自給自足而又可逍遙其中的田莊。

　　在上一章我們提起過，王摩詰在天寶初為左補闕，反正在李林甫時代是言官無言，有的是閒功夫。所以摩詰常在長安周近轉悠，求田問舍的。有一回，他逛到藍田縣，西南二十里外有一處山莊，山谷盤鬱，雲水飛動，有田有園，有草地有飛瀑，可耕可漁可牧可居可游，真是絕妙去處！原來這就是前朝名詩人宋之問的輞川別業。宋是武則天的侍從文人，是個熱衷名利仕進的傢伙。愈是發高燒愈是要涼水喝。宋之問擁有這麼一座近郊大莊園也就不奇怪了。

　　輞川之妙，就在於它距長安不遠不近，正當商山驛路之衝要，騎上馬兒顛呵顛的，不消半日也就到了，的確是「十日一攜手」的最佳

位置。王維的那班好友，如內弟崔興宗、後輩詩人錢起，也都在這兒安置了別業。那會兒呀，這藍田縣就是長安士大夫們的「度假村」呢！王維看了這輞川之後，愛不釋手，再三來這兒逛，終於在天寶三載敲定，購下此莊。他在晚年寫的〈請施莊為寺表〉說：

> 臣亡母故博陵縣君崔氏，師事大照禪師三十餘歲，褐衣蔬食，持戒安禪，樂住山林，志求寂靜。臣遂於藍田縣營山居一所，草堂精舍，竹林果園，並是亡親宴坐之餘經行之所。

大照禪師也就是第一章我們提到的北宗教主普寂。說是給母親習靜，實際上也是讓自己習靜。北宗主張「凝心入定，住心看淨，起心外照，攝心內證」。所謂「看淨」，便是安心靜坐，有一種像虛空一樣的淨心可以看得到。幽靜的環境對習定很有好處，在這一點上王摩詰同母親一樣是受到北禪宗的影響。所以王維的「隱居」不但與莊園生活結合，而且與禪家習定相關。總之，自此以往，直至天寶末，輞川莊是王摩詰生活中，乃至精神上不可或缺的一個組成部分。從一封發自輞川莊的書信中，我們可看到摩詰在天寶中後期亦官亦隱日子裡那優遊的神情。這封信，後人題為〈山中與裴秀才迪書〉，稱得上是中國古代最優美的散文之一。文章不長，抄下來，以饗讀者：

> 近臘月下，景氣和暢，故山殊可過。足下方溫經，猥不敢相煩。輒便往山中，憩感配寺，與山僧飯訖而去。北涉玄灞，清月映郭。夜登華子岡，輞水淪漣，與月上下。寒山遠火，明滅林外。深巷寒犬，吠聲如豹。村墟夜舂，復與疏鐘相間。此時獨坐，僮僕靜默。多思曩者，攜手賦詩，步仄徑，臨清流也。當待春中，草木蔓發，春山可望。輕鯈出水，白鷗矯翼。露濕青皋，麥隴朝雊。斯之不遠，倘能從我遊乎？非子天機清妙

者，豈能以此不急之務相邀？然是中有深趣矣，無忽。因馱黃
蘗人往，不一。山中人王維白。

我們把它譯成白話文，大致便是這樣：

寒冬臘月已近尾聲了。景物開始透出一股和暢之氣，（輞川山
莊的）舊居實在值得一遊。因知道您現在正在溫習經書，倉猝
之間不敢打擾，便獨自到山裡去。一路遊賞，在感配寺停息，
同山僧一起吃過飯才回來。又北行到水色深青，潘岳稱之為
「玄灞」的灞水畔，清涼的月色映照著黑糊糊的城郭。晚上登
上華子岡，可看到風吹輞水泛起淪漣，波光粼粼，月影隨波上
下。寒冬的山林，遠遠地閃爍著火光。深巷寒風中傳來的犬
吠，悶悶地好似豹吼。村寨不知哪家在夜間搗米，與稀疏的鐘
聲錯落相間，韻味悠然。這時獨坐在家，僮僕們也都靜靜地侍
候。不禁想起許多往事：曾和您攜手賦詩，同走在狹窄的山路
上，或面對著清澈的流水……
要待到春天，那時草木的芽骨朵兒突突地冒出來，春山實在值
得一看哪！輕捷的鰷魚浮上水面，矯健的白鷗舉翅奮飛，露水
沾濕了澤邊青青的水田，清晨雉鳥在麥壟裡啼叫……這樣迷人
的春天景象不會太遠了，您還能再來同我一起遊賞嗎？如果不
是您天機清妙，超俗不凡，我哪能用這樣不急之務來邀請您
呢？不過，其中自有俗人難以領會的深機妙趣呵！您可千萬別
忽視了。恰好有載運黃柏的賣藥人出山去，順路託他帶給您這
封信，不能一一詳寫了。

山裡人王維敬告。

信，是冬天裡寫的，卻充滿對春的嚮往。清月映郭，輞水淪漣。

涉水登山，與月上下，又是何等自由自在。「輕鰷出水，白鷗矯
翼。」這不就是「夢寐以青山白雲為念」的「衣冠鴻鵠」們所嚮往的
境界？天寶後王摩詰在輞川購置別業，過著亦官亦隱的生活，彷彿徘
徊於青山綠水之間的一隻白鷗，無機心而得自由。

三　終南萬疊間

　　──將家安在蒼蒼莽莽的終南山中，對王維亦官亦隱的生活，有
著特殊的意義：他似乎融入白雲青靄，成了山光水色的一部分。

　　對唐人來說，終南山要比泰山高大。
　　王摩詰有一首〈終南別業〉詩，《河岳英靈集》題作〈入山寄城
中故人〉。詩云：

　　　　中歲頗好道，晚家南山陲。

　　中歲即中年，當在四十歲後。晚，可解為「晚近」、「近來」，但
畢竟與「中歲」有一定距離了。古人平均壽命比現在要短，所以近五
十歲自稱「晚年」並不奇怪。有的專家提出來，說這終南別業與輞川
別業是一回事，名異實同。我看有道理。藍田縣輞谷，就在終南山東
緣北麓，也就是「南山陲」。輞川莊前任主人宋之問就有一首〈別之
望後獨宿藍田山莊〉詩，稱：「爾尋北京路，予臥南山阿。」不說
「臥藍田」而直接「臥」在南山隅，正與「晚家南山陲」同義。南
山，指終南山。以終南直指藍田，唐人也有前例。譬如說藍田悟真
寺、藍田化感寺，唐人又稱為「終南山悟真寺」、「終南化感寺」。所
以藍田別業又稱終南別業並不奇怪。當然一個官僚在終南山窟裡有那
麼幾處別墅的情況也是會有的。據專家考證，岑參詩中提到的別業有

八處，其中終南山的別業就不下四處。不過，王維「晚家南山陲」，
這個別業與一般的隱居別墅有些不同，這個「家」字應予重視。上文
我們曾引過王維晚年呈奏皇帝的〈請施莊為寺表〉，其中說到當初
「於藍田縣營山居一所」是為了讓母親「持戒安禪」、「志求寂靜」、
「宴坐經行」之用的。也就是說，輞川莊不是臨時別墅，而是
「家」。[2]將家安在這蒼蒼莽莽的終南山中，對王維亦官亦隱的生活，
有著特殊的意義。

　　先讓我們隨詩人進山一趟吧。〈終南山〉詩云：

　　　　太乙近天都，連山到海隅。
　　　　白雲回望合，青靄入看無。
　　　　分野中峰變，陰晴眾壑殊。
　　　　欲投人處宿，隔水問樵夫。

用葉維廉博士的講法，這是用「全面視境」，多重透視：

　　　　太乙近天都（遠看——仰視）
　　　　連山到海隅（遠看——仰視）
　　　　白雲回望合（從山裡走出來時回頭看）
　　　　青靄入看無（走向山時看）
　　　　分野中峰變（在最高峰時看，俯瞰）
　　　　陰晴眾壑殊（同時在山前山後看——或高空俯瞰）
　　　　欲投人處宿（下山後……附近環境的關係）[3]

2　此採用陳允吉說法，詳其《唐音佛教辨思錄》（上海市：上海古籍出版社，1988年），
　　頁80。
3　引自葉維廉：《中國詩學》（北京市：生活・讀書・新知三聯書店，1922年），頁294。

徐堅《初學記》終南山條稱：「其山東接驪山、太華，西連太白，至於隴山，北去長安城八十里，南入楚塞，連屬東西諸山，周回數百里。」對這樣雄踞一方的重山疊峰，只能用「全面視境」來描繪。「分野」，古人將九州大地與天上星座的方位相對應，謂之分野。一峰而跨兩個分野，故曰：「分野中峰變」，其山脈之雄偉廣大可知。但最傳神的是「白雲回望合，青靄入看無」，寫盡深山巨壑吞雲吐霧的景象。蘇東坡寫廬山名句有云：「不識廬山真面目，只緣身在此山中。」揭示的正是此中理趣。全詩由上而下，由遠而近，是幅國畫山水立軸。層層山，疊疊水，重重景，虛靈綿邈，終歸水邊足下，「萬物皆備於我」。

　　王維畫終南，除了「全面視境」，還有許多「分鏡頭」，其遠眺之景則云：

　　　　千里橫黛色，數峰出雲間。（〈崔濮陽兄季重前山興〉）

其雨中近景則云：

　　　　淼淼寒流廣，蒼蒼秋雨晦。
　　　　君問終南山，心知白雲外。（〈答裴迪〉）

他總是喜歡將終南山半掩半藏於雲霧之中。還有一首〈送友人歸山歌〉，寫來雲冥雨霏渾沌一氣，一似水墨暈化的畫面，將山中變幻的景色表現得淋漓盡致：

　　　　山中人兮欲歸，雲冥冥兮雨霏霏。水驚波兮翠菅靡，白鷺忽兮翻飛，君不可兮褰衣。山萬重兮一雲，混天地兮不分。樹曖曖兮氛氳，猿不見兮空聞……

還有寫終南山一角的，如〈白黿渦〉：

> 南山之瀑水兮，激石濁瀑似雷驚，人相對兮不聞語聲。翻渦跳
> 沫兮蒼苔濕，蘚老且厚，春草為之不生。獸不敢驚動，鳥不敢
> 飛鳴。白黿渦濤戲瀨兮，委身以縱橫……

如此的景色頗近於自然的原始狀態。王摩詰就是喜歡這樣「直接捫摸
世界」，任憑興之所之，獨來獨往，無所謂起，也無所謂止，態度是
非常悠然平和的。他似乎融入於終南山中，就像那白雲青靄，成了山
光水色的一部分。讓我們讀一讀〈終南別業〉：

> 中歲頗好道，晚家南山陲。
> 興來每獨往，勝事空自知。
> 行到水窮處，坐看雲起時。
> 偶然值林叟，談笑無還期。

在終南萬疊間，單身一人乘興遊山，自得其樂。緣著澗水走，山窮水
盡，卻一點也不掃興。就隨意坐在山石上吧，看雲起雲飛，隨緣任化
另有一番樂趣。

　　當然，摩詰並非總是獨來獨往。有時，他也喜歡到長安城周圍或
終南山裡，甚至更遠些的寺觀或山居去，拜訪高僧或者老朋友。要知
道唐代文人多有旅遊癖，要找個把同志在崎嶇山路上尋訪藏埋在山峰
裡的古寺山居並非難事。他喜歡古寺裡的幽靜。或在長廊漫步聽春雨
響，或焚香靜臥石床上看山花落；或留宿寺中，在天然的石槽——他
管它叫「石唇」——裡親自將茶餅搗碎，再加上蔥、薑（唐人多是這
麼喝），慢慢沖飲之。有時，則坐在盤石上垂釣，其實呢，只是在靜
賞那亂石流泉奏出的錚錚妙音。從山谷襲來的春風將衣裾都染上山花

的奇香。山裡月出，松樹的影子在寺牆上恍動有如龍蛇，而寺院裡燒的青菰飯和綠芋羹特別對他的胃口。這一切都令摩詰心醉，他多次表示要「誓陪清梵末，端坐學無生」，但最後總割捨不下。有一次，他到藍田東南二十里的王順山去逛悟真寺，為眼前美景所陶醉，走筆寫下〈遊悟真寺〉詩，有云：

> 草色搖霞上，松聲泛月邊。
> 山河窮百二，世界滿三千。
> 梵宇聊憑視，王城遂渺然。
> 霸陵才出樹，渭水欲連天。
> 遠縣分諸郭，孤村起白煙。
> 望雲思聖主，披霧憶群賢。
> 薄宦慚尸素，終身擬尚玄。
> 誰知草庵客，曾和柏梁篇？

悟真寺地勢之高，使草色松聲半在天上月邊。下瞰秦川王城，遂亦渺然。你看連巍峨的灞陵，本是漢文帝的陵墓，依山為藏，從這兒看去也才露出一點在樹梢頭。大千世界何其空曠！一個人處身世界該怎樣才無愧無悔？王維雖傾心空門，但畢竟是士大夫啊！《論語》錄子路的話說：「不仕無義。長幼之節，不可廢也；君臣之義，如之何其廢之？欲潔其身，而亂大倫。」作為一個以儒學立身的士大夫，將當官看作是天職，好比長幼間的關係，是天倫關係又如可廢棄？君臣之間的關係也是如此，這就叫「大義」。你棄官原想不玷汙自身，卻不知隱居是忽視了「君臣大義」。王維在另一封書信中將這層道理很嚴肅地告訴了一位隱士，下文另談。因為這層認識，他總是割捨不開。「望雲思聖主，披霧憶群賢。」這對現代人也許是難理解的，甚至認為只不過是一種虛偽的飾詞。但歷史上許多士大夫正是這樣想的，而

且對他們來說是天經地義的事。王維雖然選擇了亦官亦隱，但也深為自家尸位素餐當官不辦事而慚愧。他也想遁入空門，卻又顧及「君臣大倫」。柏梁篇，用漢武帝柏梁臺宴群臣而唱和七言詩的典故。這是說自己曾有過在宮廷裡唱和的榮耀，不無眷戀之意。看來，即使在遊山玩水訪古寺之際，王維的腦子裡也仍有許多化不開的矛盾。愈是如此就愈要遊山玩水訪古寺，和高僧友人大談佛理。一味參禪說理的詩當然難寫好，倒是有一次到長安城南神谷原的香積寺遊玩，王摩詰寫下了一首頗有境界的詩〈過香積寺〉：

> 不知香積寺，數里入雲峰。
> 古木無人徑，深山何處鐘？

趙殿成注右丞集，稱讚這首詩「起句極超忽」。不由人記起一則畫壇掌故，說是宋代畫院考試，曾經出了個試題，叫「深山藏古寺」，有個高明的畫家只在畫面上畫高山密林，見不到寺宇，卻在山溪邊畫了個挑水和尚。這就把「藏」字表現出來了。王維則用「鐘」字透出雲峰中古寺的消息，別是一種情趣。接下是：

> 泉聲咽危石，日色冷青松。
> 薄暮空潭曲，安禪制毒龍。

趙注稱：「下一咽字，則幽靜之狀恍然；著一冷字，則深僻之景若見。」的確，此詩幽深的意境全得力於泉咽日冷的意象。「咽」者，氣不暢也。泉在亂石中穿行，故其聲如咽。「日冷」，是夕陽暮氣使人感到「冷」？還是青松掩鬱，使透過松林的日色顯得「冷」？但無論如何，這個「冷」字有極濃郁的情感色彩，也正是王摩詰不言之言。

　　摩詰也常去拜訪朋友們的山居，主人一般都很熱情：「來蒙倒屣

迎」，連鞋都跋倒了，急著來迎接客人。有時還款待客人「蔗漿菰米飯，蒟醬露葵羹」。不過，他們之間不怎麼拘禮節客套，主人「散髮時未簪，道書行尚把」，客人也大大咧咧地交代主人：「好客多乘月，應門莫上關。」（佳賓往往會乘著月色來訪，你要關照一下家裡人，別把門閂上啊！）

「來而不往非禮也。」山僧有時也來訪摩詰，還有那一班子朋友──大都是些官位不高或者乾脆是處士逸人之類，也時來光顧。他們有時就坐在草地上吃素餐，或者「焚香看道書」，或者「鳴琴候月彈」，都很愜意而隨便。有時朋友們自備素饌來訪，團坐在烏皮几上喝幾盅。哪怕朋友們來訪不遇（譬如嚴少尹、徐舍人就曾吃過閉門羹），也會逗起摩詰的詩興，說是：「偶值乘籃輿，非關避白衣。」用的是陶潛的典故，據說陶有腳疾，出門訪友由門生與兒子們用小轎抬著走。有一年重陽，陶淵明先生沒酒喝，正獨自百無聊賴地在門前摘菊花，忽地看到有白衣人來，原來是刺史王宏送酒來了！真是「及時雨」啊。摩詰有一批志同道合的朋友，其中有個叫張諲的藝術家，我們在第三章第四節曾提起過，他「工詩善易卜兼能丹青草隸」，摩詰親切地叫他「張五弟」。當摩詰「我家南山下」時，張五弟「渡水向吾廬」，從嵩山來訪。〈戲贈張五第三首〉曾回憶十年前這位藝術家的浪漫形象，挺有意思：

> 日高猶自臥，鐘動始能飯。
> 領上髮未梳，床頭書不卷。

> 閉門二室下，隱居十年餘。
> 宛是野人也，時從漁父漁。

這位「野人也」此次來訪，是要告訴摩詰「思為鼎食人」，也就是

說，想當官了。據張彥遠《歷代名畫記》載，後來他真的當到刑部員
外郎。不過當了官就不好再睡懶覺，也不好再「領上髮未梳」了。最
終還是在天寶中謝官歸故山「不復來人間矣。」（《唐才子傳》卷2）
王維的朋友似此懶散者不止一個張五弟，〈李處士山居〉也錄有一位
「清晝猶自眠，山鳥時一囀」的朋友。前引那位李頎也是「散髮時未
簪，道書行尚把」。而摩詰的內弟崔興宗也是個嵇康式的人物：「科頭
箕踞長松下，白眼看他世上人！」詩人自己呢？讓我們在下文一窺這
位亦官亦隱者在田園中的私生活吧！

四　桃花源裡人家

　　——王維田園詩創構的生活場景總是極力追摹樸素自然生機活潑
的細節，卻又都融入無機心得自由的情感背景，在美的畫面中呈露自
得的風神。

　　據說魯迅先生曾打算寫部長篇小說《楊貴妃》，甚至已經動手收
集資料。後來，到西安實地考察，一看到那枯燥的景物，竟意興索
然，從此不再提及。的確，今日西安的自然環境與當年唐都長安的自
然環境有很大的差異。照歷史氣象學家的研究，五千年來我國歷史上
的氣溫經歷了四起四落，隋唐則處在一個溫暖期，最高年平均氣溫較
之魏晉南北朝時代的最低點提高了將近三度，較之今天也高出一度左
右。且此期的雨量也相對充沛。以關中為例，七、八、九三個世紀此
地濕潤多雨，有時還因陰雨連綿而致水災。[4]杜甫〈秋雨嘆〉云：「雨
中百草秋爛死，階下決明顏色鮮」、「闌風伏雨秋紛紛，四海八荒同一

4　見齊濤：《魏晉隋唐鄉村社會研究》第4章第1節（濟南市：山東人民出版社，1994
　年）。

雲」，寫的就是天寶十三載（西元754年）長安的一次「六旬不止」的
霖雨。所以當年終南山鬱鬱蔥蔥的自然環境非今日可比。王維有一首
〈戲題輞川別業〉詩云：

　　柳條指地不須折，松樹梢雲從更長。
　　藤花欲暗藏猱子，柏葉初齊養麝香。

猱，就是猿猴。當時終南山想來是真有猿猴，且樹木掩鬱豐茂，使人
有藏猱之想倒是實景實情。更要緊的是「情人眼裡出西施」，情感的
魔杖往往會點化灰姑娘。你看摩詰對莊園山墅是多麼一往情深：

　　晚下兮紫微，悵塵事兮多違。
　　駐馬兮雙樹，望青山兮不歸。
　　　　　　　　　　　　　　──〈贈徐中書望終南山歌〉

　　類似這樣對山莊嚮往之情可掬的詩比比皆是。事實上在王維田園
詩中並沒有岑參邊塞詩似的奇異風光，而只是些非常平常的景色，哪
怕是一方溪中盤石，他也會留連忘返：

　　可憐盤石臨泉水，復有垂楊拂酒杯。
　　若道春風不解意，何因吹送落花來？
　　　　　　　　　　　　　　　　　　　──〈戲題盤石〉

　　更不用說「月從斷山口，遙吐柴門端」（〈東溪玩月〉），月色下的
萬物都變得虛無飄渺，靜謐的山谷中，流泉的音響盈耳，使人恍惚在
琴窗裡欣賞音樂。摩詰總是善於在平凡中發現美，並用情感的魔力像
松脂將小蜜蜂栩栩如生的動態凝定在琥珀中一樣，將瞬間的美凝定在

詩句中。終南山的氣溫、濕度會一變再變，而保存在摩詰詩句中終南之美卻是永恆的。

　　　漠漠水田飛白鷺，陰陰夏木囀黃鸝。

　　李肇《國史補》說這句詩竊自李嘉祐。宋人葉夢得《石林詩話》為之辯解，認為唐人記李詩為五言，而此兩句好處，正在添「漠漠」、「陰陰」四字耳。經此點化，如李光弼將郭子儀軍，一號令之，精彩百倍云云。的確，去掉「漠漠」、「陰陰」四字，就好比水靈靈的鮮果曬成乾果，只剩敘事而失卻美的氛圍。王維是極注重氛圍的詩人，展讀王維，不但如展視畫軸，更好比是一路看黃山風景，迎客松、夢筆生花、松鼠跳天都……奇峰異石各個突兀獨特，卻又都在溶溶的煙雲中融為渾然一體，形成黃山的總體風格，十分協調。將上引一聯放在〈積雨輞川莊作〉整體中品味也更見風采：

　　　積雨空林煙火遲，蒸藜炊黍餉東菑。
　　　漠漠水田飛白鷺，陰陰夏木囀黃鸝。
　　　山中習靜觀朝槿，松下清齋折露葵。
　　　野老與人爭席罷，海鷗何事更相疑。

　　整首詩處於視覺的轉換之中。由雨中炊煙推及農戶正在蒸藜炊黍，準備為東邊田畝上作業的農夫作飯；由此將視角轉向田野：水田白鷺，夏木黃鸝；終於拉近鏡頭使讀者看到詩人自己：習靜而看花開花落，素食而帶露摘葵。每句詩之間，場景與場景之間，由於缺乏交代的跳躍而留下空白，使場景相當獨立而有畫面效果。然而，蒸藜、炊黍、水田、夏木、朝槿、露葵，這些物象又好比落在宣紙上的墨點，在「積雨」這奇妙的水的幻化下洇開去，瀜瀜鬱鬱融為一片，

「漠漠」、「陰陰」便成為全詩的灰色調子，白鷺、黃鸝則成為詩中的亮點而顯得那麼明麗。如果我們稍加注意，就會發現這些樸素、常見的農村場景是經過細心剪裁、簡化，並有序化了的。它們在似乎漫不經心中都指向某一隱藏在空白空間裡的情感背景。這情感背景就是王維所嚮往的無機心而得自由的生活情趣。農戶「日出而作，日入而息」不受干擾的生活，白鷺飛、黃鸝囀，乃至朝開暮落的木槿、帶露的水靈靈的葵菜，一切都在自然的律動中生息不已。尾聯「野老與人爭席罷，海鷗何事更相疑」，點明自己此時此際已是無機心而得自由的「野老」，可與鷗鳥為伍了。關於這一點，我們在第一節已有詳述，此不贅。這裡要提請注意的是頸聯中的「習靜」與「清齋」，二者暗示了王摩詰的隱居是與奉佛居士的雲水生活有聯繫的。禪宗主張在運水搬柴之類極平常的生活中取得心靈與肉體的和諧，講究的是隨緣任化的極其自然的態度，所以王維詩所創構的生活場景也極力追摹樸素、自然、生機活潑的細節，卻又都融入無機心得自由的情感背景，在美的畫面中呈露其自得的心態與風神。這也許就是王摩詰田園詩的「模式」。我們再看下例：

　　　一從歸白社，不復到青門。
　　　時倚簷前樹，遠看原上村。
　　　青菰臨水映，白鳥向山翻。
　　　寂寞於陵子，桔槔方灌園。

——〈輞川閒居〉

　　雖然與上首詩不同，表現的是秋景，但仍然是在極力地追摹樸素、自然、生機活潑的細節。青菰、白鳥、簷樹、遠村，還有那灌園的汲水工具桔槔，都是樸素無奇的農村常見事物。詩中最搶眼的仍然是青菰映水、白鳥翻飛這類最有生機的自然畫面。而這一切又同樣融

入無機心而得自由的情感背景，在美的畫面中呈露詩人自得的心態與風神。白社，據《晉書》〈董京傳〉載，京至洛陽，「被髮而行，逍遙吟詠，常宿白社中，時乞於市。」這裡「歸白社」當然是借指歸至隱居處，但也不無捎帶董京那逍遙吟詠的影子。青門，長安東門。這裡暗示詩人沉醉於隱居生活，「樂不思長安」了。無疑，這首詩與上首有著相同的情感背景。

趙松谷編《王右丞集箋注》，曾慨嘆「擬欲編年，苦無所本」。的確，王詩（尤其是田園詩）往往只顧抒情，很難「以史證詩」，且田園詩的情感背景又大多數相類似，故爾不易編年。現在我們將可考訂為非天寶年間隱於輞川的田園之作剔去，餘下大都可品味出其相類似的情感背景，也大體上符合上面所示的「模式」。比如下面這二首：

> 宿雨乘輕屐，春寒著弊袍。
> 開畦分白水，間柳發紅桃。
> 草際成棋局，林端舉桔槔。
> 還持鹿皮几，日暮隱蓬蒿。
>
> ——〈春園即事〉

> 舊穀行將盡，良苗未可希。
> 老年方愛粥，卒歲且無衣。
> 雀乳青苔井，雞鳴白板扉。
> 柴車駕羸牸，草屩牧豪豨。
> 多雨紅榴折，新秋綠芋肥。
> 餉田桑下憩，旁舍草中歸。
> 住處名愚谷，何煩問是非。
>
> ——〈田家〉

羸牸，瘦母牛；豪豨，壯豬。詩中都是些農村常見的事物，情感背景也仍然是對悠遊自得的隱居生活的滿足。（後一首題為「田家」，寫的其實仍是莊園主的生活態度，未必是農民自身的感受。）甚至色調最明麗的也依然是那生機活潑的自然景物的畫面：「開畦分白水，間柳發紅桃」、「多雨紅榴折，新秋綠芋肥」。然而這一「模式」並不給人「千首如一首」的重複感，而是「常見常新」的新鮮感。就好比一月懸中天，下映萬川，有千萬個月的虛像，美不勝收。王摩詰不像西方修士那樣，是「隱居」在自己的軀殼裡，與世隔絕。王摩詰是隱居在造化之中，融入大自然，正如南宋詩人陸游〈梅花絕句〉所喻：「何方可化身千億，一樹梅花一放翁（陸游自號放翁）！」在莊園山水的每個角落，都有王摩詰欣賞大自然的身影都有為他所發現的美。人們總喜歡將王維與孟浩然並稱「王孟詩派」，他們之間的確有其相似之處，尤其是注重抒情人的風神。與孟浩然不同的是，王摩詰不是將詩意「沖淡了，平均分散在全篇中」，而是將詩築成一道長廊，我們不但可從長廊上各式窗口望見一幅幅美景，而且可以看到詩人在長廊散步時的神態。從上引〈春園即事〉中，你不是既可望見白水紅桃、棋局似的草坪、樹梢升起的桔槔，而且還可看到穿著木屐在昨晚剛下過雨的鬆軟地面上漫步的詩人嗎？他手裡還拿著鹿皮小凳子，隨意坐在草叢間欣賞落日哩！我們雖然無法仔細地錄出天寶年間王維的行蹤，但從那些田園詩中，我們大體上可以明了詩人在那段亦官亦隱的日子裡，只要有機會，他總是徘徊在他心愛的田園裡，反覆吟唱那不見得就能經常享受到的逍遙自在的日子。請讀這首〈輞川別業〉：

> 不到東山向一年，歸來才及種春田。
> 雨中草色綠堪染，水上桃花紅欲然。
> 優妻比丘經論學，傴僂丈人鄉里賢。
> 披衣倒屐且相見，相歡語笑衡門前。

「不到東山向一年」，可見王維也許久不得機會來輞川休閒了。東山，晉謝安隱居處，後來泛指一般人隱居的地方。詩中色調最明麗的仍然是生機勃勃的大自然景色：「雨中草色綠堪染，水上桃花紅欲然。」然，同燃。與完美的大自然相對應的卻是生理上有缺陷的賢者：「優婆比丘經論學，傴僂丈人鄉里賢。」優婆比丘，佛的弟子，癭胸。傴僂丈人，《莊子》中的賢人，據稱孔子曾稱讚他「用志不分，乃凝於神」。傴僂，就是腰背彎曲的一種病患。莊、禪老喜歡用外在的醜陋殘缺來有力地反襯內在的精神完美（「全德」）。這種「形骸之外」的美與大自然的完美，在他們看來是很合拍的。人無機心、忘形，與大自然的有生機、明麗，內外相攝，成為摩詰重要的審美經驗。所以讀摩詰詩，欣賞到的詩美是雙向的——既是大自然美的欣賞，又是詩人悠然自得於其中的精神面貌的欣賞。而後者正是摩詰將其田園生活轉化為詩美的催化劑。讀一讀下面這首〈贈裴十迪〉，再看看我們欣賞到的是哪一種美更多些：

> 風景日夕佳，與君賦新詩。
> 淡然望遠空，如意方支頤。
> 春風動百草，蘭蕙生我籬。
> 曖曖日暖閨，田家來致詞：
> 欣欣春還皋，淡淡水生陂。
> 桃李雖未開，薆萼滿其枝。
> 請君理還策，敢告將農時。

這詩當看作〈山中與裴秀才迪書〉的續篇。（見本章第一節末所引）他將輞川的事物都看得是那麼美，一草一木是那麼熟悉，如數家珍。我們不由記起聞一多論孟浩然的一段妙語：

孟浩然幾曾做過詩？他只是談話而已。甚至要緊的還不是那些
話，而是談話人的那副「風神散朗」的姿態。[5]

上引這首王維詩裡，我們感受最真切的不也是「談話人」那副風神
嗎？你看那副「淡然望遠空，如意方支頤」的神態像誰？《世說新
語》〈簡傲〉載：「王子猷作桓東騎參軍。桓謂王曰：『卿在府久，比
當相料理。』初不答，直高視，以手版拄頰，云：『西山朝來致有爽
氣。』」

要找個王摩詰在田莊生活的「全面視境」，莫過於讀一組〈田園
樂〉：

出入千門萬戶，經過北里南鄰。
蹀躞鳴珂有底，崆峒散髮何人？

再見封侯萬戶，立談賜璧一雙。
詎勝耦耕南畝，何如高臥東窗！

采菱渡頭風急，策杖村西日斜。
杏樹壇邊漁父，桃花源裡人家。

萋萋芳草春綠，落落長松夏寒。
牛羊自歸村巷，童稚不識衣冠。

山下孤烟遠村，天邊獨樹高原。
一瓢顏回陋巷，五柳先生對門。

5　聞一多：《唐詩雜論》〈孟浩然〉，《聞一多全集》第3卷。

　　　桃紅復含宿雨，柳綠更帶春烟。

　　　花落家僮未掃，鶯啼山客猶眠。

　　　酌酒會臨泉水，抱琴好倚長松。

　　　南園露葵朝折，東谷黃粱夜春。

　　六言詩本來就不多，寫得好的更少，何況這還是寫得很整齊的一組七首的六言詩呢！第一首可謂「宏觀把握」，先說是看盡市井千門萬戶北里南鄰，那些在長安城車馬喧鬧的「鳴珂裡」邁著碎步的達官貴人又算什麼，懂得散髮隱居崆峒山的又是誰人？前三句是墊底，為的是想要凸現那個崆峒散髮的高士的身影。第二首說得更白了：哪怕你交上好運，立談而封侯，一見而賜白璧，雖富貴立致，又何如自由自在地南畝耦耕東窗高臥？這就是〈獻始興公〉中說的「寧棲野樹林，寧飲澗水流。不用食粱肉，崎嶇見主侯」。更是〈酌酒與裴迪〉中說的：「酌酒與君君自寬，人情翻覆似波瀾。白首相知猶按劍，朱門先達笑彈冠……世事浮雲何足問，不如高臥且加餐！」人情反覆，尤其是官場的勾心鬥角，使他巴望反璞歸真，過上自由自在的生活。後五首便是寫這種閒散富足、無憂無慮的生活。日斜杖策，牛羊自歸，南園折葵，東谷夜春，何等自然、富足！「童稚不識衣冠（當官的標誌）」，「五柳先生（陶潛自稱）對門」，將〈桃花源記〉「不知有漢，無論魏晉」的時間差改換成遠離市井官場的空間差。最為人稱道的是第六首，桃紅柳綠，含煙帶雨，「花落家僮未掃，鶯啼山客猶眠」，更是寫盡「富貴閒人」的神情。田園詩人儲光羲、綦毋潛輩，雖或能得隱居者神情，卻未能置於美的環境中情景交融如此。

　　「白雲回望合，青靄入看無。」如果我們只是出入於摩詰這些美的詩句中，恐怕很難探明他的心思。

五　一封透露心思的信

　　──真正透徹之悟應是泯滅一切差別。淨與染同，皆是空故。既如此，又何必去執著於出與處，官與隱，藏聲與揚名呢？這才是權宜方便的不二法門。

　　想要探得王維心事，最好是讀他那篇〈與魏居士書〉。全文如下：

　　足下太師之後，世有明德，宜其四代五公，克復舊業。而伯仲諸昆，頃或早世。唯有壽光，復遭播越。幼生弱姪，藐然諸孤。布衣徒步，降在皂隸。足下不忍其親，杖策入關，降志屈體，託於所知。身不衣帛，而於六親孝慈。終日一飯，而以百口為累。攻苦食淡，流汗霡霂，為之驅馳。僕見足下，裂裳毀冕，二十餘年。山棲谷飲，高居深視，造次不違於仁，舉止必由於道。高世之德，欲蓋而彰。又屬聖主搜揚仄陋，束帛加璧，被於岩穴；相國急賢，以副旁求，朝聞夕拜。片善一能，垂章拖組。況足下崇德茂緒，清節冠世。風高於黔婁善卷，行獨於石門荷蓧。朝廷所以超拜右史，思其入踐赤墀。執牘珥筆，羽儀當朝，為天子文明。且又祿及其室養，昆弟免於負薪，樵蘇晚爨，柴門閉於積雪，藜床穿而未起。若有稱職，上有致君之盛，下有厚俗之化。亦何顧影局步，行歌采薇？是懷寶迷邦，愛身踐物也。豈謂足下利鍾釜之祿，榮數尺之綬？雖方丈盈前，而蔬食菜羹；雖高門甲第，而畢竟空寂。人莫不相愛，而觀身如聚沫；人莫不自厚，而視財若浮雲，於足下實何有哉？聖人知身不足有也，故曰欲潔其身，而亂大倫。知名無所著也，故曰欲使如來，名聲普聞。故離身而反屈其身，知名空而返不避其名也。古之高者曰許由，掛瓢於樹，風吹瓢，惡

而去之。聞堯讓，臨水而洗其耳。耳非駐聲之地，聲無染耳之跡。惡外者垢內，病物者自我。此尚不能至於曠士，豈入道者之門歟？降及嵇康，亦云「頓纓狂顧，逾思長林而憶豐草」。頓纓狂顧，豈與俛受維繫有異乎？長林豐草，豈與官署門闌有異乎？異見起而正性隱，色事礙而慧用微。豈等同空虛，無所不遍，光明遍照，知見獨存之旨邪？此又足下之所知也。近有陶潛，不肯把板屈腰見督郵，解印綬棄官去。後貧，〈乞食詩〉云：「叩門拙言辭。」是屢乞而多慚也。嘗一見督郵，安食公田數頃。一慚之不忍，而終身慚乎？此亦人我攻中，忘大守小，不□其後之累也。孔宣父云：「我則異於是，無可無不可。」可者適意，不可者不適意也。君子以布仁施義，活國濟人為適意，縱其道不行，亦無意為不適意也。苟身心相離，理事俱如，則何往而不適？此近於不易，願足下思可不可之旨，以種類俱生，無行作以為大依，無守默以為絕塵，以不動為出世也。僕年且六十，足力不強，上不能原本理體，裨補國朝，下不能殖貨聚穀，博施窮窘。偷祿苟活，誠罪人也。然才不出眾，德在人下，存亡去就，如九牛一毛耳，實非欲引尸祝以自助，求分謗於高賢也。略陳起予，唯審圖之。[6]

為了讓讀者少在古文上費神，現將中間一段譯成白話文：

聖人明瞭肉身如泡沫，只不過是個短暫的存在，所以孔子門人子路會說：（隱居者）執著於不玷汙自身，卻不意而忽視了君臣間的必要關係；雖然明白名並非可依附的實體，（維摩詰）

---

6 見〔唐〕王維著，〔清〕趙殿成箋注：《王右丞集箋注》（上海市：上海古籍出版社排印本，1984年），卷18。

卻要說：想讓如來的威名傳遍整個娑婆世界。所以說，想超越
自身的人反而得忍受屈辱，讓自身受委屈；而明知名本空的人
反而不避揚其名。古時候有位高士叫許由，連瓢掛在樹枝上，
風吹瓢響，愛清靜的他也感到厭惡而務必除去此瓢。當他聽到
堯要讓帝位給他時，更是感到厭惡，跑到水邊去洗耳朵。其實
耳朵又不是能停駐聲音的地方，聲音也並不會在耳朵裡染上什
麼痕跡。怕受外物汙染者，只是因為他自己內心有汙垢！像許
由這種人，連個「曠達之士」都稱不上，還能進什麼得道者之
門呢！到後來的嵇康，在〈與山巨源絕交書〉中也說是「頓纓
狂顧，逾思長林而憶豐草」，馬想擺脫羈勒而狂亂掙扎，（結果
還是羈勒在身）這同俯首受縛又有什麼區別？同樣的道理，棄
絕人世躲進林間草叢，同身居官署門欄又有什麼差異？心中有
了邪念，正性就會受矇蔽。為外界事物所干擾，則慧用也會轉
而微弱。這豈合乎不執著於外物，一切皆空，道無不在如光明
普照，而知見自然存在的至理！這也是您早已明白的道理啊。
近世又有隱士陶潛，他不肯為了五斗米的俸祿去折腰見上司，
乾脆解下印綬棄官而去。後來呢，貧至極，曾寫下一首〈乞
食〉詩，說：「叩門拙言辭。」這是常求乞而多懷慚愧。設使
當初他能忍受屈辱去一見上司督郵，安然飽食那幾頃公田，又
怎會有今日乞食之辱呢？這不是《左傳》所說的一次之慚尚且
不肯忍受，結果反而要終身受此慚嗎？這也是內外交攻、忘大
守小，不顧後果所帶來的拖累啊！無所謂可，也無所謂不可。
孔子則說：「我和這些人不同，無所謂可以也無所謂不可
的。」可者，指適意；不可者，指不適意。君子以布仁施義、
活國濟民為適意，縱使其道不得行，也無意去做不適意的事。
（所以說達則兼濟，窮則獨善。）如果讓神超越於形，懂得事
理不二的道理，那麼何往而不適呢？這當然不易做到，但願您

理解可與不可的要義。其實種種法只是隨緣示現，（一切皆空，）切莫將行為當作可靠的依憑，莫將靜居無聞認作隔絕塵世，誤以為退隱無為便是超越人間。

「苟身心相離，理事俱如，則何往而不適」是整篇文章的「眼」。中國士大夫總是將生與死的終極關懷化為「出」（出仕）與「處」（退隱）的日常矛盾來思考。也就是說，如何處理「兼濟」與「獨善」，是中國士大夫永恆的課題。對於已經入仕的士大夫，很難因為「青山白雲之想」而走到陶淵明「不為五斗米折腰」掛冠而去那一步。所以《朱子語錄》有一段頗為入骨的譏諷：「晉宋人物，雖曰尚清高，然個個要官職。這邊一面清談，那邊一面招權納貨。陶淵明真個能不要，此所以高於晉宋人物。」其實作為儒家兼濟獨善的準則，就要求「獨善」只是「兼濟」的補充與調節而已，出仕本來就是儒家的正面目的。六朝士大夫也自覺到這一矛盾，謝靈運〈初去郡〉詩云：「廬園當棲岩，卑位代躬耕。顧己雖自許，心跡猶未並。」末句就是說超然物外之「心」與干祿入仕之「跡」的不能統一。社會需求是新理論產生之母。於是就有一種新說法，認為只要心靈是超然遠寄的，就不一定去執著於形跡。《世說新語》〈輕詆〉記王坦之著「沙門不得為高士論」，大略云：「高士必在於縱心調暢，沙門雖云俗外，反更束於教，非情性自得之謂也。」《維摩詰經》之所以為六朝人所深愛，就因為維摩詰是一個不必出家而精通佛法的居士。的確，他為一切「心跡猶未并」的眾生提供了權宜方便的「不二法門」。王維的「身心相離」無非是六朝人心跡二化的延伸，是用般若「空空」的理論將出世、入世統一起來，為其「亦官亦隱」提供了哲學的依據。

　　《維摩詰經》〈問疾品〉云：「以何為空？答曰，以空空。」所謂

空空，已隱伏「空亦復空」的命題。[7]王維有句云：「遙知空病空」，就是出自此典。其實呢，禪宗是一種頗為士大夫化的佛教宗派，在「空」的根本問題上也要照顧到士大夫的情緒。禪宗是聰明的，它並不著意去否認人們用感官可以體察到的客觀世界，而是強調其不斷變化的「無住性」，所以《壇經》說要「立無念為宗，無相為體，無住為本」。又說：「無相者，於相而離相。」相，事相。離，也就是不執著。只要「形神相離」，也就能「不染萬境，而常自在。」這就是王維「身心相離，理事俱如，則何往而不適」之所本了。由於強調對事物持一種無可無不可的不執著的態度，所以行為、形式變成不重要的東西，關鍵只在「心」，「心不住法即通流，住即被縛。」（《壇經》）因此，「若欲修行，在家亦得。」（《壇經》）官不官，無所謂，要緊的只是無所繫懷，「居官無官官之事，處事無事事之心」。所以士大夫可官可隱，亦官亦隱，權宜方便得很，是謂：有無雙遣，入不二法門。有了不執著的態度，甚至如《維摩詰經》〈方便品〉所云，維摩詰「入諸淫舍，示欲之過，入諸酒肆，能立其志。」怎麼做都行，惡即是善，煩惱即菩提。反之，執著於清淨，執著於空無，執著於修心養性，便是不超脫，「住即被縛」。《神會禪師語錄》曾記王維與神會和尚的一段問答：王維問神會，怎樣才會修道得解脫？神會回答說，眾生本自心淨，如果你想修心，那就是妄心，反而不可得解脫。也就是說，真正透徹之悟應當是泯滅一切差別，所有事物都是「空」，連「空」也是空。所以淨與染同，皆是空故。既然如此，何必去執著於出與處，藏聲與揚名，官與隱呢？王維正是於此有所會心，才會說：「知名空而返不避其名」，「長林豐草，豈與官署門闌有異乎？」許由、嵇康、陶潛，太執著於清高絕塵，反而忘大守小而受其累云。這

7　參看幼存、道生註譯：《維摩詰經今譯》（北京市：中國社會科學出版社，1994年），頁157，注10。

就為「亦官亦隱」找到了一個頗有來頭的哲學依據。我們已無從知道那位魏居士接到王維這封書信以後作何種想，但王維無疑已為那些由隱居而出仕的士子找到解決「心理障礙」的利器。想當初謝安高臥東山，後來出就桓公司馬，曾被郝隆藉藥草一名遠志，又名小草，而譏諷曰：「處則為遠志，出則為小草。」弄得謝安「甚有愧色」，差點下不了臺。如果有王維為之辯，謝安便可心安理得，倒是郝隆怕要背上「執迷不悟」的壞名聲呢！

　　不過王維此封書信並非一味「空空」，他仍隱隱然有其執著的所在。這就是書信中強調的：「聖人知身不足有也，故曰欲潔其身，而亂大倫。」大倫指什麼？指君臣間的必要關係。《論語》〈微子篇〉記孔子的弟子子路的話說：「不仕無義。長幼之節，不可廢也；君臣之義，如之何其廢之？欲潔其身，而亂大倫。」楊伯峻的譯文是：「不做官是不對的。長幼間的關係，是不可能廢棄的；君臣間的關係，怎麼能不管呢？你原想不玷汙自身，卻不知道這樣隱居便是忽視了君臣間的必要關係。」[8]這才是〈與魏居士書〉動機之所在。也就是說，王維寫這封信主要是出自為「聖主搜揚仄陋」，讓賢士致君厚俗裨補朝政的目的。大凡中國士大夫自小讀「聖賢書」，以儒學打底，而對其他學說則往往採取「六經注我」的態度。即使是像王維這樣沉浸佛學，「居常蔬食，不茹葷血」的居士，在事關「君臣大倫」的問題上仍是不敢輕易越雷池一步。就歷代君主這方面而言，對隱士大致有兩種看法：一是看到隱士可以粉飾太平，而且可以「激貪止競」，緩和內部矛盾，「不仕有仕之用」；一是看到隱士「行極賢而不用於君」（《韓非子》〈外儲說〉），「不可以罰禁，不可以賞使也，此之謂無益之臣」（《韓非子》〈奸劫臣〉），有某種離心的作用。唐代君主有鑒於此，便一方面給隱士優厚的待遇，或召入宮廷任職，或給薪米，使宮

8　楊伯峻：《論語譯注》（北京市：中華書局，1980年），頁196。

關與山林之間有一條「終南捷徑」；另一方面又將隱士置諸「君臣大倫」的約束下，如高宗、武后「堅回隱士之車」，務使其受「皇恩」而後已。玄宗更直截了當宣稱：「禮有大倫，君臣之義不可廢也！」（《舊唐書》卷192）王維此封書信稱：「又屬聖主搜揚仄陋，束帛加璧，被於岩穴；相國急賢，以副旁求，朝聞夕拜，片善一能，垂章拖組。」所說大體上是高宗至安史亂前玄宗時代的情況。這只要翻撿二《唐書》中的〈隱逸傳〉便可以得到印證。與玄宗「不廢大倫」相呼應的，除了這封書信之外，還有作於開元二十五年的〈暮春太師左右丞相諸公於韋氏逍遙谷宴集序〉曰：「逍遙谷天都近者，王官有之。不廢大倫，存乎小隱。跡崆峒而身拖朱紱。朝承明而暮宿青靄，故可尚也。」這是從正面說，亦官亦隱才是「不廢大倫」，嵇康、陶潛則是「欲潔其身，而亂大倫」，不可傚法。由此可見此時的王維仍是傳統的士大夫，在綱常倫理的關鍵問題上，尚恪守儒家原則。為了表明這不是為自己的當官作開脫，信末特別強調自己「存亡去就如九牛一毛耳，實非欲引尸祝以自助，求分謗於高賢也。」由此來認識王維的「亦官亦隱」，就不但是釋家消極的出世，還有儒家「大倫」的制約，是二者張力中的平衡狀態。

　　由此我們還可推測此書信當作於天寶十四載之前，也就是安史之亂前。你想，肅宗時戎馬倥傯中，「聖主」還有什麼心思「搜揚仄陋」？相國首「急」之「賢」，也不應是「山棲谷飲，高居深視」的隱士。查二《唐書》〈隱逸傳〉，所記「束帛加璧，被於岩穴」的故事，多出於高宗、武后至玄宗時代，再就是代宗以後的事，肅宗時代則付闕如。還有一證，王維安史之亂中被叛軍強授偽官，成為終生之憾，所以凡提到此事，話都說得很沉痛。如〈謝除太子中允表〉自責「臣進不得從行，退不能自殺，情雖可察，罪不容誅……穢污殘骸，死滅餘氣，伏謁明主，豈不自愧於心？仰廁群臣，亦復何施其面？局天內省，無地自容！」〈責躬薦弟表〉又說：「久竊天官，每慚尸素，

頃又沒於逆賊，不能殺身，負國偷生，以至今日。」相比較之下，
〈與魏居士書〉只是頗自謙地說：「僕年且六十，足力不強，上不能
原本理體，裨補國朝；下不能殖貨聚谷，博施窮窘，偷祿苟活，誠罪
人也。然才不出眾，德在人下，存亡去就，如九牛一毛耳。」所強調
的只是自己年老無才能，按高標準的濟國活民要求自稱於國無補耳，
並無隻字言及沒賊事。其「偷祿苟活，誠罪人也」並不是上引表所說
的「罪不容誅」、「無地自容」，而是對「上不能……裨補國朝，下不
能殖貨聚穀」這樣「高標準」自律的一種謙詞而已。更何況這還是上
文所說，以此表明請魏居士出仕是出自公心，絕非為自己的當官開
脫，是一種策略。所以我認定這封信當寫於安史之亂前，透露的是王
維在這一時期處於官與隱的張力之中，而期期然想以釋門「空空」的
哲學為依憑，又以儒家「君臣大倫」為制約，藉以解決出與處的矛
盾，為「亦官亦隱」立論的心思。有的學者認為，這封信體現了王維
會通釋道儒思想，即符合儒家安貧樂道之精神，又體現道家齊物論與
釋家禪宗不執著，隨緣任運來去自由的真諦。但由此再進一步，說是
儒釋衝突都變得毫無意義，則不敢苟同。此期之王摩詰，仍存儒家
「君臣大倫」之原則未敢稍稍忘也。對中國士大夫來說，不管他如何
篤信釋道，儒家這點底子還是很難抹乾淨的。

第七章
靈境獨闢

一　詩與禪的祕密通道

　　──知萬物皆幻，故眼界色空無染；不捨幻，故心空仍有深情在。冷眼深情，故能以審美的超脫現實的態度觀照自然，王摩詰於是獲得了詩與禪的祕密通道。

　　摩詰在輞川的日子似乎過得很愜意。據《雲仙雜記》說，他性好溫潔，地不容塵，每天有十幾人為他打掃環境衛生，由兩人專管縛掃帚，還常常供不應求呢！又說他用黃磁斗貯蘭蕙，養以綺石，終年茂盛。他還喜歡獨自坐在樹林裡，用「雷門四老石」取火。總之，他把自己封閉起來，過一種人造的清淨日子。

　　對文藝家來說，有時這種「音樂間歇」似的虛靜獨處是有利於創作的。杜甫說過：「能事不受相促迫」（〈戲題畫山水圖歌〉），沒有閒適優厚的生活更難寫出富足自在的田園詩。在輞川田莊這樣優美富足的環境中，摩詰無異於棲息在詩意裡。最具王維自家本色，獨樹一幟的田園詩，也大多數是萌發在這一片虛靜之中。這大概也是老子所說的「有生於無」吧？

　　說到有與無的關係，摩詰的認識似乎更直接地是受到釋家影響。這就得追溯到開元中他寫的一篇文章：〈薦福寺光師房花藥詩序〉。[1]

1　開元二十七年（西元739年）大薦福寺道光卒，王維為作塔銘。〈花藥詩序〉當作於此前。

　　在長安城開化坊，有一座寺廟，叫薦福寺，原是隋煬帝在藩時的
舊宅，幾經權貴易手，唐高宗駕崩後百日，立為大獻福寺，則天皇帝
天授元年才改為薦福寺。畢竟是王公貴族的舊宅，所以大殿高閣紅牆
碧瓦十分壯麗。這裡住著高僧道光，據說原是個苦行僧，曾入山林割
肉施鳥，後來遇五臺寶鑑禪師，傳授頓教，成了一位華嚴宗僧人。[2]
摩詰曾拜於座下，為其弟子，俯伏受教達十年之久。而這位光師，還
是個詩僧呢！他曾寫有一帙花藥詩，由摩詰為之序。序開篇便說道：

　　　　心舍於有無，眼界於色空，皆幻也。離亦幻也。至人者不捨
　　　　幻，而過於色空有無之際。

　　說的盡是佛家的「行話」，不好懂。佛教講究的是「空」的哲
學。「空」，並不是說一切皆烏有，而是說一切事物都沒有一個永久不
變的實體（無自性），只是在相依相待的條件下存在。大體說來，在
佛教禪宗那裡既沒有否定也沒有肯定，他們要的是：是非既去、得失
兩忘的「本初狀態」的「絕對自由」。所以《維摩詰經》〈觀眾生品〉
說：文殊師利問維摩詰，菩薩是如何看待眾生的？維摩詰的回答是：
　　譬如魔法師看待他所變幻出來的幻人，菩薩便應當這樣看待眾
生。就好像智慧之人看見水中月，看見鏡中所現的自己的影像；就好
像熱浪蒸騰中所現的蜃影；好像巨大呼聲的迴響；好像空中飄過的浮
雲；好像水面上匯聚的泡沫；好像水中的汽泡；好像芭蕉的心竟然會
堅固；好像閃電竟會久住……菩薩眼中所觀待的眾生，也都如同前面
的譬喻。[3]

2　此用陳允吉說，詳見《唐音佛教辨思錄》〈王維與華嚴宗詩僧道光〉（上海市：上海
　　古籍出版社）。

3　幼存、道生注譯：《維摩詰經今譯》（北京市：中國社會科學出版社，1994年），頁
　　48。

　　這就叫「無住為本」，從無住本立一切法。所以「諸法皆空」只不過是說一切事物都在轉化之中，沒有實體，只有佛法真如才是真實不變的。反過來說，大千世界形形色色的事物都是佛法本體的示現：「青青翠竹，盡是法身；鬱鬱黃花，無非般若。」[4]由此可引出佛學的色空觀。

　　有一則外國幽默說：網，就是把許多「洞」結起來。這雖然可笑，卻頗能說明老子「無之以為用」的道理。網繩的目的就是要造成許多「洞」，這才有「疏而不漏」的功能。不過老子沒說到有與無的同一性，倒是莊子說到了。《莊子》〈列物篇〉說：大地是廣而厚的，而人之所用只不過容足而已。然而執腳的這塊土地卻下至黃泉，下面這麼深厚的土地顯然於人無所用。這就是有即無、無即有的同一關係。佛家色空觀對此講得更多，更周詳。被稱為「眾佛之母」的「十八空」就有什麼內空、太空、內太空、空空；有為空、無為空、畢竟空；散空、性空、不可得空……種種。裡面充滿否定、否定之否定。比如說一切皆空，但也不可執著於一切皆空，要連這個「空」也消解掉，即「空空」。所以《大般涅槃經》〈高貴德王菩薩品〉說，譬如畫師以雜彩作畫，有男女牛馬諸相。凡夫無知，則見此畫而認作真男女牛馬，而畫師的心中卻明白，畫中並無真男女牛馬。然而，對畫像本身卻不必否定其存在。因此又有僧肇《不真空論》對色空的解說：「譬如幻化人，非無幻化人，幻化人非真人也。」也就是說，世界諸現象雖然只是假象，但假象還是存在的，可視為「有」。（希望讀者記住這段話，我們將在下文與文學藝術中的虛像作比較）「空」不能離

4　此偈廣為流傳，意在強調法身顯形為世界種種事物，但猶未達一間。大珠慧海就認為：法身無象，應物現形，翠竹、黃花只是法身的顯形，並不等同於法身。沒有竹子、黃花，法身依然存在。否則人吃竹筍不就吃了法身嗎？詳參〔唐〕慧海：《大珠慧海語錄》。

開「有」而獨立存在，不然「空」也就成了一種「有」，[5]這叫「空不離色，色不離空。」更進一步說，就是《般若多心經》的要義了：

> 舍利子！色不異空，空不異色；色即是空，空即是色。受、
> 想、行、識，亦復如是。

空既然是色的本性，那麼色與空也就相通，因此可以說空就是色，色就是空，等無差別。既如此，為什麼要否定色呢？所以主張「法身無相」的佛教也就不妨「託形象以傳真」，大造佛像，稱為「像教」。這就是王摩詰在〈繡如意輪像贊〉中道出的：「色即是空非空有，是故以色像觀音。」〈花藥詩序〉也講這個道理，先講萬物皆幻，再進一步對「空」消解：「離亦幻也。」既然色不離空，空即色，色即空，又何必執著地否定那作為幻象的色呢？故「至人不捨幻。」摩詰進而又說：「故目可塵也，而心未始同。心不世也，而身未嘗物。」這叫「於相離相」，要緊的還不在於認識到萬物皆幻，重要的還在於要有不執著的通達態度，這才能「過於色空有無之際」，超越現實而達到絕對自由的精神境界。如前所述，這種人生態度固然助其渡過「一鵰挾兩兔」的政治難關，卻幾乎磨掉了他正義感的鋒芒，過著一種無可無不可的苟安生活。然而這種宗教觀念卻無意中促成王維比同代人更容易感悟到詩畫創造藝術幻象的某些特質。上引《大般涅槃經》〈高貴德王菩薩品〉以畫為譬，認為畫中男女牛馬非真男女牛馬，但它還是一種存在。而現代人也意識到藝術創造的是一種虛像，這種藝術幻象也同樣被認為是一種虛的實體，虛並不意味著非真實，譬如鏡中花、水中月，它並非具體存在的物質物，而是在人

5　〔南朝宋〕竺道生：《維摩經注》〈弟子品〉：「空若有空則成有矣。」所以不講「空相」，只言「無相」。

的視覺、聽覺中存在的可感知的「虛的實體」，但它仍然是實際存在的間接表象。後來嚴羽《滄浪詩話》以鏡花水月與羚羊掛角論詩的特質，強調的正是詩與現實世界之區別與聯繫，它既是後者的映像卻又是虛像而不可捉搦。

我們似乎找到了詩與禪的接口。

如果說佛禪視現實為佛法的「幻象」，然後又說「不捨幻」，且託身於幻象之中；而詩則將它顛倒回來，以非功利的眼光從日常林林總總的現實表象中通過取捨提取出有意味的因素，以直覺體驗將現實虛化為情感的幻象，或者說它要表現的不是事實本身，而是詩人對事實的感受。就體現人性內在的本質而言，它要比現實表象更「真」，這叫「性情真」。兩種「幻象」形同實異，但把握方法有其相似之處。比如白居易的〈琵琶行〉，重要的不是在歷史某個時段在潯陽江畔是否曾發生過這一件事本身，而是對事件刪繁就簡，突出情感傾向，在韻律的推進下，江濤聲、琵琶聲、淒涼身世的訴說聲所烘托出的月色般朦朧的情感幻象。詩中各組意象都指向「同是天涯淪落人，相逢何必曾相識」這一當時唐人普遍存在的真實情感。正由於它的普遍性，「人同此心，心同此理」，這種產生於歷史文化的普遍情感也就可能超越時代與地域，能長久地引發人們的共鳴，獲得永恆的藝術生命。從這個角度講，藝術虛像要比事件的真相更真實。然而意象來自現實，「真境逼而神境生」（笪重光），愈能把握住現實的本質，愈能創造出永恆的藝術幻象！

有一則禪宗話頭，頗能盡「知幻而不捨幻」的妙諦。《五燈會元》卷三載：石鞏慧藏禪師問西堂：「你還解捉得虛空麼？」西堂答道：「捉得。」便以手撮虛空。石鞏笑道：「不對不對，你還不解捉。」西堂問：「師兄又怎麼個捉法？」石鞏於是猛地扭住西堂的鼻子，西堂痛得淚都快掉下來，忙叫：「太煞！鼻子快被扭脫了。」石

鞏這才樂呵呵地說：「真須恁麼捉虛空始得。」[6]禪家說「空」，卻緊
扭住「有」，「直須恁麼捉虛空始得。」這裡對虛、實關係的處理與詩
心正相通，故對詩家甚有啟發。清代詩論家、哲人王夫之曾注意到表
象的藝術轉化問題，並以王摩詰為例說：

> 右丞妙手能使在遠者近，摶虛成實，則心自旁靈，形自當位。
> （〈詩繹〉）

所謂「摶虛成實」，無非是讓無形的「虛」借有形的「實」而
顯，是禪家所謂「直須恁麼捉虛空始得！」且讀下面這首〈雜詩〉：

> 君自故鄉來，應知故鄉事。
> 來日綺窗前，寒梅著花未？

思鄉之情如縷，適逢有客自故鄉來，千言萬語從何道起？摩詰卻
於思鄉心情一字不提，只是扭住「寒梅著花」一事，而綺窗賞梅所勾
起的故鄉往事自然不絕如縷。這不就是王夫之所謂「離鉤三寸，鮍鮍
金鱗」？初唐田園詩人王績也有類似題材的一首詩，錢鍾書先生曾將
它與王維此詩作一對比，抄錄如下：

王維這二十個字的最好對照是初唐王績〈在京思故園見鄉人
問〉：「旅泊多年歲，老去不知回。忽逢門前客，道發故鄉來。斂眉俱
握手，破涕共銜杯。殷勤訪朋舊，屈曲問童孩。衰宗多弟侄，若個賞
池台？舊園今在否？新樹也應栽。柳行疏密布？茅齋寬窄裁？經移何
處竹？別種幾株梅？渠當無絕水，石計總成苔。院果誰先熟，林花那

---

6 原文見〔宋〕釋普濟：《五燈會元》上冊（北京市：中華書局點校本，1984年），頁
160。

後開？羈心只欲問，為報不須猜。行當驅下澤，去剪故園萊。」這首詩很好，和王維的〈雜詩〉在一起，鮮明地襯托出同一題材的不同處理。王績相當於畫裡的工筆，而王維相當於畫裡的「大寫」。王績問得周詳地道，可以說是「每事問」（《論語》〈八佾〉），王維要言不煩，大有「傷人乎？不問馬」的派頭（《論語》〈鄉黨〉）。

王績之問，業主之問也；王維之問，高士之問也。關鍵就在於王摩詰只捉住梅花一問，所傳情趣不同也，而這種特殊的情感正是借「梅花」這一表象而顯。

在日常語言中，「梅花」是某類植物的「名」，有其「類」的具體規定性。然而在詩裡，這個概念中的實用性、功利性、物理性，都被清空，成為與原表象對應的感性印象，是士大夫情感生活的投影，成為輸入了士大夫文人某種「清高」生活態度的視覺形象，或者說是其情感表現符號。我們不妨將這一創構過程稱為情感的「畫面化」。王績列舉池臺梅柳茅齋園渠種種，固然也有些畫面，也表達了一些思鄉之情，但仍太實太板太滿，難以激發想像。王維梅花一問，卻以少總多、盡得風流，不但寫出了他對曾經的生活情調的依戀，也激發了讀者的無限遐思。

王夫之在《唐詩評選》卷三評王維〈觀獵〉詩時又說：「右丞之妙，在廣攝四旁，環中自顯。」所謂的「廣攝四旁，環中自顯」，就是從網狀的萬象中進行嚴格的取捨，突顯一些事物而遮蔽一些事物，藉以顯露出某種情感傾向。試讀這首〈臨高臺送黎拾遺〉：

　　相送臨高臺，川原杳何極！
　　日暮飛鳥還，行人去不息。

送別情懷如何寫出？摩詰只是寫出些少眼中所見：茫茫平野無盡，日暮鳥兒倦飛尚且知還，忙忙碌碌的行人呵，你們怎麼還在奔走

不息？對人生的感喟之情溢於言外。這也是禪家所謂「現量」手段。現量，「現成一觸即覺，不假思量計較」者也。其實「不假思量計較」只是講不必費心經過嚴密的邏輯推理與科學的概括過程，「直接捫摸世界」，從眼前現象中「提純」出藝術幻象的直覺功夫，而不是說不必經過嘔心瀝血的藝術創造。

清初畫家笪重光〈畫筌〉有云：

> 空本難圖，實景清而空景現。神無可繪，真境逼而神境生。

此語直道出王維成功之祕訣。王維的借實景現空景，以真境逼出神境的功夫可謂妙合無垠。而所謂「真境」，不過是經過他精心選取的一些意象加工、組建的情景而已。然而這種直覺體驗信手拈來的功夫世間有幾人會得？再讀這首〈辛夷塢〉：

> 木末芙蓉花，山中發紅萼。
> 澗戶寂無人，紛紛開且落。

辛夷，喬木，俗稱木筆，其花大如蓮花，故云「木末芙蓉花」。然而這株美麗的花木卻生長在山中澗戶，自開自落，無人欣賞。可是無人欣賞的辛夷花仍然自開自落，無為而有為。寫的只是大地之一隅，一隅之獨木，顯示的卻是大自然無時無地不在的永恆的律動。

王摩詰似乎只是隨意拈出大自然中一小景，卻讓人感悟到某種永恆的哲理。這種詩律與大自然生命之律動同步的和諧，是王維田園山水詩最迷人的境界。代表作如〈終南別業〉：

> 中歲頗好道，晚家南山陲。
> 興來每獨往，勝事空自知。

行到水窮處，坐看雲起時。

偶然值林叟，談笑無還期。

　　隨興而往，隨遇而安。全詩通過沒有目的散步這一具體行為展現一種隨緣任運的心態。在山中漫步，適逢澗流，溯流而上，直至水窮。水既窮盡，不妨就地而坐，閒看那邊白雲正冉冉而升。《大般若經》有云：「一切法自性本空，無生無滅，緣合謂生，緣離謂滅。」千差萬別的一切事物就這樣處在一張因緣離合的關係網（華嚴宗謂之「因陀羅網」）中，非生非滅，亦生亦滅，相依相待，不斷變化。詩中水窮雲起的景色展現的不就是這樣一種偶合因緣嗎？這就叫「實景清而空景現」，詩中空靈的境界已非山中實有的境界了。方士庶《天庸庵筆記》云：

山川草木，造化自然，此實境也。因心造境，以手運心，此虛境也。虛而為實，是在筆墨有無間，衡是非，定工拙矣。

　　造化自然的實景一旦被詩人印上情意，便是心境、虛境；而此虛境又給人以藝術幻覺，似入實境。也就是由實轉虛再由虛而實，往而復返的創作、鑑賞過程。對王維來說，這個過程不但是情感形式向藝術形式轉化的完成，而且也是宗教體驗向審美經驗轉化的完成。色空觀，虛空境；超脫人生，世間深情，往往融入筆墨有無間：

春池深且廣，會待輕舟回。

靡靡綠萍合，垂楊掃復開。

　　這首題為〈萍池〉的詩，是摩詰為友人皇甫岳雲溪別業題景五首之一。所寫只是萍池所見的一個真實的細節：船來萍開，船過萍合，

但風動垂楊，掃水復開。一開一合，再合再開。萍水離合只是常見的
實景，是大自然的律動。然而經詩人精心選擇的這一細節卻蘊含著佛
家因緣偶合的道理，是「因陀羅網」的示現。但詩人情懷不只是看透
這因緣偶合的色空，而且從輕舟徘徊，注目萍開萍合之中，我們還可
感受到詩人熱愛自然的深情，及其隨緣任運的人生態度。

　　於此，我們又看到詩與禪的差別。

　　天寶年間的王維主要是詩人而不是禪客。他雖具冷眼卻仍懷深
情。沒有深情便沒有真正意義上的詩。試讀這首〈輞川別業〉：

> 不到東山向一年，歸來才及種春田。
> 雨中草色綠堪染，水上桃花紅欲然。
> 優婁比丘經論學，傴僂丈人鄉里賢。
> 披衣倒屣且相見，相歡語笑衡門前。

　　在現實中存在的種種稅賦禍害勞苦災變被隱去，大自然美好的一
面被突顯出來，雖然詩中出現的都是些優婁比丘傴僂丈人之類形象醜
陋的「出世」者，但整首詩透出的卻是人與人之間、人與自然之間融
洽的歡樂，人無機心物卻有蓬勃的生機。儲光羲的詩時或能狀人的無
機心，卻難同時狀物之欣欣然有生機。「雨中草色綠堪染，水上桃花
紅欲然」，與結句「披衣倒屣且相見，相歡語笑衡門前」相呼應，天
人合一融為一片境，這也是詩人心中筆底的藝術幻象。甚至在空寂之
中，摩詰也往往能透出生機，如〈鹿柴〉：

> 空山不見人，但聞人語響。
> 返景入深林，復照青苔上。

　　不見人並非無人，聞語響反襯得空山更空寂。「返」、「入」、

「復」，幾經折射，可謂「無往不復」，是王夫之所稱「右丞妙手，能使在遠者近」，總是俯仰自得，遊目騁懷的意境。這是大化流行的空寂，是溶入自然萬象生生不息變化之中的親和關係，王維用語言創構的虛的空間有實的生命在流蕩。

　　這正是盛唐詩人王維有別於他時代田園山水詩人之所在。因此，哪怕是寫「八極氛霽，萬匯塵息」的青龍寺清淨世界，也仍然是栩栩然有生氣：

> 高處敞招提，虛空詎有倪。
> 坐看南陌騎，下聽秦城雞。
> 渺渺孤烟起，芊芊遠樹齊。
> 青山萬井外，落日五陵西。
> 眼界今無染，心空安可迷！[7]

　　僧眾艱辛孤寂的苦行被詩化為一種與大自然親和的引人入勝的雲水生活，提純為一種冷眼深情的審美態度：知萬物皆幻，故眼界色空無染；不捨幻，故心空仍有深情在。冷眼深情，故能以審美的超脫現實的態度觀照自然。摩詰只是在寂照中將其隨緣任運、寧靜淡泊之處世態度醞釀為一種審美心態，並不是賈島般詩人軀殼中有一個釋子在當家。王維之所以成「詩佛」而非「詩僧」，關鍵在此。

7　〔唐〕王維著，〔清〕趙殿成箋注：《王右丞集箋注》卷11，〈青龍寺曇壁上人兄院集〉。

二　「拈花微笑」與「興象」

——王維善用諸多意象共構一個空靈的境界，從整體到整體，讓
意境煥發出意味，與讀者發生心靈的感應，給你一個飽含水分的梨。
圓滿自足。

卻說佛祖在靈山會上說法，有無量數的比丘、菩薩、帝釋諸大眾
圍繞著。佛居其中，好比須彌山突兀於大海之上。這時，世尊坐於眾
寶飾成的獅子座上，金光普照大眾。只見他信手拈起一朵花來示眾，
當即諸眾都默然不知何意，只有迦葉尊者心領神會，破顏微笑。於是
佛祖微微頷首，說道：「吾有正法眼藏（指普照天地萬物的佛法），涅
槃妙心，實相無相，微妙法門，不立文字，教外別傳，付囑摩訶迦
葉。」「摩訶迦葉」就是「大迦葉」，此人便成了佛的大弟子。

這當然是禪宗後學製造的神話，為的是標榜其「不立文字，教外
別傳」的正宗地位。其實呢，語言文字的局限性我們的先人們早已覺
察，並有所不滿。《老子》劈面便說：「道可道，非常道；名可名，非
常名。」道如果可以講說，那就不是永存的道。到第五十六章又說：
「知者不言，言者不知。」懂大道的智者是不講話的，而那些侃侃言
道的人算不得智者。難怪孔子要說：「予欲無言。」你看，「天何言
哉？四時行焉，百物生焉。天何言哉！」（《論語》〈陽貨〉）儒、道、
釋三家對語言表達的局限性認識是一致的。禪宗特異之處在於它將語
言的局限性與理性邏輯的局限性聯繫起來，並針對這種局限逐漸形成
一套「參悟」的方法來表情達意。

大千世界的複雜性，是人類理性所無法窮盡的。也就是說，大自
然並不盡如秩序井然的邏輯那樣運作，許多事物可以感受，卻無法分
析。人們硬要用從已知經驗中得來的「邏輯」來審議未知世界，難免
要產生謬誤。當然，這不是理性的失敗，而只是現有「理性」的不成

熟。禪宗卻捉住這一點，以「破執」為由，想徹底否定理性思維，提供沒有智性思辨介入的「直覺思維」。也就是以直覺體驗的方式去「直接捫摸」世界。為人們所津津樂道的許多禪宗「話頭」、「公案」，便是這種「捫摸」的示範。如〈雲門文偃禪師語錄〉所載：

問：「如何是佛法大意？」
雲門曰：「春來草自青。」

　　初看似乎答非所問，無理性、邏輯可言，但細加品味，則可發現，其中理性只是被詩化處理過，讓理性溶入感性中。「春來草自青」的自然律動與「佛法大意」之間的某種關係是「對應」的，可以看做是一種暗喻。這種對應、暗喻並非簡單的類比，因為二者絕非同類，但禪宗主張的冥合自然、隨緣任化、心靈的自覺等，與春草生生不息、往而復返的自然律動在理路上確有某種相似之處。它們之間這種關聯只是繫於人們主觀的聯想，所以對禪宗道理毫無感覺的「鈍根」是「悟」不出其中的「機鋒」的。而這種暗喻又是重要的導向，因為周而復始的「春草自生」是觸手可及的經驗世界，人皆可捫摸之，是詩化了的經驗──須知詩化是使熟視無睹的事物重獲新感覺的重要手段。誠如海德格爾所說：「詩化，才把早被思過的東西重新帶到思者的近處來審視。」（〈林中路〉）

　　禪宗這套「心印」傳授法對傳授者與接受者來說，都是一場革命：傳授者必須注重啟發性，將接受者的主體性充分地考慮進去，將不可言說卻又必須表達的地方圈出來，好比填充題留下的空白，讓人從上下文去體會該填上什麼，不同的只是答案不只一個，而且不是去猜，而是去「參」，去「悟」（一種特殊的飛躍式的聯想）；於是對接受者來說，便休想從傳授者那兒得到什麼現成答案，他只能主動去感應，如「春來草自青」與「佛法大意」之間的對應點才會被感知，才

可能親手去「直接捫摸世界」。「鈍根」就無法享受這份快樂了。

　　不過這套感應法並非禪宗的專利，遠至上古詩家的「比興」，近至西方心理學的「格式塔」（異質同構），都有自己相關的論述。尤其是傳統的比興，是中國人創造的表達情感意象的重要手段。其中我必須簡要講一講王維所處的盛唐時代提出的「興象」說。盛唐人殷璠《河岳英靈集》首倡興象說，他將「情景對應」聚焦於人的情感受外來刺激時引起的興奮狀態（興）與外在景物事件被人的情感結構所同化的意象（象）對應並結合起來，成為詩歌創作的發生點。[8]蘇珊‧朗格《情感與形式》稱：

> 在強調真實情感之下，被覺察到的事件和事物往往出現在與它們所引發的情感相一致的格式塔裡。因此，現實提供意象是十分正常的；不過意象不再是現實裡的任何東西，它們是激動起來的想像所應用的形式。

　　蘇珊‧朗格這段話有助於我們這些現代人理解唐人的「興象」說。[9]

　　殷璠言興象，不但指興與象的靜態構成（鮮明生動之形象蘊含興味神韻），而且是指由詩人興發而物我遇合，達到情景交融（順化與同化同時進行）效果的動態過程本身。所以殷氏評王維云：

> 維詩詞秀調雅，意新理愜，在泉為珠，著壁成繪，一句一字，皆出常境。

8　參看拙著《激活傳統‧興象發揮》（上海市：上海古籍出版社，2007年），頁83。

9　蘇珊‧朗格著，劉大基等譯：《情感與形式》（北京市：中國社會科學出版社，1986年），頁293。

　　「在泉為珠，著壁成繪」，這正是王維將實景虛化、畫面化、詩化、形式化的動態手段。王維創作在先，殷璠評論在後。「詩佛」王摩詰靈心善感，自然是「利根」不是「鈍根」，所以總能得風氣之先，其中不無受禪宗參悟法之啟發。先讀這首〈酬張少府〉：

　　　晚年唯好靜，萬事不關心。
　　　自顧無長策，空知返舊林。
　　　松風吹解帶，山月照彈琴。
　　　君問窮通理，漁歌入浦深。

　　最後一聯可改寫為禪宗公案：

　　　問：如何是窮塞通顯之理？
　　　答：漁歌入浦深。

　　似答非答，不黏不脫，正是禪家機鋒。陳貽焮《王維詩選》是這樣翻譯的：「您若問我關於命運窮通的道理，我想，從那悠揚的漁歌聲中，也許可以得到解答吧。」

　　是的，答案就在其中。然而這個答案是用全詩造成的意境將它圈出來的空白，要讀者自己去領悟。首聯與頷聯的因果關係是：「自顧無長策」→「空知返舊林」→「晚年唯好靜」→「萬事不關心」。首先是因為在李林甫、楊國忠執政時期的無可奈何，只好退避而「返舊林」，一個「空」字將這種無可奈何的被動性寫了出來。好靜、不關心是引出來的結果。也就是說，在兼濟與獨善的岔道上，他選擇了獨善。漁歌入浦，可令人聯想到屈原與漁父的問答。楚辭〈漁父〉寫屈原被流放後，行吟於澤畔，漁父問屈原何故至此，屈原說：「舉世皆濁我獨清，眾人皆醉我獨醒，所以被流放至此。」漁父便勸他隨俗同

流合污，屈原凜然拒絕。於是：漁父莞爾而笑，鼓枻而去。乃歌曰：
「滄浪之水清兮，可以濯吾纓；滄浪之水濁兮，可以濯吾足。」遂
去，不復與言。漁父自己也並不隨俗而同流合污，他採取的是獨善其
身，避世而隱的態度。這也是摩詰處理「自顧無長策」的無可奈何的
態度：要問人生道理嗎？那你自個兒聽那漁歌去！此與趙州從諗禪師
常講的「喝茶去」同一機杼。[10]然而關鍵在頸聯：「松風吹解帶，山月
照彈琴。」不是松，不是風，也不是月，不是琴，不是任何一個單獨
的「象徵」，而是那松風吹解帶的逸致與無拘束的神態；是那山月下
彈琴的悠然的氣氛，風吹帶解，月照彈琴，何等隨意、自在！這種不
受干擾的自然的意境與獨善生活愜意心境相對應，固然是「即境示
人」的禪家心印，其中自有「隨緣任運」的佛家道理，但此聯「一片
境」地呈露出詩人對人生的理解與愉悅，更是詩人創造的情感幻象，
是美的形式。感受不到禪理的人也可以感受到詩美。這才是詩人與僧
人的重大區別！

　　我們已經無從考察王維當年創作的具體過程，但有一則日本禪師
的公案可資隅反。[11]據說佛頂禪師一日雨霽訪俳句詩人芭蕉，見其面
有得意之色，便問：「最近如何度日？」芭蕉答曰：「雨過青苔潤。」
佛頂再追問：「青苔未生之時，佛法如何？」答曰：「青蛙跳水聲。」
這答案不知佛頂是否滿意，但芭蕉自己並不滿意，他很快又將它改寫
成俳句曰：

　　　蛙躍古池內，靜瀦傳清響。

　　「青蛙跳水聲」固然表達了芭蕉對禪理「寂滅」的了悟，但尚未

---

10 詳見《五燈會元》卷4「趙州從諗禪師條」（北京市：中華書局，1984年），頁204。
11 詳見秋月龍眠著，汪正求譯：《禪海珍言》（桂林市：灘江出版社，1991年），頁7。

創造出詩歌藝術豐滿的意象。嚴羽《滄浪詩話》〈詩辨〉一面指出詩
與禪的共通點：「大抵禪道唯在妙悟，詩道亦在妙悟」；一面又認為：
「詩有別趣，非關理也。」這種「別趣」就是必須創造出感性的幻象
（「鏡中花」、「水中月」），成為情感生命的投影，用以激發人們的聯
想與美感，積澱為某種有意味的形式。修改後的俳句從禪理中解脫出
來：我們感受到寂靜而不是寂滅，而這種寂靜充滿動感，蛙躍水響之
變，與古池靜溢之不變，動靜之間辯證地形成了生命的節奏，動靜不
二，形成一個和諧的整體，給人予活潑的形式感。於是詩從禪理中蟬
脫而出，成為日本俳句的絕唱！詩人顯然對創造有意味的形式更感興
趣。

　　再回到王摩詰的詩。請先對讀下面二首：

　　　　了觀四大因，根性何所有。
　　　　妄計苟不生，是生孰休咎。
　　　　色聲何謂客，陰界復誰守。
　　　　徒言蓮花目，豈惡楊枝肘。
　　　　既飽香積飯，不醉聲聞酒。
　　　　有無斷常見，生滅幻夢受。
　　　　即病即實相，趨空定狂走。
　　　　無有一法真，無有一法垢。
　　　　居士素通達，隨宜善抖擻。
　　　　床上無氈臥，鍋中有粥否？
　　　　齋時不乞食，定應空漱口。
　　　　聊持數斗米，且救浮生取。

　　　　寒更傳曉箭，清鏡覽衰顏。
　　　　隔牖風驚竹，開門雪滿山。

　　　　灑空深巷靜，積素廣庭閒。

　　　　借問袁安舍，悠然尚閉關。

　　前首題為〈胡居士臥病遺米因贈〉，後首題為〈冬夜對雪憶胡居士家〉，看來是前後為同一個人而作的。表達的思想感情大致相近，而寫法卻大相逕庭。前首大講佛理，沒多少意味，只具有詩的形式；後首即境示人，卻有無限詩意禪思，是有意味的詩。尾聯用袁安臥雪的典故。《後漢書》〈袁安傳〉載：袁安家貧。一年大雪，埋沒袁安的家門，洛陽令巡視，破雪而入，見袁安僵臥其中。洛陽令問袁安為什麼不出門求食？袁安說：「大雪天大家都挨餓，不宜去求人。」洛陽令認為袁安夠得上個賢人，便舉他為孝廉。在上一節我們提到過，王維曾作「袁安臥雪圖」，中有「雪裡芭蕉」，既表達了袁安的高潔安貧，又蘊含「身如芭蕉」的佛理。[12]以此觀摩詰後一首詩，便容易悟入。「隔牖風驚竹，開門雪滿山」是寫雪景名句，是獨立自足的景致，但又與「灑空深巷靜，積素廣庭閒」家居情狀共構一有機統一的藝術空間，重點在烘托棲息其中的袁安那安貧樂道的悠然神態，與顏回處窮巷曲肱而臥同趣。這邊是我賞雪，那邊是胡居士你臥雪，二人情懷於此交匯。我們既可以從中領略胡居士「素通達」、「隨宜善抖擻」的深明佛理，又可感受摩詰對胡居士深切關懷與敬仰的情感。同時，不同的讀者根據自家的經歷與涵養，各自還可領略到不同的意味──就像峨眉金頂看佛光，各自看到光圈中自家的影子。

　　《詩人玉屑》云：「唐僧多佳句，有琢句法，比物以意而不指一物，謂之象外句。」所謂「象外句」，就是不用線式的對比，而是用意象所構成的意境整體來「即境示人」，是白雲演和尚所謂：「白雲山頭月，太平松下影，良夜無狂風，都成一片境。」（《雪堂和尚拾遺

---

12 詳參陳允吉：《唐音佛教辨思錄》〈王維「雪中芭蕉」寓意蠡測〉（上海市：上海古
　　籍出版社，1988年），頁1-11。

錄》）不是孤立、個別的月、或松，而是山月松影共構的澄明境界，
是情景融一的「一片境」。王維對意象組合的整體性尤為重視。其
〈山居秋暝〉詩云：

　　　明月松間照，清泉石上流。

　　明月松泉不是有些人所解釋的那樣，是什麼個「象徵高潔」；而
是月、松、泉、石交互共構的「一片境」：明月透過疏疏密密的松林
枝葉直透到下聯從石面上潺潺流過的清澈山泉之上，自然呈露的畫面
整個兒煥發出山居的詩意，「不指一物」，以境示境，從整體到整體，
跳過理性的分析，讓讀者自己去「捫摸世界」，圓滿自足。

　　「欣欣物自私」（杜甫句）。讓自然景物獨立自足，從比附、象徵
中解放出來，從而獲得了生命，這是唐人對山水詩的貢獻，王維與有
力焉。然而這種「自然呈露」並不是雜草叢生式的自生自滅，而是一
種順應自然的不著痕跡的巧妙安排，同時又是經詩人嚴格飾選後簡之
又簡的幾個意象，「跳板」也似地供讀者「彈起」想像。宋人張鎡
〈讀樂天詩〉稱：

　　　詩到香山老，方無斧鑿痕。目前能轉物，筆下盡逢源。

　　所謂的「能轉物」，大概是指「且移泉石就身來」之類遷景就
我。但真正能不動聲色地讓物象自然生長，卻又按詩人意願呈露某一
面來暗示自家情感，這種「轉物」功夫還得讓王維稱尊。王維有一首
〈田家〉詩云：

　　　舊谷行將盡，良苗未可希。
　　　老年方愛粥，卒歲且無衣。

雀乳青苔井，雞鳴白板扉。
柴車駕羸牸，草屩牧豪豨。
多雨紅榴折，新秋綠芋肥。
餉田桑下憩，旁舍草中歸。
住處名愚谷，何煩問是非。

　　紅榴綠芋、雀乳雞鳴，無非農村平常事物，似乎不經意的羅列，
但仔細看去，每件事物都呈露其簡樸自足與世無爭的一面，隱去事物
的其他與之不調諧的多面（如澇旱蝗饑疫之類），諸事物都指向詩人
嚮往的富足閒適與世無爭，而這才是詩人內心嚮往的世界——未必是
全部田家現實存在的世界。這就是摩詰「轉物」手段。再如〈春中田
園作〉：

屋中春鳩鳴，村邊杏花白。
持斧伐遠颺，荷鋤覘泉脈。
歸燕識故巢，舊人看新曆。
臨觴忽不御，惆悵遠行客。

　　多麼迷人的農家春景！一切都如此生機勃勃，令人留戀。讀者不
難體味尾聯所示不能浸潤其中的惆悵。同樣是農村生活，他可以層出
不窮地「轉」出許多令人陶醉的「面」，讓它們以最和諧的組織呈露
出來，共構出「桃花源」式的幻境：

斜光照墟落，窮巷牛羊歸。
野老念牧童，倚杖候荊扉。
雉雊麥苗秀，蠶眠桑葉稀。
田夫荷鋤至，相見語依依。
即此羨閒逸，悵然吟式微。

　　放牧、養鷺、鋤田，這些艱辛的勞動在這首題為〈渭川田家〉的名篇中都只呈露出其悠然自得的一面，在夕陽下渾茫一片，和諧地共構了田家情景，使讀者與詩人都會「羨閒逸」而賦「歸去來兮」！這不只是「轉物」，而且是巧妙的「逗」，將讀者導向詩人劃出的「環中」。這也正是王維通過「轉物」來「搏虛成實」的手段──《二十四詩品》所謂「超以象外，得其環中」。也就是說，王維創造詩的幻象並不是離開現實世界自造幻覺，而是從自家在現實世界獲取的富有生機的視覺經驗中，提取所需的一些因素，刪除、遮蔽大量「雜音」，讓人只看到作者讓你看的一面，從這一純粹的知覺形式中感受到某種情感與美。

　　摩詰還有許多小詩，是連「提示」也隻字不見，全靠「銅山西崩，靈鐘東應」式的感應，使人頓悟。像這首〈書事〉：

　　　　輕陰閣小雨，深院晝慵開。
　　　　坐看蒼苔色，欲上人衣來。

　　沒半句提到心事，但從雨中長坐看苔色，讀者能不感應其心情？再如〈鳥鳴澗〉：

　　　　人閒桂花落，夜靜春山空。
　　　　月出驚山鳥，時鳴春澗中。

　　閒靜之極，連月出也足以驚起山鳥，亦飛亦鳴，更見山澗之空且靜。這真是「動靜不二」的佛家境界，卻不著半字議論，讀者自可直接從畫面中參而悟之知之。這不就是「直接捫摸」到「原生態的世界」了嗎？

　　寫到這裡，我們不禁要回到本書第一章「詩佛」一節。由於盛唐

時代禪宗在生活化與心靈化的道路上邁開大步，詩歌同時又已成為舉
國喜聞樂見的形式，使王維的「詩佛」成為可能。但誠如宋人云：
「說禪做詩，本無差別，但打得過者絕少。」摩詰的成功，就在於他
在亦官亦隱的生活中完成了宗教體驗向審美經驗的轉化，他整個身心
沉浸在詩意中，而文藝交感的優勢又使之輕而易舉地「搏虛成實」，
將禪宗的離棄語言文字轉為妙用語言文字，捉住靈感的瞬間化為永恆
的文藝幻境，讓畫面中充滿音樂的旋律，生活的詩化、心靈化使畫面
有生命的律動，整個兒地煥發出意味來，使聰穎的讀者得到感應，再
造出「象外之象」。其意涵之豐富深邃，要性過一般的比興。試看以
下唐人的三聯詩句：

　　　窗裡人將老，門前樹已秋。（韋應物）
　　　樹初黃葉日，人欲白頭時。（白居易）
　　　雨中黃葉樹，燈下白頭人。（司空曙）

　　三人均以搖搖欲墜的秋葉與風燭殘年的人對應，表達其孤寂之心
情。王維也用了同樣的意象，卻有更豐富深邃的意涵：

　　　雨中山果落，燈下草蟲鳴。

　　山果熟了雨中自落，明年還生；蟲入我戶依燈，亦見人與自然親
和。據說有位學者稱：此可以當得一部中國哲學史。的確，中國哲學
講的不就是道法自然、處世超然、一切本然、自然而然嗎？孤寂已被
消解。如果說上面那三句表現的是個體對生命的依戀之情，那麼王維
這句涵詠的則是中國文化探問生命究竟之理。此亦大小之辨也。
　　王詩這些特點，融冶神妙無過於《輞川集》那些短句加短篇的五
絕組詩，整個兒勾畫出棲息在詩意中的王維那全副的神情。

　　我雖然到過幾次西安，但沒去藍田輞川。那原因說來也可笑：我想保留一點想像，要知道現代西安和唐時長安有多麼大的差異呵！更何況景觀一旦成了「旅遊點」，那種「哈哈鏡」式的「變臉」你是知道的。據說，藍田縣文管所還保存有北宋郭忠恕臨摹王維《輞川真跡》等二十多塊石刻，只要按圖索驥猶可追蹤當年王維輞川勝景呢。不過我還是沒冒這個險，寧可讓想像直接發興於《輞川集》。

　　《輞川集》應是天寶年間摩詰與摯友裴迪悠遊於輞川莊所寫下的唱和組詩，計二十首五言絕句。前有序曰：

> 余別業在輞川山谷，其遊止有孟城坳、華子崗、文杏館、斤竹嶺、鹿柴、木蘭柴、茱萸沜、宮槐陌、臨湖亭、南垞、欹湖、柳浪、欒家瀨、金屑泉、白石灘、北垞、竹里館、辛夷塢、漆園、椒園等。與裴迪閒暇，各賦絕句云爾。

　　秦嶺北麓有水款款而來，瀉出於谷口兩峰之間，入於灞水。杜少陵有句云：「藍水遠從千澗落，玉山高並兩峰寒。」玉山，又名覆車山，亦稱藍田山。少陵當年訪崔興宗東山草堂寫下這一佳句，而從崔氏草堂西望，便是王維的輞川莊。《藍田縣志》是這麼記載的：

　　輞川在縣正南，川口即嶢山之口，去縣八里。兩山夾峙，川水從此北流入灞，其路則隨山麓鑿石為之，計五里許，甚險狹，即所謂匾路也。過此則豁然開朗，四顧山巒掩映，若無路然，此第一匾也。團轉而南，凡十三匾，其景愈奇，計地二十里而至鹿苑寺，即王維別業。

　　這景致實在太像陶淵明所寫的桃花源了！王維十九歲便寫了〈桃花源詩〉，如今得此別業，真真是天從人願。終南之秀在藍田，而藍田之英又鍾輞川。就在這綿延二十里，寬約二〇〇至五〇〇米的川谷中，谷水如車輞環轉，山巒似車輪環轉，有湖有瀨，有沜有泉，有溪湍有瀑布，有嶺有崗，有垞有川，有密林，有亭館，可謂天開畫圖縱

奇觀。據說《輞川真跡圖》是宋初畫家郭忠恕臨摹王維《輞川圖》而成，其中所描繪輞川莊亭臺樓閣、花塢苑榭精巧豪華，可知莊內景點之精巧。藝術作品與現實應當有個區別，特別是中國山水畫，並非寫生，何況後人臨摹之作，更當不得真。我們只要一讀〈山中與裴秀才迪書〉，其中深巷寒犬、村墟夜舂的味兒，那才是真輞川莊散發出來的。在〈暮春太師左右丞相諸公於韋氏逍遙谷宴集序〉中，他寫韋氏莊云：「灞陵下連乎菜地，新豐半入於家林。館層巔，檻側徑。師古節儉，惟新丹堊。」其實這也是王維的美學觀，相信他的二十個景點都是順依天趣自然，略事人工點染而成的。以〈北垞〉為例：

> 北垞湖水北，雜樹映朱欄。
> 逶迤南川水，明滅青林端。

在水木掩映之中，偶露一曲朱欄，與山容水態渾然一片，構成畫境。再如〈臨湖亭〉：

> 輕舸迎上客，悠悠湖上來。
> 當軒對樽酒，四面芙蓉開。

這就是「亭宇臺榭，值景而造。」湖光淡淡，煙波渺渺，都在亭軒框架的「螢幕」上平面化為一幅天然圖畫。這就是「借景」。亭子以地點取勝，不以精巧豪華為美。最妙者，莫過於〈文杏館〉：

> 文杏裁為梁，香茅結為宇。
> 不知棟裡雲，去作人間雨。

同遊的裴迪也有同詠一首，云：

> 迢迢文杏館，躋攀日已屢。
>
> 南嶺與北湖，前看復回顧。

　　裴作紀實，可幫助我們瞭解文杏館的位置，原來是建造在山的高處（據稱在一千六百公尺的飛雲山上，是輞川最高點），或俯瞰南嶺與北湖，然而意亦盡於此。摩詰高妙處就在以文杏為梁、香茅結宇的意象，逗出楚辭的「香草美人」世界來，從而使讀者不覺之間步入藝術幻境。「去作人間雨」是點睛之筆，將〈逍遙谷宴集序〉所謂「雲出其棟，水源於室」進一步虛化，著上非人間的色彩，動人遐思。王、裴二人所寫，不啻是兩個不同世界，從中可看出摩詰詩化現實的功夫，也可知摩詰筆底輞川絕非西安市郊之山包也。

　　獨立成帙的《輞川集》是精心結構的組詩，其排列自應有序。開卷第一首詩〈孟城坳〉，誠如陳允吉教授所揭示，起著引發、照管全局的作用。[13]詩如下：

> 新家孟城口，古木餘衰柳。
>
> 來者復為誰？空悲昔人有。

　　據當地學者考證，孟城坳今名官上村。這一帶輞水川道最寬，是當年宋玉與嘉賓宴飲之所，也是王維與王縉居住過的地方，其宅第當在此處，如果說輞川莊有較豪華的屋宇，也當在此處。徐增《唐詩解讀》卷三評釋該詩云：

> 此達者之辭。我新移家於孟城坳，前乎我，已有家於此者，池亭臺榭，必極一時之勝。今古木之外，唯餘衰柳幾株。吾安得

---

13 詳見陳允吉〈王維《輞川集》之〈孟城坳〉佛理發微〉，《王維研究》第2輯（西安市：三秦出版社）本詩分析，多採自其說。

保我身後，古木衰柳，尚有餘焉者否也？後我來者，不知為
誰？後之視今，猶吾之視昔，空悲昔人所有而已！

說得不錯。從「新家孟城口」可推知《輞川集》當作於新搬進輞
川莊後不久，當在天寶初年。其時，壯年的王維已嚐過權力鬥爭的苦
頭，也看透玄宗、李林甫們驕侈的本質，對政局已不再樂觀，是所謂
「自顧無長策，空知返舊林」的時期。在〈酌酒與裴迪〉詩中，他對
這種「看透」的絕望心情有很好的表述：

酌酒與君君自寬，人情翻復似波瀾。
白首相知猶按劍，朱門先達笑彈冠。
草色全經細雨濕，花枝欲動春風寒。
世事浮雲何足問，不如高臥且加餐！

這種內在感慨，觸目當年曾是武后朝紅極一時的文人宋之問詩酒
嘉會故地的孟城坳，幾株古木衰柳，便勾起「來者復為誰」的情緒
來。詩僧王梵志〈年老造新舍〉詩云：

年老造新舍，鬼來拍手笑。
身得暫時坐，死後他人賣。
千年換百主，各自循環改。
前死後人坐，本主何相在？

不知摩詰其時也作如是想否？「無常」是佛家一個基本觀念。佛
家認為，人有生老病死，物有成住壞空，世間諸法剎那生滅。所以一
切生命也只是一種因緣，不足喜也不足悲。自《古詩十九首》以來，
人生飄忽一直是詩唱的一個重要主題，王維的〈孟城坳〉也是舊題重

彈，只是他的「空悲昔人有」是用佛理化解人生飄忽的悲哀：後人亦
當悲我，則我何必悲前昔之人呢？故曰「空悲」。全詩以「變」見
「常」，認明「變」才是「常」，是為「達者之辭」。緊接著下一首
〈華子崗〉則以「常」見「變」：

　　　飛鳥去不窮，連山復秋色。
　　　上下華子崗，惆悵情何極！

　　　飛鳥日日來去，山人天天上下此崗，此為「常」；但來去之飛
鳥，上下之人兒，古往今來早經幾多輪迴！此則是「常」中之
「變」。二首合讀，正是剎那生滅之理。蘇東坡〈赤壁賦〉中的名
句：「自其變者而觀之，則天地曾不能以一瞬；自其不變者而觀之，
則物與我皆無盡也」，講的不也是這個「理」？天寶年間的王維「勘
破」的只是官場，而不是人生。所以本組詩最後二首〈漆園〉、〈椒
園〉，似乎是前二首的呼應：

　　　古人非傲吏，自闕經世務。
　　　偶寄一微官，婆娑數株樹。

　　　桂尊迎帝子，杜若贈佳人。
　　　椒漿奠瑤席，欲下雲中君。

　　　上一首以蒙漆吏莊周自喻，下一首用《楚辭》意境，一莊一騷，
表現自己悠遊於輞川莊是對塵世的超越，是在詩意中的棲息。「婆娑
數株樹」尤其有意味地表現了亦官亦隱中的自在神情，而這種神情是
安史之亂後「焚香獨坐，以禪誦為事」的枯寂人生所不可得而有之。
因此，《輞川集》中大多數詩都寫得靈氣來往，在寂照中自有生命旋

律的流蕩。

　　生命的旋律體現為寂靜中的「動感世界」。你看，這是多麼鮮活的秋色：

　　　　秋山斂餘照，飛鳥逐前侶。
　　　　彩翠時分明，夕嵐無處所。

　　詩題為〈木蘭柴〉。柴，木柵欄。木蘭柴當是原有地名，未必栽種木蘭。多燦爛的秋色啊！夕陽把金光塗上秋山裡的每一片葉子上，也塗在雙飛相逐的鳥翅上。已沒入飄忽嵐氣中的秋葉，在夕照下仍鮮亮地閃爍其斑斕的豔容，故曰：「彩翠時分明」。

　　禪家以「寂」為本體，以「照」為慧用，以古井澄潭般平靜的心境去觀察萬物，便能得到一個淨化的世界，動而愈靜，靜而極動，動靜不二，直探生命之本原。試讀〈辛夷塢〉：

　　　　木末芙蓉花，山中發紅萼。
　　　　澗戶寂無人，紛紛開且落。

　　寂寞中大化仍在運作，花開花落是生命的永恆，也是作者平靜至極心境的寫照。這是靜中的極動，動靜不二。再請讀〈欒家瀨〉：

　　　　颯颯秋雨中，淺淺石溜瀉。
　　　　跳波自相濺，白鷺驚復下。

　　秋雨颯颯，山溪急流，跳波驚鷺，一切都在動中。然而這是個不受人類干擾的大自然本來面目，故「白鷺驚復下」，動究竟歸於靜，仍是動靜不二的世界。由於「寂」是本體，所以動靜不二還是要以靜

為究竟。〈鹿柴〉對這種禪趣有圓美的表現：

> 空山不見人，但聞人語響。
> 返景入深林，復照青苔上。

　　空山不是無人，而是「不見人」，所以襯以「人語響」。據說宋代畫師寫「野渡無人舟自橫」詩意，畫一舟子臥渡船上吹笛，非空無一人也，只是無過渡之人耳。明代僧人德清稱：「所謂空，非絕無之空，正若俗語謂旁若無人，豈真無人耶？」可謂善解禪意而入於不二法門。末二句那往而復返的陽光，更是冷眼深情，與上二句共構一幅有聲畫，將禪意化為詩情。這詩情，就是以靜穆心去柔化、淨化環境，培植出美來，它與李白以生命的衝動去強化動的場景，寫出「黃河之水天上來」之類氣勢磅礴的詩句來，實在是大相逕庭。試以《竹里館》為例：

> 獨坐幽篁裡，彈琴復長嘯。
> 深林人不知，明月來相照。

　　有人曾將此詩與阮籍〈詠懷〉第一首聯繫起來，實在是眼光深刻。的確，阮詩和意境是王詩的前身：

> 夜中不能寐，起坐彈鳴琴。
> 薄帷鑑明月，清風吹我襟。
> 孤鴻號外野，翔鳥鳴北林。
> 徘徊將何見？憂思獨傷心。

　　同樣是為了消解心中的不平衡而月夜獨坐彈琴，但阮詩清冷氛圍

的渲染恰好是為了襯出孤憤寂寞的內心世界，其心中的不平衡不但沒有消解，反而更趨糾結。王詩則否，「彈琴復長嘯」固然洩露其內心的不平，但「深林人不知，明月來相照」，那動歸乎靜的指向，那明淨的結尾，卻使這不平衡融入月光中而得到淨化。《輞川集》中許多渾然一片的靜穆境界，反映的都是這樣淨化過的心境。〈白石灘〉、〈欹湖〉可為代表：

> 清淺白石灘，綠蒲向堪把。
> 家住水東西，浣紗明月下。

> 吹簫凌極浦，日暮送夫君。
> 湖上一回首，山青卷白雲。

　　在如此透明的境界裡，還有什麼不可平衡的心思？我們看到的難道不是棲息在詩意中的詩人王摩詰自己？這種飄然的感覺，在〈柳浪〉、〈金屑泉〉中有顯露的表達：

> 分行接綺樹，倒影入清漪。
> 不學御溝上，春風傷別離。

> 日飲金屑泉，少當千餘歲。
> 翠鳳翔文螭，羽節朝玉帝。

　　柳種於御溝外，可比人不在官場中，自然毋需心煩。此時此際的王維，還沒走到「一生幾許傷心事，不向空門何處銷」的地步，所以飄進道教徒的神仙境界裡去也是時而有之的事，「日飲金屑泉」云云，便是如此。

　　然而，這組詩畢竟是與友人同遊為景點標目之作，所以畫面化自
然是必具手段。摩詰於此又極盡其平遠、深遠、高遠的畫家手段。平
遠如〈南垞〉：

　　　　輕舟南垞去，北垞淼難即。
　　　　隔浦望人家，遙遙不相識。

　　平遠曠蕩一直是中國山水畫崇尚的空間感。廣水遙山，由實向
虛、由有限向無限延伸，頗合乎道家逍遙的精神。此詩水面平鋪，由
南向「淼難即」的北垞望去，有平遠的距離感，自然有開闊的氣象。
再如〈斤竹嶺〉：

　　　　檀欒映空曲，青翠漾漣漪。
　　　　暗入商山路，樵人不可知。

　　郭熙〈林泉高致〉稱：「高遠之色清明，深遠之色重晦。」王維
著力渲染一個「暗」字：密竹掩映，山路樵人時隱時現其間。裴迪同
詠之作要直白得多，可視為王詩注腳：

　　　　明流紆且直，綠篠密復深。
　　　　一徑通山路，行歌望舊岑。

　　同是寫景深，裴迪詩是「陳說」，王維詩則「廣攝四旁，環中自
顯」。一個「暗」字寫出「綠篠密復深」，而「商山路」又與隱居者的
聖地商山聯繫起來，注入文化意蘊。這就是王摩詰以重晦之色染出深
遠之景的畫家功夫。至如高遠手段，上引〈華子崗〉、〈文杏館〉皆可
為例。

　　然而，畫面化實在不是摩詰獨家之秘，同遊的裴迪也時有佳句如畫，如裴作〈白石灘〉云：「日下川上寒，浮雲淡無色」；如〈辛夷塢〉：「況有辛夷花，色與芙蓉亂」。甚至如裴作〈木蘭柴〉：「蒼蒼落日時，鳥聲亂溪水」，一個「亂」字將鳥鳴之碎與溪流之飛濺打成一片，一擊兩鳴，也是一幅有聲畫。摩詰高明之處，似更在不泥眼前事實，而能以心境淨化環境。茲以〈宮槐陌〉為例，王作云：

　　　　仄徑蔭宮槐，幽陰多綠苔。
　　　　應門但迎掃，畏有山僧來。

裴作云：

　　　　門南宮槐陌，是白歙湖道。
　　　　秋來山雨多，落葉無人掃。

　　裴作似日記，王作則有意味。裴作極力要寫出幽棲的寂靜，故云「落葉無人掃」；王作則如上文所提到的明代僧人德清對空的理解：「正若俗語謂旁若無人，豈真無人耶？」他乾脆寫「應門但迎掃」，但這種「有人」比「無人」更見其清淨心境，蓋此掃是「畏有山僧來」──恐山僧時來相訪，能不迎掃之耶？地淨、客淨，乃見主人心淨。這與摩詰〈能禪師碑〉中所謂「無空可住，是知空本」；〈與魏居士書〉所云「惡外者垢內，病物者自我」、「雖高門甲第，而畢竟空寂」、「知名空而返不避其名」等等看法，可以說是一脈相承。王維化禪趣為詩意，當於此等處求之，《輞川集》的禪意詩情，就蘊含在這裡。

　　我們不能不為裴迪寫一筆，他真是莊子身旁的惠子，沒有裴迪的同遊、激發，未必有這帙《輞川集》呢！

　　裴迪，身世模糊，但有一點比較明確，即安史之亂前沒當官，常
追隨王維左右，是其至交好友。王維的許多重要作品如〈山中與裴秀
才迪書〉、〈贈裴十迪〉等，都是為裴而作，其感情之深，恐怕連親兄
弟王縉亦無以過。看這首〈贈裴迪〉：

　　　　不相見，不相見來久。
　　　　日日泉水頭，常憶同攜手。
　　　　攜手本同心，後嘆忽分衿。
　　　　相憶今如此，相思深不深？

樸素的語言更能見其誠摯的友情。再如〈登裴迪秀才小臺作〉：

　　　　端居不出戶，滿目望雲山。
　　　　落日鳥邊下，秋原人外閒。
　　　　遙知遠林際，不見此簷間。
　　　　好客多乘月，應門莫上關。

　　後四句可謂推心置腹，相視莫逆。而這位裴秀才也不負摩詰一片
真情，在安史之亂中王維最困頓的時刻出現在他眼前，給予最大的心
靈上的撫慰。此是後話。

三　摶虛成實的畫面化手段

　　——詩人而善畫，畫家而能詩，已屬難得，何況摩詰能熔詩畫於
一爐，使詩如畫面般鮮明直觀，畫如詩思般空靈含蓄，這真是世不一
出的絕活兒。但在他那兒，二者當家的畢竟是詩意。

北宋嘉祐年間，初出仕的年輕詩人蘇東坡（軾）來到鳳翔府任判官。

判官沒多少事做，所以他常四處走走。有一回來到開元寺，在斑駁的寺牆上看到唐人留下的壁畫，有吳道子（人稱「畫聖」）的，還有王維的。他再三觀摩徘徊，留連不去，寫詩道：

> 摩詰本詩老，佩芷雜芳蓀。
> 今觀此壁畫，亦若其詩清而敦。

這幅壁畫給蘇東坡的印象太深刻了。後來，他多次提到摩詰的畫，並與摩詰的詩聯繫起來。其中最有影響的言論要數〈書摩詰藍田煙雨圖〉所云：

> 味摩詰之詩，詩中有畫；觀摩詰之畫，畫中有詩。

這幾乎成了論王維就必定要引用的口頭禪。唐詩中不乏詩中有畫者，唐畫中也不乏畫中有詩者，但以詩人而善畫，畫家而能詩，並且造詣皆深，聚於一身，這就難得了。更何況他還能熔詩畫於一爐，使詩如畫面一般鮮明直觀，使畫如詩思一般空靈含蓄，這就更是世不一出的絕活了。王維自家似乎也頗以此為榮，所以在〈偶然作六首〉裡，有這麼一首：

> 老來懶賦詩，唯有老相隨。
> 宿世謬詞客，前身應畫師。
> 不能捨餘習，偶被世人知。
> 名字本皆是，此心還不知。

　　不知道為什麼，後二聯都以「知」字為韻，連注家趙殿成也只是無奈地表示「疑誤」而已。不管怎麼說，王維當時的畫家名聲至少是不比其詩人的名聲低。直到宋以後，他的「一代文宗」的地位早已讓給李、杜了，而他的畫壇地位卻聲譽日隆，被尊為「南宗畫」之祖。「南宗畫」當然是明代的莫是龍、董其昌這些人編排出來的，但也並非空穴來風，這裡暫且不去議它，而「文人畫」卻的確是中國畫中頗具特色的大宗，王維為其先驅者之一而無愧。

　　王維在畫壇有崇高地位，與蘇東坡的倡揚有關。蘇氏甚至認定王維比「畫聖」吳道子還要高出一頭哩！其〈王維吳道子畫〉云：「吳生雖妙絕，猶以畫工論。摩詰得之於象外，有如仙翮謝籠樊。吾觀二子皆神俊，又於維也斂衽無間言。」蘇軾明白無誤地將吳道子歸於「畫工」，只有「摩詰本詩老」，他才能「得之於象外」，才是「文人畫」。看來在王維那兒，詩畫二者當家的畢竟還是詩意。

　　王維的真跡我們是一幅也見不到了，日本所藏「江山雪霽圖」與「伏生授經圖」，專家也大都認為是後人臨本而已。不過在當時，王維的畫很多，有許多還是壁畫，蘇軾看到的鳳翔府開元寺壁畫就是其中一幅。

　　據郭若虛〈圖畫見聞志〉說，唐肅宗收二京後，凡陷賊官皆以六等定罪，囚於宣揚里楊國忠舊宅。宰相崔圓召王維、鄭虔、張通至其私第，令畫數壁。又，朱景玄《唐朝名畫錄》載，千福寺東壁院有王維、畢宏、鄭虔所畫壁畫，時稱「三絕」。又，張彥遠《歷代名畫記》稱「王維工畫山水……清源寺壁上畫輞川，筆力雄壯。」可見當時王維畫了許多壁畫。也許這些壁畫至宋大都毀於戰火，但《宣和畫譜》還記載北宋御府尚藏有王維的畫一百二十六幅，開列個清單吧：

　　太上像二，山莊圖一，山居圖一，棧閣圖七，劍閣圖三，雪山圖一，喚溪圖一，運糧圖一，雪岡圖四，捕魚圖二，雪渡圖

三，漁市圖一，騾綱圖一，異域圖一，早行圖二，村墟圖二，
度關圖一，蜀道圖四，四皓圖一，維摩詰圖二，高僧圖九，渡
水僧圖三，山谷行旅圖一，山居農作圖二，雪江勝賞圖二，雪
江詩意圖一，雪岡渡關圖一，雪川羈旅圖一，雪景餞別圖一，
雪景山居圖二，雪景待渡圖三，群峰雪霽圖一，江皋會遇圖
二，黃梅出山圖一，淨名居士像三，渡水羅漢圖一，寫須菩
提像一，寫孟浩然真一，寫濟南伏生像一，十六羅漢圖四十
八。[14]

　　計有人物畫、山水畫、風俗畫等多種題材。從中還不難看出，王
維對雪景特別興趣。美學家宗白華曾在《美學散步》〈中國藝術意境
之誕生〉中解釋說：「只在大雪之後，崖石輪廓林木枝幹才能顯出它
們各自的奕奕精神性格，恍如鋪墊了一層空白紙，使萬物以嶙峨突兀
的線紋呈露它們的繪畫狀態。所以中國畫家愛寫雪景（王維），這裡
是天開圖畫。」從技法上說，雪景的確更容易突出線條，並可以在渲
染中抒情。張彥遠《歷代名畫記》稱王維輞川圖「筆力雄壯」，又稱
「曾見破墨山水筆跡勁爽」，可見王維是線條與渲染並重的。所謂破
墨，當代大畫家潘天壽〈聽天閣畫談隨筆〉說是：「在乾後重複者，
謂之積，在濕時重複者，謂之破。」其法有以濃破淡，以乾破濕，以
淡破濃，以濕破乾，以水破淡等等。總之是造成濃濃淡淡乾乾濕濕的
墨色變化，用於渲染。朱景玄《唐朝名畫錄》稱輞川圖「山谷鬱鬱盤
盤，雲水飛動」，沒有渲染法是辦不到的。傳為王維所作的〈山水
訣〉稱：「畫道之中，水墨為上；肇自然之性，成造化之功。」這幾
句話與其創作實踐也是相符合的。清代董其昌〈畫旨〉稱「南宗則王
摩詰，始用渲淡，一變鉤斫之法」，無論是否「始用」，摩詰畫用渲淡

---

14 見《王右丞集箋注》附錄3。

是事實。有些批評家舉出些例證，說王維畫其實大多屬青綠山水，「筆細於髮」，從而否定其「始用渲淡」。我認為不妥。蓋當時李思訓、王維並稱山水畫名手，因時代風尚而有共同點，這一點也不奇怪。值得珍視的倒是變異，哪怕是為數甚少的一點變異，也往往是大變遷的開始。好比農藝師，能從一粒變異的種子培育出一代新品種一樣，一首詩，一幅畫，只要是傳統的蛻變，就值得重視。王維畫中出現的渲染破墨技法，是後來文人畫的濫觴，值得大書一筆呢！

　　王維真跡不可見，要論其「畫中有詩」，只好「紙上談兵」了。蘇軾〈跋宋漢傑畫山〉稱：

> 唐人王摩詰、李思訓之流，畫山川平陸，自成變態，雖蕭然有
> 出塵之姿，然頗以雲物間之，作浮雲杳靄與孤鴻落照，滅沒於
> 江天之外，舉世宗之，而唐人之典型盡矣。

　　山川而間以雲物，江天則孤鴻滅沒，實而虛，虛而實，全在筆墨有無間，可謂「曲盡蹈虛揖影之妙」！而這種虛虛實實的畫境如上節所云，正與禪家色空觀相通。事實上王維這種「蕭然有出塵之姿」的意境正是他在輞川詩意地居住，怡然自足的心境的外現。這種寫實卻又靈動的藝術，是心靈化的藝術，是其入世的超脫心境的產物。畫中的詩意，當於斯求之。

　　王維畫真跡雖不可求，摹本時或可見。清代大畫家王翬《精品集》中就收有臨王維《山陰雪霽圖》橫幅，畫論家笪重光題曰：「王石谷臨王右丞山陰雪霽圖」。可信度甚高，可謂「下真跡一等」者。此畫與後人常作的銀山雪嶺荒村蕭寺，「一片茫茫大地真乾淨」的雪景圖不一樣，畫中山川平陸起伏有致，小雪散落如敷粉，山麓坡腳依然怡紅快綠鮮明。四周晦暗而林表則「頗以雲物間之，作浮雲杳靄」，一派霽光浮動，讓人不由想起祖詠〈終南望餘雪〉詩：

> 終南雲嶺秀，積雪浮雲端。
>
> 林表明霽色，城中增暮寒。

　　也是寫終南山陰雪霽之景，詩情畫意兩相拍合。再看圖中漁舟行人，並無侷促寒斂之態，適見「蕭然有出塵之姿」。據此可推知：王維畫中追求的依然是自家所感受到的詩意。

　　王維還有一幅「雪中芭蕉圖」，極負盛名，往往被引為王維詩畫藝術舍形求神的力證。如宋釋惠洪《冷齋夜話》卷四稱：

> 詩者，妙觀逸想之所寓也，豈可限以繩墨哉！如王維作畫，雪中芭蕉，法眼觀之，知其神情寄寓於物，俗論則譏以為不知寒暑。

　　這是說王維重在神情寄寓於物，而不拘於形似，也就是沈括《夢溪筆談》所謂王維畫物多不問四時，得心應手，意到便成。說到底是王維將作詩「搏虛成實」的手段移植到作畫中來，說他是「寫意畫」自覺的先驅應不為過。詩、畫、禪，核心是詩。

　　我個人更感興趣的是「詩中有畫」。這裡不只是強調它的畫面效果——好詩寫景大都有此效果，而且是強調王維對詩的畫面化的自覺追求，讓讀者易於直覺把握，激發其聯想與想像。同時人殷璠在《河岳英靈集》中評王維詩有云：

> 維詩詞秀調雅，意新理愜，在泉為珠，著壁成繪，一句一字，皆出常境。

　　出常境是為了轉化為奇境。殷氏舉例有：「落日山水好，漾舟信歸風」、「澗芳襲人衣，山月映石壁」，落日、風舟、石壁、山月，這

些從視覺經驗中提取出來的「可視」性很強的意象構成「常境」，而又出常境，因為它們有很強的傾向性，都指向一種閒適的情調。這種方法恰恰是方士庶〈天慵庵隨筆〉裡所說的畫家造境的方法：

> 山川草木，造化自然，此實境也。因心造境，以手運心，此虛境也。虛而實，是在筆墨有無間……故古人筆墨具此山蒼樹秀，水活石潤，於天地之外，別構一種靈奇。

　　用現代的語言來詮釋，那就是說：現實中的萬物為人所感知，但也因此而被個體的認知結構所同化，成為視覺經驗。畫家從中選取與自己的情感傾向相對應的意象，按自己的要求形成「新秩序」（傾向），從而創造出感性的幻象空間，化實境為虛境，「於天地之外，別構一種靈奇」。這種靈奇，是指個性化的非物理現實的藝術之境，但它同時又是作者真實感受，來自現實世界而又轉化為美的形式：「虛而實，是在筆墨有無間」。在這一關鍵問題上，詩畫創造藝術幻象的方向是一致的，都可以說是「搏虛成實」的手段，即從實境中抽象出形式，並注入作者自己獨特的感受。有了這一基本相通的特質，不妨說各種門類藝術，如詩、畫、雕塑、音樂、舞蹈等，都要創造出再現、表現情感生活的獨特形式，雖然不可互相取代卻可以互補，互相借鑑。所以宋人晁以道說：「詩傳畫外意，貴有畫中態。」再者，既然人類的視覺、聽覺、觸覺、味覺可以形成「通感」，那麼各門類藝術的造型方法也就有可能通過「格式塔」異質同構的感應能力，綜合形成一個藝術家把握審美對象的「直覺」。由於王維對詩、畫藝術都具有很高的修養，所以其造型手法在詩畫之間隨腳出入，也就不奇怪了。以〈終南山〉詩為例：

　　太乙近天都，連山到海隅。

> 白雲回望合，青靄入看無。
>
> 分野中峰變，陰晴眾壑殊。
>
> 欲投人處宿，隔水問樵夫。

　　王維要寫出終南山的闊大，就用了中國山水畫特有的「散點透視」法，先寫全景「連山到海隅」——其實這是目力所不能及的；再從山中走出來回頭看：「白雲回望合」；又從裡看：「青靄入看無」；又俯視：「分野中峰變」；正面背面同時看：「陰晴眾壑殊」；最後退到遠處，以「欲投人處宿，隔水問樵夫」作為參照，拉開距離，終於顯出終南山的闊大。葉維廉將它稱為：「有雕塑意味的作品」，甚善。[15]

　　當然，「如畫」畢竟不是畫，只是有「畫的感覺」而已。這種獨特的感受為讀者情感結構所同化，則這種感受也就成為一群人共同的感受。《紅樓夢》四十八回寫香菱讀了王摩詰詩後說：

> 「大漠孤煙直，長河落日圓。」想來煙如何直？日自然是圓的。這「直」字似無理，「圓」字似太俗。合上書一想，倒像是見了這景的。要說再找兩個字換這兩個，竟再找不出兩個字來。再還有：「日落江湖白，潮來天地青。」這「白」與「青」兩個字，也似無理。想來，必得這兩個字才形容得盡；念在嘴裡，倒像有幾千斤重的一個橄欖似的。還有：「渡頭餘落日，墟里上孤煙。」這「餘」字合「上」字，難為他怎麼想來。我們那年上京來，那日下晚便挽住船，岸上又沒有人，只有幾棵樹，遠遠的幾家人家做晚飯，那個煙竟是青碧連雲。誰知我昨兒晚上看了這兩句，倒像我又到了那個地方去了。

---

15 葉維廉：《尋術跨中西文化的共同文學規律》（北京市：北京大學出版社，1986年），頁64。

　　香菱的話證明詩的畫面化更易讓讀者從自己的視覺經驗中勾出相關的畫面聯想。「渡頭餘落日，墟里上孤煙」的場景馬上就引出香菱當年上京城時曾見的畫面，引起共鳴。總的看來，摩詰「因心造境」的手法大致是用色、線條化、層次感，力圖造成視覺效果，心摹手追，搏虛成實，從而曲盡蹈虛揖影之妙，造成藝術的幻境。中國畫論有云：「天地萬物，一橫一豎。」有時在平面上豎立直的線條，可造成空間感。如「草際成棋局，林端舉桔槔」（〈春園即事〉），「獨樹歸關門，黃河向天外」（〈送魏郡李太守赴任〉），在平鋪橫陳的草坪、黃河之旁豎起桔槔、獨樹為參照，就很有立體感。「大漠孤煙直，長河落日圓」，豎直的線條（上孤煙）、橫的線條（長河），與圓的線條（落日）形成對比，「直」、「圓」二字強化的線條感造成鮮明的視覺效果。追求線條化是王維詩歌畫面化的一個有效因素。如「柳條疏客舍」（〈與盧象集朱家〉），那疏疏下垂的柳條就有很強的線條感，好比簾幕將客舍間隔開，造成距離，使之深且靜。

　　王維詩的畫面化還在於用中國畫的空間表現方法，令人情感往而復返。如果說西畫是在方形畫框裡幻出錐形透視空間，由近而遠，層層推出；那麼中國畫則在豎立方形直幅裡由上而下，由遠至近地令人流連盤桓於山水之中。宗白華〈美學散步·中國詩畫中所表現的空間意識〉一文中，有很精彩的表述：

　　　　王船山〈詩繹〉裡說：「右丞妙手能使在遠者近，搏虛成實，則心自旁靈，形自當位。」……我們欣賞山水畫，也是抬頭先看見高遠的山峰，然後層層向下，窺見深遠的山谷，轉向近景林下水邊，最後橫向平遠的沙灘小島。遠山與近景構成一幅平面空間節奏……空間在這裡不是一個透視法的三進向的空間，以作為布置景物的虛空間架，而是它自己也參加進全幅節奏，受全幅音樂支配著的波動。這正是搏虛成實，使虛的空間化為

實的生命。[16]

再如〈新晴晚望〉：

　　白水明田外，碧峰出山後。

此聯出自謝朓〈還涂臨渚〉：「白水田外明，孤嶺松上出。」但經摩詰一改，白水、碧峰相映，而碧峰又出於山後，層次儼然，白、碧相映成趣，碧字尤為搶眼，其畫面化效果無疑要比謝詩強得多。一著「碧」字，全聯生色。

摩詰用色，的確精工。「青綠山水」如：「青皋麗已淨，綠樹鬱如浮。」（〈自大散以往深林密竹蹬道盤曲四五十里，至黃牛嶺，見黃花川〉）用色十分濃重。又如「夕陽彩翠忽成嵐」（〈送方尊師歸嵩山〉）、「桃花復含宿雨，柳綠更帶春煙」（〈田園樂七首〉）、「嫩竹含新粉，紅蓮落故衣」（〈山居即事〉），色彩明麗，有似工筆畫。至如「鰲身映天黑，魚眼射波紅」（〈送祕書晁監還日本國〉），用黑、紅強烈的對比色，十分膽大。單單「青」、「白」二色調，摩詰也能渲染出不同的氣氛：

　　青菰臨水映，白鳥向山翻。

　　　　　　　　　　　　　　　　　　　　——〈輞川閒居〉

　　日落江湖白，潮來天地青。

　　　　　　　　　　　　　　　　　　　　——〈送邢桂州〉

　　九江楓葉幾回青，一片揚州五湖白。

　　　　　　　　　　　　　　　　　　——〈同崔傳答賢弟〉

---

16 宗白華：〈美學散步・中國詩畫中所表現的空間意識〉（上海市：上海人民出版社），1981年，頁92。

　　不是畫中聖手，豈能造此境界！而墨分五色，水墨暈化，追光躡影，渾溶一氣，更是筆墨淋漓了。

　　王維還是個音樂家，他的詩對於音響也很注重，如：

　　　松含風裡聲，花對池中影。

　　　　　　　　　　　　　　　　　——〈林園即事寄舍弟紞〉

　　　聲喧亂石中，色靜深松裡。

　　　　　　　　　　　　　　　　　　　　——〈青溪〉

　　　屋上春鳩鳴，村邊杏花白。

　　　　　　　　　　　　　　　　　——〈春中田園作〉

　　　泉聲咽危石，日色冷青松。

　　　　　　　　　　　　　　　　　——〈過香積寺〉

　　　細枝風亂響，疏影月光寒。

　　　　　　　　　　——〈沈十四拾遺新竹讀經處同諸公之作〉

　　　行踏空林落葉聲。

　　　　　　　　　　　　——〈過乘如禪師蕭居士嵩丘蘭若〉

　　還可以舉出許多。詩、畫、音樂打成一片，如此和諧。三者在詩人的靈感中相通了。至如「色靜深松裡」、「日色冷青松」、「行踏空林落葉聲」，色而曰「靜」、曰「冷」；踏在「落葉」還是「落葉聲」？這是「通感」，更是詩人讓讀者在交感中享受大自然律動的鬼斧神工！

　　據實構虛，虛而實，實而虛，正是王維創作的基本方法。

第八章
雪裡芭蕉

一　凝碧池，傷心碧

　　──王摩詰雖然信奉佛教，認為萬象皆空，但大是大非仍以儒學為衡量標準，「向風慕義無窮也」；但他畢竟是信佛，只能用「遁入空門」一類方法解決矛盾。

　　天寶十五載（西元756年）農曆六月十三日。

　　天色漸明，晨風猶涼，大明宮外已聚集了不少早朝的官員，在竊竊議論些什麼。

　　王維這幾日總是心神不定，輞川莊也已經有個把月沒去了。自去年冬安祿山反於范陽，一路勢如破竹。由於海內久承平，百姓累世不識兵革，甚至有忽聞鼓角竟從城牆上掉下來的，所以叛軍所過州縣望風瓦解。昨日又有小道消息傳來，據說中風的老將哥舒翰領十數萬兵出潼關，中了埋伏，潼關已失守。這些消息使朝臣們如熱鍋上的螞蟻，有幾個膽小的早已嚇出病來，今天早班少了不少人。但看宮廷三衛立仗儼然，漏聲猶聞，似乎一切仍舊，王維這才稍稍定下神來。忽然宮門大啟，宮人宦官亂出，說是皇上今天黎明與楊貴妃姐妹、皇子、楊國忠、陳玄禮及親近人員已倉猝逃出延秋門，皇妃、公主、皇孫凡在宮外的都被拋棄不顧了。這就好像晴空起霹靂，崩石激水，一時王公大臣士民四出逃竄，長安城似被捅破的蜂巢，轟地一聲，眾蜂亂出，不可收拾。

　　叛軍很快就洪水般衝進城內，百官如甕中之鱉，只等人來擒捉。

不久，街上就不時看到被繫成一串的官員，有穿紅披紫的，也有青色官袍的，在叛軍騎兵居高臨下的吆喝聲中踉出城外，朝洛陽方向走去。一隊過了又一隊。

在這東去的俘虜隊裡，就有給事中王維。他後來在〈京兆韋公神道碑銘〉中回憶這段被俘的日子，說：

> 君子為投檻之猿，小臣若喪家之狗。偽疾將遁，以猜見囚。勺飲不入者一旬，穢溺不離者十月。白刃臨者四至，赤棒守者五人。刀環築口，戟枝叉頸，縛送賊庭。

碑主韋公，指韋斌，是宰相韋安石的次子，薛王業的女婿。其兄韋陟與王維、崔顥、盧象常唱和遊處。安史之亂，斌與王維都陷賊，斌被迫授偽職黃門侍郎，憂憤而死。二人可謂是患難之交：「君子為投檻之猿，小臣若喪家之狗。」王維由於才藝的名聲大，安祿山早就認得他，所以這回雖然王維「服藥取痢，偽稱瘖疾」（《舊唐書》本傳），祿山還是派人將他「刀環築口，戟枝叉頸」地「迎」置洛陽菩提寺（一說普施寺），迫以偽署。這也就是碑銘中所說的「偽疾將遁，以猜見囚。」

關於這次接受偽署，王維雖然不敢為自己開脫，曾在〈謝除太子中允表〉中自責：「當逆胡干紀，上皇出宮，臣進不得從行，退不能自殺，情雖可察，罪不容誅。……豈不自愧於心，仰而群臣，亦復何施其面，局天內省，無地自容！」不過在此碑中還是借為韋斌辯護之辭，連帶將一番苦心說出。他認為面臨生死關頭，有三種表現：

> 坑七族而不顧，赴五鼎而如歸，徇千載之名，輕一朝之命，烈士之勇也；隱身流涕，獄急不見，南冠而繫，遜詞以免，北風忽起，刎頸送君，智士之勇也；種族其家，則廢先君之嗣，戮

辱及室，則累天子之姻，非苟免以全其生，思得當有以報漢，
棄身為餌，俯首入橐，偽就以亂其謀，佯愚以折其僭，謝安伺
桓溫之巵，蔡邕制董卓之邪，然後吞藥自裁，嘔血而死，仁者
之勇，夫子為之。

　　第一種是烈士，不顧一切就義。第二種是智士，找機會自盡。第
三種較為複雜，他要顧及各方面的影響。如東漢蔡邕，在「劫天子令
諸侯」的董卓手下任職，卻往往找機會匡益漢室；而東晉謝安，與權
臣桓溫周旋，匡益晉室，這叫仁者之勇。王維認為韋斌屬仁者之勇。
的確，人面臨生死之際，有種種不同表現，烈士固然可貴，智者與仁
者之勇，也應當予以理解。王維當然與上列三者掛不上鉤，但同是接
受偽署，也有種種不同的表現。或如哥舒翰，平日與安祿山是死對
頭，氣壯如牛，及為所擒，竟至於伏地而拜，口稱：「臣肉眼不識聖
人！」並主動為之策劃招降唐將，這是不齒人類的狗屎堆！還有一類
雖迫不得已，但不為虎作倀，良心未泯，如王維便是。

　　卻說安祿山當年在長安參加明皇酺宴，最喜愛其中的雜戲與歌
舞：有用大車裝飾成綵棚，或縛竹木為船形，載歌載舞，煞是好看！
又有舞馬百匹，都經過馴服，能奮首鼓尾地踩著節拍抃轉而舞，銜杯
上壽，更是奇絕！所以當長安落入他手中，他馬上命令搜捕樂工，運
載樂器，驅趕舞馬來洛陽，供自家消受。

　　秋風葉落的一天，濁重的凝碧池由於青萍水苔的緣故，但見一汪
深碧，愈往深處就愈近墨綠，好似那愈釀愈濃的夜。池中倒映著金谷
亭的紅柱與黃色的琉璃瓦，人影幢幢。安祿山將新近搶到手的御庫珍
寶都陳列在宴席之間，他要向群臣炫耀一下他的武功。在這池畔歌舞
有著奇妙的效果：倒影入池中，彩翠分明，那真是「我歌月徘徊，我
舞影凌亂」。可是被押送來的梨園子弟面對燒掠兩京的叛將蕃兵們那
副酒足肉飽趾高氣揚的神氣，以及那些趨走獻媚的孽臣乞憐的嘴臉，

想到往日太平時世的輝煌，不禁噓唏泣下，哪有奏樂的雅興！那班叛軍看到這一情景，便拔刀睨視眾人，辱罵叱責之聲爆裂不斷。忽地，有一樂工挺身而起，將手中樂器擲在地上，西向慟哭，其悲憤之音一時似波追浪逐，引出一片哭聲。這下把安祿山的臉都給氣歪了，一疊聲命手下將這位忠義之士縛於試馬殿前，肢解之。這位忠烈之士至死罵不絕口。

史冊載：這位樂工叫雷海青。

王維是幾天後才知道這悲壯一幕的。當時，他的好友裴迪由於沒當什麼大官，名氣又小，所以雖然也陷在洛陽城裡，卻來往自由，不時來菩提寺看望他。一回，他將雷海青的事蹟告訴了王維，王維聽了為之淚下，並寫一首詩記其事云：

　　萬戶傷心生野煙，百官何日再朝天？
　　秋槐葉落空宮裡，凝碧池頭奏管弦。

裴迪忙向方丈智滿要過一卷經書，將詩抄錄在這麻紙上，由智滿藏了起來，於是這詩不脛而走，很快洛陽許多士子都傳誦著。這首詩甚至傳到在靈武（今寧夏回族自治區靈武縣）即位的肅宗皇帝那裡，頗受皇上的嘉許。

摩詰同時在菩提寺還寫了另一首絕句：

　　安得捨塵網，拂衣辭世喧。
　　悠然策藜杖，歸向桃花源。

人在生死關頭的表現不僅取決於性格，更取決於他的價值觀。歷史學家范文瀾在他的《中國通史簡編》第三編第七章中曾將李白、杜甫、王維的生死關做過比較，認為王維是佛教禪宗在文學上的代表

人，地位相當於道教的李白，而宗教徒都有一種共同的心理，如王維云「植福祠迦葉，求仁笑孔丘」，李白云「我本楚狂人，鳳歌笑孔丘」，都不以儒家的殺身成仁為極則。杜甫則以奉儒之家自負，所以在生死關頭表現出與王、李不同的氣節。我認為范氏的說法雖是「《春秋》責備賢者」，但也有一定道理，王維固然敬佩雷海青的壯舉，但他自己的追求仍是「捨塵網」，此際想到的歸宿不是殺身成仁，而是「辭世喧」。不管從哪個角度看，都有「對社會國家不負責任」之嫌。不過唐人與宋以後人對王維這一人生的挫折所持態度並不太一樣，這又倒映了不同歷史文化背景下人們所持的尺度也並不太一樣。總的說來，唐人多持同情態度，對其偽稱瘖疾及寫凝碧池詩評價頗高，更不影響其詩壇崇高的地位。如也曾陷賊卻能「麻鞋見天子」的杜甫，自身大節凜凜，而對王維的態度更是平恕通達，這大概是盛唐之所以盛的緣固吧！其〈奉贈王中允維〉詩說：

> 中允聲名久，如今契闊深。
> 共傳收庾信，不比得陳琳。
> 一病緣明主，三年獨此心！
> 窮愁應有作，試誦〈白頭吟〉。

　　庾信是杜甫深所敬仰與學習的對象，曾稱「庾信文章老更成」。庾在侯景之亂中走江陵，後來梁元帝還任用他為御史中丞。杜甫還細心地指出「不比得陳琳」，將王維後來復為肅宗所用與三國時陳琳為袁紹草檄罵曹操，後袁氏敗，曹操愛陳琳之才而用之，二種情況區別開來。詩繼而強調王維的「偽稱瘖疾」，指出這也就是「忠君」的表現。而對其窮愁的心情也深表理解與同情。「試誦〈白頭吟〉」，以卓文君〈白頭吟〉云「淒淒自淒淒，嫁女不須啼。願得一心人，白頭不相離」暗喻王維一心不二。對王維此後的隱居，杜甫同樣表示理解。

〈解悶〉詩稱「高人王右丞」，〈崔氏東山草堂〉詩則藉崔氏草堂以諷王給事維（天寶十五載王維仍官給事中）：「何為西莊王給事，柴門空閉鎖松筠。」是對尚在審查中的王給事的關注與懷念。據史書載，至德二載（西元757年）冬，廣平王入東京，受安祿山偽署的百官都素服悲泣打著赤腳摘下冠冕請罪。廣平王將這些人（約三百多人）送到西京接受審查。後來這批人大多收繫在大理獄或京兆獄。當時禮部尚書李峴曾提出建議，對這些人要分六等處理，重者誅殺之，次賜自盡，再次重杖一百，次三等流、貶。王維則屬特殊處理，按《舊唐書》本傳的說法是：「賊平、陷賊官三等定罪。維以凝碧詩聞於行在（皇帝的臨時駐地），肅宗嘉之，會縉請削己刑部侍郎以贖兄罪，特宥之，責授太子中允。」起作用的因素有二，一是凝碧詩，二是弟王縉的救贖。王縉在安史之亂時期，曾任太原少尹，佐李光弼，後來也立了些功勞，所以為朝廷所親信，能以功贖之。當然，還有些傳聞，說是王維與鄭虔、張通都陷賊庭，而三人都善作畫，為當時勳貴崔圓用心畫了數壁於私第，終於得救云。但無論如何，唐人論王維都不見有苛論陷賊一事者，更不因倫理問題而貶抑其詩壇地位。宋以後人則責其「致身之義，尚少一死」，甚或誅連其詩作，認為「大節」不立，則平生所以傳世之作，「適足為後人嗤笑之資耳」（朱熹語），這立見出宋以後人不及唐人胸襟，且以道德代藝術的傾向。

不過，陷賊一事對王維無異是在心頭上刻了一刀，再也無法癒合。他常常從睡夢中驚坐起，披衣愴然，對著一盞孤燈直至天明。在〈與工部李侍郎書〉中，他對抗賊奮不顧身的李遵深表欽佩，痛陳在大敵當前忠義之士最為可貴：

> 夫仁弱自愛者，且奔竄伏匿，偷延晷刻，窮蹙既至，即匹夫匹婦，自經於溝瀆，安能決命爭首，慷慨大節，死生以之乎？……維雖老賤，沉跡無狀，豈不知有忠義之士乎？亦常延頸企踵，向風慕義無窮也！

　　信寫得沉痛而誠摯，雖然說摩詰學佛，以一切皆為幻象，但在大是大非問題上，也仍以儒家原則作衡量標準。在〈謝除太子中允表〉中更是嚴厲自責：「局天內省，無地自容！」但摩詰畢竟是信奉佛教，他解決矛盾的方法也只能是用佛教的方法：「一生幾許傷心事，不向空門何處銷？」（〈嘆白髮〉）所以在謝表中，他接著向皇帝提出申請：「伏願陛下中興，逆賊殄滅，臣即出家修道，極其精勤，庶裨萬一。」又說：「臣得奉佛報恩，自寬不死之痛。」他後來閉門念經、飯僧、獻莊為寺，都為的是贖罪。當然，在皇帝尚未恩准之前，他只能還是「亦官亦隱」，但此時的「亦官亦隱」與天寶年間的「亦官亦隱」幾乎是兩回事，所追求的已不是「忘機心得自由」，而更多的還是「贖罪」與內省。當然，從大範圍來說，也還是為了內心的平衡。

　　乾元元年（西元758年），是唐玄宗當了太上皇從蜀地回長安的第二年。這一年，王維剛好六十歲。是春，復官，責授太子中允，加集賢殿學士。後來又遷太子中允庶士，中書舍人。對朝廷的從寬發落，王維感恩不已，寫下〈既蒙宥罪旋復拜官伏感聖恩竊書鄙意兼奉簡新除使君等諸公〉的長題詩：

> 忽蒙漢詔還冠冕，始覺殷王解網羅。
> 日比皇明猶自暗，天齊聖壽未云多。
> 花迎喜氣皆知笑，鳥識歡心亦解歌。
> 聞道百城新佩印，還來雙闕共鳴珂。

　　從這首詩表達的那種如釋重負的輕快感看來，王維還是想為朝廷幹點事的，所以結句與新任命的使君們相勉立功：「還來雙闕共鳴珂！」當時也在朝廷任左拾遺的杜甫不也是對大唐中興寄以厚望嗎？只是肅宗並不是可信任的人選，人們短期的興奮很快就要被現實所熨平。

二　大明宮唱和

　　——大明宮壯麗的氣象有時會誘導出某種虛幻的心象，特別是在詩人們對形勢判斷不明的情況下。乾元元年一次早朝唱和中，我們看到了「盛唐」虛像。

　　大明宮巍巍的建築群雄踞在長安城東北角的龍首原上。南面俯視著圍棋也似的長安城，平視那青青的終南山。長安城劃成整整齊齊的大大小小方塊，大方格套小方格，層層套下去，從街坊直套進家家戶戶。平面中又有六條突起的崗壟，勳貴寺觀層層疊疊的樓閣錯落有致地掩映於這六條煙樹迷離的高坡之上，使開闊的平面又有高低的層次感。大明宮丹鳳門前大街寬達一七六米，通向濛濛的城南端，又給人以縱深的感覺。武則天皇帝就在這大明宮裡演出了中國歷史上有聲有色的一幕。如今，大明宮雖然經歷了安史之亂的戰火，已顯得蒼老，但含元、宣政、紫宸三大殿仍在，在香煙繚繞之中，仍給人以肅穆莊嚴壯麗的感覺。特別是群臣朝見，要順御道，穿廣場，登「龍尾道」，取仰勢漸上，才能進含元殿，這就在心理上更有一層崇高感。《劇談錄》載：「每朝會，禁軍御仗宿衛於殿庭，金甲葆戈，雜以綺繡，羅列文武，縉佩序立，仰觀玉座若在霄漢。」這樣的氣象，有時會誘導出某種虛幻的心象，特別是在詩人們對形勢判斷不明的情況下。在肅宗乾元元年（西元758年）春天的一次大明宮早朝的唱和中，我們看到的就是「盛唐」的虛像。

　　那天早朝罷，中書舍人賈至從袖中抽出新寫的詩〈早朝大明宮呈兩省僚友〉給幾位同僚看。[1]也是中書舍人的王維，右拾遺杜甫，右補闕岑參等幾位僚友們都來圍觀這首新作：

1　兩省，指中書省與門下省。

　　　　銀燭朝天紫陌長，禁城春色曉蒼蒼。
　　　　千條弱柳垂青瑣，百囀流鶯繞建章。
　　　　劍佩聲隨玉墀步，衣冠身惹御爐香。
　　　　共沐恩波鳳池裡，朝朝染翰侍君王。

　　譯為白話詩即：「打著銀燭輝映的燈籠穿過長長的街道去上朝，紫禁城清曉的春色鬱鬱蒼蒼。千條柔軟的垂柳掩映著青瑣宮門，百囀流鶯飛繞著這宏偉的宮闕猶如漢代的建章。劍佩聲隨著玉墀上莊重的步子有節奏地作響，衣帽上惹來了一身的御爐香。我們都幸運地沐浴著這鳳凰池裡的德澤恩波，天天染翰操紙侍奉著賢明的君王」。[2]「鳳池」，魏晉時因中書省掌機要，接近皇帝，故稱為「鳳池」。

　　眾人看了點頭，都說正是眼前景呢。於是同僚紛紛染翰和詩，至今我們還能看到杜甫、岑參與王維當時的和作。先看杜甫的和詩：

　　　　五夜漏聲催曉箭，九重春色醉仙桃。
　　　　旌旗日暖龍蛇動，宮殿風微燕雀高。
　　　　朝罷香煙攜滿袖，詩成珠玉在揮毫。
　　　　欲知世掌絲綸美，池上於今有鳳毛！

　　眾人看了又都喝彩，有說頷聯最好，你看風拂旌旗，旗上所繡龍蛇似在半空中游動，而高高的殿堂上的燕雀，也借助微風而高翔，真是聲彩壯麗，妙復生動呵！有的則說，頸聯最妙，「香煙攜滿袖」是景中情，「珠玉在揮毫」是情中景，情景交融莫過此也；又有的說，尾聯用典切事無比。鳳毛，用的是謝鳳與其子謝超宗的典故。超宗有文辭，作殷淑妃誄，帝頗賞識，對人說：「超宗殊有鳳毛！」而賈至

2　譯文引自陳貽焮：《杜甫評傳》上卷（上海市：上海古籍出版社，1982年），頁425。

及其父賈曾，分別寫過玄宗、睿宗傳位的冊文，所以玄宗曾嘆曰：
「累朝盛典，出卿父子之手，可謂難矣。」可見用典之貼切。

　　這裡方在嗟賞，那邊已在吟誦岑參的和作：

　　　雞鳴紫陌曙光寒，鶯囀皇州春色闌。
　　　金闕曉鐘開萬戶，玉階仙仗擁千官。
　　　花迎劍佩星初落，柳指旌旗露未乾。

　　誦至此，諸人相視微笑，已有人從旁評議道：「『花迎劍佩』四
字，差為曉色朦朧傳神矣！」又有人說道：「星落乃知花之相迎、旌
之拂柳也。刻寫入冥，刻寫入冥！」眾人忙看最後二句：

　　　獨有鳳凰池上客，陽春一曲和皆難。

　　賈至看了不禁捻鬚微微頷之。

　　眾人都笑道：「岑補闕這一首通體莊麗，且『寒』、『闌』、『干』、
『難』四韻皆險，卻押來自然，十分難得，當推為首選囉！」岑參笑
道：「莫忙莫忙，王舍人兄當今詩伯，自然有更好的，快拿出來我們
賞鑑賞鑑！」大家因看摩詰和詩：

　　　絳幘雞人送曉籌，尚衣方進翠雲裘。
　　　九天閶闔開宮殿，萬國衣冠拜冕旒。

　　才看到這裡，眾人都讚道：「果然出手不凡，好一個『萬國衣
冠』，氣象闊大，雄渾典重，是中興的好兆頭呢！」便接著看下去：

　　　日色才臨仙掌動，香煙欲傍袞龍浮。
　　　朝罷須裁五色詔，佩聲歸向鳳池頭。

　　眾人看了都說：「好好，句法用事都好，雖然『閶闔』、『宮殿』，
『衣冠』、『冕旒』，字面複見，且用衣服字面太多，但通體渾成，最
能見胸襟氣象了！」

　　從這一組詩中表現出來的氣象，也真似「盛唐氣象」。在當時朝
臣（甚至包括像杜甫這樣有憂患意識的朝臣）心目中，乾元元年的氣
象乃是中興氣象呢！就在去年（至德二載）的一年當中，安祿山為其
子安慶緒所殺；唐軍於九月收復長安，肅宗自鳳翔還京；十二月玄宗
也從蜀地返長安；史思明以其兵眾八萬之籍，遣人送表請降，封范陽
節度使。這一切都顯得形勢大好，所以乾元元年（西元758年）的今
年春天，皇帝大赦天下，普免一年租庸，大有中興的勢頭。前此一年
後輩詩人錢起有〈觀法駕自鳳翔回〉云：「欃槍一掃滅，閶闔九重
開。海晏鯨鯢盡，天旋日月來！」後此一年大詩人杜甫有〈洗兵馬〉
云：「中興諸將收山東，捷書夕報清晝同。河廣傳聞一葦過，胡危命
在破竹中！」這些詩代表的是當時士大夫普遍的情緒。我們今天反顧
歷史，因果自然分明，但當時歷史的命運也許正懸在顫抖的天平上
呢！是時，唐帝國文有李泌，武有郭子儀軍，興復並非無望。李泌是
個奇才，諸葛亮式的人物。他在至德元載（西元756年）曾為肅宗謀
劃，認為安祿山虜掠金帛子女都送至范陽，可見並無雄據四海之志，
除了蕃將，就只有幾個中國人為他出力而已。只要讓李光弼出井陘，
郭子儀入河東，使史思明等不敢離其老巢范陽、常山，田乾真等不敢
離長安，然後朝廷駐兵扶風，與郭、李兩軍分次出擊，讓安祿山叛軍
救頭失尾，來往千里於東、西京，疲於奔命，再端其老巢范陽，二年
之內天下可大定矣！後來事態發展不如人意，固然是由於肅宗昏憒貪
近利不能用李泌之謀，也還有其他深刻的非政治因素，這裡不作深
論。總之，詩人們在乾元元年春天的唱和有其樂觀的情緒是很自然
的，尤其是久歷開、天盛世，自然很容易就將當年的印象幻化做今朝
的想像（如「萬國衣冠拜冕旒」是過去事），事後回頭才認得是「假

盛唐」，所以讀者諸公也就不必責之以「打腫臉充胖子」了。

　　值得一提的是這次唱和用的是七律的形式。有人說七律是唐人聚精會神之作，好比畫美人兒，增一分則太長，減一分則太短，要恰到好處，所以不敢輕易落筆。七言律詩對盛唐人來說，屬於新體式，一直到武則天時代，寫的人也寥若晨星。如名詩人宋之問，現存一百九十多首詩，其中只有四首七律，而「初唐四傑」王楊盧駱，竟連一首七律也沒有。與之相比，王摩詰現存古近體詩四百多首，七律就占二十首，在盛唐詩人中也算是「多產」了。

　　值得注意的是直到盛唐，七律主要用來應制頌聖酬贈，大概是由於此種體式端莊整齊，其框架很容易製作成堂皇富麗的形式美，正適合應制之類用途。摩詰二十首七律中有奉和應制頌聖等七首，可謂「不能免俗」。不過，就其促進七律形式臻乎成熟而言，摩詰還是有其個人的貢獻的。金聖歎選批唐才子詩，曾列入李憕〈奉和聖制從蓬萊向興慶閣道中留春雨中春望之作〉，詩云：

　　　別館春還淑氣催，三宮路轉鳳凰臺。
　　　雲飛北闕輕陰散，雨歇南山積翠來。
　　　御柳遙隨天仗發，林花不待曉風開。
　　　已知聖澤深無限，更喜年芳入睿才。

　　金聖歎用解八股文的方法解此詩云：「前解，（金氏將律詩分兩截子，前四句曰『前解』）一，是『從蓬萊』；二，是『向興慶』；三、四是『雨中春望』，最詳整也。」經金氏這一批，倒是將李的拘執表露出來了。摩詰恰好也有一首同題之作，應該也是同一批應制的詩人。

　　詩云：

　　　渭水自縈秦塞曲，黃山舊繞漢宮斜。

鑾輿迥出仙門柳，閣道回看上苑花。

雲裡帝城雙鳳闕，雨中春樹萬人家。

為乘陽氣行時令，不是宸遊重物華。

　　這首詩頗能體現摩詰從容於規矩中的才能。應制詩當然必須嚴格扣緊題目來做，但摩詰卻能借題穿插自家感受，這就好比初作琴手只專注於指間弦上，生怕出錯；至藝術大師則否，他不必為此操心，他已忘乎琴指，神化於情感之中，不煩繩削而自合於規矩矣！清代徐增《而庵說唐詩》稱：右丞詩筆如游龍，極其自在，得大寬轉。詩從「望」字著想，故起兩句，以渭水、黃山來說。渭水如帶遠縈秦塞，黃山遙抱，繞於漢宮。「自」、「舊」，見從來如此。接下二句，迥出，言閣道之高，得望見渭水、黃山，又見宮中千門如畫。徐增與金聖歎一樣，總是將詩的結構說得來龍去脈分明，邏輯性很強，其實只是寫實景而帶感情耳。據今人對長安皇城的考證資料，大明宮有蓬萊殿，太液池中有蓬萊山。興慶宮，在長安城東部，是玄宗做臨淄郡王時的王府，後來自稱興慶坊內水池有黃龍出水，於是改建為皇宮，稱「南內」。從蓬萊到興慶，中間有架在空中的通道，稱「閣道」，為天子專用的通道。在閣道中回看含元殿，翔鸞閣與棲鳳閣各為三出闕式建築，與含元殿相連，猶如鳳凰伸出的雙翼，栩然欲動；朝前望，則興慶宮樓群及長安城千家萬戶，盡在雨樹掩映之中。眼界之闊，也是胸襟之廣。在寫實之中，摩詰胸中氤氳的盛唐氣象亦冉冉而出，這正是此詩高出李嶠「詳整」的地方。尾聯誠如而庵所稱，是「急回護天子」，說明此次雨中出遊，是為暢陽氣，不是圖娛樂。因為《禮記》〈月令〉有云：「季春之月，生氣方盛，陽氣發洩。」當然，其中不無諷諫之意了。應當說，奉和應制詩，特別是用七律形式來寫，能達到這種境界也就很難得了，難怪沈德潛《唐詩別裁》云：「應制詩應以此篇為第一。」任何形式都需要打磨，任何形式的打磨都不嫌多。

摩詰對七律形式的應用自如，一旦轉到寫自己所喜愛的題材上來，便成為令人愛不釋手的佳作。試讀這首〈積雨輞川詩作〉：

> 積雨空林煙火遲，蒸藜炊黍餉東菑。
> 漠漠水田飛白鷺，陰陰夏木囀黃鸝。
> 山中習靜觀朝槿，松下清齋折露葵。
> 野老與人爭席罷，海鷗何事更相疑？

宮廷詩板滯的毛病至此全消，一路流轉自如，感情暢達，更不是奉和應制之作可望其項背者。像這樣的七律，可以說是七律成熟的標誌。明人高棅《唐詩品彙》七律以王維為正宗，代表過去詩評家們比較「正統」的看法，也不是沒有道理的。當然，真正標誌七律臻於完美的作手，還是杜甫，而王維於七律亦功不可沒。

三　茶鐺、藥臼、經案、繩床

　　——王摩詰心底的反省自責使他感到沉重，此時已不是田園山水所能「調解」，他需要在佛教中找到繼續生存的依託，他總想贖罪。

人無遠慮，必有近憂。肅宗皇帝的短視，很快就招來報應。

乾元元年（西元758年）農曆五月，也就是大明宮唱和後不久，張鎬罷相，房琯被貶；再過一個月，史思明又反，殺范陽節度副使烏承恩，從此戰火連綿。張鎬罷相的原因是聞史思明請降時，上言：「思明凶險，因亂竊位，力強則眾附，勢奪則人離，是個人面獸心的傢伙，難以德懷，更不要假以威權。」又指出滑州防禦史許叔冀狡詐，臨難必變。這些預言都不幸而言中。但當時肅宗急於招降納叛，快點過上太平日子，所以聽不進去，以鎬為不切事蹟，罷為荊州防禦

使。其實呢，張鎬是個扶顛決策的良才。《舊唐書》本傳說他「風儀
魁岸，廓落有大志。涉獵經史，好談王霸大略。」玄宗西逃時，他自
山谷徒步扈從。肅宗即位，玄宗遣赴行在所，奏議多有弘益。後來二
京收復，皆在其為相任內。張鎬還是一個頗具文人浪漫氣息的人，他
嗜酒、好琴，常置座右。有人邀他喝酒，他就杖策逕往，但求一醉而
已。他一直是文人的好朋友。曾督師淮上，有個叫閭丘曉的傢伙素來
傲慢，大詩人王昌齡就是世亂歸鄉而為此人所殺的。其時宋州圍急，
而閭丘曉逗留不進，待鎬至淮口，宋州已陷，鎬將斬之。閭丘曉一聽
斬字，就癱倒了。爬在地上哀告，說是雙親已老，乞一條性命。張鎬
反問道：「王昌齡之親欲與誰養乎？」曉無言以對，就戮。他還對因
永王事件被牽連坐牢的李白，因論救房琯得罪肅宗的杜甫，都伸出有
力的救援之手。我們寫唐詩史時不能不附上這一筆！杜甫在〈洗兵
馬〉詩中這樣描繪張鎬：

> 張公一生江海客，身長九尺鬚眉蒼。
> 征起適遇風雲會，扶顛始知籌策良。

　　然而張鎬性簡淡，不去附會那班居權要的宦官，所以為讒言所
中，因史思明事被肅宗所罷黜。另一個被貶的是房琯。

　　房琯是當時名氣很大的名士，風儀沉整，有遠器，以天下為己
任。但他又很書生氣，高談有餘而不切事。曾受玄宗之命，奉傳國
寶、玉冊至靈武傳位，得到肅宗的信任，當了宰相。後來北海太守賀
蘭進明向肅宗挑撥說：琯曾為明皇制置天下，以永王等諸王為各路節
度，為的是只要其中一人得天下，他就不失恩寵，可見對皇上不忠
呵！這幾句都敲中肅宗的心病，由是惡琯，終於罷了相，貶為太子少
師。就在乾元元年這一年，據《通鑑》說，琯失職後「頗怏怏，多稱
疾不朝，而賓客朝夕盈門，其黨為之揚言於朝云：『琯有文武才，宜

大用。上聞而惡之，下制數琯罪，貶豳州刺史。」

　　所謂「房琯之黨」，是指劉秩、嚴武、李揖、賈至等，杜甫大概也因論救過房琯，可以沾上邊。這些人中，嚴武、李揖、賈至、杜甫與王摩詰私交都很不錯。我們在第三章第四節已提到過，王維貶濟州後，曾有一度想到盧氏去依房琯，在〈贈房盧氏琯〉詩中稱頌他「達人無不可，忘己愛蒼生。」這位房琯不但「好談老子、浮屠法」，與王維有共同的思想傾向，而且房琯從不肯阿附權要，也主張文治，這又是與王維在政治上相通之處。至如嚴武，他是「與張九齡相善」，為譏笑蕭炅而惹了大禍導致張九齡下臺的嚴挺之的兒子。此人是房琯「死黨」，房琯被貶時正當京兆少尹的官，也跟著被貶到巴州去當刺史。後來杜甫入蜀，頗得嚴武的關照。在嚴武被貶巴州前這半年，王維常與之來往。在〈酬嚴少尹徐舍人見過不遇〉詩中說：「公門暇日少，窮巷故人稀。」自復官以來，摩詰就很謹慎，少交往，只有幾個故人來往，嚴武就是這少數幾個朋友中的一個。還有一首〈晚春嚴少尹與諸公見過〉詩說：

> 松菊荒三徑，圖書共五車。
> 烹葵邀上客，看竹到貧家。
> 鵲乳先春草，鶯啼過落花。
> 自憐黃髮暮，一倍惜年華。

　　看來乾元年（西元758年）上半年王維心情還是比較好的。黃髮，人老了就有白髮，白髮久了就變黃，成「黃髮」，指年齡很大了。其實這一年他才六十歲左右。不過這一陣子的輕鬆很快就過去了，他心底的反省自責使他感到沉重，贖罪感老在咬齧著他。此時王摩詰的心態，已不是田園山水就可以「調理」的，他需要更強力的撫慰，是所謂「不向空門何處銷」，他要在佛教中找到繼續生存的依

託。所以，連輞川莊摩詰也少去了。杜甫在本年六月被出為華州司功
參軍，秋天曾到過藍田，訪崔興宗與王維，留存有〈九日藍田崔氏
莊〉、〈崔氏東山草堂〉二詩。崔興宗是王維的內弟，在藍田縣各有莊
園緊挨著，東面是崔氏草堂，西面是輞川莊。從崔氏草堂可看到遠處
雲臺山的雙峰，崢嶸懸絕，而藍水淙淙，就從群山千澗裡匯聚，遠遠
落下成溪流。秋高氣爽，只有谷口疏鐘，無人自響，十分幽寂。而隔
莊的王摩詰卻久不來矣，但見其柴門空鎖一片松樹林。輞川莊的荒蕪
給杜甫很深的印象，甚至直到王維死後，還在〈解悶〉中再次提到：

> 不見高人王右丞，藍田丘壑蔓寒藤。
> 最傳秀句寰區滿，未絕風流相國能。

　　乾元元年（西元758年）下半年，一批故交紛紛離京。房琯、嚴
武之外，還有儲光羲、李華、杜甫、賈至，裴迪也遠在蜀地。[3]而本
已明朗起來的局勢，也因次年三月九節度兵潰相州而進入拉鋸戰的灰
黯歲月。王維稍見復甦的心情很快已沉入鬱鬱之中。《舊唐書》本傳
稱：王維在京師，每天都供養十幾名和尚，以玄談為樂。他的居處齋
中無所有，只有茶鐺、藥臼、經案、繩床而已。這就是王維生命歷程
最後三、四年間的寫照。要醫治心靈的巨創，王維需要的不止是「調
理性情」，而是宗教的麻醉劑。他不但「飯僧」，還將心愛的輞川莊施
為寺院。在〈請施莊為寺表〉中說得很明白：「然要欲強有所為，自
寬其痛，釋教有崇樹功德，宏濟幽冥。」他借報答母親之名，施莊為
寺，「上報聖恩，下酬慈愛」，實際上是一種救贖行為。直到他死前一
年，還寫了〈請回前任一司職田粟施貧人粥狀〉，執意要將任中書舍
人、給事中兩任職田回與施粥之所，以救濟貧民。一些南禪宗所不屑

3　錢起有〈送裴迪侍御使蜀〉，可知裴迪到蜀地去是以侍御的身分，而不是「蜀州刺
　　史」。

的坐禪、念經、施捨等佛教形式，在王維最後幾年裡成了不可或無的行為。這一轉變的關鍵就在王維內心深處仍然是存放著儒家的生命價值觀，他為自己授偽職一事愧恨不已，什麼「離身而返屈其身」、「頓纓狂顧，豈與俯受維縶有異乎」之類大道理已經騙不了自己，「局天內省，無地自容！」直至此際，王維才極其認真地求助於釋教。

　　乾元二年（西元759年）王維六十一歲。這一年，後輩詩人錢起為藍田縣尉。錢起是「大曆十才子」之冠，很有才情。天寶年間流傳著這麼一則佳話：錢起未進士及第時，有一回住在京口客舍，月夜出來散步，松風竹影月涼如水。忽然聽得戶外有人在吟哦：「曲終人不見，江上數峰青。」錢起忙開戶出視，則杳無人蹤。這年赴進士試，題目是〈湘靈鼓瑟〉，錢起將客舍聽來的那十字為結尾，效果奇佳，得到主考官的擊節嘉賞，遂擢高第云。就是這位才子，一直被認為是王維詩風的傳人，高仲武《中興間氣集》評錢起說：「員外詩，體格新奇，理致清贍……文宗右丞，許以高格。右丞沒後，員外為雄。」而二人的交接處，便是本年春天。

　　是春，錢起被任命為藍田縣尉，但王維此時已不住在輞川莊，而是在長安與之唱酬，寫有〈春夜竹亭贈錢少府歸藍田〉，錢起和以〈酬王維春夜竹亭贈別〉；王維再贈以〈送錢少府還藍田〉，錢起再酬以〈晚歸藍田酬王給事贈別〉。二人依戀之情可知。從這組詩中，可看出二人風格的一致性，當然是年輕的詩人錢起向「文宗」刻意學習的結果。且看下面這兩首：

> 夜靜群動息，時聞隔林犬。
> 卻憶山中時，人家澗西遠。
> 羨君明發去，采蕨輕軒冕。
>
> ——王維〈春夜竹亭贈錢少府歸藍田〉

　　山月隨客來，主人興不淺。

　　今宵竹林下，誰覺花源遠。

　　惆悵曙鶯啼，孤雲還絕巘。

　　　　　　　　——錢起〈酬王維春夜竹亭贈別〉

　　口吻酷肖，特別是錢起最後一句「孤雲還絕巘」，既答了王維的「羨君明發去」，又是獨立自足的意象，正是王摩詰的風格。有一首題作〈晚歸藍田酬王給事贈別〉的錢起詩，在一些版本中當成王維詩，可見可以亂真。這首詩中，錢起將王維視為知音：「知音青瑣闈」。青瑣闈指宮門，王維當時還在朝廷供職。直到王維去世後，錢起仍然非常懷念這位他所敬仰的前輩詩人，著有〈故王維右丞堂前芍藥花開淒然感懷〉

　　詩云：

　　芍藥花開出舊欄，春衫掩淚再來看。

　　主人不在花長在，更勝青松守歲寒。

　　友人永久的懷念，表明藥臼、經案、繩床並未銷盡「詩佛」內在的熱情。

　　上元元年（西元760年）春天裡的某一天，王維那顯得冷清已久的老屋前忽然停下一輛由五匹馬拉的華麗的車子，車旁畫著熊，車上端坐的官員還戴著獬豸冠。原來是兩年前被貶，而今又被任命為河南府尹兼御史中丞的嚴武——故人嚴挺之之子來訪。嚴武上任前特地來他這兒拜訪，當夜就住下了。兩人不免又論道談玄起來，王維許久沒有這般高的興致了，這兒又來了詩興，一氣寫下〈河南嚴尹弟見宿弊廬訪別人賦十韻〉。詩中寫傾談時場面歷歷在目：

花醱和松屑，茶香透竹叢。

薄霜澄夜月，殘雪帶春風。

古壁蒼苔黑，寒山遠燒紅。

　　景物寫來蒼老卻有生機，好比老樹著花，別有風味呢！然而嚴武的上任意味著本來已很少的朋友又少了一個，摩詰不禁從心底掠過一陣淒涼。

　　摩詰分明已經感覺到生命旅程即將結束，他此時最思念不已的是從小一起長大，後來又一起到兩京求仕，此後感情一直很好的弟弟王縉，他還遠在蜀州任刺史。上元二年（西元761年）春夜，燭光將摩詰的身影投在灰暗的牆壁上，那麼瘦長而且顫抖著。這時他正專心地撰寫〈責躬薦弟表〉。

　　「臣維稽首言。」摩詰用他那蒼勁的書體寫下表章的頭一行：「臣年老力衰，心昏眼暗，自料涯分，其能幾何！」摩詰再濡了一下筆，喉口有點發乾。他回想起當日身陷洛陽，戟枝叉頸、穢溺不離的日子。雖然不能殺身成仁，但他也泣血自思，一朝得見天日，便去出家修道。沒想到朝廷寬容，不但宥其罪，還不斷陞遷。摩詰私心自咎，深慚尸素。於是他又快筆疾書：「臣又聞用不才之士，才臣不來；賞無功之人，功臣不勸。有國大體，為政本源。」

　　燈焰又抖動了一下，摩詰將燈芯剔高了一些。燈光在夜色中幻化出幾個大光圈，摩詰看著光圈，一些往事在光圈中顯現、消失……

　　那是漫遊兩京的青年時代。弟兄倆在長安、洛陽聲價正高，王維的詩，王縉的「筆」（文章）名馳文壇。有許多人來請弟弟寫個碑文什麼的，還送點潤筆錢。有時誤叩摩詰屋所的門，摩詰便風趣地說：「大作家在那邊。」

　　他們時或賈酒市井，時或逛名園賞名花，真是青春浪漫。當時畫家韓幹還只是一家小酒店的小酒保，常來王家討欠帳。韓幹後來是畫

馬的名家，此時雖然還沒有拜師學藝，但已偶露天資：他在等王氏兄弟結帳時，就蹲在泥地上，用竹枝兒畫人馬，總是畫得栩栩如生。王維和弟弟看了相視而笑，便常多給點錢，讓他買紙筆學畫去。如今韓幹已是名畫師羅……

那一回，同盧象、崔興宗幾位朋友唱和，作〈青雀歌〉。弟弟一揮而就：「林間青雀兒，來往翩翩繞一枝。莫言不解唧環報，但問君恩今若為？」當即王維心中便明白，二弟今後是篤定走仕途到底了。

安祿山亂起，摩詰陷賊。時有消息傳來，弟弟被朝廷委任為太原少尹，與大將李光弼同守太原，功效謀略，眾所推先。後來朝廷六等議罪，正是弟弟以自己所立之功為之贖罪，終得減等……

摩詰眼前的燈焰又跳動起來，光圈消失了，身後瘦巴巴的影子被拖得老長老長。摩詰於是伏案疾書，他向皇上表白，自己與弟弟比有五不如，懇請皇上恩准，「盡削臣官，放歸田里。賜弟散職，令在朝廷」云云。

表章呈上去了。摩詰就此一天天地等著消息。夏天來了，摩詰又陞遷為尚書右丞。不久，王縉被任命為左散騎常侍。摩詰聽到消息，感激涕零，農曆五月四日，寫下〈謝弟縉新授左散騎常侍狀〉。肅宗皇帝下了答詔，祝其鴒行並列，雁序同歸。

摩詰了卻了心頭事，心情十分平靜。第一陣秋風吹過，摩詰端坐寫了別弟書，又與平生親故作別書數幅，多是敦勵親友奉佛修心之旨。書畢，捨筆而絕。

《佛祖歷代通載》記載：「上元辛丑（西元761年）尚書左（右？）丞王維卒。」

《維摩詰經》〈方便品〉云：「是身如聚沫，不可撮摩。是身如泡，不得久立。是身如焰，從渴愛生。是身如芭蕉，中無有堅……」

《新唐書》本傳載：「母亡，表輞川第為寺，終葬其西。」

四　白雲無盡時

　　——王維替中國詩定下了地道的中國詩的傳統，後代中國人對詩的觀念大半以此為標準，即調理性情，靜賞自然，他的長處短處都在這裡。

　　寶應元年（西元762年）代宗皇帝即位。

　　廣德二年（西元764年）以王縉為宰相。

　　代宗皇帝好文。有一天，他對王縉說道：「你哥哥在天寶年間詩名冠代，朕曾經在諸王府裡聽演唱他寫的樂府。如今不如還存有多少他的詩文？你收輯一下，送上來。」王縉忙奏對說：「臣兄開元中有詩百千餘篇，可惜安史亂後，大部分已散失，十不存一。臣從中外親故手中收錄，彙總得四百多篇。」

　　第二天，王縉將乃兄王右丞詩文集子呈上，皇帝看了，還下了一道批答手敕，說：

　　　　卿之伯氏，天下文宗。位歷先朝，名高希代。抗行周雅，長揖
　　　　楚辭。調六氣於終篇，正五音於逸韻。泉飛藻思，雲散襟情。
　　　　詩家者流，時論歸美……

　　不但官家欽定王維為「天下文宗」，民間也承認其文壇領袖的地位。如同時代的選家殷璠，在〈河岳英靈集敘〉中便是以王維、王昌齡、儲光羲為開元、天寶代表詩人，集中所選王維詩十五首，僅次於王昌齡。而只選開元至天寶三載詩的《國秀集》，共收詩二二〇首，作者九十人，每人只一、二首，最多者七首，王維便是其一。稍後高仲武《中興間氣集》介紹錢起時則稱：「文宗右丞，許以高格；右丞沒後，員外為雄。」以王維為文宗，在當時可為定評。

　　歷史巨人總是時代的產兒，是該時代精神的人格化。「盛唐氣象」的核心是「雄渾」，是包容各種矛盾對立的博大風格：既一派飛動，又厚實深沉；既絢麗多彩，又清新自然；既雄闊偉岸，又明朗不盡。而盛唐文化是全面發展的，無論詩、書、畫，乃至音樂、舞蹈、雕塑，都取得很高水平的發展。這是一個多元並進的時代，王維的多才藝頗為典型地體現了這種盛唐氣象。他博通音樂、書畫、詩文，且善於融為一體，無論風格的多樣化或題材的豐富性（尤其是代表盛唐田園詩特有的明朗、平和、寧靜的精神），在盛唐詩人中堪稱一流。可以說，王維植根於豐厚的盛唐文化，是時代精神重要的體現者，王維當時被認可的文宗地位與他的全面發展有直接關係。所以唐人選本並不只是選其田園山水詩。如《河岳英靈集》，既欣賞他的「潤芳襲人衣，山月映石壁」，又欣賞他的「日暮沙漠陲，戰聲煙塵裡。」所選詩十五首，既有田園詩如〈贈劉藍田〉、〈入山寄城中故人〉等，也有邊塞詩如〈隴頭吟〉、〈少年行〉，還有閨怨詩如〈婕妤怨〉、〈春閨〉，還有送別詩如〈送綦毋潛落第還鄉〉、〈初出濟州別城中故人〉，至如抨擊社會的〈寄崔鄭二山人〉也在所選之列，而形式上更兼顧到「騷體」如〈漁山神女瓊智祠二首〉。《國秀集》所選七首也同樣兼顧各種題材，田園詩只選一首〈初至山中〉（即上引〈入山寄城中故人〉）。這不是偶合，而是盛唐人欣賞的正是王維的豐富性。同代人對王維詩的評價，主要是一個「秀」字。杜甫〈解悶〉云：「最傳秀句寰區滿」；殷璠《河岳英靈集》云：「維詞秀調雅，意新理愜，在泉為珠，著壁成繪。」代宗《批答手敕》則云：「泉飛藻思，雲散襟情。」用秀雅的語言，表現出秀美的畫面。這表明當時人的審美趣味是集中在王維語言藝術的表現力及其風格的多樣性上面。

　　趣味的轉移似乎始自晚唐詩論家司空圖。由於中晚唐時代精神的轉移，絢麗的貴族氣派日漸讓位於平淡的平民氣息，所以「興」、「象」並重的審美趣味也日漸移向「象外之象」的追求。司空圖在

〈與李生論詩書〉中稱：「王右丞、韋蘇州（應物）澄淡精緻，格在其中。」他欣賞的是其「近而不浮，遠而不盡，然後可以言韻外之致。」此後大多數評選家走的都是這個路子。如北宋大詩人蘇軾（東坡）稱：「吳生（道子）雖妙絕，猶以畫工論。摩詰得之於象外，有如仙翮謝樊籠。吾觀二子皆神俊，又於維也斂衽無間言。」（〈王維吳道子畫〉）論的是王維畫，也可推及王維詩，因為他認為「味摩詰之詩，詩中有畫；觀摩詰之畫，畫中有詩。」（〈書摩詰藍田煙雨圖〉）而張戒《歲寒堂詩話》也認為「王右丞詩，格老而味長。」至南宋嚴羽《滄浪詩話》倡「妙悟」，認為「詩者，吟詠情性也」，主張詩要寫得如羚羊掛角無跡可求，如空中音、水中月、鏡中象，言有盡而意無窮。雖然還沒有單列出王維詩來膜拜，但「神韻派」已呼之欲出。到了清代王漁洋終於破門而出，以王維為神韻派之盟主，在杜甫大定為「詩聖」之後，仍託故在《唐賢三昧集》中不選李白、杜甫詩，而推王維為沖和淡遠之正宗。在宋以後士大夫心目中，李杜雖然傑出，但代表的是「特殊性」，而王維那沖和淡遠的詩風，最能調理情性，最能代表士大夫最普遍的認識，所以可以說代表了「一般性」，是「主流派」的「正宗」。聞一多看準了這一內在的本質，所以準確地指出：王維替中國詩定下了地道的中國詩的傳統，後代中國人對詩的觀念大半以此為標準，即調理性情，靜賞自然，他的長處短處都在這裡。[4]「長處短處都在這裡」的斷語深中肯綮。世上事物的評價總是要放在歷史的時空中進行，此一時、彼一時，兩相顧及。我們今天看王維也必須如是。中國文化講究天人合一，中國詩講究陶冶性情，總是強調人通過自我調節達到與周圍環境的協調乃至妥協，是生存的大策略。田園山水詩的出現從根本上講也是出於此。上文我們已講到王維的田園山水詩創作高峰期在天寶年間，正是唐王朝危機釀成的年

4　引自鄭臨川：〈聞一多先生說唐詩（下）〉,《社會科學輯刊》1979年第5期。

代，也是二張先後失敗而王維官場失意轉入低調的時期，田園山水詩不妨看作是他自我調節的成果。二十世紀三十年代的詩人朱湘在《中書集》〈王維的詩〉中極其敏感地說：

> 唯有王維的那種既有情又有景，外面乾枯而內部豐腴的五言絕句，是別國文學中再也找不出來，再也作不出來的詩。他們是中國特有的意筆之畫與印度哲學化孕出的驕子，他們是中國一個富於想像的老人的肖像，他們是中國文化所有而他國文化所無的特產！

王維創造的藝術形式成為中國文化精種的載體，具有超驗的形式，超越時空而為後人所接受。這就是其長處。然而，在事實上中國士大夫是以「出」與「處」的轉環為其政治操作的樞紐，這種自調機制使多數士大夫在危難面前往往留有餘地，缺少屈原式的破釜沉舟。當代人批王氏「逃避現實」不為無據。是的，後期封建社會中的士大夫，主要欣賞的是王維的田園山水詩，並將興趣從對其詩歌畫面的欣賞轉至「理趣」、「禪意」的欣賞。事實上王維詩的影響遠遠不止是文學的，而且是文化的、心理的，對專制日甚的明清時代士大夫行為模式的形成，有其深刻的影響。不妨說，是讀者接受史塑造了後來乃至今日的王維形象；也可以說，是王維詩畫內在的傾向性、導向性在一定程度上影響了中國人的審美趣味，與讀者的接受史雙向建構，積澱為傳統詩、畫史的兩行鮮明的足跡，甚至如朱湘所說：活畫出中國這一「富於想像的老人的肖像」。將參照系放眼於全人類之精神文化，則其長處將得以彰顯。同時，隨著讀者群體的改變，其短處也必然日見消減。

一百多年前王國維已指出：

居今日之世，講今日之學，未有西學不興，而中學能興者；亦
未有中學不興，而西學能興者。[5]

近百年來中西文藝互相影響已是不容忽視的事實。作為「中國文
化所有而他國文化所無的特產」，王維詩自然引起西方人的注意。早
在一八六二年法國著名漢學家埃爾維‧聖‧德尼侯爵已譯了一本《唐
詩》，選王維、李白、陳子昂等三十五位詩人的九十七首詩，其中王
維占突出的地位。而一九一五年意象派大師埃茲拉‧龐德也選擇李白
和王維的十五首詩，命名《漢詩譯卷》（Cathay），被認為是龐德對英
語詩歌「最持久的貢獻」。這兩本很有影響的介紹中國詩的集子，都
將王維當作中國詩人的重要代表。現代西方「意象派」詩人似乎與盛
唐人的審美趣味有著某種一致之處，那就是重視「興象」（興與象的
並列），重視靠獨立自足的畫面來表情（而不是主觀情緒的發洩），重
視理性與感情的渾凝。而這正是王維詩歌藝術的重要特色。也就是
說，經過長期的接受，「重神韻，講究暗示而不講究直敘，短句加上
短篇，王氏五絕獨步」（朱湘語），正在逐漸成為人們的共識，成為包
括東、西方後來人一種頗為重要的審美經驗。

王維已經成為「時間人」、「世界人」。所以本書雖然對王維詩做
了比較多面的描述，但要對作為「時間人」的王維作一深刻的認知，
對作為「世界人」的王維作一全面論述，自然還必須包括其對東、西
方後人的影響，這需要新的眼光，自非淺陋如我所能及，任重道遠，
尚待來哲。

王維詩歌藝術的影響仍將繼續，猶如那冉冉舒捲的白雲，沒有
盡時。

5　傅傑編校：《王國維論學集》（昆明市：雲南人民出版社，2008年），頁499。

附錄
靈境獨闢
──王維詩歌風格之形成*

一　桃花源裡

　　布封說:「風格即其人!」福樓拜說:「風格就是生命。這是思想本身的血液!」要探索一個作家的風格,首先要知其人,知其思想。

　　王維,一向被尊為盛唐田園詩派的領袖,長期地供在「桃花源」裡。然而,魯迅認為:「即使是從前的人,那詩文完全超於政治的所謂『田園詩人』、『山林詩人』,是沒有的。完全超出於人間世的,也是沒有的。」[1]盛唐田園詩派的形成,與盛唐的人間世普遍出現莊園這一現實有著緊密的聯繫。它,占據著士大夫生活重要的一角:「丘園養素所常處也,泉石嘯傲所常樂也,漁樵隱逸所常適也。」[2]士大夫的興趣使它成為重要的題材,誕生了它自己的一群詩人,在盛唐詩苑中蔚成大國。這也許是魯迅之所以將擬想中的文學史第六章(唐部分)題為《廊廟與山林》[3]的一個原因吧?

(一)亦官亦隱之風

　　亦官亦隱是盛唐文人風靡一時的生活方式。它是「魏晉風度」在新的歷史條件下的繼續,是田園詩派形成所必須的社會氛圍,也是王

---

* 作者碩士學位論文。
1 魯迅:〈魏晉風度及文章與藥及酒之關係〉。
2 黃賓虹主編:《美術叢書》2集第7輯,郭熙:《林泉高致》〈山水訓〉。
3 魯迅這一設想見諸許壽裳:《亡友魯迅印象記》〈雜談著作〉一文。

維詩歌風格形成的搖籃。

如果說，魏晉人以官、隱不並立，以隱勝仕；那麼，盛唐人則坦然以隱為「終南捷徑」，以亦官亦隱為尚。如果說，魏晉時優遊田莊之中待機而動只是極少數門閥士族的特權；那麼盛唐庶族地主要購置田莊，與士族奔競於仕途已非難事。

《世說新語》〈排調〉云：

> 謝公始有東山之志，後嚴命屢臻，勢不獲已，始就桓公司馬。於時有人餉桓公藥草，中有遠志，公取以問謝：「此藥又名小草，何一物而有二稱？」謝未即答，時郝隆在座，應聲答曰：「此甚易解，處則為遠志，出則為小草。」謝甚有愧色。

謝所愧者，由隱而仕。孔稚珪的名篇〈北山移文〉，正為此輩發。反之，由仕而隱，乃稱「達人」。陶潛〈感士不遇賦〉[4]云：

> 彼達人之善覺，乃逃祿而歸耕。

「祿」而需「逃」，其危可知。魏晉六朝統治階級內部鬥爭殘酷，文人多罹大難，嵇康、陸機、謝靈運諸人均遭殺戮。所以嵇康於縲絏中有「昔慚柳惠，今愧孫登」之嘆，自恨歸隱不早。因此，世人往往以明哲保身為高，儘管也有「既歡懷祿情，復協滄洲趣」一類「官隱兼美」的想法，畢竟未成風會。所以孫綽說：「山濤吾所不解，吏非吏，隱非隱。」（《晉書》〈本傳〉）可見，亦官亦隱於時尚未被理解、接受。

時至盛唐，風移俗易，世人多不以出仕為愧：「聞道謝安掩口

4　見陶澍注：《靖節先生集》，下引同。

笑，知君不免為蒼生。」（《全唐詩》卷一三二李頎〈送劉十〉）李白甚至以應召為榮：「仰天大笑出門去，我輩豈是蓬蒿人！」（上書卷一七四〈南陵別兒童入京〉）相反，老死牖下則愧之。李頎又有〈答高三十五留別〉云：「寄書寂寂於陵子，蓬蒿沒身胡不仕？藜羹被褐環堵中，歲晚將貽故人恥。」連「迷花不事君」的孟浩然也「常恐填溝壑，無由振羽儀。」（上書卷一五九〈晚春臥病寄張八〉）而王維〈與魏居士書〉（卷十八）[5]則儼然是一篇「反北山移文」，陶潛的棄官被嘲為「一慚之不忍，而終身慚。」王維之所以敢這樣說，就因為當時亦官亦隱之風日熾，隱與仕的關係已發生變化。

　　欲究亦官亦隱之風日熾的底蘊，須明盛唐土地制度的變化。歸隱，先要有「吃飯之道」，「假使無法噉飯，那就連『隱』也『隱』不成了」。[6]魏晉南朝，士族占山涸澤，閉門成市，土地高度集中，「名山大川，往往占固」，[7]造成「富強者兼嶺而占，貧弱者薪蘇無托」[8]的情況。因此一般庶族文人要歸隱，就得甘心畎畝之間，過清貧日子，談何容易！《宋書》〈陶潛傳〉載陶「謂親朋曰：『聊欲絃歌，以為三徑之資，可乎？』」甚至寫〈歸去來辭〉時，還戀戀於「猶望一稔，當斂裳宵逝。」足見「三徑之資」雖達人必備。

　　盛唐社會長期安定，生產力迅速發展，引起生產關係的變化，主要表現為：均田制破壞，莊園普遍化。此變至玄宗時尤烈。《冊府元龜》〈田制〉載天寶十一載詔：「聞王公百官及富豪之家，比置莊田，恣行吞併，莫懼章程」云云，反映的正是該時地主階級占田置莊的普遍風氣。《新唐書》〈盧從願傳〉稱盧為「多田翁」；《舊唐書》〈李憕傳〉稱李「別業相望」，與吏部侍郎李彭年「皆有地癖」；《太平廣

5　〔唐〕王維著，〔清〕趙殿成箋注：《王右丞集箋注》（北京市：中華書局，1961年）。下引王詩均出此，不另注，只標卷數。

6　魯迅：《且介亭雜文二集》〈隱士〉。

7　《宋書》〈孝武帝紀〉。

8　《宋書》〈羊玄保傳〉所附羊希傳。

記》卷一六五載王叟「莊宅尤廣，客二百餘戶。」莊田擁有者遠非少
數士族地主，其普遍性還可從《全唐詩》所存盛唐人詩題中窺見：

> 高適〈淇上別業〉；岑參〈送胡象下第歸王屋別業〉；李白〈過
> 汪氏別業〉；祖詠〈汝墳別業〉；李頎〈不調歸東川別業〉；周
> 瑀〈潘司馬別業〉……

可見，擁有莊園的不一定「非士族莫屬」，寒門庶族此時要解決
「三徑之資」已較六朝時容易了。陶潛後人陶峴「嘗制三舟，一舟自
載，一舟供賓客，一舟置飲饌，有女樂一部，奏清商之曲，逢山泉則
窮其景物。」（《全唐詩》卷一二五）此時氣象，乃祖不能望其項背。

這一變化很重要。自隋末農民起義給士族以致命打擊後，經武則
天、唐玄宗等最高統治者有意扶植，庶族在政治上大露頭角。如今又
獲得進可攻、退可守的「三徑之資」，便在仕途奔競中取得主動。如
果無莊園為其後盾，是要進退維谷的。王昌齡〈上李侍郎書〉（《全唐
文》卷三三一）云：

> 昌齡豈不解置身青山，俯飲白水，飽於道義，然後謁王公大
> 人，以希大遇哉？每思力養不給，則不覺獨坐流涕！

說的就是「謀官謀隱兩無成」的心情。另一方面，對於已仕的士
大夫說來，田莊別墅又不僅能提供飽食安步所需的物質，而且能滿足
身居廟堂之上的達官們「夢寐以青山白雲為念」的精神上的渴求。
《全唐文》卷三三四陶翰〈仲春群公遊田司直城東別業序〉云：

> 司直雁門田侯，行修器博，心遠地偏，於是啟郊園之扉……嗟
> 乎城池不越，井邑不移，林篁忽深，山鬱斗起……雲天極思，

河山滿目。

《全唐文》卷三一六李華〈賀遂員外藥園小池記〉云：

> 悅名山大川，欲以安身崇德，而獨往之士，勤勞千里；豪家之
> 制，殫及百金，君子不為也。賀遂公衣冠之鴻鵠，執憲起草，
> 不塵其心。夢寐以青山白雲為念。庭除有砥礪之材，礌礩之
> 璞，立而象之衡巫……

「城池不越」便有「河山滿目」，萬物皆備於我，的確是士大夫
賞心悅目之所。因此，高鶴《見聞搜玉》卷五云：

> 士大夫家，往往崇構堂宇，巧結臺榭，以為遊宴之所。……白
> 樂天詩曰：「試問池台主，多為將相官；終身不曾到，惟展畫
> 圖看。」

　　田園別墅日益成為士大夫心目中的「桃源」，精神寄託之所在，
由這一「惟展畫圖看」的不言之中，得到最充分的體現。蔡希寂〈同
家兄題渭南王公別業〉：「好閒知在家，退跡何必深」；裴迪〈春日與
王右丞過新昌訪呂逸人不遇〉：「聞說桃源好迷客，不如高臥眄庭
柯」；祖詠〈清明宴司勳劉郎中別業〉：「田家復近臣，行樂不違
親……何必桃源裡，深居作隱淪」；儲光羲〈同張侍御鼎和京兆蕭兵
曹華歲晚南園〉：「公府傳休沐，私庭效陸沉。方知從大隱，非復在幽
林。」隱居已從深山老林搬到城市郊園，於是避世存身的洞天福地
「桃花源」，便為亦官亦隱者的田莊別墅所取代了。事實上在盛唐人
筆下的「桃源」，也往往只是田莊別墅的代稱。如殷遙〈友人山亭〉：
「故人雖薄宦，往往涉青谿。鑿牖對山月，褰裳拂澗霓……一見桃花

發，能令秦漢迷。」此類例不遑悉舉。[9]

　　正是這種但求「心遠」不求「地偏」的內心安適的追求，而產生了「山水有可行者，有可望者，有可遊者，有可居者……但可行可望不如可居可遊之為得」（〈林泉高致〉）這樣一種審美趣味。李華〈賀遂員外藥園小山池記〉又云：

> ……其間有書堂琴軒，置酒娛賓，卑痺而敞若雲天，尋丈而豁如江漢。以小觀大，則天下之理盡矣。心目所得，不忘乎賦情遣辭。取興茲境，當代文士目為詩園。

　　這樣的「詩園」，便是李白〈春夜宴桃李園序〉中的桃李園；便是王維〈山中與裴秀才迪書〉中的輞川莊。它們無不說明著莊園——「詩園」——創作之間的聯繫。前人已見諸論述，《石洲詩話》卷一：

> 古人唱和，自生感激，若〈早朝大明宮〉之作，並出壯麗；〈慈恩寺塔〉之詠，並見雄宕，率由興象互相感發。
> 至於裴蜀州之才詣，未遽齊武右丞，而輞川唱和之作，超詣不減於王。此亦可見。

　　這「互相感發」相當於阿·托爾斯泰所說的：「讀者的特點和對讀者的關係決定著藝術家創作的形式和比重。讀者是藝術的一個組成部分。」[10]中國詩歌創作所特有的「唱和」——既是作者，又是讀者的創作方法，使得同時同地所感所著，必然在印象、心緒、情調、風

9　上引詩依次見於《全唐詩》卷114、131、136、114。
10　《阿列克謝·托爾斯泰論文學》俄文版，頁37，中譯本《作家的創作個性和文學的發展》，頁125。

格諸方面取得某種程度的一致性，從而波及到視唱和者地位、名望而定的或大或小的範圍。《新唐書》〈張說傳〉稱：

> （說）既謫岳州，而詩益悽婉，人謂得江山助云。

當時集結在張周圍的唱和者有：趙冬曦、尹懋、陰行先、王熊等。這些唱和之作，風格是較為接近的。胡應麟《詩藪》卷六認為：五言絕「至說巴陵之什……句格成就，漸入盛唐矣。」這「句格成就」除「江山助」外，還得力於「互相感發」。張九齡貶荊州後，與孟浩然、裴迪等唱和，亦屬此類情況。然而，這些都僅僅是較短期的聚會，思想、意緒、風格的交流遠不是充分的。洎乎王維，由於天寶年間長期居住長安，有一地處京郊，「輞水周於舍下，別漲竹洲花塢」（《舊唐書》〈本傳〉）的別墅莊園，周圍大都是私交甚深的一群知名詩人──如弟王縉，內弟崔興宗，長期唱和的裴迪，「結交二十載」[11]的祖詠，「善詩，出王維之門」[12]的皇甫曾及其兄皇甫冉，「事王維為兄，皆為詩酒丹青之契」[13]的張諲，「王右丞許以高格」[14]的錢起，多年詩友儲光羲、丘為等──他們植根於同一大時代，大都有一個較平穩的經歷與環境，能在相當長時期內「互相感發」，在感情、思想乃至愛好，在形式、構思乃至句法，取得冥契。許學夷《詩源辨體》卷十二云：

> （皇甫）冉五言絕〈和王給事禁掖梨花〉，宛似摩詰。

11　《王右丞集箋注》卷2，〈贈祖三詠〉。
12　《唐才子傳》卷3。
13　《唐才子傳》卷2。
14　《唐才子傳》卷4。

又，管世銘《讀雪山房唐詩》卷二十七：

> 裴迪輞川唱和不失為摩詰勁敵。

綜上所論，可以明瞭，莊園經濟產生了它的寵兒：一批飽食安步的士大夫地主，形成他們共同的審美趣味：「但求心遠，不求地偏」、「可行可望不如可居可遊」；造就了盛唐詩苑中蔚成大國的田園詩派。然而，莊園經濟之影響於審美趣味，並不是直射式的，而是通過倫理道德的折射。因此，我們有必要就折射的過程另作一番研探。

（二）理想的特構

陶潛講「心遠地偏」，王維諸人也講「心遠地偏」，卻是貌同心異。胡震亨《唐詩談叢》卷一指出：

> 王績之詩曰：「有客談名理，無人索地租」，隱如是，可隱也。陶潛之詩曰：「飢來驅我去，叩門拙言辭。」如是隱，隱未易言矣。

這兩種截然不同的隱居者，自有截然不同的隱居理想。作為晉末士大夫政治退避的理想出現的，是「桃花源」。陶潛雖「憂道不憂貧」，乞食猶「守死善道」，但內心有著深刻的苦痛。〈與子儼等疏〉[15]云：

> 僶俛辭世，使汝等幼而飢寒……汝輩稚小家貧，每役柴水之勞，何時可免？念念在心，若何可言。

15　逯欽立校：《陶淵明集》卷7。

內咎之情不能自已。於是「秋熟靡王稅」的桃源便作為解決矛盾的理想境界應運而生。陳寅恪先生認為：「桃花源記為描寫當時塢壁之生活，而加以理想化者。」[16]唐長孺先生則認為：從「春蠶收長絲，秋熟靡王稅」看，應是當時入山避賦役者之反映。[17]平章兩說，總是亟亂思安的理想的形象化。這一理想屬意所在是：「秋收靡王稅」。然而，賦稅乃是「國家存在的經濟體現」[18]，對王稅的否定，便具有否定封建國家的性質。作為大政治家的王安石就敏銳地覺察到：這是「雖有父子無君臣」！[19]這恰恰是陶潛卓立千古，世罕其匹的內涵。而當他以「古今隱逸詩人之宗」的面目出現於後世時，其理想的核心已被「修正」了！

盛唐之世，如上所論，由於田莊別墅的普遍化，也由於庶族地主在封建品級的再編制過程中地位日趨鞏固，日趨安適，所以士大夫所嚮往的已不再是「秋熟靡王稅」的桃源，而是「薄地躬耕，歲晏輸稅」（卷一〈酬諸公見過〉）的太平世界中的田莊。在他們的田園牧歌裡充滿了安居樂業的情趣：「雉雊麥苗秀，蠶眠桑葉稀。田夫荷鋤立，相見語依依。」（卷三〈渭川田家〉）權德輿〈送李處士弋陽山居〉云：「不憚薄田輸井稅，自將嘉句著州閭。」（《全唐詩》卷三二四）雖是中晚唐人語，可觀照盛唐人的意識。

作為對「桃花源」補充與「修正」的是：「不失大倫」。《舊唐書》卷一九二載唐玄宗徵隱士盧鴻一詔曰：「禮有大倫，君臣之義，不可廢也。」歷來「聖君」總是利用隱士點綴太平，調和奔競，使之不仕而有仕之用。苟有「行極賢而不用於君」者，則威臨之。《新唐書》〈韓朝宗傳〉載：

16　《金明館叢稿初編》〈陶淵明之思想與清談之關係〉。
17　《魏晉南北朝史論叢續編》，頁163。
18　《馬克思恩格斯全集》卷4，頁342。
19　李壁：《王荊文公詩箋注》卷6，〈桃源行〉。

開元末，海內無事。訛言兵興，衣冠潛為避世計。朝宗盧終南山，為長安尉霍仙奇所發。玄宗怒，使侍御史王鉷訊之，貶吳興別駕。

「大倫」便是三尺法，欲隱不易。但是另一方面，奸相李林甫在朝廷布下「羅鉗吉網」，當官亦不易。《雲溪友議》李右座條：

李相林甫，當開元之際，與巷陌（疑為伯）交通，權等人主……如不稱意，必遭竄逐之禍。

《資治通鑑》開元二十四年載李大集諫官，警告他們不要多言，「君不見立仗馬乎？食三品科，一鳴輒斥去，悔之何及！」由是觀之，士大夫處世之最佳形式，無過於「居官無官官之事，處事無事事之心」的亦官亦隱。既可免乎蟄伏山林之苦，又無「一鳴輒斥去」之憂。是之謂：「君親之心兩隆」，可優哉遊哉，聊以卒歲。王維正以此術，得以張九齡舊人卻在李黨手下「累官非不試」[20]的。宋羅大經《鶴林玉露》載朱熹「平生愛王摩詰詩云：『漆園非傲吏，自缺經世具。偶寄一微官，婆娑數株樹』以為不可及。」大儒所賞者，無非是怨而不怒，不亂「大倫」。在〈與魏居士書〉（上引）中，王維更自覺地以「欲潔其身，亂及大倫」警醒魏某，勸其出仕。卷十九〈逍遙谷讌集序〉云：

逍遙谷，天都近者，王官有之，不廢大倫，存乎小隱。跡崆峒而身拖朱紱；朝承明而暮宿青靄，故可尚也。

20　《王右丞集箋注》卷2，〈贈從弟司庫員外絿〉。

算是把士大夫崇尚亦官亦隱的心理表盡了。「不廢大倫，存乎小隱」概括了盛唐詩人的隱逸理想。

這一理想還有其哲學的依據。王維因其出身、性格、教養諸原因，而更具典型性。

王維誕生於篤信佛教之家。母崔氏為「北宗」普寂門人，自己是「華嚴宗」道光弟子[21]，又曾為「南宗」慧能撰碑。非但佛門諸派，對道教，王維也頗有涉獵，從〈贈李頎〉（卷二）、〈賀玄元皇帝見真容表〉（卷十六）諸作可窺見。這些都表明著王維的「兼收並蓄」。但此種「兼收並蓄」絕非叢胠餖輳，一以貫之的是：對內心「解脫」的追求。

初、盛唐釋、道均由客觀唯心主義走向主觀唯心主義。《六祖法寶壇經》云：「東方人造罪，念佛求生西方。西方人造罪，念佛求生何國？……悟人，在處一般。所以佛言，隨所住處，恆安樂。」它教人不必尋世外桃源，只教人「身心相離」，無視現實中的苦難，但從內心求安適：「外離相為禪，內不亂為定」，「若見諸境心不亂者，是真定也。」所以，「若欲修行，在家亦得」。這就是玄覺所言：「彼此無非道場，復何徇喧雜於人間，散寂寞於山谷。」[22]道教也同唱這一濫調。司馬承禎《坐忘論》〈收心〉云：「收心離境，住無所有，不著一物，自入虛無，心乃合道。」《天隱子》云：「何謂不行？曰：心不動故。」當時無論道釋，都強調「心不動」。只要這樣，或出或處，或官或隱，都無不可。是以王維〈與魏居士書〉云：「苟身心相離，理事俱如」，「雖方丈盈前，而蔬食菜羹；雖高門甲第，而畢竟空寂」。此之謂：「知名空而反不避其名也」。錢鍾書先生指出：王通、王維諸人，或本道家，或出釋氏，或命儒宗，都不過是「取熊而不捨

---

21 關於道光為華嚴僧的考證，參見陳允吉：〈王維與華嚴宗詩僧道光〉，《復旦學報》1981年第3期。

22 〔唐〕永嘉玄覺：《禪宗永嘉集》〈勸友書第九〉。

魚」的辯解，是「六經為我註腳」的曲學阿世的藉口。[23]這真是一針
見血之論。

「取熊而不捨魚」之術的關鍵在：「忍」。王維〈能禪師碑〉云：
「（能）乃教人以忍。曰：忍者，無生方得，無我始成，於初發心，
以為教首。」[24]王維以此處世，也以此勸人。〈與魏居士書〉謂：

> 近有陶潛，不肯把板屈腰見督郵，解印綬棄官去。後貧，〈乞
> 食〉詩云：「叩門拙言辭。」是屢乞而多慚也。嘗一見督郵，
> 安食公田數頃。一慚之不忍，而終身慚乎！[25]

陶所不能忍，王卻能忍。〈偶然作〉（卷五）云：

> 日夕見太行，沉吟未能去。
> 問君何以然？世網嬰我故。
> 小妹日長成，兄弟未有娶。
> 家貧祿既薄，儲蓄非有素。
> 幾回欲奮飛，踟躕復相顧……

---

23 見錢鍾書：《管錐編》，頁913。

24 此處標點採用呂澂《中國佛教源流略講》頁223所引。中華書局趙本卷25與《文學
遺產》1981年第2期孫昌武引文標點出入較大，可參看。

25 〈與魏居士書〉繫年，陳貽焮先生定於王維六十來歲時作（見陳貽焮：《唐詩論叢》
〔長沙市：湖南人民出版社，1980年〕，頁125、145；《王維詩選》〔北京市：人民
文學出版社，1959年〕，後記，頁153）然則，原文云：「僕年且六十。」且者，近
也。恐以此作係諸五十五歲至五十九歲間為妥。按陳先生考定，王維生於長安元年
（西元701年）（見《唐詩論叢》〔長沙市：湖南人民出版社，1980年〕，頁110），可
推知上限為天寶十四載，下限為乾元二年。又，綜觀全文，但言魏「裂裳毀冕二十
餘年」，「又屬聖主搜揚仄陋，束帛加璧，被於岩穴」，「若有稱職，上有致君之盛，
下有厚俗之化」云云，仍是太平景象，無片言及安史，「中興」諸事。以管見係諸
天寶十四載，作為他在安史之亂前夕的思想資料看，雖不中亦當不遠。

　　王維一生徘徊於官隱，首鼠兩端。他一折腰於李、楊[26]，再折腰於安、史。「忍」，是其消極面。不過，我們還看到：「忍」從反面說明王維尚非透心全死的「寂滅」。卷十四〈嘆白髮〉云：「一生幾許傷心事，不向空門何處銷」，就流露了他對現世間的憤懣。且不言其年輕時對現實社會的抨擊，即使在佞佛的晚年，還勉人以「薄稅歸天府，輕徭賴使臣。」[27]誠如卷十八〈與工部李侍郎書〉所稱：「維雖老賤，沉跡無狀，豈不知有忠義之士乎？亦常延頸企踵，向風慕義無窮也！」是皮裡陽秋，非不明大義；是有話不說，非無話可說。然而這種「忍」，又企圖從內心上消除矛盾，泯滅愛憎。取得內心世界的自給自足。也就是說，通過忍的橋樑達到隨緣任化，無往而非安適的境界。道宣〈唐高僧傳〉云：

> 隨緣行者，眾生無我，苦樂隨緣，縱得榮譽等事，宿因所構，今方得之，緣盡還無，何喜之有？得失隨緣，心無增減，違順風靜，冥順於法也。

　　這便是一篇〈與魏居士書〉的底本，也是迥異於李白歌斯哭斯，杜甫己飢己溺的本質所在！

　　如果說，陶潛的隱逸理想是對「雖有父子無君臣」的「烏托邦」的嚮往；那麼，王維隱逸理想的特構，則可歸結為如下一句話：

> 在儒家倫理約束下的對內心解脫的追求。

　　由這一句話乃可以分出王維詩歌風格之二元。

---

26 王維有〈和僕射晉公扈從溫湯〉（卷11），〈奉和聖制御春明樓臨右相圍亭賦樂賢詩應制〉（卷11）頌揚李林甫、楊國忠。

27 《王右丞集箋注》，卷8〈送元中丞轉運江淮〉。《資治通鑑》卷二二二載，上元二年十月以元載兼江淮轉運等使。王維卒於是年。

二　風格之二元

　　風格，實際上是作家從形象上把握生活的一種特殊方式。它與作家的思想方法有著更為直接的聯繫。一個作家擁有多種風格並不奇怪，它往往與作家對生活的認識的演變本身有關。

　　王維詩歌風格的不一致性是明顯的，胡應麟《詩藪》內編卷四指出：

　　　　右丞五言，工麗閒淡，自有二派，殊不相蒙。

沈歸愚《唐詩別裁》卷九亦云：

　　　　右丞五言律有二種，一種以清遠勝，如「行到水窮處，坐看雲
　　　　起時」是也；一種以雄渾勝，如「天官動將星，漢地柳條青」
　　　　是也。當分別觀之。

　　雄渾與淡遠兩種風格既是平行的存在，就主流言，又是前後相承的關係。其演變的軌跡與思想演變的軌跡基本上合轍。也就是說，由於王維世界觀如上所論，是儒、釋並存，「用世」與「避世」同處於一個矛盾統一體中，所以兩種判然不同的風格能出現在王維一人身上，並隨著兩種思想的起伏而起伏。

（一）至動的心靈

　　丹納指出：「個人的特色是由於社會生活決定的，藝術家創造的才能是以民族的活躍的精力為比例的。」[28]盛唐之音作為從門閥禁錮

---

28 丹納：《藝術哲學》第3編。

之中解放出來的庶族地主氣盛志滿的抒發，無論宮苑低吟，無論田園
淺唱；或歌關山月，或悲遠別離……丘壑萬狀的題材、形象、手法，
無一不染上浪漫主義的色彩。就體現風格存在的形式而言，不僅指的
是以李白為代表的掣電飛虹、急流轟浪式的長篇樂府，也包括有王維
所擅場的潭花自落、水盡雲生，童話也似的五律、五絕短章。這一切
的一切，又都植根於同一大時代，發軔於同一氛圍。有如歐洲文藝復
興時期出現的多才藝、深閱歷、善思辨的巨人們，盛唐湧現的文壇鉅
子也無不行萬里路、破萬卷書，通識釋、道、儒，為學術淵藪，為詩
家夫子。壯遊、干謁、隱居、出塞；幻想、失望、不平、怨懟……往
往成為他們共同的履歷與心理狀態。作為奪幟文壇的王維，可以說是
更典型地薈萃著這一切。

　　開元初，王維來往兩都，過著「貰酒漫遊」，「諸王駙馬豪右權勢
之門，無不拂席迎之」的浪漫生活。十九歲得京兆府解，二十歲進士
及弟，旋即從躊躇滿志的高峰跌入風塵僕僕的貶謫途中，足跡所及：
東登匡廬，西入巴蜀，南下黔中，又曾兩度出塞，北涉榆關……開元
年間他歷盡宦海波濤，中經喪妻夭子之痛，歷隱終南、淇上、嵩山。
王維開元年間的生活，可一字蔽之，曰：「動」。[29]

　　王維這段經歷使他接觸到較廣闊的社會現實，思想感情基本上屬
於上升中的庶族地主一邊。首先，表現在對品級再編制過程中的新、
舊門閥的不滿與抨擊：

　　　　朱紱誰家子？無乃金張孫！
　　　　驪駒從白馬，出入銅龍門。
　　　　問爾何功德？多承明主恩！
　　　　鬥雞平樂館，射雉上林園……

　　　　　　　　　　　　　　　　　　　　──卷五〈寓言〉

───────────

29 詳見文末「王維開元年間行蹤考略」。

翩翩繁華子，多出金張門。

幸有先人業，早蒙明主恩。

童年且未學，肉食驚華軒。

豈乏中林士，無人獻至尊……

　　　　　　——卷五〈濟上四賢詠‧鄭霍二山人〉

　　如果把它和李白二十餘年後的天寶三載寫下的一首〈古風〉[30]同讀，便可知王維的觀察是敏銳的。李詩如下：

大車揚飛塵，亭午暗阡陌。

中貴多黃金，連雲開甲宅。

路逢鬥雞者，冠蓋何輝赫！

鼻息干虹蜺，行人皆怵惕……

　　　　　　——《全唐詩》卷一六一

　　王維一面攻擊「金張門」的無才德，一面對「推宿豪如薙草」（卷二十一〈京兆尹張公德政碑〉）「冒貨賄者，我以為仇」（卷二十一〈裴僕射濟州遺愛碑〉）的良吏寄以希望。開元二十二年他向張九齡獻詩，頗思昂首舒吭以一鳴。這股熱情正是其風格的張力。表現在這一時期的山水詩風格，便是：開闊、明朗、不乏風俗畫面。

泛舟大河裡，積水窮天涯。

天波忽開拆，郡邑千萬家。

　　　　　　——卷四〈渡河到清河作〉

---

30 上引王詩趙殿成繫於開元九年被出濟州後作。李詩繫年據詹瑛《李白詩文繫年》。

　　秋田晚疇盛，朝光市井喧。

　　漁商波上客，雞犬岸旁村。

──卷四〈早入滎陽界〉

此類作不但一準天籟，有似雨後空氣一般清新，且透過它可看到作者
對政事的關心：

　　隔河見桑柘，藹藹黎陽川。

　　望望行漸遠，孤峰沒雲煙。

　　故人不可見，河水復悠然。

　　賴有政聲遠，時聞行路傳。

──卷二〈至滑州隔河望黎陽憶丁三寓〉

　　達人無不可，忘己愛蒼生。

　　豈復小千室，絃歌在兩楹。

　　浮人日已歸，但坐事農耕。

　　桑榆鬱相望，邑里多雞鳴⋯⋯

──卷二〈贈房盧氏琯〉[31]

　　開元二十五年後，王維兩度出塞（考詳附錄），關山月、塞外
風⋯⋯一入形象世界，使闊大明朗的風格更添一種雄渾蒼涼之氣：

---

31 上引諸詩稱述之滑州、滎陽、黎陽均在洛陽往濟州途中，清河縣在濟州北。諸詩當
作於貶濟州期間。又，《舊唐書》〈房琯傳〉載房開元十二年獻《封禪書》擢校書
郎，歷馮翊尉、盧氏令，二十二年拜監察御史。〈贈房盧氏琯〉云：「或可累安邑，
茅茨君試營」，有附從之意。又，王維開元十四年後離濟州返朝廷（考詳附錄），此
詩當繫開元十二年後，十四年前。

> 征蓬出漢塞，歸雁入胡天。
>
> 大漠孤煙直，長河落日圓。
>
> ——卷九〈使至塞上〉

> 暮雲空磧時驅馬，秋日平原好射鵰。
>
> ——卷十〈出塞作〉

惜乎長期未聘，王維的政治熱情已因張九齡的被貶而遽爾衰退。為崔常侍作〈讚佛文〉、〈西方變畫讚〉（均見卷二十）表明他已更深地陷入佛教的沼澤。僅僅因時代賦予的格調尚未褪盡，他山水詩還間有高昂之作。開元二十九年知南選過荊州寫下的〈漢江臨泛〉（卷八）可為一例。

　　隨著王維生活由江山塞漠轉入田園別墅，那勁健的風格一似地面的江河轉入地下的伏流，我們只能從沖淡中感應那至動的心靈。卷十三〈上平田〉云：

> 朝耕上平田，暮耕上平田。
>
> 借問問津者，寧知沮溺賢？

至淡中自有不平之氣流蕩。胡應麟《詩藪》內編卷五云：「王維氣極雍容而不弱」，堪為定評！

（二）凝神寂照

　　雍容而不弱的風格可概括為：「自在」。舊題陳師道《後山詩話》云：

> 右丞、蘇州，皆學於陶，王得其自在。

　　如果說陶的「自在」得力於「安貧樂道」的達觀；那麼，王的「自在」則得力於飽食安步的莊園生活，及與之相應的隨緣任運、無可無不可的內心安適。這種物質到精神的自給自足狀態，有利於靜穆風格之形成與凝定。黑格爾在論述「寓最高度的生動性於優美靜穆的雄偉之中的風格」時指出：

> ……這種本身獨立自足的靜穆才造成秀美的那種逍遙自在的神情。[32]

　　我們只要排除以靜穆為「極境」的偏見，那麼，黑格爾老人下述觀點是富於啟發性的：

> 要想達到理想的最高度的純潔，只有在神、基督、使徒、聖徒、懺悔者和虔誠的信徒們身上表現出沐神福的靜穆和喜悅，顯得他們解脫了塵世的煩惱，糾紛，鬥爭和矛盾。[33]

　　王維正是從宗教中得到「沐神福的靜穆和喜悅」──「禪悅」。在這一意義上，我認為陸侃如先生將「靜」字作為「開發王維的詩的鑰匙」這一意見是很中肯的：

> 我們細翻全集，知道我們的詩人最愛用「靜」字。唯其能靜，故他能領略到一切的自然的美。[34]

　　「靜」，即靜觀默察。《羅丹藝術論》認為：

---

32 黑格爾著，朱光潛譯：《美學》上冊序論，第3卷。
33 黑格爾著，朱光潛譯：《美學》上冊序論，第1卷，頁219。
34 陸侃如、馮元均：《中國詩史》篇3，章3。

藝術就是所謂靜觀、默察；是深入自然，滲透自然，與之同化
的心靈的愉快。（沈琪譯本，頁10）

我國古代文論家對此早有總結：

罄澄心以凝思，眇眾慮而為言。……
課虛無以責有，叩寂寞而求音。

　　　　　　　　　　　　　　　　　——陸機〈文賦〉

文之思也，其神遠矣。故寂然凝慮，思接千載；悄焉動容，視
通萬里……是以陶鈞文思，貴在虛靜。

　　　　　　　　　　　　　　——劉勰《文心雕龍》〈神思〉

這種本自莊子「惟道集虛」，老子「三十幅共一轂，當其無，有
車之用「的思想，是符合辯證法的，也往往為天才藝術家所認識：

欲書先適意任情，然後書之，若迫於事，雖中山之毫不能佳也。
　　　　　　　　　　　——蔡邕語，見蔡希綜《法書論》[35]

蟠天際地之思，驅雲走濤之筆，乘風破浪之興，洞天駭目之
觀，往往於閒靜中偶一遇之。

　　　　　　　　　　　　　　　——戴醇士〈題畫偶錄〉[36]

畫人物，也是靜觀默察，爛熟於心，然後凝神結想，一揮而就。
　　　　　　　　　　　　　　——《魯迅全集》卷六，頁四二三

---

35 〔清〕陸心源：《唐文拾遺》，卷21。
36 黃賓虹、鄧實選編：《美術叢書》初集。

　　特別是對自然美的認識，由於人的美感是「憑著人化的自然，才能產生。」[37]因此審美主體的意緒、修養、趣味，起著重要作用。馬克思《一八四四年的經濟學——哲學手稿》指出：「焦慮不堪的窮人甚至對最美的景色也沒有感覺。」所以在長期的封建社會中，靜美往往成為最有閒情逸致的士大夫的專利品。張戒《歲寒堂詩話》謂：

> 淵明「狗吠深巷中，雞鳴桑樹顛」，「采菊東籬下，悠然見南山」，此景物雖在目前，而非至閒至靜之中，則不能到，此味不可及也。

郭熙《林泉高致》〈畫意〉亦云：

> 前人言「詩是無形畫，畫是有形詩」，哲人多談此言，吾人所師……然不因靜居燕坐，明窗淨几，一炷爐香，萬慮消沉，則佳句好意亦看不出……

　　天寶年間，王維所處壞境尤適宜於靜穆風格的凝定。天寶三載後，王購置輞川莊[38]，在竹洲花塢中過著「彈琴賦詩，嘯詠終日」（《舊唐書》本傳）的安定富足的生活。宋之問〈藍田山莊〉（《全唐詩》卷五十二）云：「輞川朝伐木；藍水暮澆田」；王維〈輞川別業〉（卷十）：「不到東山向一年，歸來才及種春田。」正如日人加藤繁《中國經濟史考證》〈唐代莊園的性質及其由來〉一章所指出：「這種莊，不僅是娛樂場所，而且大有經濟意義。輞川莊可和這一點聯繫起來考慮。」我們只要從王維一組六言詩〈田園樂七首〉（卷十四）

---

37 馬克思、恩格斯：《論藝術》，頁204。
38 見陳貽焮：《唐詩論叢》（長沙市：湖南人民出版社，1980年），頁107。陳先生認為王維購輞川當在天寶三載後，七載前。

中，便可相當清楚地看到這時期他飽食安步的生活與逍遙自在的神
情。茲錄其二：

> 桃花復含宿雨，柳綠更帶春煙。
> 花落家僮未掃，鶯啼山客猶眠。

> 酌酒會臨泉水，抱琴好倚長松。
> 南園露葵朝折，東谷黃粱夜舂。

　　此間生活既無開元時的多變，又無至德後的動盪與負疚不安，在
「禪悅」中似鏡面般的古潭水，紋波不起。正是黑格爾所謂的「處於
自由獨立，心滿意足的自覺狀態」。[39] 這種狀態是有利於靜穆風格的抒
情詩的創作的。王維淡遠的風格也就蒂落於斯時，寫出一批清新到淋
漓盡致，見盎然之生機；謐靜到入於哲理，直探自然的奧秘的抒情詩：

> 人閒桂花落，夜靜春山空。
> 月出驚山鳥。時鳴春澗中。
>
> 　　　　　　　　　　　——卷十三〈鳥鳴澗〉

> 空山不見人，但聞人語響。
> 返景入深林，復照青苔上。
>
> 　　　　　　　　　　　——卷十三〈鹿柴〉

　　這種極閒中覺察到的靜美，保持著造化的渾成，充滿生機。卷七
〈山居秋暝〉：

---

39 黑格爾著，朱光潛譯：《美學》下冊，第3卷，頁189。

空山新雨後，天氣晚來秋。

明月松間照，清泉石上流。

竹喧歸浣女，蓮動下漁舟。

隨意春芳歇，王孫自可留。

　　雖曰空山，或聞「人語響」，或見「下漁舟」，總是「必取可居可遊之品」，以發人欲居欲遊之思。吳淇《六朝選詩定論》卷十一論陶潛飲酒詩云：

　　廬之結此，原因南山之佳，太遠則喧。若竟在南山深處，又與人境絕。結廬之妙，正在不遠不近，可望而見之間，所謂「在人境」也。

　　寫法與〈鹿柴〉相近的皇甫冉〈山館〉詩（《全唐詩》卷二四九）云：

　　山館長寂寂，閒雲朝夕來。

　　空庭復何有？落日照青苔。

　　人居的庭院反荒蕪於王維筆下的空山，其病正在：不「在人境」。所以郭熙《林泉高致》〈山水訓〉又云：

　　仁者樂山，宜如白樂天草堂圖，山居之意裕足也。智者樂水，宜如王摩詰輞川圖，水中之樂饒給也。

　　這種產生於「裕足」、「饒給」的審美趣味，的確是王維閒適生活的產物，是區別於陶而與二謝、王績、宋之問一脈相承的。皎然《詩

式》〈辨體〉對靜的解釋是：「非如松風不動，林狄和鳴，乃謂意中之靜。」王維「意中之靜」的「意」，便是「裕足」、「饒給」的閒適之意：

> 風景日夕佳，與君賦新詩。
> 淡然望遠空，如意方支頤。
> 春風動百草，蘭蕙生我籬。
> 曖曖日暖閨，田家來致詞。
> 欣欣春還皋，淡淡水生陂。
> 桃李雖未開，荑萼滿其枝。
> 清君理還策，敢告將農時。
> ──卷二〈贈裴十迪〉

　　無論日暖蕙生，水淡萼滿；無論竹喧蓮動，月照泉流，經王維詩筆略事點染，便產生一片舒適的恬靜。這就是「自在」的風格。

　　王維詩中的靜美，還蘊含著佛家「寂照」的哲學。王應麟《困學紀聞》卷二十引真文忠語曰：「此心當如明鏡止水，不可如槁木死灰。」禪家講究的是向上一著，所謂道心並非死寂：

> 離念是體，見聞覺知是用。寂是體，照是用。寂而常用，用而常寂。……寂照，照寂。寂照，因性起相；照寂，攝相歸性。
> ──《大乘五方便》[40]

　　這就是所謂的靜中動，動中靜，是禪宗探求的去住自由、動靜不二的境界。王維〈與魏居士書〉云：「無守默以為絕塵，以不動為出世」；卷二十五〈能禪師碑〉云：「離寂非幼，乘化用常」，講的正是

---

40 敦煌抄本，轉引自侯外廬主編：《中國思想通史》第4卷上，頁269。

這個道理。但更多的是從詩中透出「寂而常照」的消息：

> 春池深且廣，會待輕舟迴。
> 靡靡綠萍合，垂楊掃復開。
>
> ──卷十三〈萍池〉

> 颯颯秋雨中，淺淺石溜瀉。
> 跳波自相濺，白鷺驚復下。
>
> ──卷十三〈欒家瀨〉

　　舟迴、萍合。波淺、鷺驚。是動？是靜？一瞬間潑剌剌的動態竟生出無限的靜意。淡遠的風格於是乎凝定！

　　這種「寂照」自有其消極的核心。蘇東坡〈靜常齋記〉（《蘇東坡集・續集》）云：「虛而一，直而正，萬物之生芸芸，此獨漠然而自定，吾其命之曰：『靜』」。正道出王維詩中的靜，往往是一種「漠然而自定」的思想意緒的外化。傳說神秀的三字遺囑是：「屈曲直」，即〈智論〉所謂「斂心入定，如蛇行入筒」，呂澂《中國佛學源流略講》解釋道：

> 由散心到定心，如同彎曲的蛇進到直的筒中，屈曲就直了。神秀可能據此有所體會，把屈曲與直二者統一起來，將動靜一體作為究竟。（頁216）

　　如上所論，王維開元間有至動的心，在佛學浸淫下如蛇入筒，雖動靜得到統一，卻是統一於「漠然自定」的靜，依然是「忍」的哲學，一方面固然使詩有含蓄之美，另一方面又在很大程度上扼殺了詩的熱力。試讀卷十三〈竹里館〉詩：

　　　　獨坐幽篁裡，彈琴復長嘯。
　　　　深林人不知，明月來相照。

　　幽篁獨坐何故長嘯？阮籍〈詠懷詩〉云：

　　　　夜中不能寐，起坐彈鳴琴。
　　　　薄帷鑑明月，清風吹我襟。
　　　　孤鴻號外野，翔鳥鳴北林。
　　　　徘徊將何見？憂思獨傷心。[41]

　　這不都是在發「惟有清風明月知我心耳」的牢騷嗎？但阮籍給我
們的是「執著」，王維給我們的卻是「超脫」。長嘯被深林所吸收，終
於只剩一片「明月來相照」的恬靜。這種情緒的強化，破壞了詩的靜
美。卷七〈過香積寺〉高唱「安禪制毒龍」，恬靜一變為泉咽日冷的
淒清，便是一例。

　　安史之亂後，王維自恨駑怯，晚年過著「焚香獨坐，以禪誦為
事」，「齋中無所有，唯茶鐺、藥臼、經案、繩床而已」（《舊唐書》本
傳）的清教徒式的生活。雖間有〈和賈舍人早朝大明宮〉（卷十）之類
不失當年雄渾氣象的作品，但畢竟是老樹著花，生命力已不堪言說了。

三　一片境

　　王維詩無論是雄渾，是淡遠，都以「詩中有畫，畫中有詩」為特
色。然而問題還不在於對這一特色的認識，而在於：詩與畫，一為時
間的藝術，一為空間的藝術，兩者是如何互相滲透，和諧地構成一種
風格的？

─────────

41 見黃節：《阮步兵詠懷詩注》。

方薰〈山靜居畫論〉[42]引黃山谷語云：

> 余初未嘗識畫，然參禪而知無功之功，學道而知至道不煩，於
> 是觀畫悉知巧拙工俗，造微入妙。

這裡揭示了畫與參禪學道間的內在聯繫：一、「無功之功」（虛實的處理，虛之為用）；二、「至道不煩」（由此產生疏體畫簡淡的美）。抒情詩，特別是山水詩的發展，也與參禪學道有著密切的關係。無功之功，是對形象以外的藝術效果的追求。「無畫處均成妙境」（笪重光《畫筌》）與「不著一字，盡得風流」（司空圖《詩品》），同出一轍。「至道不煩」，是以最少的信息引發最豐富的聯想，講究的是一種簡淡的美。畫，由鏤金錯彩的金碧山水到逸筆草草的水墨山水；詩，由雕繢滿眼的「永明體」到清新雋永的唐人絕句……
　　我們有必要對詩、畫在這同一方向上的努力，做一番歷史的回顧。

（一）興象破墨

　　「興」，《說文解字》曰：「起也。」段玉裁注云：「興者，託事於物。」《詩經》中的「興」雖有漢儒所言的「美刺」，但主要的是即景隨想。與後文雖附麗而不銜接，如「關關雎鳩」、「桃之夭夭」之類。所以《朱子語類》卷八〇云：「《詩》之興，全無巴鼻。」
　　隨著社會的演進，原初民簡樸的藝術遂日趨複雜。〈焦仲卿妻〉的「孔雀東南飛，五里一徘徊」固然與下文「十三能織素」無涉，卻暗示了整個愛情悲劇的結局。曹植〈雜詩〉云：「高臺多悲風」，雖是即景，也是烘托懷人之情。所以，鍾嶸《詩品》序對「興」提出新解釋：「文已盡而意有餘，興也。」顯然是受當時玄學言意之辨的影

---

42 于安瀾輯：《畫論叢刊》下冊。

響。《莊子》〈天道〉云：「語有貴也，語之所貴者，意也。意有所隨，意之所隨者，不可言傳也。」玄學家本著這一精神主張，「得意忘言」，從言外求象，象外求意。張戒《歲寒堂詩話》引《文心雕龍》〈隱秀〉篇云：「情在詞外曰隱。」[43]《文心雕龍》〈比興〉云：「興者，起也……起情者依微以擬議。」講究託意於景物。陶潛〈飲酒〉詩云：

　　……

　　採菊東籬下，悠然見南山。
　　山氣日夕佳，飛鳥相與還。
　　此中有真意，欲辨已忘言。

　　山氣如何佳？真意又何在？俱在言外。〈東坡題跋〉指出：「因采菊而見山，境與意會，此句最有妙處。」境與意會，便是「興」的新開拓。

　　初、盛唐對齊梁靡靡之音的批判，使「興」有了更豐富的內蘊。陳子昂首先提出「興寄」說，強調詩歌應當寓思想感情於景物形象之中。在語言風格上則要求「骨氣端翔，音情頓挫。」[44]盛唐詩「聲律風骨始備」，殷璠總結盛唐詩的創作經驗，提出「興象」說。《河岳英靈集》〈集論〉聲稱：「文質半取，風騷兩挾。言氣骨則建安為傳，論宮商則太康不逮。」代表了當時聲律、風骨並重的文學思潮。王維就曾以「盛得江左風，彌工建安體」（卷四〈別綦毋潛〉）稱譽友人。從殷璠對王維、陶翰、孟浩然、常建、劉眘虛諸人的具體評論看[45]，所

43　今本《文心雕龍》無是語，張戒宋人，或見全篇。

44　〔唐〕陳子昂：《陳伯玉集》卷1，〈修竹篇序〉。

45　〔唐〕殷璠編：《河岳英靈集》評王維曰：「詞秀調雅，意新理愜」；評陶翰曰：「既多興象，復備風骨」；評孟浩然曰：「無論興象，兼備故實」；評常建曰：「其旨遠，其興僻，佳句輒來，唯論意表」；評劉眘虛曰：「情幽興遠」。

謂「興象」，是偏重情與景渾這一藝術要求的。「興」被作為一種講究寄託（不一定是「美刺」）的手法，與「象」有了更緊密的結合。《唐音癸籤》卷二引王昌齡云：

> 搜求於象，心入於境，神會於物，因心而得，曰取思。

又，遍照金剛《文鏡秘府論》第卷十七勢抄王昌齡〈詩格〉云：

> 感興勢者，人心至感，必有應說。物色萬象，爽然有如感會。

這裡重視的是自然的興發，講究的是情與景的交融。所以「十七勢」又云：

> 詩一向言意，則不清及無味；一向言景，亦無味。事須景與意相兼始好。

王維作品之所以被視為「興象」之楷模，正因其順乎潮流，契合這一標準，在處理情與景的關係上有獨到之處：將「理趣」引入詩中，借外物以映照內心，而不單是附麗、起情、象徵。容下文另作詳述。

由於魏晉玄學旨在追求與道合德的逍遙抱一，所以文藝被視為宇宙本體的一種指向，其目的並不在自身的價值。因此，意在言外成為詩畫共同追求的境界。體現在畫論，便是南齊謝赫的「六法」。

作為「六法」之本的是：「一、氣韻，生動是也」。[46] 這時所謂「氣韻」約略近似顧愷之所說的「傳神」。指的是把握對象的內在精

---

46 「六法」見於叢書集成本《古畫品錄》。此處係採用錢鍾書先生標點，見《管錐編》，頁1353。

神，而不忽略形似的追求。南朝姚最《續畫品錄》就曾指出，謝自身之作「意在切似，目想毫髮，皆無遺失。」

盛唐「破墨」的出現，使「氣韻」說由重細密處「傳神」，推進到力求在逸墨撇脫中「達意」。朱景玄《唐朝名畫錄》稱：

> 景玄每觀吳生畫，不以裝背為妙，但旋筆絕蹤，皆磊落逸勢。又數處圖壁只以墨蹤為之，近代莫能加其采繪。

這一新畫法經「畫山水松石蹤似吳生」（同上書）的王維及張璪諸人的發展，成為破墨畫法。唐張彥遠《歷代名畫記》卷十載：

> 余曾見（王維）破墨山水，筆跡勁爽。

又，張璪條：

> 余家多璪畫，曾令畫八幅山水障，在長安平原裡。破墨未了，值朱泚亂，京師騷擾，璪亦登時逃去……此幀最見張用思處。

可知破墨是一種以墨彩代色彩，力求集中突出地表意的新畫法。張彥遠稱之為：「草木敷榮，不待丹綠之采，雲雪飄揚，不待鉛粉而白……是故運墨而五色俱，謂之得意。」（同上書）「意」，被尊為統攝全畫的關鍵：「骨氣形似，皆本於立意而歸乎用筆」。氣韻已被置於形似之上。所以張彥遠在論顧、陸、張、吳用筆條，推崇「畫聖」吳道子的畫風云：

> 眾皆密於盼際，我則離披點畫；眾皆謹於像似，我則脫落其凡俗。（同上書）

　　只是張還認為「樹石」之類與氣韻無緣：「無生動之可擬，無氣韻之可侔」，須待到舊題五代荊浩〈筆法記〉[47]，才提出樹石也須講究氣韻：「有畫如飛龍蟠虯，狂生枝葉者，非松之氣韻也。」

　　這一簡略的回顧，表明了「意在言外」的追求，已從六朝的「傳神寫照」轉移到五代的「借物寫心」。畫家主觀意緒與描繪對象結合得更無間。

　　詩論由「興」到「興象」，畫論由「傳神」到「氣韻」，這一發展方向是一致的。在這一探索「情」與「境」的關係過程中，情景交融的藝術要求逐漸明確，借物寫心的表達方式也日漸廣泛地為詩、畫家所採用。其中起轉關作用的，則是興象與破墨的出現。在這二者的交叉點上的重要人物是：王維。

（二）水中之月

　　嚴羽《滄浪詩話》〈詩辯〉云：

　　　　大抵禪道惟在妙悟，詩道亦在妙悟。

　　他準確地將「悟」這一直覺活動挑出，溝通了詩和禪，也一語道破王維溝通詩和畫的祕奧。

　　這是一個有關反映論的命題。在佛教顛倒的世界觀中，客觀事物是「假象」，是對象化了的自我意識，只有佛法真如才是「實相」。智顗〈法界次第初門〉[48]云：

　　　　如水中月者，月在虛空中，影現於水，實法相在如法性實際虛空中，凡夫心水中有我，我所現相。

47　見《美術叢書》4集第6輯。

48　《大正藏》卷46，頁690。

物象雖「虛幻」，卻是佛法的「應物現形」。《景德傳燈錄》卷二十八載：

> 問：「禪師何故不許青青翠竹盡是法身，鬱鬱黃花無非般若？」
> 師（慧海）曰：「法身無家，應翠竹以成形，般若無知，對黃花而顯相。非彼黃華翠竹而有般若法身。故經云：佛真法身猶虛空，應物現形如水中月……若不見性人說翠竹著翠竹，說黃華著黃華，說法身滯法身，說般若不識般若。」

「青青翠竹」、「鬱鬱黃花」，都是佛性的體現，而且是最完整的如水印月的顯現。所以，用物象自身的圓美來囊括、涵照佛法，是最理想的方法，可達抽象表述所不能達到的效果。只要「見月去指」，不執著於「假象」，便可越過理性思辨，以神祕直覺活動直探「真如」。宋釋圓悟《碧岩錄》[49]載：

> 百丈侍馬祖，遊山次，見野鴨飛過。
> 祖曰：「是什麼？」師曰：「野鴨子。」
> 曰：「什麼處去也？」師曰：「飛過去了。」祖扭師鼻頭，師負痛失聲曰：「阿耶耶！阿耶耶！」祖曰：「又道飛去也。」師於此契悟。

通過「現量」的野鴨飛空這一實景所引發的，無非是「心不動」的老調。但因理事雙融，不著痕跡，故謂「妙悟」。《五燈會元》卷三載：

---

49 轉引自呂澂：《中國佛學源流略講》，頁259。

　　問：「如何是宗乘極則事？」師（常興）曰：「秋雨草離披。」

　　這類即境示人的回答被認為是完美無缺的目擊道存的境界。
　　這類句式又使人不禁想起王維〈酬張少府〉（卷七）的尾聯：

　　　　君問窮通理，漁歌入浦深……

　　王維詩歌藝術是以不即不離，「羚羊掛角，無跡可求」的境界為
究竟的，既是傳統的「興」的繼承，又是個人對禪學「親證」的心
得。揭櫫其詩歌主張的，是〈薦福寺光師房花藥詩序〉（卷十九）：

　　　　心舍於有無，眼界於色空，皆幻也，離亦幻也。至人者不捨
　　　　幻，而過於色空有無之際。故用可塵也，而心未始同。

　　「至人不捨幻」，所以他對上人「以眾花為佛事」表示贊成：

　　　　道無不在，物何足忘，故歌之詠之者，吾愈見其嘿也。

　　這種「不即不離」的主張與他亦官亦隱的生活，無可無不可的生
活態度，隨緣任運的哲學思想，是合拍的。至少在後期，他是「以詩
畫為佛事」的。方薰《山靜居畫論》卷上指出：

　　　　讀老杜入峽諸詩，奇思百出，便是吳生、王宰蜀中山水圖。自
　　　　來題畫詩，亦惟此老使筆如畫。人謂摩詰詩中有畫，未免一丘
　　　　一壑耳。

　　杜詩畫面如展長江萬里圖，飄瞥上下，一目千里；王詩畫面如歷

園林小景，一丘一壑，自來親人。這正是摩詰自家面目。渾格《南田畫跋》[50]卷二云：

> 雲林畫天真淡簡，一木一石，自有千岩萬壑之趣。今人遂以一木一石求雲林，幾失雲林矣！

以一丘一壑求摩詰，則失摩詰。所以方薰又說：

> 雲霞盪胸襟，花竹怡情性。物本無心，何與人事！其所以相感者，必大有妙理。畫家一丘一壑、一草一花，使望者息心，覽者動色，乃為極構。

王維正是以一丘一壑涵映「妙理」，情移畫中，興發塵表，禪宗謂之「涵蓋截流」。

> 行到水窮處，坐看雲起時。
>
> ——卷三〈終南別業〉

胡仔《苕溪漁隱叢話》卷十五認為：「觀其詩，知其蟬脫塵埃之中，浮游萬物之表。」

> 木末芙蓉花，山中發紅萼。
> 澗戶寂無人，紛紛開且落。
>
> ——卷十三〈辛夷塢〉

---

50 見《美術叢書》4集第6輯。

　　趙殿成引《瀛奎律髓》云：「雖各不過五言四句，窮幽入玄，學者當自細參，則得之。」會心處應是作者慘澹經營之所在。清翁方綱《復初齋文集》卷八〈神韻論〉對「神韻派」創作曾做過如下總結：

　　道無邊無際之可指，道無四隅之可竟，道無難易遠近之可言也，然而其中其外則人皆見之。中道而立者，言教者之機緒，引躍不發，只在此道內，不能出道外一步，以援學者助之使入也，只看汝能從我否耳。

　　詩的「引躍不發」畢竟非喻道的「到岸捨筏」。《管錐編》頁十二指出：「詩也者，有象之言，依象以成言。捨象而忘言，是無詩矣。」所以還得注重形象本身的描寫。「神韻派」往往重視畫面化，只將意象、氛圍直接呈現於讀者面前：「只看汝能從我否耳」。

　　王維也正是這樣來處理畫面的。

　　大漠　孤煙　直，
　　長河　落日　圓。

　　　　　　　　　　　　　　　　　　　　　　——（見前）

　　畫面線條的強化，無非是要突出形象，讓形象、氛圍的直覺性由聽覺訴諸視覺，由視覺逗出讀者聯想：歷史、烽火、生活……

　　返景入深林，復照青苔上。

　　　　　　　　　　　　　　　　　　　　　　——（見前）

　　色塊對比，「舞臺」照明，無非是要引讀者入深見靜，同歸寂

照。白雲演和尚偈云[51]：

> 白雲山頭月，太平松下影。
> 良夜無狂風，都成一片境。

　　這裡需要的不是「月」、「松」各自的「高潔」的象徵。而是月照松影、良夜無風的「一片境」。王維詩境亦當作如是觀。

> 明月松間照，清泉石上流。
>
> 　　　　　　　　　　　　　　　　　　　　　──（見前）

> 聲喧亂石中，色靜深松裡。
>
> 　　　　　　　　　　　　　　　　　　　　　──卷三〈青溪〉

　　「間」字、「裡」字，萬勿輕輕放過。沈歸愚《說詩晬語》云：「中二聯不宜純乎寫景，如『明月松間照，清泉石上流，竹喧歸浣女，蓮動下漁舟』，景象雖工，詎為模楷？」且不言中二聯宜不宜寫景是欲虛空中釘橛，「明月」二聯就不曾會心。這哪裡是「純乎寫景」？是以意象間流出的整個氛圍，如水印月地涵映著作者的情思、逸致、靈想。如果說左思的「鬱鬱澗底松」（〈詠史〉），陶潛的「青松在東園，眾草沒其姿」（〈飲酒〉），詩中松的形象是人格的象徵；那麼，王維此圖景中的松，則與明月、清流都成「一片境」，屬更複雜的美學範疇。

　　構成「一片境」的意象，必須是（一）：畫面的逼真。卷十七〈為

---

51 《雪堂和尚拾遺錄》，轉引自蔣孔揚主編：《中國古代美學藝術論文集》（上海市：上海古籍出版社，1981年），頁15。

畫人謝賜物表〉云：「審象求形，或皆暗識。」唯其形似，方宜直觀把握；唯其逼真，方得其「天全」。笪重光《畫筌》說得好：「真境逼而神境生……無畫處皆成妙境。」

妙境，生自真境。卷四〈新晴晚望〉云：

白水明田外，碧峰出山後。

又，卷七〈終南山〉：

分野中峰變，陰晴眾壑殊。

色調、景深、布局，一如畫面，且由深見靜，秀溢目前，於是乎妙境生！

這意象還必須是（二）：為我所用。所以，卷二十〈裴右丞寫真贊〉主張：「凝情取象。」盛傳王維畫「雪裡芭蕉」，正是為傳情達緒而驅遣形象的一例。唐朱景玄《唐朝名畫錄》妙品上王維條載：

復畫輞川圖，山谷鬱盤，雲水飛動，意出塵外，怪生筆端。

朱自稱「不見者不錄」，那麼他是見過真跡的了。輞川勝景似乎並不怪怪奇奇。「怪生筆端」想必係王維所創構──為的是表達「出塵外」之「意」。戴熙《題畫偶錄》[52]云：

筆墨在景象之外，氣韻又在筆墨之外。然則，境象筆墨之外當別有畫在。

---

52 《美術叢書》初集第1輯。

《南田畫跋》卷二亦云：

> 觀石谷山人摹王叔明溪山長卷……恍若塵區之外，別有一世
> 界，靈境奔會，使人神襟湛然。

這種筆墨之外的靈境的創構，方士庶《天慵菴筆記》[53]有精彩的
總結：

> 山川草木，造化自然，此實境也。因心造境，以手運心，此虛
> 景也。虛而為實，是在筆墨有無間，衡是非，定工拙矣……故
> 古人筆墨，具見山蒼樹秀，水活石潤，於天地之外別構一種
> 靈奇。

「天地外別構一種靈奇」，是「因心造境」的結果。王維「怪生
筆端」的輞川圖是其出塵之意造就的，可證以卷三〈藍田山石門精
舍〉：

> 落日山水好，漾舟信歸風；
> 玩奇不覺遠，因以緣源窮。
> 遙愛雲木秀，初疑路不同。
> 安知清流轉，偶與前山通。
> 捨舟理輕策，果然愜所適。
> 老僧四五人，逍遙蔭松柏。
> 朝梵林未曙，夜禪山更寂。
> 道心及牧童，世事問樵客。

---

53 見〔清〕趙之謙刻：《鶴齋叢書》。

> 暝宿長林下，焚香臥瑤席。
>
> 澗芳襲人衣，山月映石壁。
>
> 再尋畏迷誤，明發更登歷。
>
> 笑謝桃源人，花紅復來覿。

　　在落日蒼茫的光照下，藍田景色鍍上一層神祕的色彩。在晚煙深處有三、五老僧逍遙。當最後一線夕陽收斂，朗月映壁，澗芳襲人，寺中香煙繚繞……確有「一超直入如來地」的靈奇。取與十九歲所作的〈桃源行〉（卷六）同讀，可發現取象、結構相近，而意境迥異。後者雖極力摹寫桃源裡花樹攢雲、空中雞犬，但依然是「還從物外起田園」的田莊面目。前者則雖明言寫的是長安三十里外景色，給人的卻是一片無何有之鄉。王原祁《麓臺題畫稿》[54]謂：

> 右丞詩中有畫，畫中有詩。唐宋以來悉宗之……其中可以通性情，釋憂鬱，畫者不自知，觀畫者得從而知之。

　　「通性情，釋憂鬱」便是輞川圖中的「意」，也是〈藍田山石門精舍〉詩中的「情」。而這一詩情畫意，都是王維想擺脫內心矛盾情緒的外射。魯迅指出：

> ……徘徊於有無生滅之間的文人，對於人生，既憚擾攘，又怕離去，懶於求生，又不樂死，實有太板，寂滅又太空，疲倦得要休息，而休息又太淒涼，所以又必須有一種撫慰。
>
> ——〈「題未定」草（七）〉

54　《美術叢書》初集第2輯。

　　開元末以後的王維恰處於這一狀態。他想脫離苦海求出世間法：「心中幾許傷心事，不向空門何處銷！」（前見）佛教由於在現實世界的貧困土壤上提供了一片虛妄的「眾寶生嚴」的「淨土」，所以成了王維托足的世界，而詩、畫也就成其心中「靈境」的再現──所謂鏡中花、水中月的境界。

　　然則，極力想逃入心造的「靈境」與終於不能忘懷於人間的「塵境」，這原是一個事物的兩個方面。林紓《春覺齋論畫》[55]倒是一語中的：

> 使觀者見人物，則緬想古賢之風度；觀山水布置，一樹一石，一草廬，一籬落，恍於諸葛公、陶淵明諸名輩所托跡者，王摩詰之畫中有詩，即是此意。

　　此意也還是上文曾論及的「山居裕足」之意。辛文房《唐才子傳》卷三指出：

> 至唐累朝……卒皆崇衷像教，駐念津梁，龍象相望，金碧交映。雖寂寥之山阿，實威儀之淵藪！寵光優渥，無逾此時。

　　陶希聖《唐代寺院經濟》[56]更進一步指出：唐代貴官富族多以莊園創立寺院，但仍支配這份財產。事實上是「在寺院財產的特權掩護下，實行土地兼併」。深山古剎不過是化了裝的田莊別墅。而在〈藍田山石門精舍〉中，王維無論如何地「靈氣往來」，最終還得墜回現實生活。亦官亦隱的田莊生活畢竟是其風格形成全過程的向心力，因為「即使是某個詩人的片斷性抒情作品，歸根結底都被理解為一定完

55　《畫論叢刊》（下）。
56　陶希聖：《唐代寺院經濟》（臺北市：食貨出版社，1974年）。引文見該書序第三節。

整的性格,即抒情主人公的性格的表現。」[57]王維詩畫的「一丘一
壑」乃是王維性格的投影,離不開形成其性格的生活土壤。

從王維可考的篇章看,前期採用的形式是繁富多樣的。歌行體
如:〈洛陽女兒行〉(卷六,原注時年十六,一作十八),〈桃源行〉
(卷六,原注時年十九),〈李陵詠〉(同上),〈燕支行〉(卷六,原注
時年二十一)。騷體如:〈魚山神女祠歌〉(卷一)[58],〈雙黃鵠歌送別〉
(卷一,原注在涼州作)。而五、七言古詩、律、絕,無不畢具。後
朝多見五律、五絕。禪家最高境界是「一字禪」,道家也以「為道日
損,損之又損,以至於無為」(《老子》四十八章)為極境。這就是
「至道不煩」。王詩風格既日趨理趣一路,形式也就相應日趨於簡
淡。理趣寓於簡淡,統一為深蘊淡出的風格,略具筆墨的形式。錢鍾
書先生曾將王維〈雜詩〉第二首與王績〈在京思故園見鄉人問〉做了
有趣的比較[59],茲列二詩於下:

> 王績〈在京思故園見鄉人問〉
> 旅泊多年歲,老去不知回。
> 忽逢門前客,道發故鄉來。
> 斂眉俱握手,破涕共銜杯。
> 殷勤訪朋舊,屈曲問童孩。
> 衰宗多弟侄,若個賞池臺?
> 舊園今在否?新樹也應栽。
> 柳行疏密布?茅齋寬窄裁?

---

57 陸梅林等譯:《馬克思列寧主義美學原理》下冊(北京市:生活‧讀書‧新知三聯
　　書店,1961年),頁612。

58 趙殿成繫於開元九年貶濟州之作。

59 見錢鍾書:〈中國詩與中國畫〉,葉聖陶主編:《開明書店二十週年紀念文集》(上海
　　市:開明書店,1947年)。

經移何處竹？別種幾株梅？

渠當無絕水？石計總成苔。

院果誰先熟？林花那後開？

羈心只欲問，為報不須猜。

行當驅下澤，去剪故園萊。

王維〈雜詩〉其二

君自故鄉來，應知故鄉事。

來日綺窗前，寒梅著花未？

　　精兵三千能勝疲卒十萬。王維因寫得空靈。所以容量大，是司空圖《詩品》所謂的「萬取一收」。《輞川集》尤臻厥美，是丘壑內營，遷想妙得的精品，宣告了王維簡淡而富理趣的詩歌風格的圓成。

　　辛夷塢自開自落的木筆，臨湖亭迎來送往的輕舸，月色迷離中的浣紗女，竹里館百無聊賴的彈琴人，欹湖、柳浪、鹿柴，青山、白雲、翠鳥……無不一一動人遐想。這意象群一似建築群，互相輝映，構成輞川莊一片「靈境」。拈其〈文杏館〉為例：

文杏裁為梁，香茅結為宇。

不知棟裡雲，去作人間雨。

　　陶淵明「方宅十餘畝，草屋八九間」[60]的質樸無華的詩句，在王維筆下便變化出如許靈氣——靠著茅宇內流出的雲，化為無處不在的雨絲，使文杏館得與輞川諸景融為一片，同罩在濛濛濛濛之中，可謂靈境獨闢！

---

60 逯欽立校注：《陶淵明集》卷2，〈歸園田居〉。

　　早逝的詩人朱湘，以其詩人的直覺，捕捉了王詩的天倪。《中書集》〈王維的詩〉一文指出，短句加上短篇，王維五絕獨步：

> 唯有王維的那種既有情又有景，外面乾枯，而內部豐腴的五言絕句，是別國的文學中再也找不出來，再也作不出來的詩。他們是中國特有的意筆之畫與印度哲學化孕出的驕子，他們是中國一個富於想像的老人的肖像，他們是中國文化所有而他國文化所無的特產！

　　今日我們瞭望世界文壇，作為「意象派」之濫觴而被稱為對英語詩「最持久的貢獻」的經典著作《漢詩譯卷》（*Cathay*），就是十五首李白與王維的短詩！[61]

　　王維的詩，正走向世界。

---

61 見趙毅衡：〈意象派與中國古典詩歌〉，《外國文學研究》1979年第4期。

附錄
王維開元年間行蹤考略

　　陳貽焮先生《王維詩選後記》指出：王維生卒年有二說：一說生於西元六九九年（武后聖歷二年）；一說生於西元七○一年（武后長安元年）。陳先生主後說，日人入谷仙介博士《王維研究》主前說，本文從陳說，即：王維生於西元七○一年。

一　王維進士及第前的行蹤：干謁、隱居、漫遊京洛間

　　王維少年時代就投入求仕的政治活動。〈九月九日憶山東兄弟〉（卷十四，趙殿成本，下同）自稱：「獨在異鄉為異客，每逢佳節倍思親。」題下原注「時年十七」，且「每逢」云云，可知十七歲之前已離家西向長安求仕了。

　　《舊唐書》卷一九○：「維以詩名盛於開元、天寶間，昆仲宦遊兩都，凡諸王駙馬豪右貴勢之門，無不拂席迎之。寧王、薛王待之如師友。」寧、薛及岐王俱喪於開元間，且《通鑑》卷二一二載，開元十年詔禁與宗室、外戚往還，可知王維遊諸王、駙馬之門在開元初。

　　此間，王維還「隱居」以造就聲名。〈哭祖六自虛〉（卷十二）原注云：「時年十八」，詩云：「南山俱隱逸，東洛類神仙。」長安近郊之終南山與洛陽近郊之金谷園，由科舉這條線連了起來：「花時金谷飲，月夜竹林眠。滿地傳都賦，傾朝看藥船。」玄宗開元間六次往還京洛，所以洛陽是王維求仕時的一個重要舞臺。趙本引唐人段成式《酉陽雜俎》云：「韓幹，藍田人。少時嘗為貰酒家送酒。王右丞兄弟未遇，每一貰酒漫遊，幹常徵債於王家。」可知王維及第前生活除干謁、隱居外，還貰酒漫遊。

二　開元八年春進士及第與開元八年十月後的被出濟州

〈賦得清如玉壺冰〉（卷十二）原注：「京光府試，時年十九。」
《唐摭言》卷二京兆府解送條：

> 神州解送，自開元、天寶之際，率以在上十人，謂之等弟，必
> 求名實相副，以滋教化之源。小宗伯倚而選之，或至渾化，不
> 然，十得其七八。苟異於是，則往往牒貢院請落由。

可知京兆府得等第者罕有不進士及第的。唐人張彥遠《歷代名畫
記》卷十就直以王維京兆府得等第誤記為進士及第：「王維……年十
九，進士擢第。」事實上，當年及第是不可能的。《唐音癸籤》卷十
八載：

> 舉場每歲開於二月。每秋七月，士子從府州覓解紛紛，故其時
> 有「槐花黃，舉子忙」之諺。

解送是秋後的事，揭曉在次年春榜。徐松〈登科記考敘例〉：「正
月乃就禮部試……通於二月放榜。」因此，王維是在開元七年京兆府
試得等第，開元八年春闈及第。《新唐書》當與張彥遠同誤，且誤以
「年十九」為「十九年」。《舊唐書》則加訛敚為「九年」。

《王維研究》頁二十三指出：王維進士及第後為大樂丞，不久則
因岐王事被貶濟州，這一判斷是正確的。薛用弱《集異記》卷二
（《太平廣記》卷一七九）王維條云，王維通過岐王借公主的力量奪
得解頭。論者多以小說家言而有保留，自是前輩學人謹慎處，但對同
出此條的王維為舞黃獅子事被貶，卻深信不疑。我認為王維與岐王關
係頗深是實，集中尚有三題從岐王遊宴之作。《舊唐書》卷九十五：

　　岐王范好學工書，雅愛文章之士，士無貴賤，皆盡禮接待。

　　岐王曾參與玄宗謀殺太平公主的行動，其禮賢下士的作風，勢必引起「專以聲色畜養娛樂諸王」的玄宗的疑忌。《通鑑》卷二一二開元八年十月條載：

　　上禁約諸王，不使與群臣交結……萬年府劉庭琦、太祝張諤數與范飲酒賦詩，貶庭琦雅州司戶，諤山莊丞。

　　王維與岐王關係既深，且同年在寧王席上作〈息夫人〉詩[1]，被牽連貶濟州或在劉、張稍後。

三　王維貶濟州後的隱居與出任

　　《通鑑》卷二一二開元十三年條載，玄宗東封泰山畢，還至宋州說：「濟州刺史裴耀卿，表數百言，莫非規諫。」裴由是調宣州。王維〈裴僕射濟州遺愛碑〉（卷二十一）稱：「嘗備官屬」、「維實知之」，可見王維是年猶在濟為裴耀卿屬下。

　　《王維研究》據〈送鄭五趙任新都序〉（卷十九）：「登封告成之事畢」、「龍星始見」，知此文作於開元十四年四月間。是年十月，玄宗方由洛返至長安。序既係工部侍郎宴別鄭某時作，可見開元十四年四月王維在洛陽參與此宴。《王維研究》第三章所斷是。我想補充：前此可能因裴的調離，維去向未定而暫隱淇上，卷七有〈淇上即事田園〉詩。卷二〈贈房盧氏琯〉云：「或可累安邑，茅茨君試營。」從房琯之意可能也產生於這一時期，但不久卻有了出仕的機會。

1　卷十三，原注時年二十，即開元八年。趙注引《本事詩》云係寧王席上作。

　　陳貽焮先生《唐詩論叢》頁二十引《新唐書文藝列傳》與王士源〈孟浩然集序〉為證，指出「王維在開元十六、十七年已不在濟州貶所，而在祕書少監張九齡手下任事了。」開元二十二年〈上張令公〉（卷十二）云：「學易思求我，言詩或起予。嘗從大夫後」三句，表明前此維曾為張之下屬甚明。卷二十五〈大薦福寺大德道光禪師塔銘〉稱：「維十年座下，俯伏受教。」道光卒於開元二十七年五月，逆推十年為開元十七、八年。那麼，王維此間當已在長安薦福寺為道光弟子了，此或可為陳說佐證一。又，《新唐書》卷一二二：

　　　（韋抗）所辟舉，如王維、王縉、崔殷等，皆一時選云。

《舊唐書》卷八開元十三年條：

　　　是冬，分吏部為十銓，敕禮部尚書蘇頲、刑部尚書韋抗……等分掌選事。

　　抗卒於開元十四年。那麼維為所薦，只能在抗卒前掌選後，即開元十三年十二月至開元十四年抗卒前。是時玄宗在洛，抗掌選也當在洛，維開元十四年四月既已在洛，很可能便是應抗辟舉而來的。此或可為陳說佐證二。

　　開元二十二年前，維又曾離職一次。《舊唐書》〈文苑傳〉言王維「妻亡不再娶，三十年孤居一室。」維於上元二年七月（《佛祖通載》卷十三）六十一歲。逆推三十年在開元十九年左右。這對重感情的王維無疑是大打擊。又，卷七附祖詠〈答王維留宿〉：「升堂還駐馬，酌醴便呼兒。」而卷十七〈責躬薦弟表〉中，維自稱「迥無子孫」。此兒早夭，或在此期間，待考。

　　開元二十二年，王維〈上張令公〉云：「賈生非不遇，汲黯自堪

疎。」暗示著此前這段時間並不在朝廷。次年作〈獻始興公〉（卷五）更明言他開元二十二年是以「布衣」謁張九齡的：

　　寧棲野樹林，寧飲澗水流，

　　不用食粱肉，崎嶇見王侯。

　　鄙哉匹夫節，布衣將白頭。

　　可見，王維開元十四年後為韋抗薦舉，曾一度在張九齡手下任職，後或因喪妻諸事退隱，卷七有〈歸嵩山作〉一首，嵩山可能就是歸隱處。開元二十二年正月，玄宗至洛陽，維方又上書張九齡，擢右拾遺。

四　開元二十二年至二十九年的行蹤：擢右拾遺，二次出塞及知南選

　　開元二十二年王維任右拾遺。二十四年十一月裴耀卿、張九齡並罷政事。二十五年四月張貶荊州。王維馬上表示：「方將與農圃，藝植老丘園。」（卷七〈寄荊州張丞相〉）只是未及實施即被遣往邊塞。

　　王維何時由塞上返長安？陳貽焮先生認為是：開元二十六年五月後。（《唐詩論叢》，頁105）《王維研究》第六章云當在開元二十七年夏。我認為：王維開元二十九年夏後才返朝廷任殿中侍御史，但其間──開元二十七年前後──曾一度在長安。也就是說，曾二度出塞。

　　《王維研究》指出，王曾服務於河西節度使王常侍，留有〈為王常侍祭沙陀鄀國夫人文〉（卷二十七），而未明王常侍為何人。

　　王常侍是王倕。通考新、舊《唐書》，知開元二十七年八月前，任河西節度使先後有：郭知運、王君㚟、蕭嵩、牛仙客、崔希逸、李

林甫、蕭炅，其繼承關係是清楚的。[2]蕭炅繼任者是誰？《新唐書》〈玄宗本紀〉天寶元年載：「河西節度使王倕克吐蕃漁海、遊弈軍。」很可能蕭炅開元二十七年八月擊敗吐蕃，不久就陞官了，由王倕接任。查王維集中，有為崔、王二常侍作的文字多篇，而絕不見為蕭作片言隻字。蕭炅是李林甫心腹，曾被嚴挺之譏為「伏獵侍郎」，張九齡下野與此有關。所以，蕭的上任使王不久即離去。卷八〈送岐州源長史歸〉原注：「源與余同在崔常侍幕中，時常侍已沒。」詩云：「秋風正蕭索，客散孟嘗門。」恐怕不久王維就成散客之一了。據《通鑑》卷二一四知：崔希逸死於開元二十六年夏。六月，蕭炅繼任。王維離開塞上當在此間。

　　卷二十五〈大薦福寺大德道光禪師塔銘〉云：

（道光）以大唐開元二十七年五月二十三日入般涅於薦福僧坊。

　　可知王維開元二十七年五月已在長安薦福寺為僧作銘。又，卷十九〈送李補闕充河西支度營田判官序〉：

我散騎常侍曰王公，勇能盡敵，禮可用兵……子之行也，不謂是乎？拜首漢庭，驅傳而出。

　　此序口吻，屬在京送人往王倕處，可見維在倕上任初並未馬上到其幕中。如果上文所推斷倕上任在開元二十七年秋後是成立的，那麼維入幕至早在是年冬。

2　《舊唐書》〈王忠嗣傳〉有「河西節度使杜希望謀拔新城」云。同書卷五，開元二十六年條載，崔希逸為河西節度使，杜希望為鄯州都督克新城。又，卷一九六吐蕃傳載，開元二十六年四月杜為鄯州都督攻新城，升隴右節度使。杜希望未任河西節度使甚明，王忠嗣傳云係「隴右節度使」之誤。

又，卷十三〈哭孟浩然〉原注：「時為殿中侍御史，知南選，至
襄陽作。」王士源〈孟浩然集序〉載孟死於開元二十八年，此詩當作
於二十八、九年間。《唐會要》卷七十四南選條載：「選使及選人限十
月三十日到選所。」由此可知：一、王維至早在開元二十七年冬才到
王俌幕中；二、至遲在開元二十九年十月知南選；由此推知三、王維
開元二十八年冬至二十九年夏之間，有一段時間在王俌幕中。這是第
二次出塞。這樣，也就能說明為什麼同是涼州之作，而原注卻要特意
標明兩種身分：

> 卷十〈出塞作〉原注：「時為御史監察塞上作。」
> 卷十四〈涼州賽神〉原注：「時為節度判官，在涼州作。」

我認為王維第一次出塞是以御史身分到居延犒勞崔希逸的。《通
鑑》卷二一四，開元二十五年條：「希逸……至青海西，與吐蕃戰，
大破之。」維詩〈出塞作〉云：「漢家將賜霍嫖姚」，正為此事。詩中
云：「居延城外獵天驕」，居延在涼州西張掖，當是寫實。〈使至塞上〉
（卷九）亦同時之作。

第二次出塞可能是應王俌之邀為節度判官的，如〈涼州賽神〉原
注所稱。由入幕而至中央，唐代並不罕見。由於王俌與王維同出韋抗
門下[3]，所以很快地，王俌便將王維薦到中央了。

開元二十九年，王維知南選。南選分黔中與岑南二道。王維有
〈曉行巴峽〉詩，陳貽焮先生認為即作是詩[4]。從這一路線看，王維
不是去桂州選所的，而是往黔州選所。《王維研究》所附年譜以開元
二十八年春為王維知南選的時間，恐怕是將南選與科舉時間混同了。
《唐會要》卷七十四南選條：

3　《新唐書》卷一二二載韋抗辟舉者有王俌、王維等。
4　陳貽焮：《唐詩論叢》（長沙市：湖南人民出版社，1980年），頁105。

開元八年八月敕……選使及選人限十月三十日到選所，正月三
十日內，詮注使畢。

王維應是開元二十九年秋冬之際至黔州，回長安已是明年春
天──天寶元年的事了。

王維簡譜

分期	年代	時事	王維事蹟	該期作品
孩童時期	武周聖歷二年（西元699年）↓唐中宗神龍元年（西元705年）	二月，封皇嗣李旦為相王。祖詠生（西元-746？年）正月，武則天病重，宰臣張柬之等擁太子李旦復位，復國號唐。十二月，武則天卒（西元624年）。	王維生。王維七歲。	
	神龍二年（西元706年）	高適生（西元765年）。	王維八歲。	
少年時期	神龍三年（西元707年）	儲光羲生（西元760？）。	王維九歲。知屬辭。	
	景龍二年（西元708年）	杜審言約卒於此年（西元645？年），年約六十四。杜與李嶠、崔融、蘇味道齊名，稱「文章四友」。蕭穎士生（西元759年）。	王維十歲。	

分期	年代	時事	王維事蹟	該期作品
	景龍三年（西元709年）	顏真卿生（西元785年）。劉長卿約生此年（西元786？年）。	王維十一歲	
	景龍四年（西元710年）唐殤帝唐隆元年（西元710年）唐睿宗景雲元年（西元710年）	六月，中宗為韋后、安樂公主鴆殺。皇后總朝政，立李重茂為太子，年十六。相王李旦、臨淄王李隆基舉兵誅韋、武，李旦即位為睿宗，立李隆基為太子。七月，姚崇、宋璟為相。上官婉兒為亂兵所殺（西元644年）	王維十二歲	
	景雲元年（西元711年）	正月，張說同中書門下平章事。	王維十三歲。	
	太極元年（西元712）延和元年（西元712年）唐玄宗先天元年（西元712年）	正月一日，杜甫生（西元770年）。八月，睿宗傳位太子李隆基是為唐玄宗。王灣進士及第。宋之問卒（西元656？年）。其詩與沈佺期齊名，稱「沈宋」，律詩形式完整，屬對精密，講究聲律。未對律詩體制定型有貢獻。	王維十四歲。	
遊兩	先天二年（西元	七月，太平公主謀廢帝，敗死。以宦官高力士有功，為	王維十五歲始遊兩京，途經	〈過秦皇墓〉

分期	年代	時事	王維事蹟	該期作品
京時期	712年）開元元年（西元713年）	右監門將軍，知內侍省事，宦官之盛自此始。 是年，張說封燕國公。 禪宗六祖慧能卒（西元638年），年七十六。 李嶠卒（西元644年）	驪山作〈過秦皇墓〉，為現存最早之王詩。	
	開元二年（西元714年）	正月，選樂工教法典於梨園 七月，昭文館學士柳沖、太子左庶子劉知幾刊定《姓氏系錄》二百卷，上之。沈佺期卒（西元656？年），詩與宋之問齊名，於律詩體制定型有貢獻。	王維十六歲在長安，或遊洛陽。	〈洛陽女兒行〉
	開元三年（西元715年）	是年李白十五歲，好劍術，觀奇書，能作賦。 岑參約生此年（西元770年）。 李華生（西元766年）。	王維十七歲在長安。	〈九月九憶山東兄弟〉
	開元四年（西元716年）	十二月，姚崇罷相，薦宋自代。是年，畫家李思訓卒（西元651年）。李工山水畫，筆力遒勁，設色艷麗，創「青綠山水」畫法，明董其昌推為「北宗」之祖，與「南宗」王維並舉。 裴迪生、卒生不詳。迪與王維、杜甫、李頎交往甚密。	王維十八歲在長安，此前曾與祖自虛為友，「隱居」終南山，遊洛陽。 此後，與王縉仍宦遊兩京，諸駙馬貴勢之門，無不拂席相迎。	〈哭祖六自虛〉、〈從岐王夜宴衛家山池應教〉、〈從岐王過楊氏別業應教〉、〈敕借岐王九成宮避暑應教〉約作於此期。

分期	年代	時事	王維事蹟	該期作品
	開元五年（西元717年）	日本使者請謁孔廟，從之。日本留學生晁衡（仲麻呂）在長安太學卒業，為司經局校書，後授左拾遺補闕及祕書監職。皇甫冉約生是年（西元770？年）。	王維十九歲應京兆府試，傳為傳貴所薦，得解頭。	〈桃花源〉、〈李陵吟〉、〈賦得清如玉壺冰〉約同期之作：〈白鸚鵡賦〉
	開元六年（西元718年）	二月，禮幣徵嵩山隱士盧鴻杜甫七歲，始詠詩。張說在幽州都督任上。賈至生（西元772年）。	王維二十歲應進士舉，落第。於寧王府上作〈息夫人〉	〈息夫人〉
	開元七年（西元719年）	閏七月，元結生（西元772年）。是年岑參五歲，始讀書。李嘉約生於此年（西元779？年）	王維二十一歲，約於是年進士及第，薛據同榜及第，綦毋潛落第。	〈燕支行〉、〈送綦毋潛落第還鄉〉
	開元八年（西元720年）	正月，宋璟罷知政事。十月，皇帝禁約諸王，不使與群臣交。光祿少卿駙馬都尉裴虛己坐與岐王遊宴、私挾讖緯，流新州，公主與之離婚。萬年尉劉庭琦、太祝張諤亦坐與岐王遊宴貶雅州司戶。張若虛約卒是年（西元660？年）。	王維二十二歲，授太樂丞。	
貶濟	開元九年（西元	二月，遣使括逃戶，凡得八十餘萬。	王維二十三歲，仍為太樂	〈初出濟州別城中故人〉、〈宿鄭

分期	年代	時事	王維事蹟	該期作品
州時期	721年）	四月，康待賓誘諸降戶反唐，陷六胡州，遣王晙等討之。 七月王晙斬康待賓。 夷月，姚崇卒，張說為相。張說題王灣詩於政事堂。 史學家劉佑幾之子劉貺為太樂令，犯事配流；知幾詣執政訴理，上怒，貶安州都督府別駕，十一月卒於貶所（西元661年）。	丞。太樂令劉貺犯事流配。傳因舞黃獅事件，王維坐累為濟州司倉參軍。是年秋，離長安，過洛陽，渡京水，經滎陽、汴州、滑州，由黃河至貶所濟州。	州〉、〈早入滎陽界〉、〈千塔主人〉、〈至滑州隔河望黎陽九憶丁三寓〉
	開元十年（西元722年）	四月，張說兼知朔方軍節度大使。閏五月，往朔方軍巡邊。九月，張說緣邊戍軍六十餘萬，奏減三分之一使還農。又奏諸詔募壯士充宿衛，許之。府兵漸廢，兵農之分自此始。 是歲，張說兼任麗正殿修書使，奏諸賀知章、徐堅軍入書院，同撰《六典》。 詔自今已後，諸王、公主、駙外戚家，除至親之外，不得出入門庭，妄說言語。呂向等更為《文選》詰解，時號「五臣注」。	王維二十四歲，在濟州貶所。曾結交一些道士、隱者、莊叟等下層人，並時作郊遊。	〈贈東岳焦煉師〉、〈迎神曲〉、〈送神曲〉、〈濟上四賢詠〉、〈濟州過趙叟家宴〉、〈贈祖三詠〉、〈渡河到清河作〉
	開元十一年（西元	正月，張說兼中書令。是年崔顥進士及第。開元	王維二十五歲，仍在濟	

分期	年代	時事	王維事蹟	該期作品
	723年）	中，崔與王維、盧象比肩驤首，妍詞一發，樂府傳貴。	州。	
	開元十二年（西元724年）	八月，裴耀卿為濟州刺史。一年，郡乃大理。	王維二十六歲，仍在濟州。	
	開元十三年（西元725年）	是年春，祖詠進士及第。四月，張說為集賢殿書院學士，知院士。十月，玄宗東封泰山，駕發東都洛陽，十一月至泰山。大赦。沿途擾民，裴耀卿上表諫，玄崇許以良吏。張說多引所親攝官登山，推恩超拔，不及百官，張九齡諫，不聽，中外怨之。書法家懷素生（西元785年）。獨孤及生（西元777年）。顧況約生此年（西元814？年）。	王維二十七歲。是冬，祖詠東行赴任，與維相會於濟州。維送別至齊州。十一月玄宗封禮畢頒大赦令，王維作〈上張令公〉，求張說汲引。	〈上張令公〉、〈喜祖三至留宿〉、〈齊州送祖〉
	開元十四（西元726年）	五月，張說為宇文融、崔融甫所彈劾，罷相。七月，黃河溢，濟州刺史裴耀卿督士民修堤防。是歲，儲光羲、崔國輔、綦毋潛登進士第。	王維二十八歲，親見裴耀卿築堤防，深受感動。	〈和使群五郎西樓望遠思歸〉
返長	開元十五年（西元	二月，令括逃戶。張說、崔隱甫、宇文融以朋	王維二十九歲。春，自濟	〈寒食氾上作〉、〈送鄭五赴

分期	年代	時事	王維事蹟	該期作品
安、屏居淇上時期	727年）	黨相構，制張說致仕，宇文融左遷魏州刺史，崔隱甫免官。 是年王昌齡、常建登進士第。李白由四川至湖北安陸，自謂「願為輔弼，使寰區大定，海縣清一。」殷璠《河岳英靈集》稱：「開元十五年聲律始備。」	州返長安，寒食節至廣武城。返長安後又謀職於淇上。	任新都序〉、〈偶然作六首〉、〈淇上別趙仙舟〉
	開元十六年（西元728年）	七月，吐蕃擾瓜州，刺史張守　擊破之。 是年冬，孟浩然北上長安求仕。	王維三十歲屏居淇上，後返長安任校書郎。	〈送孟六歸襄陽〉
	開元十七年（西元729年）	三月，張守　擊破吐蕃。張說復為尚書左丞相。 冬，孟浩然終因落第離長安。	王維三十一歲，在長安，從大薦福寺道光禪師俯伏受教。	
	開元十八年（西元730年）	十二月，張說卒（西元667年）。說擅文辭，朝廷大述作多出其手，與許國公蘇頲並稱「燕許大手筆」。貶岳陽後詩更淒婉，人謂得江山之助。佐玄宗，主文治，為一代文宗。	王維三十二歲，行跡未詳，似仍在長安任校書郎。	〈華岳〉
隱嵩山並	開元十九年（西元731年）	正月，吐蕃求《毛詩》、《禮記》、《春秋》，與之。 三月，張九齡入京，守祕書少監。杜甫二十歲，始為壯	王維三十三歲，妻亡約在是年，維之獨子夭折當於此	

分期	年代	時事	王維事蹟	該期作品
漫遊時期		遊，南遊吳越，北遊齊趙。	前。疑王維受大刺激而棄校書郎，隱嵩山。	
	開元二十年（西元732年）	戴叔倫生（西元789年）	王維三十四歲，約在此年，作〈贈房盧氏琯〉，向盧氏令房琯表示願到盧氏縣隱居，未詳成行與否。此後或隱嵩山，同隱好友有畫家張　等。此間或作漫遊。	〈贈房氏琯〉、〈歸嵩山作〉
	開元二十一年（西元733年）	正月，制令士庶家藏《老子》一本。三月，韓休以尚書右丞為黃門侍郎，同中書門下平章事。十二月，韓休罷知政事，京兆尹裴耀卿為黃門侍郎、張九齡起復歸官並同中書門下平章事。是年，劉長卿、劉虛、元德秀登進士第。	王維三十五歲，屏居或漫遊。西行自大散關經褒斜入巴蜀，出三峽，下荊襄。亦曾東遊至吳越。具體時間不詳。	約作於該期之作品：〈投道一師蘭若〉〈自大散關以往深材密竹磴道盤曲四五十里至黃牛嶺見黃花川〉、〈青溪〉、〈曉行巴峽〉
	開元二十二年（西元734	六月，幽州節度使張守珪大破契丹。明年，玄宗美其功，欲以為相，張九齡諫止	王維三十六歲，仍隱嵩山，或閒居長	約作此期之作品：〈登辨覺寺〉、〈謁璇上

分期	年代	時事	王維事蹟	該期作品
年）		之。八月，以裴耀卿為江淮、河南轉運使、督運漕，鑿漕渠十八里以避三門之險，三歲凡運米七百萬石，省僦車錢三十萬。 是年顏真卿進士及第。	安。	人〉
任右拾遺時期	開元二十三年（西元735年）	三月，張九齡進封始興伯。 是年，蕭穎士、李華、賈至、李頎等登進士第。 杜甫赴京兆貢舉不第。 高適至京應制科試，無成。	王維三十七歲，獻詩張九齡求汲引，因拜右拾遺，遂離嵩山，至東都任職。	〈獻始興公〉、〈留別山中溫古上人兄并寄舍弟縉〉
	開元二十四年（西元736年）	三月，始以禮部侍郎掌試貢舉。十一月，李林甫兼中書令，張九齡、裴耀卿並罷政事，自是林甫用事。 牛仙客同中書門下三品。	王維三十八歲，在東都，為右拾遺。冬十月，隨玄宗還長安。	〈薦福寺光師房花藥詩序〉
出使河西時期	開元二十五年（西元737年）	三月，河西節度副大使崔希逸襲破吐蕃於青海西。 四月，張九齡貶荊州長史，辟孟浩然為從事。 十一月，宋璟卒。 是年高適、王之渙、王昌齡於旗亭宴遊唱詩。 玄宗愛鄭虔之才，特置廣文館，授博士。 韋應物生（西元791？年）	王維三十九歲。暮春，蕭嵩、裴耀卿、張九齡等九大臣於韋氏山莊集會，王維為作序。 秋，赴河西節度使幕為監察御史兼節度判官。	〈暮春太師左右丞相諸公於韋氏逍遙谷宴集序〉約作此期之作品： 〈韋侍郎山居〉、〈同盧拾遺韋給事東山別業二十韻給事首春〉、〈寄荊州張丞相〉、〈出塞作〉、〈使至塞

分期	年代	時事	王維事蹟	該期作品
				上〉、〈為崔常侍謝賜物表〉、〈為崔常侍祭牙門姜將軍文〉、〈涼州賽神〉、〈涼州郊外遊望〉、〈雙黃鵠歌送別〉
	開元二十六年（西元738年）	五月，崔希逸改任河南尹，自念失信於吐蕃，未幾卒。六月，立忠王李璵（後改名亨）為皇太子。是年高適在長安，作〈燕歌行〉。	王維四十歲。秋，自河西還長安，官監察御史。	〈送岐州鴻長史歸〉
開元末為京官時期	開元二十七年（西元739年）	張九齡等撰《六典》三十卷成，記唐代典章制度頗詳備。	王維四十一歲，在長安，仍官監察御史。五月，為道光禪師作塔銘。	〈大薦福寺大德道光禪師塔銘〉
	開元二十八年（西元740年）	頻年豐收，京師米價每斛不滿二百錢。五月，張九齡卒（西元678年）。九齡繼張說為玄宗大臣，主文治，善詩，其〈感遇〉十二首，為比興之作，上繼陳子昂。是年，孟浩然卒（西元689年）。孟詩與王維齊名，世稱王孟。	王維四十二歲，遷殿中侍御史。	

分期	年代	時事	王維事蹟	該期作品
		戌昱生（西元798？年）。		
	開元二十九年（西元741年）	八月，以平盧兵馬使安祿山為營州都督，充平盧軍節度副使，兩番渤海、黑水四府經略使。 王昌齡任江寧丞。	王維四十三歲。冬，知南選，經襄陽、郢州、夏口，至嶺南。過襄陽時作詩悼孟浩然，又於郢州為孟浩然畫像，遂名其地「浩然亭」。	〈哭孟浩然〉、〈漢江臨眺〉、〈送封太守〉
天寶年間亦官亦隱時期	天寶元年（西元742年）	是時有十節度以防邊，凡鎮兵四十九萬，馬八萬。 李適之代牛仙客為左相。 王之渙卒（西元688年）。 是年，李白四十二歲，為玄宗下詔徵赴長安。 杜甫應進士不第。	王維*四十四歲，由殿中侍御史轉左補闕。丘為落第，王維因未能薦舉而深自內疚。	〈三月三日曲江侍宴應制〉、〈和僕射晉公扈從溫湯〉、〈春日直門下省早朝〉、〈送丘為落第歸江東〉、〈青雀歌〉
	天寶二年（西元743年）	四月，韋堅引　水為潭以聚江淮運船成，賜名廣運潭。 十一月，賀知章辭官，請度道士還鄉，詔許之，賜鏡湖剡川一曲。 鑒真和尚東渡日本，遇風未果。	王維四十五歲，在長安，仍官左補闕。約於此年，與王昌齡、王縉、裴迪集長安新昌坊青龍寺縣壁上人院賦詩。	〈故任城縣尉裴府君墓誌銘〉、〈青龍寺縣壁上人兄院集〉

分期	年代	時事	王維事蹟	該期作品
	天寶三年（西元744年）	三月，以平盧節度使安祿山兼范陽節度使。 李白辭翰林離長安，與杜甫相遇於洛陽，又於汴州遇高適，同遊梁宋。 是年，岑參舉進士，授兵曹參軍。 賀知章卒（西元659年）。	王維四十六歲，仍在長安，任左補闕。始營輞川別業。	《輞川集》與輞川有關的許多田園山水詩如〈田園樂〉、〈酬張少府〉等，約作天寶年間。 〈山中與裴秀才迪書〉亦當作於此期。
	天寶四載（西元745年）	正月，回紇懷仁可汗殺突厥白眉可汗，盡有突厥故地。 八月，冊宮中女道士楊太真（玉環）為貴妃。	王維四十七歲，遷侍御史，出使榆林、新泰二郡。又嘗至南陽郡，遇神會和尚。	〈榆林郡歌〉、〈新秦郡松樹歌〉。 約作此期之作品：〈能禪師碑〉
	天寶五載（西元746年）	十二月，李林甫傾陷大臣，興大獄，令酷吏吉溫鞫之，前後死流者甚眾。 祖詠約卒此年（西元699年）	王維四十八歲，轉庫部員外郎。	
	天寶六載（西元747年）	正月，令通一藝者皆送詣京師，以廣求賢才，李林甫使無一人及第，乃表賀野無遺賢，杜甫、元結亦在落第者中。	王維四十九歲，仍官庫部員外郎。	〈苑舍人能書梵字兼達梵音皆曲盡其妙戲為贈〉、〈重酬苑郎中〉
	天寶七載（西元748年）	十月，封楊貴妃姊二人為韓國、虢國夫人。 李嘉祐、包何同登進士。	王維五十歲，遷庫部郎中。	〈大同殿柱產玉芝龍池上有慶雲神光照殿百官共

分期	年代	時事	王維事蹟	該期作品
		盧綸、李益生。		睹聖恩便賜宴樂敢書即事〉
	天寶八載（西元749年）	五月，府兵制大壞，停折衝府上下魚書。時彍騎亦敗壞，應募者多無賴子弟，未嘗習兵，精兵皆在西北二邊。六月，隴右節度使哥舒翰拔石堡城，唐兵死數萬。綦毋潛卒（西元692年）。	王維五十一歲，仍官庫部郎中。	〈奉和聖制天長節賜宰臣歌應制〉、〈奉和聖制登降聖觀與宰臣等同望應制〉
	天寶九載（西元750年）	沈既濟約生此年（西元800？年）。	王維五十二歲。春，丁母憂，屏居輞川。	〈賀古樂器表〉、〈酬諸公見過〉
	天寶十載（西元751年）	四月，劍南節度使鮮于仲通攻南詔，大敗。六月，高仙芝與大食戰於怛羅斯城，大敗。八月，安祿山與契丹戰，大敗。是年，元結作《系樂府十二首》。錢起進士及第。李頎卒（西元690年）。孟郊生（西元814年）。	王維五十三歲，守母喪，仍居輞川。	〈唐故京兆尹長山公韓府君墓誌銘〉
	天寶十一載（西元752年）	十一月，李林甫死，以楊國忠為右相。杜甫、高適、岑參等同登慈恩寺塔賦詩。	王維五十四歲，三月，服闋，拜吏部郎中。是年吏部改文部。	〈賜百官櫻桃〉

分期	年代	時事	王維事蹟	該期作品
	天寶十二載（西元753年）	春，杜甫作〈麗人行〉。九月，哥舒翰進封西平郡王是年，殷璠編《河岳英靈集》成。日本仲麻呂（晁衡）返國，途中遇厄。梁肅生（西元793年）	王維五十五歲，仍官文部郎中。秋，晁衡還日本，維作詩贈行。	〈送李睢陽〉、〈送魏郡李太守赴任〉、〈送衡岳瑗公歸詩序〉、〈同崔興宗送瑗公〉、〈送祕書晁監還日本國〉
	天寶十三載（西元754年）	六月，李宓擊南詔，全軍覆沒。岑參作〈輪臺歌奉送封大夫出師西征〉崔顥卒（西元704？年）。	王維五十六歲，仍官文部郎中。	
	天寶十四載（西元755年）	二月，安祿山以蕃將三十二人代漢將。十一月，安祿山反於范陽，河北望風而降，安史之亂始。	王維五十七歲，轉給事中。	〈酬郭治事〉約作此期作品：〈與魏居士書〉
陷賊時期	天寶十五載（西元756年）唐肅宗至德元載（西元756年）	正月，安祿山於洛陽稱帝，國號燕。六月，哥舒翰兵敗潼關，玄宗西奔蜀，至馬嵬驛，兵變，殺楊國忠。七月，太子李亨即位於靈武，是為唐肅宗。十一月，房琯兵敗陳濤斜。十一月，李白入永王幕府，作〈永王東巡歌〉。王昌齡被閭丘曉殺害，約在此時（西元698？年）。昌齡	王維五十八歲，仍為給事中。六月，玄宗奔蜀，維扈從不及為叛軍所得，服藥取痢，稱疾。祿山遣人押至洛陽，拘菩提寺，迫以偽署。八月，祿山宴凝碧池，	〈菩提寺禁裴迪來相看說逆賊等凝碧池上作音樂供奉人等舉聲便一時淚下私成口號誦示裴迪〉、〈口號又示裴迪〉

分期	年代	時事	王維事蹟	該期作品
		工詩，時稱「詩家天子王江寧」。	命梨園奏樂，諸工泣，雷海青死之，維拘禁中聞知，作「凝碧詩」。儲光羲、李華、鄭虔同受偽署。	
	至德二載（西元757年）	正月，安祿山為子所弒。二月，永王璘兵敗，李白因從璘獲罪，繫潯陽獄。三月，杜甫於長安作〈春望〉、〈哀江頭〉。九月，唐軍收復長安。十月，唐軍收復洛陽。是歲，詔迎法門寺佛骨入禁中，立內道場。	王維五十九歲。九月，唐軍入東京，維與鄭虔等囚宣陽里。維以凝碧詩嘗聞於行在，又弟縉請削職贖兄罪，遂宥之。	
晚年獨處時期	乾元元年（西元758年）	二月，大赦。李白被流放夜郎。	王維六十歲是春復官，責授太子中允，加集賢殿學士，遷太子中庶子、中書舍人。維同賈至、岑參、杜甫並為兩省僚友，唱和甚盛。是年，京兆尹嚴武貶巴	〈謝除太子中允表〉、〈謝集賢殿學士表〉、〈既蒙宥罪旋復拜官伏感聖恩竊書鄙意兼奉簡新除使君等諸公〉、〈和賈舍人早朝大明宮之作〉、〈晚春嚴少尹與諸公見過〉、〈酬嚴少尹徐舍人見過不

分期	年代	時事	王維事蹟	該期作品
			州刺史，行前曾訪王維。杜甫是秋嘗自華州至藍田縣訪崔興宗、王維。冬，維請施輞川莊為寺。此後，維在京師日飯十數名僧，以玄談為樂，退朝後焚香獨坐，以禪誦為事。	遇〉、〈請施莊為寺表〉約作於此期作品：〈京兆韋公神道碑銘〉、〈與工部李侍郎書〉
	乾元二年（西元759年）	正月，史思明稱大聖燕王。三月，九節度兵潰相州。是春，杜甫作「三吏」、「三別」。李白於長流夜郎途中遇赦，作〈早發白帝城〉。蕭穎士卒（西元708年）。	王維六十一歲，仍官給事中。春，錢起為藍田縣尉，與維相酬和。	〈春夜竹亭贈錢少府歸藍田〉、〈送錢少府還藍田〉、〈左掖梨花〉、〈送韋大夫東京留守〉、〈為幹和尚進注仁王經表〉。
	上元元年（西元760年）	是歲，元結編《篋中集》。儲光羲約卒於是年（西元707年）。	王維六十二歲，夏，轉尚書右丞。是春嚴武為河南尹，曾來訪。	〈河南嚴尹弟見宿弊廬訪別人賦十韻〉、〈門下起赦書表〉、〈請回前任一司職田粟施貧人粥狀〉。
	上元二年	三月，史思明為其子史朝義	王維六十三	〈責躬薦弟

分期	年代	時事	王維事蹟	該期作品
	（西元761年）	所弒。 是歲，李白欲投軍從李光弼，半途病還。明年，卒於當塗。 杜甫五十歲，作〈百憂集行〉。	歲，仍官尚書右丞。 春，上〈責躬薦弟表〉，乞盡削己官，使弟縉還京師。 五月，縉除左散騎常侍。七月，維卒葬輞川。	表〉、〈謝弟縉新授十二散騎常侍狀〉

後記

　　大暑剛過，翠雨漫天。三十七年時光似溝水淙淙流逝，但對王維的思考卻依然時在心中。

　　那時，我寫完碩士論文《靈想獨闢：王維詩歌風格之形成》，後來改寫成評傳式的小冊子《棲息在詩意中──王維小傳》，現在又調頭修改為《王維──生命在寂靜裡躍動》。我最終還是認定：王維最大的貢獻就在於為我們推開一扇通向生命的窗戶。他像鋼琴的調音師，將個體生命的律動與大自然的律動、詩歌以及畫面線條的律動調到和諧共鳴的地步。他極大地提高了漢語的抒情與對意象的構建能力，為中國畫注入詩的靈魂──這對身陷空殼化與雜技化的中國畫壇無疑是一方祖傳的靈丹妙藥！

　　請把王維解放出來！

林繼中

二〇一九年七月二十七日記於面壁齋

作者簡介

林繼中

　　福建漳州人，一九四四年十二月生。中國大陸自身培養的首批文學博士，前漳州師院院長（已改名閩南師大），二級教授，福建師大、河北大學博士生導師；前中國辭賦學會顧問，中國杜甫學會副會長，首屆福建省古代文學研究會會長。至今已發表學術論文一百五十餘篇，專著十六種。

本書簡介

　　本書以王維的生命歷程為線索，文藝創作為經緯，夾敘夾議，力圖勾畫出一個文藝天才的一生及其深廣的影響。文中從人性的深度，表現王維在特殊的歷史時期進取與退隱並存的雙重性格，正是這種性格形成的張力內在地促成了王維詩歌複雜而又深沉的情感內涵，及其詩歌創作題材與風格的多樣性。本文還著力發露禪宗思辨方法與半官半隱生活方式對王維文藝創作深刻的影響，從文學理論的角度探索其溝通詩、畫、禪形成以實涵虛讓生命在寂靜裡躍動的文藝風格之奧祕。不妨說，本文為讀者提供了一個認知王維的新視角。

福建師範大學文學院百年學術論叢·第六輯 1702F03

王維——生命在寂靜裡躍動

作　　者	林繼中
總 策 畫	鄭家建　李建華

發 行 人　林慶彰

總 經 理　梁錦興

總 編 輯　張晏瑞

編 輯 所　萬卷樓圖書股份有限公司

　　　　　臺北市羅斯福路二段 41 號 6 樓之 3

　　　　　電話 (02)23216565

　　　　　傳真 (02)23218698

發　　行　萬卷樓圖書股份有限公司

　　　　　臺北市羅斯福路二段 41 號 6 樓之 3

　　　　　電話 (02)23216565

　　　　　傳真 (02)23218698

　　　　　電郵 SERVICE@WANJUAN.COM.TW

香港經銷　香港聯合書刊物流有限公司

　　　　　電話 (852)21502100

　　　　　傳真 (852)23560735

ISBN 978-986-478-390-8

2020 年 6 月初版

定價：新臺幣 520 元

如何購買本書：

1. 劃撥購書，請透過以下郵政劃撥帳號：

　　帳號：15624015

　　戶名：萬卷樓圖書股份有限公司

2. 轉帳購書，請透過以下帳戶

　　合作金庫銀行 古亭分行

　　戶名：萬卷樓圖書股份有限公司

　　帳號：0877717092596

3. 網路購書，請透過萬卷樓網站

　　網址 WWW.WANJUAN.COM.TW

大量購書，請直接聯繫我們，將有專人為
您服務。客服：(02)23216565 分機 610

如有缺頁、破損或裝訂錯誤，請寄回更換

版權所有·翻印必究

Copyright©2021 by WanJuanLou Books CO., Ltd.

All Rights Reserved　　　　　Printed in Taiwan

國家圖書館出版品預行編目資料

王維：生命在寂靜裡躍動 / 林繼中著. -- 初
版. -- 臺北市 ： 萬卷樓, 2020.06

　　面 ；　公分. -- (福建師範大學文學院百年學
術論叢. 第六輯 ；1702F03)

ISBN 978-986-478-390-8(平裝). --

1.(唐)王維 2.唐詩 3.詩評

　　　　　851.4415　　109015578